夜班

力格登 著
白·呼和牧奇 译

文匯出版社

图书在版编目（CIP）数据

夜班 / 力格登著；白·呼和牧奇译. —上海：文汇出版社，2017.9

ISBN 978-7-5496-2224-5

Ⅰ.①夜… Ⅱ.①力… ②白… Ⅲ.①长篇小说-中国-当代 Ⅳ.①I247.5

中国版本图书馆 CIP 数据核字（2017）第 164794 号

夜　班

作　　者 /	力格登
译　　者 /	白·呼和牧奇
特约编辑 /	修晓林
责任编辑 /	鲍广丽
封面装帧 /	邵　旻
出版发行 /	文汇出版社
	上海市威海路 755 号
	（邮政编码 200041）
经　　销 /	全国新华书店
排　　版 /	南京展望文化发展有限公司
印刷装订 /	上海新文印刷厂
版　　次 /	2017 年 9 月第 1 版
印　　次 /	2017 年 9 月第 1 次印刷
开　　本 /	720×960　1/16
字　　数 /	262 千字
印　　张 /	20.5

ISBN 978-7-5496-2224-5

定　　价 / 58.00 元

目 录

第一章　在夜班室 …… 001
　　　　那天夜里的战斗 …… 009
　　　　分牲口 …… 020
　　　　牛车送葬 …… 027
　　　　卓儒睦图的婚礼 …… 034
　　　　信心满满的自豪感 …… 040

第二章　看电影 …… 052
　　　　横卧栏柜的时期 …… 058
　　　　金笔、工作谈话、镶牛皮
　　　　靴子 …… 069
　　　　圆屁股耗子的奇闻逸事 …… 078
　　　　难道只是个耗子吗 …… 084
　　　　楚伦嘛嘛露馅了 …… 091

第三章　记工分 …… 105
　　　　炼铁刨山动怒神灵 …… 113
　　　　具有历史纪念意义的包子 …… 128
　　　　幸福及其成果 …… 136
　　　　闻名遐迩的江嘎玛 …… 142
　　　　美好梦想的展望 …… 150

第四章　头脚颠倒 …… 158

　　　　盗马雪夜奔公社 …… 167

　　　　掌上明珠滚向何处 …… 179

　　　　大洪水 …… 184

　　　　大分解 …… 197

　　　　猝不及防，海浪袭来 …… 205

第五章　重大危急 …… 212

　　　　开办皮毛纺织厂 …… 224

　　　　卓儒睦图担任皮毛厂门卫 …… 234

　　　　修指甲或打扮 …… 242

　　　　牛奶浴或惊心动魄 …… 252

　　　　长鬃帮或新主人 …… 264

第六章　思绪万千 …… 272

　　　　霓虹灯下的奇观 …… 282

　　　　异乎寻常地争吵 …… 292

　　　　奇遇 …… 300

　　　　人究竟去哪儿了 …… 307

　　　　可怕的响声 …… 315

第一章

在 夜 班 室

△001　过去的一天是个世间万物神清气爽、阳光明媚的天堂般的一天。

然而，随之到来的这一夜起初也并不是这样。天空好像把悠然游动的羊群散放在了崭新的蒙古包周围一样，让满天的星辰闪烁在盈盈满月的周围。按照蒙古人的说法，每个人都有自己的星座，那星座是他们命运闪光的灯盏，是他们升腾的旗帜和气运。人要是死了，那星座就会变成流星陨落消亡。照这么说，不知是哪些人的星座接二连三地拖着耀眼的光尾在陨落着呢？唉，可怜啊，星座还在滑落着。一分钟就滑落好几个，要是统计一整夜滑落的星座，那该是多少个呢？如果用千年的时间来计算，一个社会（人们）的星座不就陨落殆尽了吗……

△002　起初的习习微风霎时如同风婆子敞开了口袋似的开始狂风大作，云层翻腾聚拢，恰似社会主义的鼎沸时期，被运动热潮鼓动起来的人们争先恐后地去听动员报告，或是参加斗争会议，催促着马和骆驼从四面八方聚集而来一样，铺满天空，遮挡了月亮，笼罩了大地。那些闪烁的无数星辰宛若同时陨落一样，走下活跃的舞台隐没消失，天地融入了一片黑暗，冷飕飕的使人打寒战，不禁让人想起饥肠辘辘地埋伏在冬天战壕里的那个时期。

卓儒睦图由门房子的窗户仰望着云天，躺在床上回想着"我们那个时候……",他不经意地叹了一口气:"对我来说,这可是个好伴儿啊。"他喃喃自语着,似乎要亲吻似的恩爱地抚摸着它那可爱的小腿,又朦朦胧胧地回到了似醒似梦的舒坦状态。发烧了许久,高烧退去后,它转眼间变得冰凉了。这可是他从孩提时代相伴而来的终身伴侣啊。卓儒睦图搂着它睡觉,它既不翻来覆去,也不打哈欠、不打呼噜,安安静静地躺在他身边。它什么事情都顺着老头的意愿。老头现在搂着它睡觉,觉得比年轻时搂过的杭拉、江嘎玛还要开心,还要快乐。

他感同身受地理解着外面大气候的变化,自然会影响屋里小气候变化的这个道理。"曾经有个英明的达日嘎[①]说过,'理解的?要执行,不理解的也要执行。在执行的过程中自然会理解'。我们不就是一辈子听从命令,睁眼瞎一样建设了社会主义吗?哪一件事是由你自己做主干的呢?命令不在于理解而在于执行。"50 年后,他才真正理解了口沫[②]达日嘎的那番话。他后悔自己头脑开窍得晚了。他一想起那个能言善辩的领导,就会马上想起他那些妙语连珠的话语。

我敬爱的口沫啊,是你把我们培养成人啊!清洗了我们的脸面和愚钝的头脑,将陈旧木讷的脑袋更换成崭新聪慧的头脑,让我们变成新生力量,成为新社会的主人。那老师可是个英明人物,后来成了旗领导的领袖。党校的确是个"阳光闪耀的美好新生力量的摇篮",是我们信仰的庙宇。要说是庙宇,那里从未有过泥塑的释迦牟尼,只有长大胡子的领袖们印在纸上的头像扁平地贴在墙上。在那里的都是些能说会道的,可以佩戴五支闪光的钢笔的,出类拔萃的学者老师们。我们曾经非常炫耀着讲过的那些吸引牧民们的,被誉为"具有磁性的讲话"也都是从那里记来的。

哎,可是,现在,听说 20 年前被电锯切断两根手指头的温州的

[①] 达日嘎是蒙古语,指领导,民间指当官的人。
[②] 口沫是讲话时嘴角流口沫的人的绰号。当地人喜欢叫绰号。

一个木匠竟发了大财,一并购买了"新生力量摇篮"的全部大院和120头猪,盖起了高楼,开办了饭馆……他哀叹着。老头感到浑身发冷,好像外面在剧烈降温。聚集起来的悲伤的黢黑的云朵,仿佛就是哽咽抽泣时立马就会倾盆而下的天上的冰冷的泪水啊。"哎!人的一生啊,就是这么快呀,真像做梦一样!我们那个时候……"他伤感地回想着,清醒地自语着。

"我应该是个跷着二郎腿躺在炕上,让人伺候的人。像现在这样在别人的勺子下察言观色地伸手,想来真是莫大的耻辱啊!"他被内心的浪涛击打着忍受着阵阵隐痛。他突然失声叫道:"哎呀!刺得好疼!不是蚊子在叮吧?嗨!哪里呀……哟哟[1]……是要变天了,我这条坏腿又疼起来了。据说能吃肉、会念经的满都拉巴嘎[2]的肥胖的红脸老太婆用她那瘸腿预测天气,准确度超过了我们旗里气象站的三次预告呢。于是,老太婆有了信心,就想随着时代潮流竞争上岗似的说:'把我的孙子安排在你们站里吧,我坐在他跟前说我的情况就行了。'这个笑话不知是谁编造的,还传播了一阵子。自从被那'可恶的铁蚊子'叮啄了以后,我就有了这个预知能力,成了天气预报活着的仪器了。我也真是……"他独自发着牢骚伸展着腿,内心充满凄凉。但是,他每摸一回大腿就泄气一回。

说实话,卓儒睦图几乎习惯了这种两眼充满悲伤的泪水,透过窗户玻璃仰望着星空,思绪万千地躺着的生活了。眼泪充满后漫溢出来,剩下的一部分则倒流回去,让他感到愈加苦涩难耐。他现在犹如在阴冷潮湿的战壕里隐蔽了半个世纪的战败的义勇军战士一样忍受着重大的心灵的痛楚。在黑暗中,他用长满茧子的手掌去抚摸额头,触摸到了那像蒙古地区牛车走了多年形成深壕的路一样的三条皱纹和横戳的伤疤。

---

[1] 蒙古老人疼痛时,或在困乏时,习惯性地发出的语气词。
[2] 等同于现在的嘎查的牧区行政单位。

从外面传来了沙沙的声响。老头欠起身警觉地由窗口朝外张望，漆黑一片，什么都看不见，也没有什么东西走动的动静。老头想看个究竟，眯缝着眼睛仔细观察了一阵也没有什么可疑的迹象。老头正要侧身躺下，又听到了沙沙声。老头诧异地张望着外面，试图叫醒它，伸手去抚摸酣睡的它，就在那一瞬，传来旋风吹起聚集在窗根下的废纸的沙沙声，之后安静了下来。

"噢，见鬼！原来是风吹废纸的声响！可能是鬼在收钱吧……"老头揶揄似的自语着掉过背，安心地躺下了。他像曾经充满情爱地抚摸杭拉温暖的腰背、江嘎玛肥硕的大腿一样，反复地抚摸身边的它。吃足喝饱的它被抚摸着舒坦地躺在那里一动不动，也不撒娇，也不调皮。老头对它恩爱有加。多年来，它也习惯了心怀抱怨、不声不响地躺在他身边的生活了。它想吱声，但被老头压迫着不让它吱声。但是，它已经成了能够给予老头信心和勇气的唯一的精神依托。

似乎夜已经很深了。老头仍然没有睡意。但是，这却为他回想诸多往事，回味过去的光景，提供了充足的时间。再说，夜里什么都没法干，只有想象可以枝繁叶茂地无限生长。在黑暗中，偶尔传来窸窣声，吸引老头的注意力，有时让他进入备战状态，不久，又慢慢恢复平静。这并不新鲜，夜夜基本如此。也许是回味往事使他得到了自我满足，每每回想年轻时经历的和创造的那些传奇故事，现在觉得它们重新复活起来，妙趣横生，这成了他无意中度过漫漫长夜的生活习惯。这个习惯也似乎成了他进入另一个新的生活方式，开始慢慢融入其中的征兆。其实也仅此而已。

老头心事重重地躺着，可能是由于很久没有喝到羊汤[①]了，觉得有点耳鸣，胸口烦闷，他推开了窗户。没过一会儿，觉得耳不鸣了，胸口敞亮了，新鲜的空气让他舒坦了许多。他又躺下观望窗口，一阵

[①] 蒙古老人经常喝羊肉汤，调养身体。同时，"喝羊汤"又是避讳说"杀羊"的隐喻词。蒙古人习惯性地将"杀羊"说成"出汤"。

风唰唰吹过，屋里荡进浮沉的土腥味。风住后又传来了嗡嗡声。"啊哈，就是这声音，没错。"老头看清楚了，飞进来两只他孙女乌仁达格娜小的时候说的那种像"美国飞机"的偌大的苍蝇。接着，又听到了他老伴儿生前最后一次怒斥收购羊绒的二道贩子时，所形容的那种干瘪的蚊子的声响。老头慌忙关住了窗户。但是，为时已晚。已经没有办法驱逐这些饥饿的蚊蝇了。胡乱摔打，冷战了一阵，最终精疲力竭了。那些蚊子好像用尖利的嘴亲吻着他的血管，又好像抚摸着他的额头。是疼痛，还是刺痒，他自己也说不清楚了。偶尔觉得脸上有什么在蠕动，拍一巴掌，湿乎乎的，紧接着就是剧烈的刺痒。

△003　他一会儿打盹儿，一会儿做梦，不断地惊醒。

然而，他本来就是个值夜班的人，不应该睡觉，失眠是对的。这又不是给牲口下夜，可以时躺时起，进出留意就行了，现在可是接受了护卫富人财产的值夜任务，怎么能不履行哨兵一样的职责呢？虽说阶级斗争没有了，但窃贼强盗还没有消亡，所以，不可掉以轻心。丢了人家的东西要照价赔偿——我他妈的拿什么去赔偿啊？于是，袭来的睡意就会像小鸟一样飞走。这比参加党支部"出出汗""批评和自我批评"的会议还要劳人伤神。

但由于他常年的值夜班生活，形成了时躺时起的习惯，落下了一会儿打盹儿，一会儿做梦，不断地惊醒的毛病。一种难以言状的愤懑如同蟒蛇一样缠绕着他的魂灵。思绪纷乱无章，不断变幻游弋。

他回想起自己在战争时期，为了防备战马被敌人伤害和抢夺而值夜班、当前线哨兵的经历；他回想起自己在社会主义时期，为了防止怎么割都割不完的"资本主义尾巴们"偷盗公家的财产，当上基层经济建设前沿的护卫的过程。这一辈子从来没有离开过前哨的岗位，可是到头来，现在轮到的这个岗位却是个保护对立分子财产的违心的差使，这就好像背叛了自己的阶级。但反过来想，没办法啊，身在别人的屋檐下怎能不低头呢？

　　喝过的酒在似睡非睡中被分解，变成了能量涌向他的全身。"这一辈子，喝了不少的酒，干了不少的事，成绩也取得了不少，像个男人！"兴奋之余，他拿起了武器，想干点什么。但他不得不承认自己已经是个随着自然规律退了休，远离了工作岗位的人。

　　△004　那天夜里，盗贼侵入了这个皮革绒毛厂。卓儒睦图四处搜索，到头来什么也没有找到。谁料，却从堆放在院子墙角的，准备加高院墙用的一堆新砖垛里发现了窃贼。他窃取了十来块砖头装在麻袋里，驮在自行车的后衣架上，试图混过门房。卓儒睦图以哨兵的职责喝住了他。

　　抓住那人询问后才知道，他白天寻找工作、夜间寻找外快，换一句话，他是个寻找生活的蒙古青年。由于卓儒睦图是个有责任心的值夜班者，所以，为了在工厂主人面前显示自己抓住了偷砖头的窃贼，发挥了自己的作用，圆满地完成了任务，他的怒斥声音也显得信心十足，铿锵有力。他为第一次遇上这样的好机会而高兴。偷砖头的青年被人赃俱获，无处可逃。他害怕得瑟瑟发抖，低头作揖哀求道：

　　"老爷爷，放了我吧，我再也不敢偷盗了。"

　　卓儒睦图起初气愤，后来又觉得好笑，就盘问了起来。他手里没拿什么东西，身上也好像没有刀剑之类的凶器，就怕他拿起砖头砸向自己，老头保持着距离站在那里问：

　　"你叫什么名字？"

　　"特木尔毛瑞。"

　　"啊？好奇怪的名字啊？你偷了东西在隐瞒自己的名字吧？你知道你在挖社会主义的墙脚吗？我要把你交给警察。"

　　"不！我一直就是这个名字，我父母都这么叫。您就饶恕我吧，不要交给警察……"

"你是哪儿的人?"

"阿拉腾花尔大队的……"

"你是阿拉腾花尔大队的?"

"是啊!"

"你父母叫什么名字?"

"父亲叫巴图查干,母亲叫萨仁高娃。"

"你父亲叫什么来着?"

"巴图查干!"

"巴图查干?谁家的巴图查干?"

"巴雅利格的巴图查干!"

"啊!是巴雅利格啊?……你奶奶叫什么?"

"好像是叫图门珠拉还是什么来着?我们总叫奶奶,父母也总叫妈妈,从来不叫她的名字……"

"是个瘦高个、长脖子的女人吧?"

"……是的,是个老太婆。"

卓儒睦图知道自己说漏了嘴,便拿起手电筒在他脸上反复晃着,迟疑了一下说:

"你父亲是属啥的?"

"啊……什么来着,是属蛇的,还是属马的?"

"扎,行了……又不是算卦嘛……你要知道,无论什么阶级的人都会镇压盗贼的。把砖头放回原处去……"老头的语调委婉了下来,用拐杖指着墙角说。

小伙子把砖头放回原处后折回来:

"老爷爷。谢谢您的宽恕……我在这儿失去了工作,现在已经跌入了无法生活的困境。要是不赶在入冬之前盖一个小茅棚,就会冻死在街头啊……现在到了竞争的时代,没有文化、没有一技之长的我们丢掉了饭碗……我原来是个洗绒工人……"听着他的诉苦,卓儒睦图被他的口才打动：

"行了，咱们俩都是工人阶级。你跟我说了还不如不说，你不看我这个自身难保的样子嘛！想其他的办法吧……你快走，快走吧。去院子外面捡人们倒掉的砖头，或者到拆迁房屋的残垣上刨废砖块去吧。"卓儒睦图不但认识这个特木尔毛瑞的祖父巴雅利格，还跟他有仇。但是，卓儒睦图打心底里怜悯这个小伙子，一声不响地往门房子走去，他边走边将拐杖换握到左手里，用右手抓挠着耳朵，不断地唉声叹气。

△005 在过去，卓儒睦图一想起仇人"巴雅利格"就会怒火中烧。但是，现在已经过去多少年了，那曾经熊熊燃烧的火焰也行将熄灭。但是，那件可恨的事情仍旧留在他的记忆里，要想忘得一干二净是不可能的。

世事轮回，那件事现如今却倒过个儿来了。谁曾想到，竟然以同样的命运在生活的艰难坡梁上这般不期而遇呢？

想着巴雅利格，思绪自然转向了巴图查干。摸了摸耳朵，又想到了这个特木尔毛瑞。如果是留意的人一看就会认识——他那微显棱角的耳朵就差长一撮像猞猁耳朵上的尖毛了，非常扎眼，与众不同。真够奇怪的呀！莫非真的有神仙上帝吗……唉！现在想来，当时真该一股脑地信奉佛祖啊，不看现在有许多秃头孩子去庙里皈依佛门了吗……大鼻子们不也是每个进行礼拜去教堂祈祷吗？看他们也没愚蠢到哪儿，咱们现在不又是开始寸步不离地跟在他们屁股后面了吗？唉，当时批斗楚伦喇嘛，强迫他换掉裙裾穿上裤子的行为可能成了罪过吧……其实，穿裙裾也并不是淫乱滥行的证据呀。没有文化知识的睁眼瞎就是容易听信他人，像牛一样被牵着鼻子走，只看前头不顾后面啊……"执行"了一辈子没用的东西，结果一无是处，成绩是公家的，过错是自己的嘛，如之奈何……

卓儒睦图现在正好进入了酒醒后，在支部会上做自我批评时的那种自责状态——

在黑暗中，卓儒睦图想起曾有人诋毁他说"你穿着裤子也没比楚伦喇嘛好到哪去"的话，觉得有些羞赧，于是，像指责他人一样自省道："我这张臭嘴呀，一喝热乎了就这么肆无忌惮！"接着，又想起了曾经像给自己增添笑柄似的做过的那个"伟大"的报告，不由得笑出了声，"毛主席领导得好，我打得也好。听说就在那天夜里吓跑了蒋介石！"这话引起了此起彼伏的笑声。可怜的孩子们没有任何反应，倒是那些年轻的老师和女老师们捧着肚子没有了人形……是啊，怎么能那么说呢？唉！怎么那么浮夸、那么傻呢？连"我们"都不会说啊……

现在回想起来，曾经确实是够轻佻、够犯傻的。姑娘媳妇前呼后拥的时候，仗着霸气收拾一个，使着计谋裹哄一个，在第七个上被打了个头破血流。勉强套住了轻风撒欢的太阳图门珠拉，结果也给跑脱了。他的思绪仍在继续着。

失去图门珠拉对他来说是个巨大的损失，成了他心灵的无底空洞。但话又说回来，那个"损失"也许还成了好事，没有像公猴子、雄狮，或是公黄羊那样被驱逐出群，没有憔悴而死。尽管落了个"狼"的绰号，照样有幸活到了现在，这也许就是人性化社会的好处吧。民间有这样的说法：一享受，二受苦，三打闹，四折磨，五切割，六撕扯，七疯狂，八结束。据说，除非是帝王大臣，如果是一般百姓，就是再好的汉子也耗不过八个女人。

那天夜里的战斗

△006　络绎不绝地反复隐现在卓儒睦图老头记忆中的经历，虽说有些像梦幻，但的确有些真实而闪光的，峥嵘岁月留下的，如同童话史诗一般的传奇故事。

他追溯着意识漂流而去——留在记忆里永不淡漠的往事仿佛发生在昨天，历历在目——埋伏在红格尔山西侧壕沟里的那个夜晚就是这样，是个乌云压顶的秋天的夜晚。是砍掉水斗脑袋①的头，还是让水斗脑袋砍掉自己的头？现在看起来人们不会相信，像儿戏，又像传奇故事，但当时那可是用生命下的赌注啊！"如果能在破晓前占领红格尔山西侧高地，将四门火炮指向三个方向放稳了，我方的计划就可能实现。必须占领那座山！"特木尔团长下达了震撼山冈的命令。他可是个智勇双全的人。果真如此。水斗脑袋的山匪们像蚂蚁一样匍匐在对面山头上，进入了黄鼠露头都会打爆的瞄准态势。对方早已预备了密集的火力，如果白天发起攻击，那将适得其反。于是，趁夜占领红格尔山的西侧，将人马火速埋伏在图门毛杜图沟壑，否则，将悉数成为炮灰。我们听到团长的命令后，幽灵一般迅速地潜入了红格尔山的西侧隐蔽起来。

我和宝汗戴哥哥被派遣去执行看护拴縻在图门毛杜图树林里的100多匹战马的任务。我那条破枪，真能急死人。现在的孩子听了恐怕都不会相信。用火药和铁砂装满它的肚子，得费好大的工夫。火铳对没有武器的人来说是个武器，对于当时担负看护战马的我是个不错的依托，比起赤手空拳强多了。在50码内，不打他个脑袋开花也打他个遍体鳞伤。永远不要小看武器，如果近在咫尺，不留神还会要了他的命呢。

虽说已经习惯了事先装好火铳进入备战的那种状态，但那天夜里的恐惧感是未曾有过的。"50码内不许点香，100码内不许抽烟袋锅，200码内不许伸头张望！"传来了上级规定的"三不许"的命令。据说，水斗脑袋是个神枪手。虽然我没有被水斗脑袋打中过，但我见过他。水斗脑袋（这里说的水斗是用柳条编织的脸盆大小的水斗）的确

---

① 故事中人的绰号。那人的脑袋像水斗子。

是个少见的脑袋巨大的家伙，看上去十岁的孩子根本抱不住，至少也有三四十斤。那回水斗脑袋看我的时候，他额头上的那双闪亮的眼睛酷似我们后营子红牡牛的眼睛，咄咄逼人，令人发怵。

那天夜里，我感到格外恐惧。"今天夜里如果取了水斗脑袋的人头，我是驮不动的，只有参加过多次敖包①那达慕②摔跤比赛的宝汗戴哥哥才能拎回团里领奖吧。"当时，我以天真的想法盘算着。

当我懵懂过来时，在黑暗中，剧烈的战斗打响了。枪炮的轰鸣声响彻山峦，震耳欲聋。枪炮弹丸扫过头顶，宛若旱年的冰雹噼里啪啦地砸向大地。被枪林弹雨劈斩的断枝残叶劈头盖脸地压下来。我找到了一块适合隐蔽的大石头，把随身携带的滴里嘟噜的火药和铁砂放在石头上面驼掌大小的凹槽里，觉得轻快了许多。多亏隐蔽得好，流弹撞在前面屏障的巨石上，改变着方向嗖嗖乱飞，让人心惊肉跳。要是知道这么可怕，我就不会扛枪上阵了。拴縻在沟底洼地里的战马们也惊恐地支棱着耳朵。一匹战马受伤倒下，好像在挣扎，宝汗戴哥哥急忙匍匐过去。

我提心吊胆地趴在原地，这时，好像有一匹马受惊，撅断了縻绳。我咬紧牙关爬出覆盖在身上的尘土树枝的被子，在黑暗中，竭尽全力匍匐前行，冒着呼啸飞过的密集的枪弹，摸索到了受伤的马的跟前。摸了摸，感觉到从受伤的马的肷窝里喷涌着热血。但是，没有办法救助。我拴紧了受伤的马的縻绳，防止它惊吓其他的马。接着，我爬回了原来的位置。宝汗戴乖③也返回来了。团里派给守护战马任务的人就是我们俩。

我是赛音乌苏的，他是恩格尔宝拉格的。在两次的敖包那达慕上

---

① 用石头、木料在高地上堆积起来的圆锥形建筑物，用来祭祀神祇，祈雨。
② 蒙古地区举行的大型竞技娱乐活动。这期间必须进行摔跤、赛马、射箭的男儿三艺比赛。
③ 蒙古人尊称长者的后缀语。

见过他后，我就认识了他。他是个大大咧咧、爱开玩笑的调皮的人，所以，人们不叫他的真名乌力吉巴雅尔，取笑他叫"宝汗戴（牤牛）"。他竟然能和我们这些连鼻涕都擦不干净的小孩子们为伍，我们也愿意和他玩耍。他经常讲一些女人和喇嘛的离奇古怪的事，我们很乐意听，很好奇，有时候感到脸红。他还是个性格特别的人。我们一般想的是姑娘媳妇们的脸蛋儿，但他却不，他讲的更多的是她们的小腿。虽说他自己有一双并不好看的粗壮的小腿，但总是说要以小腿去选择姑娘们。也不知道他是什么时候看到了整天隐藏在裤腿里的小腿，也许是在胡说，他还真能把"数得上的五个姑娘"以她们小腿的特点排上了顺序：

陶格斯其木格是仙鹤的小腿，江嘎玛是黄羊的小腿，阿里木图的阿拉坦娜布奇是笔直的小腿，浑图的红格尔珠拉是竹黄的小腿，乌珠穆图的乌日勒策策是柳条般修长淡黄的小腿。我们听后，笑得前仰后合。他却若无其事地板着脸坐在那里，用皮条加固着镶牛皮靴子准备入场摔跤，他讲自己的故事就像讲别人的故事一样不动声色。"在那年奥伦毛杜图敖包那达慕上，我看到了一个陌生的来自外旗①的惊人的美腿，正在偷看，不料遭到了一个青年的袭击……"他停止了讲述。我们没有反应过来他是在暗示"端茶来"，不知道是怎么回事，投去祈求的目光。他却威胁说："不讲故事了！"后来，我们都学精了，事先觉察他需要点什么，提前准备好，把犒劳的茶放在他的身边。他兴高采烈地讲述他那离奇古怪的故事。我们自从听了他的讲述以后，脱离了奶奶讲的莽古斯②的故事，就像升级考上了大学的大学生一样，专心致志地听他讲课，陶醉于其中。

摔跤手们进入场地后，远处望去，他那矗立的高大身躯着实引人注目。冷不防凑近一看，真会让人生畏却步。脖颈酷似牤牛脖颈一样

---

① 内蒙古地区的行政区划名，等同于其他省区的县。
② 莽古斯：蒙古神话里的长有12个脑袋的魔王。

厚重,虽说是直立着的人的脖颈,但看上去就像牢牢地嵌在他两肩中央的紫红色榆树的粗实的木墩子。浓密如织的乌黑的眉毛,宽大的赭红色脸庞,也不知道是从哪里来的那种精神炯炯有神的一双眼睛,一说姑娘就会闪耀异样的光芒,大得吓人。因为我心疼他,所以害怕他笑。他那"喀喀"的浓重的笑声有些瘆人,也许这是英雄天生的笑声吧?我为他担心,姑娘们听到他的笑声后吓跑了怎么办?

△007 每次开玩笑,他总是要摸我的裤裆。我都急得快哭了,他还开着玩笑穷开心。再说,他的确是个不得了的家伙。

"听说你同龄的那几个孩子在那场儿戏一样的小型战斗中都吓得尿了裤子啦。你不会也是那样吧?"他抚爱似的摸了摸我的裤裆接着说:"噢,是啊,干干的,是个好汉啊……噢,对了,小弟的鸡鸡呀,是个长得不错的物件嘛……给你娶瘸子麦德尔的小姑娘吧,那姑娘很有福气啊……"他柔声细气说着,突然又吓人地浓重地"喀喀"大笑起来。我并不是担心他惊跑了周围的姑娘们,而是害怕他把自己隐蔽的位置暴露给敌人,招来枪炮的轰击。他比我大十岁,所以,他像呵护小孩子一样爱抚着我,逗我开玩笑。我大概是听懂了他的话的意思——也差不多,那时我已经虚岁16了嘛……听了他挑起来的娶媳妇的有趣的话,我心里头感到非常害羞,脸颊立马热了起来。人这东西也奇怪,也不管自己曾经是如何嘲笑别人的,就是在那个危险的时刻竟然还能有"要是江嘎玛还行……"的想法闪过脑际。其实,在这之前,我只见过一回江嘎玛,从未有过这样和那样的事。15岁那年,我在阿贵庙解除斋戒的庙会上,意外地看到浑身闪着耀眼的光的美若天仙的江嘎玛姑娘,顿时不知所措,目瞪口呆地木讷在原地。然而,就在那赌命的瞬间都能想起她,欲望真是魔鬼呀。如果不是那魔鬼拖了我的后腿,我是个有官运的人啊!

我隐藏着自己的羞赧,试图引开他的话题:

"我刚才躲在树后尿尿了,怕尿泡涨得厉害憋不住。我现在也在咬着牙夹着呢……哥,您要是一对一遇上水斗脑袋能战胜他吗?"我用勉强能听到的声音问他。他却轻巧地转移了话题说:

"能行,能行,他是个上了年纪的人,只是个空架子……这次要是镇压了水斗脑袋,你想要什么?要是把水斗脑袋的2 000只羊分给牧民们,你至少也能摊上20只吧?东北地区和内地已经镇压了敌人,进入了社会主义。据说,把地主的田地、院落、房屋全部分给了穷人。听说,到了共产主义,每天喝牛奶、吃面包呢……弟弟,你要是想娶瘸子麦德尔的女儿杭拉,我真的给你做媒。啊?你怎么不吱声?害怕枪声了?没事,弟弟别怕……一会儿就结束了,这次战斗完了,我就回去娶老婆,抚养母亲。

"母亲叫我在佛灯二十五①之前回来……噢!对了,我要交代你一件事,我去娶媳妇时你得给我当伴郎啰。你出门之前要揣上几块冰糖……要是对方的媳妇们堵门,你就把冰糖塞给她们小声说'不要阻拦了',或者使一个眼色,我在图古勒乎的婚礼上就是这么干的……我听了达日嘎的上回的报告后,失眠了一宿,第二天早晨,让百舌②丹巴给我母亲捎话说:'我大概在十月二十五之前能回来。听说,战争结束后,要分牲口和财产,可能会分给咱们青格勒巴雅尔的新房,因为,咱们家乡参加军队,干革命的人只有我一个嘛。妈妈,您就好好地等着我吧……我们达日嘎还说,不久解放了,大家每天用牛奶面包生活。吃不惯面包的人还可以吃羊肉。脱了粗布裤子换穿条绒裤子呢。扎,无论咋说,已经听到共产主义的脚步声了。妈妈,您就忍一忍等着吧,跷着二郎腿享福的日子不远了'。据母亲说,我们是个没有奶牛,没有肉羊,门上没有狗,院里没有牲口的叮当响的穷苦人家……"可怜的宝汗戴哥哥如是哽咽着激动地说。

---

① 指宗喀巴诞生日,阴历十月二十五。也称佛灯月。
② 是一种善于啁啾的候鸟,常在羊圈等建筑物墙壁上筑巢。这里用于人的绰号。

宝汗戴哥哥是个非常孝敬母亲的仁义之人。在他六岁的时候，当时听差于民国驿站的父亲，为内地的一个银匠当向导，途中遭遇了十来个土匪，奋力保护客人，用马鞭子进行抗击，最终身负重伤不治身亡，遗骨安放在了布日和山中。自那以后，沦为寡妇的母亲巴达玛索给别人家放牧羊群，加工奶食，搬运柴薪，在杀牛宰羊的隆冬季节干着繁重的活计，养育了孤单的儿子。她这个儿子乌力吉巴雅尔异于他人，长得人高马大，一顿饭能吃光母亲三顿饭的量。可是，母亲却在心里沾沾自喜，相信儿子将来肯定是个好汉，会很好地孝敬自己。她凌晨摸黑起床，像启明星一样闪烁着，在青格勒巴雅尔的牛栏上，用两个小时的时间挤完20多头奶牛，进门就会给儿子喝两碗生牛奶。在入冬前后一个月的时间里，应约参加邻居几户富庶人家准备过冬肉食加工的精细活计，大显身手。所以，人们争先恐后地约请这位勤劳精干的女人，让她帮助干一些搅血灌肠①、配制肚装下水②、卷肉卷、拉肉条、开节解体③等精细工作。与此同时，还要被人们拽过去帮助他们完成黄油、白油装肚子、装盲肠④的工作，每天忙得脚跟打后脑勺，疲惫不堪。就这样，她把大肚子儿子喂饱养育成人。无论多么劳累，巴达玛索只要见到儿子，那些困倦就会立即烟消云散。虽然遭受了战火的蹂躏，受尽了饥寒交迫的苦难生活的煎熬，但是，那个时候，乌力吉巴雅尔已经是20出头的大小伙子了，母亲也不那么为他担心了，只想着让儿子娶媳妇、抱孙子。于是，宝汗戴哥哥就时刻想着孝敬母亲，报答她老人家的恩德。

△008　枪声仍旧不停地砰砰响着。胜利的幸福时刻正在临近。

---

① 将现杀的羊的血用作料调配好，灌制血肠子，是一道美味。
② 将灌好的血肠及所有下水配成套装入一个收拾干净的羊肚里存放。也叫五脏全肚。
③ 肢解拆卸牲畜的胴体，易于存放，易于搬运。
④ 为了便于储存和携带，将黄油和白油（奶油的俗称）装入羊肚和盲肠。

破晓前，传来了我方的冲锋号声。我和宝汗戴哥哥一动不动地趴在巨石后面的地上，坚守着自己的岗位。保护战马是我们唯一的任务。天刚刚破晓，传来了我方惊天动地的欢呼声："打爆水斗脑袋的脑袋了！冲啊！"我们俩也有了勇气，像受过惊吓的野兔一样战战兢兢地从原地爬了起来。枪林弹雨停止了。天边开始放亮。偶尔还传来三八式步枪的簌簌的射击声。就在那一刹那，一队由骑白马的人领头的人马在晨光中，突然出现在我们眼前，顺着山坳的斜坡朝沟壑这边的我们奔突而来。我们认清了他们是敌人。

宝汗戴哥哥比起我强多了，有一杆三八式步枪。那帮家伙顺着山坡逃遁，但是，由于在昏暗中看不清地势，提不起行进速度。宝汗戴哥哥用他那装填五颗子弹的快枪尽量瞄准，射击着。打了好几枪，只打下一个人。那个骑白马的人朝宝汗戴哥哥枪响的方向俯视过来，连发几枪，打伤了他。紧靠在巨石上的我被恐惧和愤怒激发，朝着骑白马的人用力抠响了火铳的扳机。不要怕火铳打不中，的确打中了，好像还打中了好几个。"哎，臭狗屎！"他们在喊叫着、谩骂着，但是，没有一个落马的。骑白马的那个家伙似乎没有受重伤，"该死的混蛋！"他愤恨地骂着将快枪指向这边射击。巨石仍旧庇护着我。我从岩石凹槽里拿出火药和铁砂，准备重新装填火铳。

猛然间，在对方那个家伙的枪声中，我身不由己地瘫坐在了巨石后面的地上。似乎是右腿出事了。像蚊子扎一样刺痛的感觉就是从那个时候开始的。那个时刻正在赌命，根本就没有确认究竟的空儿。一心想着打倒这帮近在咫尺的混蛋，坐在巨石后面忙乎着充填火铳。又听到几颗子弹打在巨石上，向四处呼啸而去的声响。在我还没有来得及做什么的时候，那帮混蛋好像只顾逃命了，顺着下坡的牲畜小径一股脑地策马奋蹄而去了。我知道已经没有打到他们的希望，想去看看宝汗戴哥哥怎么样了，但腿已经不听使唤了，摸了摸，只觉得湿乎乎的。也许是知道自己受伤了，灼烫一样的疼痛瞬间袭来。

那个疼痛已经不是什么蚊子叮咬的刺痛，而是虎狼撕裂般的剧烈的疼痛。晨光还没有完全到来，因为，我们潜伏的位置在茂密的林子里，所以，周围一切都是黑暗的。伸手摸去，像冰雹打过一样的湿漉漉的地面，从那浓烈的腥味判断，那是血液。事情一旦顶到头上也就只能顺其自然了。也没觉得受伤的腿有多可怕。但是，后来却被列入了在战场上光荣负伤的英雄们的行列，成为二等残废军人的有功之人。

唉，担心啊！骑白马的人逃走后，周围安静下来。过了许久，宝汗戴哥哥仍然没有任何反应。我有了一种不祥的预感，咬紧牙关向前爬去一看，只见我的大哥、亲密的战友倒在大片的血泊中停止了呼吸。如同五雷轰顶，我眼前发黑，悲痛的泪水不禁夺眶而出。亲爱的哥哥哟，万恶的敌人的子弹夺去了你的生命啊……我心如刀绞，五脏俱裂。可怜的哥哥哟，你没有实现分到青格勒巴雅尔的羊群，拥有自己吃肉喝汤畜群的愿望；没有看到让母亲喝牛奶、吃面包的日子的到来；没有来得及娶回来媳妇，万般遗憾地牺牲了。咱俩谈论的、咱俩戏逗的那些，在那一瞬间化为了过眼烟云。现在想起来，我还没有完全从当时那个梦魇中惊醒，一直在朦朦胧胧地延续着它……在当时，他的牺牲带来的悲痛远胜过我父亲的去世。战争年代的记忆是何等的深刻啊，至今仍然历历在目。在我们战友们的呐喊声中，逃跑的那个骑白马的家伙正是水斗脑袋的儿子葫芦脑袋[①]。他也正是射杀我的宝汗戴哥哥的刽子手。

怒火中烧的我用尽浑身力量，充填足了火铳准备停当，咬破食指肚子吸吮了血，发毒誓一定要杀了葫芦脑袋为兄报仇。悲痛之余，我又一次痛哭了起来。往这边爬过来时，可能用力过猛了，右腿开始持续疼痛，接着是剧烈的疼痛。但我并不是因为那可怕的疼痛尿了裤子

[①] 人的绰号，脑袋像葫芦。

哭号的，而是因为失去了战场上的伙伴，我精神依托的好哥哥而肝肠寸断、孤苦伶仃地痛苦了许久。葫芦脑袋这帮混蛋，吃了他们的肉，喝了他们的血也难解我当时的仇恨。我可怜的调皮的宝汗戴哥哥，虽然口无遮拦，常说臊话，但却是个好人。唉，为我向杭拉说媒的人也牺牲了。我趴在他的遗体上痛哭了好久。

战友们将我敬爱的好哥哥连同他牺牲的同伴，埋葬在了一个敖包坡麓阳湾凸出的台地上，这里可是个流传着黑马英雄可怕传说的地方啊！

四个人抬着我下了山，送到设在山下岩石避风处的"救助站"，包扎了受伤的腿，而后，又抬我到当地一个有名的正骨师家进行疗养。那个正骨师叫巴拉登巴特尔，在当地闻名遐迩。人们传说，他将出了被蛇吞下的小鸟后就成了正骨师。关于那件事，巴拉登巴特尔自己说："当时我只是想淘气地把小鸟挤出来。我根本就没想到它会活过来，会飞走，真是做梦也没想到。但是，它却活过来唧唧叫了两声飞走了。啊，也真奇怪呀。自那以后，我产生了一种似梦似真的幻觉，终于，在一天夜里，那小鸟托梦给我说，'我来报答你的大恩，让你手受魔法'。于是，我才相信了这门手艺。"他像搓捋蛇一样搓捋了我的腿。当时，正骨师的手刚摸到我的腿，我就失去了知觉，没能知道正骨师是如何用挤捋蛇的技法为我进行搓捋和排毒的。只是后来听护士说，我在疼痛至极的时候尿了三回裤子。"已经是英雄了！"我越想越感到羞愧。在黑章京①宽敞的板生房②里躺了两个多月，疗养被打断的大腿。会走动后，谁用牛车把我送回了家。就这样，我落下了终身残疾。骨折治愈后，我学会了用右手灵巧地拄拐杖，会微瘸地走路了。但是，好就好在每走一步都会显示出我为革命立下的血汗功勋……

---

① 人的绰号。章京为清朝官职名。
② 方言，指平房。

△009　的确如此，这个卓儒睦图老头曾为自己的革命青春时代着实自豪过一阵子。虽然腿不好，但信心百倍地、毫不动摇地、勇往直前地沿着革命和社会主义道路前进的就是这个人。

卓儒睦图的父亲叫奈登，是个聪明睿智的人，早年就去世了。卓儒睦图是在祖母沙金格日勒的庇护下，在寡母通嘎拉嘎的抚爱下，自由健壮地成长起来的。他出落成了集相貌、身材、智慧于一身的帅小伙子。13岁那年，他在少布格尔敖包那达慕儿童组摔跤比赛中夺得冠军。人们善于以讹传讹，听说卓儒睦图参加儿童摔跤比赛夺冠，竟把他与老人们口口相传的梦幻般的民间传说联系起来，把他们的祖先说成是具有摔跤血统的好汉们。

传说，在上古时期，蒙古人远征时，跟随着阿拉特木尔[①]身边的一个牧牛娃就是他们的祖先。他们打败了大理国[②]后，实行军事统治，军人们被派往各村担任了十户长。那个放牛娃实行黑暗的残酷政策，统治了多年，那里的奴隶们忍无可忍。上峰的官僚们对这个功勋卓著的英雄也束手无策，最后想出一条妙计，让他升迁为五十户长。但他好像当馋了十户长，死拗着不走，说："我不当大官，管不了那么多。"就这样，过了一段时间。不料，奴隶们秘密结社发动了暴动；幸亏，他的一个私生子及时送来了消息，他才幸免遇害，逃回了故土。

1958年的"三面红旗"运动中，卓儒睦图的姓名发生了重大的变化。在向群众宣传"大跃进"的那个时候，卓儒睦图曾代表大队参加过各种集会和那达慕。入场时，他总要在马背上高举以"社会主义夏日哈达"开头的大红字横幅。于是，人们不叫他奈登的卓儒睦图，而改称其为奈格木·卓儒睦图（社会主义）了。把"内格木"这个蒙古字简写，恰好和"奈"字一样，这样一来，父亲的名、革命的"姓"

---

① 蒙古传说中的历史人物。
② 历史古国名。在今云南省。

完全一致了，怎么叫都行。平时，人们看到卓儒睦图的到来，就会说：“奈格木·卓儒睦图来了。”他自己听了也会显得喜形于色。

分 牲 口

△010　肩挎带支架的火铳，手拿拐杖，骣骑着马的一个人傍着夏日哈达巴嘎①的右手的路，兴高采烈地打着口哨，赶着一小群羊和几头牛行进。

今天，对于赛音乌苏小组的瘸子卓儒睦图来说是个大喜的日子。也难怪，今天他来参加夏日哈达巴嘎分牲口的会议时，还是坐着别人的牛车来的。来时他还说：“谁知道啊，荒郊野外啥事都能碰上。再说，我还是革命军队的老战士，背上这根铁管子，就说瘸腿用不上吧，吓唬狗还是绰绰有余的。”今天早晨来的时候，他除了拐杖和火铳以外，什么都没有携带，可这会儿他却骑着马赶上了牲口。他从水斗脑袋的牲口里分得了 32 只羊，四头牛，另加一匹乘骑的马，这成了他无上的荣耀。

△011　战争结束，一切复归于正常生活的运转中。

新的生活开始了。好像将一个充盈了自由幸福的肥硕的大羊背子②放在了卓儒睦图的面前，使得他不知从何切割，如何入口享用。

水斗脑袋的脑袋掉在了山上，其子葫芦脑袋受了轻伤，像狐狸一样逃往了美国。这一切，在后来得到了证实。为牧主放牧畜群多年的牧民们兴高采烈地、望眼欲穿地等待着自己能够做主喝羊汤的那一天。就在牲口吃青抓膘的时候，新建立的牧民协会的牙签达日嘎朝克图、旗宣传部的口沫达日嘎呼和楚鲁、旗武装部的"形势大

---

① 等同于汉族地区的村级行政区划。
② 羊胴体的后座部分，是招待贵客的上等佳肴。

好"达日嘎巴雅尔图等人赶来，召开了大会。大会上，达日嘎们宣布了不没收富人牲口的政策，但鉴于水斗脑袋死亡，葫芦脑袋外逃，成为极其恶劣的叛徒卖国的坏分子，再则，他们的家人亲戚也躲的躲、逃的逃，四散无踪了，所以，根据特殊政策，现决定将他家15群牲口分给贫苦牧民。另外，将楚伦喇嘛聚会诵经的阿贵庙名下的畜群归公，作为建立学校、医院、供销合作社等为大众服务的文教卫生事业的资金。

革命烈士乌力吉巴雅尔（宝汗戴哥哥）生前计划着分到手的青格勒巴雅尔的新房的愿望落空了。青格勒巴雅尔是个在日伪时期读书识字、开了眼界的人。所以，他善于获取消息，能够看清时务，适时随机应变。在整个战争时期，他谨小慎微，深谙世事难料之理，轮番打出两种旗帜①应对。恰好在他打出红旗的那天，遇上了查干宝阁达②部队的到来，他得到了开明的进步富人的口头褒奖。就因为那次的颜面，他获得了终生的资本，拿稳了饭碗。自那以后，青格勒巴雅尔小心谨慎，而且，准确无误地铺好了自己人生的出路。他愈加熟谙了见风使舵的技巧，寸步不离地紧跟穷苦人的政策。于是，在崭新的政权建立后，率先将自家的财产和牲口上交了国家。他的这种积极支持革命的觉悟和态度，再次得到上级的赞赏，不久，被任命为旗直属牧场的场长。于是，人们称他为红帽子富人青格勒巴雅尔。

觊觎青格勒巴雅尔牲口和财产的人们如同竹篮打水空欢喜了一场，乌力吉巴雅尔——宝汗戴哥哥的遗言也付之东流了。乌力吉巴雅尔的母亲巴达玛索老人没有指望上青格勒巴雅尔的新房子，依旧住在露天通风的褴褛的毡包里。但是，在分牲口的时候，旗里没有忘记老

---

① 20世纪40年代，国民党和共产党的两支部队在察哈尔地区往返征战，时局甚不稳定。那时，有些富人为了保全性命，哪个党来了就打出哪个党的旗帜。
② 内蒙古西部地区的一支革命蒙古骑兵师名。

人，从庙群①里分给她五头牛、两峰驼和40多头羊。后来，到了老人的毡房破旧不堪、无法搭建的时候，旗里终于给她建造了一间半的土坯房。

　　△012　卓儒睦图现在依然趾高气扬，精神抖擞，但想到"骑马者的福，惠及步行者"，心情就会沉重起来。革命这东西其实是赌上性命的决斗。有幸生存下来的人就会这样拥有了牲口，迅速地恢复起来，如果光靠拼命三郎的干劲，从饲养孤羔弱畜开始的话，要想繁殖到这么多的牲口，至少也得三五年的光景。打十年猎，能积累这么多的财产吗？还是干革命好，能够迅速富强起来。没看我只放了几枪，回来后马上就有了喝汤的羊和乘骑的马了嘛！现在的问题是怎么放养这些牲口？母亲上岁数了，我又是个残废……还有，早在红格尔山战斗的动员大会上，达日嘎明确地讲过，对革命有功的人是要奖赏官职的，所以，会给个一官半职吧。当官就意味着得到了无名的活着的资本，自古以来就这样。人们为什么豁出命去争取权力呢？权力就是财产，就是妻儿家业呀！我有了职权该怎么办呢？一个达日嘎不能每天跟在牲口屁股后面吧！想雇用一个人去放养吧，也不行……

　　他时而心花怒放，时而暗云压顶。战后，卓儒睦图在家疗养了几个月，把腿养到了不会成为累赘的相当好的状态，但在行动上还不那么利索。可是，他料到哪天必将会使用骑乘②，于是，他就翻新了父亲用过的鞍具，等待分给骑乘了。这不，今天在分牲口的大会上，旗里实现了曾经的承诺，给他分配了专用的骑乘。卓儒睦图的命运仿佛正在从梦魇中惊醒的时候，不料，现实变得比做梦还要美好了起来。入伍征战、流血立功回来后，甭说家乡那些心高气傲的姑娘们，就连

---

　　①　过去的喇嘛庙都保有自己的畜群，俗称庙群。
　　②　骑乘：方言，马、骆驼等的乘骑物。现在也指自行车、摩托车等。

旗里娇柔高贵的秀女们都羡慕革命英雄，前呼后拥，屈膝行礼，请安问好，关心询问他的生活起居，有的甚至问到他母亲的健康和抚养的情况。有些胆大手快的姑娘们与他迎面相遇时，竟然为他整理衣襟袖头，抻直衣领的皱褶。还有的姑娘为他摘拣粘在袍子上的线头毛屑。

卓儒睦图躺在黑章京的屋里养伤的时候，一天夜里做了一个反动的梦，有些情节现在已经模糊变样了，但这会儿仿佛又浮现在了他的眼前。那梦是：

卓儒睦图镇压了水斗脑袋，用火铳打瞎了葫芦脑袋的眼睛，将其撵跑回到了家乡，牧民们迎请他坐在了黄金靠背的帝王的高座上。人们把他坐的那个椅子叫作御座。那椅子也的确显得高贵华丽，用耀眼的黄色绸缎包面，矗立的黄金靠背流光溢彩。

悬空抬架着、请他就位的牧民们发现，他仍然穿着从战场上下来时的破烂不堪的山羊皮衣裤，有些迟疑了。因为，他的衣服过于肮脏，还打满补丁，无法请他就坐主子的御座。这时，一个人跪在他的面前谏言道：

"敢问陛下先是起驾进京添置新龙袍呢？还是暂且脱光破衣，身披丝绸立即就位呢？"面对这个场面，他机敏地显示出聪明才智，尽量用文言文的语气道：

"众爱卿听旨，如何是好？"

噘嘴唇的一个大臣率先叩首谏言道：

"先哲们名言里有'忙者养羊，急者脱光'。夜长梦多，难料中途发生变故。即是光身也要占据御座……如若陛下不登御座，我等奴才无法喊'万岁'，叩首行礼呀！"

于是，众大臣相继下跪叩首道：

"陛下是否赤裸，草民百姓也不敢撩起来看，占据御座后再穿裤子也行啊！"

自从三岁开始穿裤子，没有像现在这样赤身裸体过，但是为了权力，为了尊贵，大臣们的谏言也对，起居随意，工作起来也方便。他想到这里后，说道：

"奈何，为了无产者，为了世界劳苦大众，朕愿接受尔等请求，满足尔等的愿望！"于是，尽管没有裤子，他依然身披黄色绸缎登基就位了。自那以后，向上指手，天是他的；向下画脚，地是他的。就连他放个屁，那些谄媚佞臣们都夸奖一番："陛下赐予的圣气真是芳香至极！"一天夜里，他被皇后、贵妃、丫鬟层层围住，从太监呈递上来的托盘上的隆恩游兴的彩色签筒里抽出一根金签放下后，正准备行幸时，不料早晨到来，他在乳牛的鸣叫声中惊醒了。然而，那个梦竟成了他含在嘴里融化不完的神奇的蜜糖。非但如此，竟然有了膨胀的倾向。

事情这个东西好的时候好，不好的时候不好，什么东西一旦过分就不好了。他在众多姑娘们鲜花般的烂漫中眼花缭乱了。他曾想，宝汗戴哥哥说过的那个瘸子麦德尔的姑娘杭拉如果真的是那么好，娶就娶了吧。可是，现在瞟了一眼觉得令他作呕，便把她列入了"流鼻涕者"①的行列。他的眼睛迅速地傲视起来了。也许是他过于高估了自己，他开始迷恋远近有名的美女江嘎玛了。杭拉的眼睛虽然漂亮，但不会用眼睛去说话。而江嘎玛则不同，善于用眼睛说出奇言妙语，让人神魂颠倒。黑白分明的大花眼灵活地环视着，淋漓尽致地表达不亚于诗人的美妙的意念。究竟是在示意为他烹制美味佳肴呢？还是在邀请他去野外草滩戏耍呢？或者是在说着其他什么，卓儒睦图自己解读不清，心急如焚，只有陶醉、迷惘、梦想的份儿了。

说实话，江嘎玛向来就看不上他，直到他参军前夕，与他擦肩而过时都装作互不相识。可现在虽说他腿瘸了，但已是战斗英雄，将一生的颜面镀上了光荣的金箔，不久，就会成为身穿四个大兜的裤子，

---

① 指懦弱者。

昂首叉腰站在她面前讲话的旗里的干部了。江嘎玛是个聪明人，早已预料在先了。

面对卓儒睦图的请求，她用圆滑的话语巧妙地应付过去，让他咽下了一块带筋的硬肉疙瘩。于是，卓儒睦图打算从上级拨给他的残废军人特别救济物的米面、糖果中匀出一部分，铺开一条通往乌赫尔楚鲁图她家的蜜糖之路。他每次避人耳目，偷偷到她家来与她幽会，一听到她那扣人心弦的银铃般清脆的声音，看到她那花苞初绽般娇滴艳丽的容颜，就会六神无主，不知所措。可是，他回到家后，就会后悔得抓耳挠腮，竟然把自己为啥去的、要说啥话，忘个一干二净。壮着胆子去了三回都是如此，他对自己失去了信心。第四次，托百舌丹巴捎了一封信。

"我喜欢你，我向你求婚。"他勉勉强强写了这么几句话，将信纸折叠成了三角形，把姑娘的名字写在了表面。百舌丹巴家住赛音乌苏西营子，虽说不识字，但能说会道，乐于帮助乡亲朋友，不分昼夜，不管远近，有求必应；所以，人们经常求他跑腿儿。他喜欢高帽子，只要用几句好话撺掇就会忘乎所以，尽心竭力地奔跑，其实是个实诚的人。卓儒睦图这回也自然请求百舌丹巴为他的婚事帮忙跑腿了。

不料，祸起意外。夕阳西下的时候，百舌丹巴上气不接下气地跑回来，拍着大腿嗔怪说：

"老弟你是个识文断字、头脑聪明的人，怎么能那样辱骂人家没有出嫁的姑娘呢？她说要上告口沫达日嘎呼和楚鲁呢。"

正在等待喜讯的卓儒睦图听到丹巴的话，立马傻了眼。

事情原来是这样：过去，卓儒睦图从庙里的喇嘛那里学了几天字母，自己在沙板上练习写字，没等熟练掌握就参了军，一时间放弃了学习。于是，在这次的信中出了不少的错别字。其他错别字还情有可原，主要是在折叠成三角形的信面上，将"江嘎玛收"给错写成了

"养哈玛收"。有的时候事情就偏偏对上茬子了。在丹巴送去信的时候，刚巧遇上曾在一所学校当过老师，后因"家中若有三斗粮，不愿去做孩子王"而回乡当了马倌的达格达。因为，这个达格达像把自家宝物隐藏在了江嘎玛家里一样，经常徘徊在她家周围，所以，今天遇见他是预料之内的事。但不妙的是他从柜子上拿起那封折叠的信纸，打开读完后失声嚷道：

"呀！这是多么难听的辱骂啊！"接着又煽动着说，"江嘎玛，是谁在这样侮辱你？该死的！我用套马杆勒住拖死他！"他犹如获得了天赐良机，趁机表达了自己的愤怒和意志。

还没有来得及看那封信的江嘎玛惊讶地问：

"骂什么了？我忙乎着给送信的客人倒茶，还没来得及看呢……再说，这个客人特别健谈，不断地唠叨着让我给忘了。"

达格达指着折叠成三角形信纸上写的"养哈玛收"说：

"他把'养汉女'①这个词糅合起来写成了'养哈玛'，而且还写错了。"从字形上乍一看，的确是那样，把"江"错写成了"养"。这给日后的卓儒睦图带来了不少的麻烦。

△013　卓儒睦图写错字，在江嘎玛面前丢尽了人，一时间情绪低落，好像在慎言谨行了。那天夜里，百舌丹巴向卓儒睦图汇报送信的过程，顺便还批评他说：

"不久就要当达日嘎了，你还写错字，真不该呀。"这话被躺在卧榻上的最高掌权者、大总管的柳条祖母②听见了。等到百舌丹巴刚一出门，老太太咳嗽着，撑着柳条坐起来，义正词严地教训了一顿卓儒睦图。母亲也从一边插话嗔怪他。

为此，卓儒睦图又一次捶击自己的脑门，发誓这一辈子再也不会

---

① 蒙古人把妓女叫作养汉。
② 柳条祖母：经常手持柳条吓唬孩子们，于是，落下了这个绰号。

弄错"ya"和"ja"这两个字母了。他吸取了历史教训，参加了读书识字的"夜校"。他现在有了专用的骑乘，不亚于大城市里用小轿车接送上下学的达日嘎们的孩子，一次不落地积极参加了学习。经过一番努力，到了他能够流畅地阅读《内蒙古宣传》后，只用两天的时间就读完了《共产党宣言》。他向人请教后，基本明白了大概。于是，他有了信心，率先在全巴嘎面前穿上了四个明兜的干部服，别上了熠熠闪光的笔盖卡子上镶有绿豆大小黄金圆球的钢笔。

牛 车 送 葬

△014 卓儒睦图娶媳妇的大权握在柳条奶奶的手里，为了让他收敛肆意伸延的心思，抓住他写错字丢了人的事死死不放，作为家庭教育的活材料，进行几次的长篇训话。随着时间的推移，人心的变异，柳条奶奶的作用显然在下降，但她仍旧含沙射影地敲打着。

"成了这么有名的革命英雄，竟然还这般毁名扫誉。年过七十、快要入土的我听了都为你脸红。在真言世界的你爷爷听了耳根子也会发热的。我们家门从未有过这种颜面扫地的事情。我六岁时和你爷爷订了娃娃亲，13岁时接受了订婚哈达。在正好准备婚礼的时候，你爷爷被抓去当了兵。你爷爷服兵役走了三年，死活音讯皆无。我已到了16岁，家里父母、爷爷奶奶着急了。在万般无奈的情况下，给我开了发[①]。

"其实啊，开发就是出嫁呗。就是服从嫁鸡随鸡、嫁狗随狗的规矩呗……我在虚岁16的那年，听从祖母的指示，拜天开发，和马桩子成了亲。我至今记忆犹新。我拜天成亲的第一个男人并不是你们的亲祖父，而是静静地躺在咱家羊圈上，饱受了风雨侵蚀的那根木桩子。

---

① 蒙古姑娘出嫁时，将原来梳成一条辫子的头发梳成两半。也叫分发。

"你们竟瞎问一些没用的东西，打乱我的话题了……卓儒睦图你在这么好的社会，过活得这么好，还往脸上抹黑，这可真是我始料未及的呀。我给你求了麦德尔的姑娘订了娃娃亲，你是应该知道的，那时你已经五六岁了……还追什么江嘎玛呀、养嘎玛，做你爹的头啊？那姑娘光是个脸蛋，不如杭拉稳重，是不会久留在咱们这样的门户上的。看那姑娘的样子，像是个随风摇摆、见风使舵的人，没准还会翻脸跑了呢。就算不是那样，如果每天像着了魔一样疯跑也够你的呛。你一个腿有残疾的人，追赶不上，自然会被甩掉……拉倒，拉倒吧，还是和杭拉结婚，那是最合适不过的了。"

可是，就在他准备派媒人去约定结婚日子的时候，柳条奶奶的旧病复发了。老奶奶觉知到自己已经没有时间亲眼看到孙子的完婚，在闭上眼睛的几分钟前，把儿媳和几个亲戚叫到身边说：

"我的骑乘已经来了，但没关系。一定要把卓儒睦图的婚事办好。要把麦德尔的姑娘娶回来……"听到她的临终嘱咐，众人不禁哭了起来。老人却安详地说："家庭就是这样，上面的死去，下面的出生，才繁衍传承的。你们给我送终就行了，不要哭，应该笑嘛。"说着，她显出微弱的笑容。接着，收敛了笑容说：

"人是不会跟着死者死去的，你们要好好生活！我死后49天头上，解除孝期，100天后给卓儒睦图举行婚礼！"亲戚们都听到了这像钉钉子一样的命令，但不知该怎么答应，只顾哽咽抽泣。老人试图迅速拿起柳条，但气力已经耗尽，手也不听使唤，无奈之下，白了一下眼，用微弱而且充满能量的语气清楚地说：

"否则我就不走了！"

众人愕然，异口同声地说："扎！"

几分钟后，老人安详地长眠了。没有几个人知道老人的沙金格日勒这个真名，由于她经常在身边放一根湿柳条如同垂帘听政一样指使孩子们，所以，人们就把她叫成了柳条奶奶，或是老太太。她手里的柳条具有教授规矩和章程的魔法。

老人在年轻的时候,充分使出了柳条的威力。据说,有那么一会,得知她的姑娘总是往别人家跑,一气之下竟打断了她的小腿。从卓儒睦图的父母到卓儒睦图本人,被柳条教授的道理终生难忘,就像一锤定音一样,一柳条抽下去,就会深深铭刻在他们的心里,并且对他们的工作生活起到了决定性的作用。

柳条奶奶在家乡是个颇具威望的高寿老人,所以,在她的葬礼上,口沫达日嘎还特意通过苏木①长,代表旗委和政府向她老人家的去世表示了哀悼和对其亲属的慰问。

根据老人的遗嘱,决定将老人葬于乔怒图大滩前边的包日韩图山麓。他们举行了祖上传承下来的野葬。参加恭送老人去往极乐世界仪式的左邻右舍的几十号子人不分昼夜守灵三天,请来喇嘛咏诵了三天祈祷真经。在楚伦喇嘛卜卦选定的第四天的丑时,惊动遗体,抬上了牛车。将白粗布包裹的遗体平放在铺着白毛毡的平板车中心轴承靠后的位置上,没有任何加固绳索,只保持了一定的平衡。在遗体周围,除了柳条外,还放置了老人生前爱用的服饰和日常使用的锅碗瓢盆等物件。与老人相生②的人赶着牛车,他用右手轻轻按住车辕,朝着喇嘛认定的十里开外的包日韩图山麓缓缓走去。卓儒睦图与老人属相相克,只能骑着马跟在众人之后晃悠——腿瘸没办法啊。

护送遗体的人们走在牛车两旁,生怕遗体提前掉下来。乘骑专有骑乘的葬礼总指挥楚伦喇嘛与灵车平行。一路上,他诵经祈祷为她超度,在认真做好沙金格日勒老人这一生的鉴定和评价的同时,还以忠实弟子的身份祈求佛祖上苍来世再度赐她重生人间的缘分。安放遗体的包日韩图山麓马上就到,走上这座大梁就能俯瞰到包日韩图山麓了。

---

① 内蒙古地区行政区划名,等同于汉族地区的乡。
② 民间根据五行之间的相互作用和影响,有相生相克之说。

说到安放遗体的包日韩图山麓，不由让人发怵。据说，很早以前，这里是个水草丰美、宜于生活的好地方，后来变成了坟滩。在早期一个黑暗的时代，在这个黄瓦罐①台地上发生了一场大战，莽古斯的阵营获胜，血洗了瓦罐台地，由此叫成了红瓦罐台地。民间流传着各种说法。又有人说，在台地上，莽古斯为其祖母举行尽孝仪式，作为贺礼敬献了各种灵丹妙药；同时，还挖出一个18岁少女的心，装入瓦罐作为滋补品一并献上，那沾满鲜血的手捧着瓦罐，于是，就成了红瓦罐。更为恐怖的是，也是在很早以前，一个起义运动的头目杀害了这里一个好汉一家18口人中的17口，只留下他们年迈的老母亲，逃之夭夭了。老母亲一个人埋葬了全家人的尸骨，在坟滩上徘徊了数月后不知了去向。据说，自那以后，每到太阳落山的时候，山坡坟滩上就会突然出现一个白发苍苍、挂着拐杖的老太太蹒跚走动。所以，这片坟滩上，这片山坡上，没人敢接近，牲口也很少到来。

△015 参加葬礼的人们担心遗体过早地从牛车上出溜下去，小心翼翼地帮着压住车辕走上了坡顶。这里是块三面环山的开阔的阳湾坡地。在较远的下方有一处凸起的平顶的台地，那大概就是有名的红瓦罐梁，上面兀立着几块巨大的岩石。楚伦喇嘛咏诵了葬礼最后送别的祝福，再次向那个相生的人讲述了野葬的方法和过程。按照喇嘛的指示，没有跟着蹊径直接下去，而是顺着山坡的斜面向东走了100多米后，灵巧地解下牛角绳②，用手中的马鞭胳肢了一下牛肷窝里的蛋泡子③。没有完全调教成熟的生牛犊时间连蹦带跳地拉着车，朝山坡斜面疯狂地向下奔跑，陪葬的服饰和家什物件散落满地，牛车在跨越

---

① 传说中的地名。
② 使役牛时，拴在牛角上的缰绳。
③ 方言，指阴囊。

一条壕沟时，遗体从车后滑落下来，随即车辕和车轴也被撅开，带轴的车轮朝下方飞奔而去，生牛拉着两根车辕奔跑了一阵，卡在一丛柠条上停了下来。楚伦喇嘛不断地咏诵着送别祝福，寸步不离地跟随在车后的那个相生的人，赶上去解下牛鞅子，放开了牛。好像被什么东西追逐似的惊恐万状地咆哮着、狂奔着的牛的样态，看起来很是蹊跷怪异。

三天后要来检查遗体的情况，同时，还要牵来牛将散架的车组装好拉回去。但今天总算完成了一项可怕而艰巨的任务，人们仿佛松了一口气，跟在喇嘛的身后，心惊肉跳地频频回首，踏上归途。

就这样，以当地蒙古人真正的传统习俗将沙金格日勒老人从人间送上了天堂。三天后检查时，要是被狼和鹰吃了，那就意味着按指定时间顺利地到达了天堂。蒙古人崇拜狼和鹰为上天的使者。蒙古人把自身也视为是来自上天的狼的化身，将天庭视为自己的原乡。据说，蒙古人去世后，只有狼和鹰能够将其带入天堂。所以说，这两种动物是蒙古人飞离这个世界时的最好的骑乘。

楚伦喇嘛对这次的送葬很是满意。照他的说法，一切都是按照佛经里的指点操办的，老人的归天会是一帆风顺的。牛也选对了，是条生牛，再加上胳肢，又是顺着坡地斜面让牛受惊后放开狂奔，车能不散架吗？遗体的包裹也应着喇嘛的预想及时地打开了。赶上三天的路，肯定能够升入天堂。是个有福的老人，真是有福之人啊！

楚伦喇嘛满意地完成了整个程序，引导众人踏上归途，自己跟在了最后面。人们脚步匆匆，翻过山梁走下坡麓，迅速坐上前来迎接的马车，牢记着"不敢回头"，嘴里念着玛尼经文往回赶。楚伦喇嘛骑着专用骑乘断后，跟在卓儒睦图的后面颠去。参加葬礼的人们没有直接进屋，先是顺时针转了一圈营盘，之后，在门前事先煨燃的香炉烟里净身，用脸盆里的碱水洗完手后，进入屋子。

△016　到了第三天头上，俗话说，"做事要做好，熬盐要熬到"，楚伦喇嘛要做工作总结了。他派出为老人送终的那个相生的人和几个随从去检查遗体的升天情况。那几个人来到坟滩的斜坡傻了眼——柳条老人的遗体近乎完整无损，只是眼窝黑黢黢的，好像是被乌鸦鹐了。因为山坡是个阳湾地带，受热后的遗体浮涨得吓人。没有狼和鹰光顾的迹象。老人的衣服散乱在灌木上随风扑扇。就在那时，牵来拉车的牛突然像闻到了同类刍秣①一样咆哮起来，不禁让人脊梁骨发凉。是否由于动物的潜在知觉远胜于人类，站在上风头的人们什么都没看到，什么都没听到，什么都没闻到，这头牛却瞪着眼睛，竖着耳朵，张着鼻孔似乎在说着什么，不断地吼叫。

为老人送终的这个人是个见多识广、老成干练、头脑灵活的人，但由于他也是第一次经历如此情景，不禁手忙脚乱、不知所措、目瞪口呆，随从们也跟着六神无主了。

他们连车都没有要，死死拉住牵来的牛，心惊肉跳地频频回首，小跑着返了回去。来的时候胆大气粗、谈笑风生的人们，回来的时候却鸦雀无声，心里暗暗祷告，有的人在嘴里默念着玛尼经文。

听了野外调查的人们的汇报，卓儒睦图一家慌了神，急忙去找楚伦喇嘛求救。喇嘛似乎没有了招数，便气愤地说：

"你们就好好杀天狗吧，那罪孽返回来了！"楚伦喇嘛似乎在说这事与我无关。他质问参加葬礼的人们说："回来的时候，你们谁回头看了？"但没有任何的回应，这事就这么不了了之了。

俗话说，坏消息会长腿。几天后，一个离奇的传言传开了：到了夜里，外面就能听见嗒嗒声，好像响了三四天了。出去看看，什么也

---

① 反刍动物咽下的草食。牛死了，或是被宰杀，肚子里的刍秣就会被弃之野外。活牛闻到刍秣味后，就会为同伴的死亡而悲哀、发疯。

没有，也不是牲口，也不像猫狗的动静。嗒嗒声像拄拐杖的人。究竟是咋回事……谁也不知道。说到拐杖，人们想起了沙金格日勒老人。但只是猜疑，没法确定，人们在真假难辨中彷徨。孩子们往大人被窝里钻，没有伴侣的姑娘媳妇们找来左邻右舍的姐妹相互依偎着壮胆儿。传言口耳相传着到"看见柳条奶奶拄着拐杖往回走"终止了。看样子，"鬼"的走动速度非常快，它不在地上走，而是从人们的嘴里出来，再走入人们的耳朵里就消失了。

于是，楚伦喇嘛手持金刚法器再次坐在了四天前的座位上，在锣鼓声给力的助威下，举行了简易的驱鬼仪式。其实，他自己并没有单独举行过大型仪式，但他曾参加过"七个喇嘛请神驱妖魔"①的仪式，所以，在几个睁眼瞎的贫民面前毫无顾虑地进行着。他停止了诵经，用凉水和莜面捏死鬼替身。他几乎没用什么雕塑的精细技巧，只是将一块像巴灵②一样的面团贴在了没有手脚的光秃秃的椭圆形胴体上。又将用墨汁和好的面捏成小丸镶嵌在了头形圆团的正反两面的眼窝里当作眼睛，用刀子横竖划开了鼻子和嘴巴。鼻子的位置抹上锅底黑，留下一条豁口，嘴巴上贴敷了染成绿色的、剪切成锯齿状的面片，想必，那算是牙齿吧。少顷，喇嘛似乎在杀"鬼"，突然削去面人眉际以上的头盖，取下来贴在了面人的屁股的部位上。之后，用红色染了削去的平顶脑瓜，接着又染红了贴在其屁股部位的半圆头盖。一个可怕的形状顷刻间成型了。记得在过去，是专门驱鬼的僧人们用整整两天的时间，敲锣打鼓、吹奏骨笛、制作替身进行仪式的。

可是，楚伦喇嘛迎合新时期的气氛，进行了改革创新，大大提高了工作效率，也没有惊动左邻右舍，只用半天的时间成功地送走了鬼魂替身。他没有吹奏骨笛，没有把替身送到安放遗体的山坡，而是在太阳丈把高的时候，将替身拿到包日韩图山西边的山梁顶上，把那染

---

① 据说在民国时期，有七个喇嘛为了天下社稷安宁，曾经请神驱鬼。
② 用米面等做的佛教供品。

红屁股的替身朝西北日落的方向放置在了岩石上。

偷偷请来楚伦喇嘛做了个样子似的驱鬼仪式后，果真从那第二天起好像是来过野狗和山鹰，那具尸体消失了，让人们放下了心。自那以后，楚伦喇嘛在民间竟然名噪一时。

"柳条老人背负着一代人的善恶上天国报到去了。但是他们的阴魂依然在徘徊——附着在活人身上——有时竟然用新的方式长时间地宣讲那个时期的人的话语。"不久又传开这样的传言，听说旗里已经开始介入调查了。

卓儒睦图的婚礼

△017 柳条老人虽已升天，但她的遗言依然犹如圣旨。老人的第一道遗言是传承钥匙之事。老人曾经戴过的这串钥匙理应通过家庭茶宴仪式，由原来的掌管者传给新的掌管者。但由于老人病情迅速恶化，没有来得及举行仪式传承。卓儒睦图的母亲通嘎拉嘎虽已年近半百，从未带过钥匙，现在才开始掌握红匣子、绿盒子的钥匙。他们家里虽说没有新置的家什摆设，但大小柜子、箱子，还有匣子里的盒子，足有十来个，每个上面都挂着一个火柴盒大小的党项铁锁①。一个锁头有一把钥匙。还有家门钥匙、大门钥匙、凉房②钥匙、草棚钥匙等，总共加起来长短20多把钥匙，而且，每个锁头只有一把钥匙，一旦丢失，那就惹大麻烦了。所以，家里的主事者必须用细皮条串起来戴在胸前。这显示着戴钥匙人的权势地位和家中财产的多寡。

红尘世界不乏虚荣。一些破损被丢弃的锁头，那些没用的钥匙依旧被挂在钥匙串里显示着威风。这种现象随处可见。就拿通嘎拉嘎现在戴着的这30多把钥匙来说吧，其中至少有十来个没有了用处，在

---

① 老式扁平的铁锁，蒙古人俗称党项铁锁。
② 用冰雪冻结而成的储存肉食的库房。

虚张声势。其实，他们家里需要上锁的平时也只有那个红柜子。到了冬天，那个用泥土垒砌起来的冰里子、雪面子的凉房的确需要一个锁头锁住。说到头，充其量戴两把钥匙就足够了。但他们绝不会那样，如果只戴两把钥匙，左邻右舍会笑话的。

△018　老人的第二道遗言——"我死后，100天孝期完了，选择吉日，为卓儒睦图准备婚礼，把媳妇娶回来!"这是老人临终时，将卓儒睦图的小叔嘎拉巴拉、儿媳通嘎拉嘎、孙儿卓儒睦图叫到榻前嘱咐的遗言。为此，由卓儒睦图的舅父，就是通嘎拉嘎的亲哥哥，山羊胡子萨如拉巴拉登牵头，叔伯娘舅的弟兄们里外奔忙，开始准备为卓儒睦图迎娶瘸子麦德尔的姑娘杭拉了。因为，卓儒睦图心里爱恋的是江嘎玛，所以，他不想和杭拉成亲。他以"爱嚼舌头的人们在背后讥讽说我'拐子就该娶瘸子的姑娘'"的这句话为由试图退婚。

通嘎拉嘎得知后，怒不可遏地说：

"你的拐子是为国立功的拐子，说坏话的人会遭报应的。瘸子麦德尔也是为了救套在镫里①的恰登巴的儿子受的伤。谁要是说救人命有功的人的坏话，他的舌头肯定会烂根，任其狗吠，骆驼照走。麦德尔的姑娘在咱们这里简直就是个仙女，长得漂亮阳光，又手勤脚快……"母亲像柳条奶奶再世似的痛斥了他一顿。在那一刹那，卓儒睦图把自己的母亲错当成了祖母——那说话的腔调，那音色、那节奏丝毫不差，惊人的相像，中间咳嗽一声清嗓子也酷似祖母，仿佛是祖母的灵魂依附在她身上了。舅舅叔叔也像支持祖母一样支持了母亲的说教。卓儒睦图被教训得无话可说，只能随母愿了。

他在舅父山羊胡子萨如拉巴拉登、小叔嘎拉巴拉的引领下，骑着马去了住在瑶琳毛都的瘸子麦德尔家。

————————————
① 人从马上掉下来时，没有及时将脚从镫里脱开，就会被马拖死。

035

瘸子麦德尔家是个有喝汤的羊,有乘骑的马的富裕人家。麦德尔是个有说有笑的人,妻子曼德尔娃则是个杏红脸上略带微笑,微瘦高个的女人。麦德尔的姑娘活脱了像母亲,从体形相貌到言谈举止与母亲如出一辙。大概是由于从小干重活的缘故吧,显得手大指头扁,除此之外别无任何瑕疵,是个美丽漂亮的姑娘。卓儒睦图一进家门,首先观察了杭拉的容貌,同时又重点观察了麦德尔的瘸腿的状况,看起来还不算那么显眼。

纠结在他心里放不开的一件事,就是害怕人们嘲笑他们岳婿俩都是歪胯瘸腿的残疾人。但是,事实比他想象的要好得多,他终于松了一口气。接着,他仔细观察杭拉,过去看这个姑娘时,好像没有这么美丽可言。俗话说,女大十八变,果真是这样啊。当初奶奶逼我娶她的时候,我心里嫌她长得不那么漂亮,便找借口说,嫌她父亲的腿瘸,自己不愿意,现在看来是错了。差点把落在手掌上的绣球抛出去……他如是责备自己。趁机他还用心细看了姑娘的腿。看到姑娘走起路来笔挺柳直,这才在心里暗暗作揖:"托福啊,没有随她父亲是个瘸子。"

卓儒睦图的叔叔和舅舅与瘸子麦德尔商量说妥了迎娶杭拉的日子,几个骑马的人来接新娘,举行多大规模的婚礼,等具体事宜。

△019　丁亥年入冬后的一天,卓儒睦图摸黑起床,在长辈们的指点下,穿衣配弓,装扮停当,如同准备远征干粮一样充分地准备了对应丈人门槛上质问的话,打开堵门通路的话[①],迎娶媳妇往回走时说的话后,在领头的两个哥哥,随从的两个弟弟的陪伴下,在酹奶[②]

[①] 在蒙古人的婚礼上,新郎进入毡包迎娶新娘时,首先必须闯过设在毡包门前的几道关卡。设卡的人由头脑灵活、能言善辩的女方嫂子们组成。这既是一种娱乐形式,也是一个检验新郎口才和智商的过程。

[②] 蒙古人出远门时,家人由其身后扬洒鲜奶祝福旅途顺畅。

祝福声中上马，太阳升起的时候，来到了麦德尔的马桩上。

麦德尔营子里的人们都已起来，女人们在挤牛奶。卓儒睦图一行伴着狗吠声，在麦德尔家马桩上下马时，家里的人们喧闹着出来迎接，挤奶的人们也提着奶上前寒暄问好。

"你们好！夏营得好吗？"男方寒暄道。

"好，好。"应答后反问道，"你们是哪里，干什么的人啊？"

男方舅舅和叔叔异口同声地说：

"我们是寻访的人。"于是，激烈的问答开始了。

"是寻访什么的人呢？"

"是寻访天仙的人。"

"从地上找天仙能找得到吗？应该在天上啊！"

"听说已经下凡间，

而且就在贵府前。"

"扎，原来是这样啊……"

"狩猎公鹿者在我处，

集腋成裘者在贵府！"

"也许兄长消息有误，

还望打听好了再寻找。"

"不用再行去打听，

前来拜访心有数。

仙女就在贵府上，

珠帘闺房把身藏。

请勿拦截入毡房，

敞开门户容我讲。"

"所寻仙女名叫谁，

父母大名又是谁？"

"主家大人可是麦德尔乖？

贤妻良母可是曼德尔娃？

仙女芳名是否称作杭拉？

纳福聚英此地可是贵府？"

"扎，那么，请进屋入座。赶路的人们口渴了吧，喝茶再走吧。"终于请他们进入客房，献上了茶点。接着，女方婚庆开始，摆开了全羊大宴。

宴会开始，敬完酒，羊背子上来。就在这时，其中的一位嫂子将一个热气腾腾的羊脖子连同一把刀子盛在榆木托盘里，放在了卓儒睦图的面前。手捧哈达的朗诵颂词的老者开始朗诵寰椎①颂词。完后，方才堵门的那个嫂子说：

"扎，我们的新郎弟弟，请你蹩断托盘中的这个羊脖颈，展示一下我们祖先传下来的神圣的礼节吧。"这是新郎必须完成，而且要示众的一个重要测验。卓儒睦图早有准备，私自暗地里练习过多次。所以，他驾轻就熟，准确地找到脖颈凹陷下去部位的寰椎连接的筋，用刀尖灵巧地戳断，双手一拧掰成了两段。

麦德尔老头、嘎拉巴拉叔叔、萨如拉巴拉登舅舅等席间长者轮番夸奖，在座的青年们也异口同声地夸奖、祝福道：

"是个有力气的好小子！祝你来年生个胖小子，祝你早日发财，牛羊满滩！"旁边的人们也七嘴八舌地夸奖他身强体壮，干活利索，用刀灵巧。萨如拉巴拉登、嘎拉巴拉等又助波推浪地向麦德尔进言道：

"您的姑娘嫁给了一个好人家的有本事的好小子，您的姑娘会享一辈子福的。"

通过了体魄气力、手腕轻巧、动作敏锐等的测试后，接着进行了"内燃"系统的测试。女方的一个长者将三条削成两桩长细条的蒙古

---

① 指动物脖颈的关节。

羊尾抻开放在竹板上，拿到卓儒睦图的面前说：

"弟弟你是寻访之人，远道而来，想必饿了。给你献上食品的精华羯羊尾巴！"

卓儒睦图遵照礼节推让说：

"家主大人，您请，您请！"

"我们没离家门，肚子不饿。上品理当献给客人！"主客进行一番礼让后，卓儒睦图开始吸羊尾①。

"这条长度稍有欠缺，才从手掌到肘子，如果抻到肩膀就更爽快了。"

"今年，我们家的羊抓膘还没抓到那种程度，来年回访时，给你准备更大的羊尾。今年就享用这三条吧，弟弟可不要小觑哟！"

这时，歌声、乐声同时响起：

圣主成吉思汗时期，

传承下来的礼仪，

英雄的后裔接力，

不曾遗弃的规矩。

在两个牧羊人呼麦演唱声中，卓儒睦图将竹板上的三条细长羊尾如同银蛇飞舞一样依次吸食下去。周围的人们齐声赞叹道：

"好汉，好汉，宽喉大胃，无碍残疾的杠杠的汉子。是个不会放荡原野，不会偷盗马驼的百姓出身的，护卫家族薪火的真正的英雄汉子！"人们看着他毫不费力地将细条肥羊尾吸入嘴里，没有咀嚼，顺畅地通过喉咙，整条咽到肚子里的过程，不禁拍手叫绝。接着，唱起喜庆宴歌，举过三三九杯喜酒，品尝了祝福两位新人美好生活的饺子

---

① 蒙古人在喜庆宴会上，将肥羊尾拉成长条献给客人。客人必须一口气吸入，不得咬断、咀嚼。

长寿汤面。

说着吉祥如意的妙语，喝着上乘精酿的蒙古奶酒，吃着羯羊肥硕的大羊背子，演奏着喜庆管弦乐曲，齐唱着长调传统民歌，向着四面八方扬洒着招福纳祥的美酒，婚庆盛宴结束了。

信心满满的自豪感

△020　表彰全旗英雄人物暨迎接新社会的动员大会在旗庙前面的广场上隆重举行。人们把新秩序的形成和面包牛奶即将到手的希望，当成了社会主义的到来。会场在沸腾，大人们的说话声，孩子们的嬉闹声、姑娘们的欢笑声连成一片。锣鼓喧天，鞭炮齐鸣，彩旗迎风招展。这时，几个脱掉袈裟还俗参军的年轻喇嘛在大庙的围墙上架起长筒法号吹奏起来，还有股骨短笛伴奏。年轻人们满怀豪情地唱起了在民歌曲子上重新填词的歌曲："五月初一这一天/蒙古的政府诞生了/领袖乌兰夫的旗帜/迎风威武地在飘扬，在飘扬。"坚信翻身解放，自由已经到来的人们此时此刻欲唱、欲舞，飘飘欲飞了。

在这洋溢着幸福的气氛中，获得自由的穷苦百姓向往更加美好的生活。

海螺的吹奏声平息了喧腾，大会开始了。在一字形摆开的高高的主席台前，站满了前来参加大会的英雄人物、贫下中牧代表和赶来增添欢快气氛的群众。旗里的达日嘎们、骑兵的达日嘎们如同社会主义的铜墙铁壁一般威武雄壮地并排坐在了主席台上。其中有卓儒睦图认识的绰号叫口沫的达日嘎呼和楚鲁、绰号叫牙签的朝克图达日嘎、绰号叫"形势大好"的巴雅尔图达日嘎。乍一看，他们像闪光的山峰，再一看又像身下镇压着邪恶的巍然矗立的巨塔，形成了坚定不移的信心和意志的超凡脱俗的形象。他们就是无产者权力的拳头和印玺。

似乎没有完全摆脱战场上那种警戒状态一样，卓儒睦图看到这些人如同杂技团的老虎看到了主人一样摇头摆尾，收敛起到处寻觅美色的贪婪目光，情不自禁地重新回到革命理论教导的严肃角色中。他把自己的思绪强行收拢回来，又一次得意地放置在"我是建设社会主义的骨干力量"的意识上。他时不时地失去自律，灵魂迷茫无着。他的灵魂好像哪天不尝尝军棍的味道不歇心一样，任意撒欢，有恃无恐。

卓儒睦图第一次参加这么隆重的大会，他感到非常新奇和自豪。

呼和楚鲁达日嘎主持了授奖大会。这次表彰全旗先进人物的大会是鼓励战斗英雄，调动他们的积极性，恢复畜牧业生产，兴起全面建设社会主义高潮的动员大会。

达日嘎做完关于政治形势的报告后，授予英雄们荣誉称号，依次将他们请上主席台站成一排。他们是以身证实了"枪杆子里出政权"的人们。少年儿童们跑到他们面前行礼，为他们佩戴带有长长缎带的大红花，缎带上用金粉书写着他们每个人的姓名。英雄的荣誉家喻户晓了。

卓儒睦图戴着光荣的大红花，自豪地站在大众面前，但在心里，他却觉得他梦中的鲜花们此时此刻仿佛正向他表示敬意，用充满爱情的目光灼热地注视着他。由于卓儒睦图是从远处瞭望，投过去的是散光，看不清楚，但她们却误认为他是在聚焦看着她们，相信看的就是自己本人，目不转睛地直视前方，不露牙齿地用眼睛含情脉脉地微笑。这一情景让卓儒睦图神魂颠倒。

江嘎玛眨动着会说话的美丽的大眼睛直言不讳地说"我喜欢你"。萨仁青格勒用大花眼的含情脉脉地微笑传递着敬慕和期待的倾诉；丁迪玛那十五的月亮般明媚而闪着红光的脸上浮动着光晕，仿佛在发送着邀请函或是喜庆电报；高个子图门珠拉超凡脱俗的颈项上闪耀着柔情似水的丰富内涵；奥都姆巴拉用眼睛和牙齿激活的出水芙蓉般娇嫩的容颜令人魂不守舍。

　　她们保持咫尺距离站在会场里,犹如摇曳在微风中,争芳斗艳的鲜花的簇拥,让卓儒睦图看得眼花缭乱,心中掀起幸福的波澜,沉浸在梦幻之中。胸前佩戴大红花站在台上,用爱抚的视线抚摸鲜活的美人之花,他进一步认识了自己——我是有功之人,姑娘们不会嫌弃我是瘸子,她们真正认识到我是为祖国和人民血溅沙场、舍生忘死的英雄,在羡慕我……如果不理睬她们,将会成为深刻的伤害,他把普照众生的仁慈的目光洒向了每朵鲜花……

　　△021　卓儒睦图膨胀的自豪感化作了坚定的信念。他沉醉在鲜花的美色之中,失去了自我。

　　卓儒睦图竟然不记得自己怎样戴着大红花走下主席台,主持会议的达日嘎说了些什么,大会怎么结束的了。掌声的雷鸣停息,心中浸润了甘露,他醒悟过来,只见自己站在竞相怒放的鲜花丛中——认识和不认识的姑娘们的重重包围之中。每朵鲜花都争先恐后,倾吐心声,没有卓儒睦图插嘴的余地了。

　　江嘎玛率先扑闪着蝴蝶一样的长睫毛打开心扉,眨巴着水灵灵的眼睛说:"向英雄致贺!……现在把大红花摘下来包裹好,给妈妈拿去,挂在正座的哈那[①]头上吧。"讲话的语气犹如一家人。

　　一旁的图门珠拉醋意十足地说:"这么贵重的东西挂在哈那头上不妥,应该放在佛龛里……最好能放在左边毛主席像下面的空处……妈妈会安排好的……"说着,她用那纤细的手指轻巧地摘取粘在他袍子上的一根羊毛。

　　丁迪玛用娇柔而且富有磁性的腔调说:"明天,我和弟弟去青格勒巴雅尔牧场给你牵回来赏给你的那头牛和那头羊吧,反正离得也不

[①]　蒙古包毡壁的木制支架。

远，你们家的狗也认识我。而且，我弟弟早就折腾着要听你讲战斗故事呢。"她的这番话很是奏效。

卓儒睦图听后又惊又喜地问道："还有牛羊的奖赏啊？"

高个子萨仁格日勒接过话茬说："可不是吗！众人的鼓掌声和'英雄万岁'的口号声震耳欲聋，台下一片喧腾，我费了好大的劲才听见的……"

奥都姆巴拉趁势补充道："朝克图达日嘎在讲话结束时说，以后还要照顾补助烈士家属、伤残军人、退役军人。还要从中提拔有文化的人当基层达日嘎呢。"尽管奥都姆巴拉开口迟了一步，但她补充了别人没留意的，对他将来生活有帮助的内容。为此，她安心了些许，估计自己会成为卓儒睦图的首选对象，便表示道："就像巴雅尔图达日嘎所说的那样，你们是用生命建立国家的功臣，我们仰慕你啊！"

△022　在几个姑娘和卓儒睦图谈笑风生的时候，牙签达日嘎朝克图、口沫达日嘎呼和楚鲁、"形势大好"达日嘎巴雅尔图等领导们从主席台上走下来，由他们旁边经过。姑娘们纷纷过去与他们握手问好：

"达日嘎，你们好！"这些达日嘎都是些已到不惑之年的领导们。绰号牙签的朝克图达日嘎是个熟知畜牧生活，认真细致地进行实地调查牲畜膘情，而且一调查就知道优劣的经验丰富的人。他讲话实在，但很少做报告，经常深入民间调查情况，发现并及时稳妥地解决各种问题，深受人们的拥戴，每家每户都煮肉招待他。他的牙齿从小就有很大的缝，人们给他起了个绰号叫调皮的豁牙子。到了后来，调皮的豁牙子这个绰号慢慢被遗忘，变成了牙签，新的绰号代替了他的真实姓名朝克图。他大概是在断奶后就开始使用芨芨草牙签了，嘴里总是衔着芨芨草，出门后才将嘴里的芨芨草吐向草丛，再换一截新的衔上。他刚参加革命的时候,就弄出过这样的笑话。

他原来是这个旗九个英雄游击队员之一。有一次,他们在山里作战的游击队没有了粮食,队伍危在旦夕,打算去熟人家杀羊准备食物。他自己装扮成寻找羊群的人的模样,只拿了一条鞭子,没带任何武器。他快到那户人家的时候,突然遭遇了三个饿疯了的土匪。这正是朝克图他们寻找的、打算除掉的那帮杀人越货、祸害这一带牧民的土匪头子搐鼻子①。

真是冤家路窄,他们在这里不期而遇了。这该咋办?回避吧,步行跑不掉;战斗吧,手里又没有武器。他急中生智,顺手折下一截芨芨草衔在嘴里,不时地挑着牙,装疯卖傻。土匪头子搐鼻子看到后非常气愤地用枪顶着他问:

"你为啥衔着芨芨草晃悠啊?干什么的?"

"我是放羊的。早晨我在那里放羊,突然听到枪响了,吓得我藏在了芨芨草丛中,枪声一直在响,我就那么趴着,没有流弹飞来,我趴着累了,不知不觉睡着了……"

土匪们听后嘲笑说:

"哈哈哈,好羊倌儿,没吓得拉到裤子里吧?"

"哪能呢,枪响前,我早就吃完肉拉屎了。"

"那你为啥嘴里还衔着芨芨草呢?"

"哎,早晨我割了一大碗花肉喝茶,可是这豁牙裂齿挂住了不少的碎肉,这不在折磨我嘛?"

"那你放的羊群在哪儿?"

"吓得我趴在地上发抖,如果它们不过来从芨芨草丛上面看我,我能看见吗?是人赶走了,狼卷走了,还是自己走散了,不知道了……这不我在找嘛。"

---

① 方言,鼻尖向后缩,露出鼻孔的形象。民间有搐鼻骡子卖驴价钱的说法,意指形象怪异。这里用于土匪头子的绰号。也叫噘鼻骡子卖驴价钱。

"你不把羊找回来，我们剥你的皮，要你的命！"

"我不敢保证能给你们找到羊群。但可以从人家那里弄来羊，用羊背子招待你们……"

"远吗？"

"走两里地，就能到鸿胡尔芒汗的人家。"

"你要是撒谎就打爆你的头，知道不？"

"知道，知道，我还饿呢。"

在这饥荒的年月，土匪们无家可归，无饭可吃，逃跑流窜，靠抢夺维持性命，饿肚子乃是常事。朝克图计划着巧妙地利用他们那种状况。于是，朝克图佯装着带他们去有肉的人家的样子，把他们带到了自己的熟人西赫尔家。在刀刃上争夺生命的时候，人的智慧会变得异常敏锐。主人和主妇见到他们后，好像见到了亲爹一样"高兴"，如同迎接行署大官一样恭恭敬敬、笑容满面地迎接了他们。紧接着，叫家人杀了羊，还给他们烧了羊肝，煮了满满一锅肥肉，让那香味飘满毡房。土匪们高兴得手舞足蹈，语气开始温和，也不骂人了，有点听从劝说的意思了。朝克图为了进一步安抚他们，说：

"吃这家的羊肉很需要这东西。"说着，他试图将切成三指长左右的芨芨草棍儿别在他们每一个人的耳朵上，示意这是吃肉的准备。他的这些奇怪的举动让人摸不着头脑。其实，他这是在分散他们的注意力。可想而知，此时此刻，警惕胜过一切。无论是愤怒，还是兴奋，还是好奇，铁一样不可动摇地集中在武器和生命线上的注意力容不得丝毫的疏忽。土匪头子搋鼻子呵斥道：

"你以为我们没吃过羊肉吗？教我们如何吃人肉还差不多。照这样下去，迟早得啃人肉啦……到那时再用你的牙签，你这愚蠢的疯子！"他一巴掌拍开了朝克图捏着芨芨草棍儿的手。

朝克图惊恐万分：

"大王饶命，大王饶命！"他哆嗦着向后退去。这时，主妇西赫尔如同宫廷里的丫鬟一样毕恭毕敬地端着一大木盘刚刚烧好的，每块都插着牙签的七成熟的油包羊肝①，迈着轻快的脚步送上来。烧好的羊肝那黄澄澄的琥珀色和滴着油的晶莹剔透的油膜，让饥饿的人们忘乎所以。照着奉呈官员大人的样子，将羊肝切成一口一块的方寸，摆放在了木盘里。

朝克图搓着手谄媚道：

"刚烧好的羊肝有点烫，用芨芨草棍儿扎着吃会好些。"没等他说完，饿极了的三个土匪伸出肮脏的手不顾三七二十一抓起羊肝，狼吞虎咽吃了个精光。吃完后，他们舔手，大概是舔着了手上的污垢，个个都在咧嘴。

这时，主妇在外面叫道：

"各位大人，肉熟了。请出来洗手吧，准备好温水了。"他们听到喊声后，看看自己的手，一个个脏得像猴爪子。他们摸了摸胯上的手枪，把长枪留在蒙古包里，依次走出去，在预备好的温水里洗手。朝克图从主妇那里接过手巾展开托在双手上说：

"你们的手太脏了，用那碱搓着洗，八成能洗干净。"听到提示，他们捏起盛在碗里的碱面搓洗起来。

那两个随从看到温乎乎的水，不顾一切地在各自的脸盆里溅着水花惬意地洗起了脸。搐鼻子挠着手上的血痂子，迟迟不肯洗脸。朝克图等得有点不耐烦了：

"您的那血痂子是洗不掉的，我给您洗吧。"就在那一刹那，他用隐藏在手巾下的小铁锤狠狠地砸向搐鼻子的太阳穴，又迅速地向扎在水盆里洗脸的两个土匪用力砸去。被击中后脑勺的两个土匪像面团儿一样瘫倒在了地上。击打时，搐鼻子是站着的，而且，角度有些偏离，铁锤没有命中他的要害。虽说他的太阳穴上流淌着鲜血，但没有

---

① 用羊的包肚油膜包裹烧烤的羊肝，是一道美味。

倒下，也没有失去意识，他正摇摇晃晃地去摸胯上的手枪。朝克图从对面跃过放脸盆的长条凳子，在接近揸鼻子的瞬间，给倒在脚下的两个土匪又结结实实地补了两锤。在他几乎贴住揸鼻子的时候，揸鼻子刚刚抽出手枪，千钧一发，他一脚踢过去，踢飞了揸鼻子的手枪。揸鼻子顺势扑过来，打掉了他手里的铁锤。

两个人开始了赤手空拳的肉搏战。揸鼻子力气大得惊人，朝克图也是个三岁牤牛一样的壮汉子，他鼓足勇气与揸鼻子抗争着，但没有提防住他的摔跤技艺，被摔倒了。揸鼻子骑在他的胸脯上，用膝盖抵住他的手，用右手掐住了他的脖子。揸鼻子掐得他时时两眼发黑，但他不停地抗争、滚动，试图抽出右手。揸鼻子继续用膝盖抵着，用左手擒着他的右手。正因为这样，揸鼻子掐住他脖子的手使不上劲，不时地松开手，给了他喘息的机会。但是，不凑巧的是，土匪掉在地上的枪就在朝克图的头顶一尺多远的地方。知道了枪就在咫尺之间的揸鼻子马上有了信心说：

"你还的确是个汉子。我掐死过不少的人。你跟我打斗了这么半天，决定了挨枪子儿速死的好运，算你有福气。"说着，狠狠地掐了一下朝克图的脖子，松开右手探出身子去拿枪。这给朝克图近距离细看他的机会。人们给这个出了名的江洋大盗起的揸鼻子这个绰号一点也不为过，他的鼻子像獾子的洞穴一样敞着两个黑窟窿，看上去瘆人。他想，好汉的身体构造就是超乎寻常人啊。今天，他意外地将这个匪徒的名声和他的真人实实在在地对号入座了。就在他缓吸一口气，从阎王殿门口暂时返回来的这两三秒钟，也许是他智慧能量的总和，也许是上天佛祖保佑恩赐的启迪——他的脑际闪过了最后一搏的奇思妙想。

枪离得很近，揸鼻子轻而易举地够到了。朝克图做了生命最后的挣扎也没起作用。索性，朝克图不再反抗，大口吸气鼓起了肚子。揸鼻子觉察到他已经精疲力竭了。揸鼻子在捡起枪往回坐的一瞬，他的鼻子几乎要擦到朝克图的额头的瞬间，就在这分寸之间，朝克图朝着他黑乎乎的鼻孔，将嘴里的芨芨草棍儿吹了出去——恰似非洲猎人用管枪吹气射击野兽一样。这看似儿戏的简单的动作，却给了不可一世的揞鼻子致命的一击。这原本是想惊吓他的没有办法的尝试。但是，奏效了，朝克图在吹出芨芨草棍儿的同时，成功地完成了翻身动作，将揞鼻子摁在下面，自己翻到上面。惊慌于刚才这突如其来的袭击的揞鼻子，撒开了手中的枪。这时，主妇西赫尔从羊圈墙上拿来了铁锹。揞鼻子意识到自己暂且拔不出鼻腔里的芨芨草棍儿，也找不到爬起来与他打斗的破绽，只顾趴在地上挣扎吼叫。

朝克图机敏地站起来，捡起揞鼻子的手枪，走过去拿起自己的铁锤，向主妇交代道：

"我的同伴在山里快饿死了。要是不解决这个家伙，祸根就不会断。他一旦站起来就是灾害，带走是灾害，留下也是灾害，但愿十几个冤魂得到慰藉！"说着，他用铁锤砸塌了他的脑袋。其余两个匪徒早已变成了僵尸。

朝克图将那三个土匪的尸体拖到倒灰的洼地，临时处置了一下说：

"我现在得走。傍晚的时候，派几个战士过来把这几具尸体拖到远处掩埋了吧。"朝克图驮好羊肉，将那三支枪枪口向下挎在肩上，还顺手折了一根新的芨芨草衔在嘴角，骑着土匪的马飞奔而去了。自那以后，人们把他调皮的豁牙子的绰号改叫成了牙签，这个绰号后来竟然代替了他的真实姓名。

△023 卓儒睦图回到家乡，当上了"土皇帝"，娶了媳妇，身心各方面得到了彻底的释放——好好伸一个懒腰——伸一个释放多少天来积压下来的疲劳的懒腰。仿佛现在才知道了劳累、饥饿、干渴、苦难。仿佛觉得就要书写祖先传说故事结尾处描述的情景了——镇压了

敌人，得到了荣誉，杯不离手地喝酒，刀不入鞘地吃肉，迎娶了芳足踏过百花开的仙女般的妻子过上了美满的生活。

人的体内真的会隐藏像敌人特务一样彻底毁灭人的智商的一种奇怪的东西吗？

就像火山积存够了能量后，会由内向外喷发一样，发狂的野兽会由于病痛的折磨刨土掘地。然而，人又会怎样呢？人应该是食则知饱、饮则知足、睡则知醒的。可是，卓儒睦图却像丧失了那种能力，身心突然变得像发狂的野兽，进入了百吃不厌，强占无度，任缰纵欲飞奔千重山，引领一切，摆布所有的特殊感觉的贪欲状态。佛教称之为入邪，将这种状态谓之邪恶附身，据说，念经作法能够治愈。但那是迷信，人们都知道那是无稽之谈。

那么，这究竟是什么？

要说是疾病，也没有什么地方疼痛难忍；要说不是，又像浑身爬满了虫子，让他坐立不安、抓耳挠腮。时而想无偿地送人，又想免费索取，时而觉得我是我，你也像我，我们都像你我，犹如置身火炉，浑身仿佛将要燃烧。

刚刚开始能够享受饱食五花肉面条，舒坦地钻进羊皮被窝酣然大睡的生活，就进入了这种病态。他的这个"病"颇为蹊跷——好像无法用语言向人倾诉自己爱恋的心里话，发泄积存已久的心火一样，又好像知觉出了毛病一样，有时竟然又像魔鬼作祟一样。

虽说他现在已经有了妻儿家室，但他的目光从眺望不到的远方落到江嘎玛的身上，触及到她这样那样的部位，身体就像触电一样震颤。就连他自己都不知道这是怎么回事，那种美妙难以言表，让人垂涎欲滴。欲望支配着全身，想象在渴望中无法表露地挣扎着。时而收缩绷紧，时而又无限地膨胀，仿佛所有的细胞在呻吟、破损、爆裂着。

完成了大的事情，建立了大的功勋后，人们是不是都会有这种感觉和需求呢？觉得现在应该释放与宝汗戴哥哥俩蜷卧在巨大的岩石后面，手里攥着自己性命时的那种紧张气氛了。我不想做男人的样子，一句话，就想享福。

为什么去扛枪？为什么去闹革命？凭心而论，理所当然回答应该是为了吃好、穿好、住好、睡好吧！其中"是个男子汉"这个思想占据了上风。这句话，恐怕你去问牛是这样，去问狗也这样，大家难道不点头嘛！卓儒睦图坚持着自己的想法。

但是，现在又传出话说，什么上至推翻残暴皇帝夺取政权，下至镇压了水斗脑袋，分了他的牲口还不算是最后的胜利，这只是"万里长征的第一步"。照这么说，28年来[1]只走了一步啊，那么就是说还要走9 999步呀！这么一想，真让人气馁，真的劳人伤神，那究竟是多么遥远呢？想到要闹无头无绪、延续不断的革命，真让人感到绝望……但这些话还能明着说吗——快算了吧！他想起一个逃兵说着"宁愿搂着女人躺在热被窝里也不愿意抱着枪躲在岩缝里"去溜号，结果从背后被射杀了……是啊，托上天的福，我负伤成了瘸子，积攒下了一辈子享福的好运；可是，宝汗戴哥哥真可怜，没有福气，既没有娶上媳妇，也没有分到青格勒巴雅尔的新房子，白白地送了命。比起他，我可真的当了皇帝了，他私下里沾沾自喜。

岁月流逝，卓儒睦图在人们中间的威望渐渐消退，但在他自己心中，信心和自豪感与日俱增。革命的荣光让他亢奋到了"文化大革命"的开始。

他每每想起自己在马背上睡着行走，哭着又笑着醒来的过去，不由自主地想笑。在那个连枪都扛不动、拼命挣扎的时候，没觉得有什么大不了的。但是，那些经历的确成了他日后炫耀的回忆和闪光的荣耀，同时也给他带来了一生享受的食粮和物质的宝贵财富。每到春

---

[1] 共产党闹革命的时间：1921年—1949年。

节，政府会派来残废军人慰问团，向他敬献感谢词语，有时还给他胸前佩戴大红花。

他慢慢认识了自己所做贡献的价值，深知了革命的利益，坚定不移地相信了自己荣耀的存在。久而久之，他已经习惯了自己的言谈是给予牧民们的唯一正确的教诲，他的所有行为是展示给后代的模范样板的想法。他觉得自己积累的经验、工作方法是"人民生活的唯一定律"。于是，他习惯了经常性的发号施令。

第二章

看 电 影

△024　就像巴雅尔图达日嘎在"形势大好"的报告中所说的那样，今年是个好年景。自上回做了报告之后，他被老百姓誉为"金口达日嘎"，同时还得到了"形势大好"的昵称。开始每个月给每个牧民供应三斤白面、八斤小米、五斤炒米的口粮了。尽管是缝补接茬的，每个人都有了一条裤子，大多数人也都有了裤衩。百姓普遍认为"这是最为显见的革命的成果"。但是，人这东西确实很奇怪，就像柳条奶奶所说的那样，"人这东西是不能给脸的，吃饱了肚子一打饱嗝儿心就会撒野，像臊㞎①一样仰着鼻子，头脑发热，口无遮拦，对着长辈大人也敢胡乱插嘴，连调教好的牛马都不如"。的确如此，试想着看，这是不是右派、"修正主义"卷土重来，他们试图变天的毒菌在作怪呢？长者们像无所不知的智囊一样信口开河，年轻人则以大胆实践为由为所欲为。这哪能行？

　　但有些人却说，如同疲惫的人开始寻找走失的骆驼一样，在寻找享受自由的途径。这期间，发生了好几件与之相关的新鲜事。流传着这样一件逸事，早些时候，有个姑娘的父母要把她嫁给木桩，她哭哭啼啼地死活不从，非要嫁给一个活人，两者的力量像对峙的牤牛一样互不相让，抗衡了几个月。后来，姑娘知道自己已经没有胜算，忍气吞声地开发拜天成了婚。可想而知，那根木桩不会动弹，始终站在原

---

① 臊㞎：方言，种公山羊，到了发情期，肆无忌惮，横冲直撞。

地没有任何反应,这让姑娘无法忍耐。但是,深爱生活的她没有自残自戕,只是蒙在山羊皮被子里,痛哭了几天几夜。之后,她每天夜里向佛祖祈祷,然而,那个木桩替身女婿仍旧杵在原地不能进入她的被窝,一气之下,姑娘逃跑了。原来,那个传说中的姑娘正是夏日哈达巴嘎的刚嘎玛的姨妈,是真人真事。

突然有一天,那个红唇白齿、豆蔻芳龄时逃跑的姑娘,变成了老太婆,带着一个稍显驼背,但身强力壮的活生生的巧手银匠回来,显露着满嘴的银牙,眼含热泪笑着说:"这是我的老头儿。"

还有这样一个故事。23 年来,有个淫乱的小喇嘛,每到夜晚就用脚尖,或用脚后跟轻轻地凑近人家窗下,模仿着鸡子"咕咕"叫,如果听到窝里有咳嗽声就像鬼一样迅速溜走,要是听到鸟叫的"唧唧"声就会小心翼翼地推门进去。他现在留发蓄胡,肆无忌惮,大白天趾高气扬地迈着四方步随便出入那户人家。因为他及时地觉察到有利于自己的气候,敏锐地掌握时机,哄乐了那个爱哭的寡妇"小鸟",去苏木领了结婚证,成了她们家的倒插门女婿。

虽说牛奶没有从地下喷出,面包没有长满山谷,但总而言之,人们所理解的社会主义的暖意仿佛到来,思想认识的确开放了许多,宽松的气氛通向了人心。一夜之间,苏木上有了卖冒泡泡的汽水的,用黑布包袱蒙住脑袋的照相的,钉鞋的,还有卖馅饼的馆子,脖子上挂着带有数码皮尺快速加工衣服的铺子。

清明前后传说开在苏木上演电影的消息,沉寂了好一阵子。到了夏天牲口恢复体力的时候,突然又传来了明天就要来的紧急通知。等待的人们心潮起伏,按捺不住由衷的兴奋——那些即将来临的"客人"的鲜活的形象不断显现,道听途说的人们好像用耳朵感知到了他们的音容笑貌和行为动作。其中有用自己的胸腔堵住喷吐火蛇、扫射弹雨的机关枪的黄继光;炸桥时找不着放置炸药的地方,最后双手托起炸药包,在自己头顶上引爆炸药的董存瑞。除此之外,还有桑布和萨仁高娃两人在敖包上相会，对唱情歌。他们俩将趁着白毛风把羊群从羊圈里赶出来顺风放跑，然后企图放火搞破坏的特务宝鲁抓住。为此，四里八乡有车辇骑乘的人们络绎不绝地朝苏木涌去。腿脚好、爱热闹，但又没有骑乘的近处的贫穷的人们也步行朝苏木走去了。这大概是惊蛰以后，打马印①以来，这里规模最大的一次活动。姑娘们和年轻的媳妇们飘舞着袍裾，像彩蝶掠过草丛一样勾画出一道美丽的风景线。

卓儒睦图有自己的专用骑乘，用不着犯愁，60里路，一溜烟就到苏木了。苏木的沸腾气氛让盲人都感到了喜庆的感觉。说的也是啊，苏木可不同于只能偶尔听到几声牛羊叫声和牧犬吠声的，就连猪和鸡都没见过的原野营盘啊，无论好赖，也是个聚集了几百个人的喧闹的镇子，人们一来到这里就会眼界大开，心旷神怡。卓儒睦图没有任何明确的目标和约定，但还是由着性子唱起了民歌《红枣骝》：

    西边的太阳落山前
    鞴好红枣骝的鞍鞯
    赶在人们还没入睡
    催马奔驰及时相见

    心中的月亮晕朦胧
    急切盼望见到情人
    暴躁的蒙獒且可怕
    也要达成日久心愿

    事情的由头不明朗

---

① 每年清明节前后，给头一年出生的两岁马驹剪鬃、烙印。

必须鼓足信心前往

聪明伶俐的小妹妹

为她擦去委屈的泪

他嘴里哼着小曲催马小颠着,看到镇子后,内心立即兴奋了起来。悦耳动听的孩子们的嬉闹声,姑娘媳妇们的说笑声,预示着这座逐渐笼罩在夜幕下的镇子即将进入欢乐的世界,转入最为动听的美妙的气氛。

青年们还没等从电影幕布上看到稀奇的东西,相互之间刚一见面就热闹了起来,那场面真是难以用语言来表述。在那一瞬,他们仿佛感觉到了世界上最美好的东西就在这里而感叹不已。换句话说,他们相互陶醉于对方,好像沉浸在了各自真实生活开始的序曲中,或是画面外的活电影的场景中。因为,他们每个人都是具有特别磁性的美丽风景点。自敖包那达慕以来,再没有见过面的他们,各有各的谋算,各有各的目的,心里企盼着谁家的谁、哪里的谁能够到来。他们看到对方后,微笑着,欢呼着,有的挥手,有的跳跃,有的耷拉着脸,有的缄默无语……有的偷偷拉手,有的窃窃私语,有的将叠成三角形的信悄悄递给对方。

在夜幕的庇护下,尽情展示着各种形式的爱情剧目。啊,年轻的人们啊!夜幕的黑暗,人群的喧闹,给了他们掩盖羞涩的难得的绝佳机会。

最起码,他们可以在看电影的时候相互扔糖块,以抄写歌词为由相互传递心思,用各种方式敲开心灵的门窗。当然,要说此时已经打开了爱恋的所有门窗,那还为时尚早,还有一些萧瑟的场面。比如说,其中有耷拉着脸擦肩而过的人,有无意中看到后回避躲过的人,还有未获任何收益,像漂流瓶一样在幸福欢乐的潮流中有身无心徘徊的人……

虽说没有进入今天的失落者的行列，但卓儒睦图的心情格外低沉。看完电影后，想找江嘎玛说几句话，结果没有找到。也不知道那几个姑娘到哪儿玩捉迷藏去了。已经很晚了，他想到苏木学校的几个老师家看看，但时候已经不早了。他骑着马正要从学校前面经过，看见几个人影在老师们宿舍的窗前晃悠。卓儒睦图很是好奇，夜幕下看不清那几个人究竟在干啥，他想："不像是在搞体育锻炼。学校哪有夜间体育课呢？莫非是在掏鸟窝吗？"他绊住马的前腿，走近老师们的宿舍一看，原来几个人正在像看电影一样由窗户向屋里偷看。卓儒睦图同样是年轻人，同样好事，他心想，是不是屋子里上演着比外面放映的大电影还要精彩的小电影呢？他凑过去瞅了一眼，什么都没看见。黑暗中，他仔细观察那几个人是怎么看的，只见三个穿裤衩的观众如同杂技演员在演戏，一个在下面支撑着，两个站在他的肩膀上，从窗帘上边的缝隙向里窥伺。

卓儒睦图凑到窗根下正要询问，那人给了一个"不要出声"的手势，气喘吁吁地拽住卓儒睦图的袖口，让他并排站在了身边。卓儒睦图知道了他的意图。那个支撑者用几乎听不到的声音说："我撑不动这两个猪了。你给扛一个，他俩看完了，咱俩轮着看。"卓儒睦图虽然腿有残疾，但对屋里上演的"电影"里是否有"桑布和萨仁高娃"①俩那激情动作的场面颇感兴趣，欲一睹为快，情愿接受命令，甘愿做了人梯。倒霉的是，站在他肩膀上的那个家伙简直是个两条腿的猪。过了几分钟，卓儒睦图的体力达到了极限，汗流浃背，轻轻拧了一下上面的人的脚趾，示意说："该我来看，你快下来吧。"

上面的"猪"如同着了魔，如醉如痴地看个没完。卓儒睦图一气之下用力拧了一下他的小脚趾。仍然没有反应，这个家伙似乎失去了知觉。接着，没过几秒钟，突然有一种液体——不知是汗滴，还是涎

---

① 电影《草原上的人们》里的男女主角。

水，滴在了他的额头上，朝他的脸颊流下来。他仰起头，张开嘴正要喊"快下来，要不我就躲开了"的瞬间，那黏糊糊的异样的液体流进了他的嘴里。卓儒睦图忍无可忍，干呕着向下吐去。可是，那个"猪"果真是个醉鬼，骂骂咧咧地在嘴里唠叨着什么。做人梯的两个人最终坚持不住，几乎同时把上面的两个人甩了下来。

站在肩膀上看"电影"的两个人虽说喝醉了酒，肥得像个猪，但都是些刚满20岁的腿脚灵活的后生，在摆晃中摔得不狠，真像杂技演员一样轻巧地跳了下来。但是，从卓儒睦图肩膀上跳下来的那个小伙子的声响惊动了屋里的人，传来叫喊声。紧接着，一个人掀起窗帘隔着玻璃向外张望。屋里朦胧的羊油灯闪着昏暗的微光。这时，外面的人们的秘密行动暴露，他们也不再躲藏了。

瞧！由窗户向里窥伺的三个人是绰号叫球员的门德格、舞者的顿都格和跤手的甘地格，他们是刚从师范学校分配来的年轻教师。今天，他们三人参加了洞房里新人的婚礼，喝醉了酒，仗着酒劲返回来偷看了"窗口电影"。他们来到这个学校已经两年了，但都是些单身汉。除了打球、跳舞、摔跤以外，没有任何文娱活动，把他们憋屈得无处发泄。今天晚上的这场"杂技演出"并不是去看"电影"，而是在"听洞房"。青年们非常着魔于这种"电影"，不仅想看，而且还想自己试演一回。乡下的人只知道有"情景剧"和"武打剧"，所以，卓儒睦图从未看过苏木所在地上演的这种"电影"。其实也没有观看的机会，因为，这是在秘密地偷看"秘密"。

卓儒睦图问跤手甘地格：

"看见什么了？"

甘地格扫兴地说：

"真没意思，除了被天狗吃掉的半个月亮以外啥都没看见。"他没说实话，隐瞒了所见的真实场面。后来他向朋友透露时，描述了当时的那种激烈的动作、新奇的姿态和令人难忘的场景。这也成了他日后独自一人失声偷笑的原因。

他们的贪欲过了火，为了占便宜偷看"小电影"，结果耽误了去看"大电影"，真是得不偿失。事情过后，他们才打心眼里后悔得拍腿跺脚。毫无意义地偷看洞房，非但劳神伤身，结果还落了个坏名声。他们沉醉在窗内的"新奇"景象，完全忘记了时间的流逝。电影散后，人们像归巢的鸟儿一样向各自的家散去，他们试图从人群中寻找自己"心仪"的企望也落空，肠子都悔青了。

横卧栏柜的时期

△025 突然，有一天，在乡间传开了这样一则消息："上级的一个达日嘎从一个牧户老太婆家的箱底发现了一块祖传的宝石。"

也许是生活过于饥寒交迫，人们或多或少想得到点东西，听到老头老妪们说哪个哪个山上埋藏了宝物和金银的消息后，多少汉子夜里拿着镐头铁锹出去挖地掘土，但至今也没有找到任何东西。奇怪的是，竟然从一个老婆子家里发现了。孩子们听了莫名其妙，青年们听了半信半疑。

经过一番仔细询问，确认"是真事"。究竟是什么宝物呢？

"是革命的宝物。"

喧哗了一阵后愈加明朗了："是发黄的线装本子。"老人和孩子们的兴趣降温了。但是，听说那是个倾国倾城的不得了的巨大宝物，人们甚是惊讶。

后来听说，那是一本明朝时期的线装旧书。那书里的故事内容对一般人来说也不算稀奇，讲的是一群手持大刀上山行侠的好汉的故事。据说，里面只有一个有用的句子，那是"前车倾辕，后车为鉴"。

那么，究竟是怎么被翻腾出来的呢？

刀枪入库，马放南山，社稷太平了，老太太从箱底下翻出那本旧书准备打袼褙用，结果被某一个眼尖的人给看见了。

后来，上边来人带走了那本书。据说，那本书最后落入了呼和楚鲁达日嘎的手。是否这本书显灵了呢？不久，开始了革命教育运动。

△026　观看了用胸膛挡住机关枪的黄继光的故事的电影后，旗党委号召所有的苏木掀起学习英雄的高潮。并且指示在苏木小学"开展向革命英雄学习的教育运动"。这是由于上次在苏木放映电影后，师生中间出现了消极倾向，不但不向电影里的英雄人物积极学习，反而将"听新房"说成是"最好看的电影"。自由主义泛滥，出现了追求腐朽堕落的修正主义的享乐主义的苗头，这是有的放矢的运动。

于是，开始了以学校为中心的向革命英雄学习运动。全苏木范围内，尽管没有黄继光式的英雄人物，但还有荣获三级战斗伤残军人荣誉证书，每年得到国家60元补助的现成的卓儒睦图。于是，就请他到学校，向全体师生讲述战斗英雄的故事，进行教育。

第一场报告会上，由于苏木长哈图到来坐在他身边，卓儒睦图没讲多少有关自己的事情，主要讲了绰号叫"形势大好"的武装部长巴雅尔图的事迹。

红格尔山大战前夕，发生了这样一场颇具戏剧性的战斗。大雨滂沱的一个夜晚，尿泡子脸的五个匪徒悄悄溜下山来偷卓儒睦图连的战马，结果行踪败露，慌忙逃走了。巴雅尔图连长像应付差事一样让卓儒睦图虚放了一枪，制止住了要去追赶的战士。为此，卓儒睦图等人私下埋怨连长，心里想，他犯了右倾机会主义的错误。但是，半夜过后，证明了他的战略战术是正确的。那几个匪徒频频回首张望着，绕了好几道圈子，本来是从西边过来的，最终却自欺欺人地向着东边躲进了阿贵图山毛盖图峡谷毛顿努合吐山洞里了。这是在巴雅尔图的预料之中的事。他事先就在那个可疑的毛顿努合吐山洞周围布下了用草木伪装起来的暗哨。伪装暗哨们探明了土匪藏身的窝点，还有他们的主巢、哨位、火力点，及时地将秘密情报传送给了连队。

巴雅尔图连长得到信息后，喜不自禁地说道："形势大好，上天助佑我们了。他们没有利用好这下雨的机会，尿泡子脸的气数已尽啊！"

尿泡子脸这个绰号其实不怎么符合那个土匪的特点。因为他是敌人，所以，人们在背后给他起了一个代替性的骂名。这个人平时显得满脸红光，额头中间还有一颗黑痣，酷似一尊佛雕；但是，一旦喝够一坛奶酒，吃完三斤肉，他的脸就会变得像个吹起来的牛尿蛋泡子。据说，如果给他具备了使其成为尿泡子脸的条件，让他真正成为尿泡子脸，那就不得了了，十个汉子都抵挡不住，他能在马背上挥舞利剑，冒着枪林弹雨杀出一条火星四溅的生路。所以，八路军很难接近他，只能伺机而动。

没有换掉蒙古袍子的骑兵八路，虽说个个都有武器，每天都在使用，但自己不会生产，只能靠缴获的武器去补充，因而，武器弹药严重短缺。近几个月进行的战斗，打垮的都是些手持大刀和木棒的本地山匪，缴获了大刀和木棒也没什么用处。他们现在最为需要的是快枪和手榴弹。他们这个连，现在只剩下一颗手榴弹。战士们别在腰上的都是些训练用的木头手榴弹。这是军事秘密。巴雅尔图因为没有了手榴弹而犯愁。

尽管巴雅尔图嘴里说着"形势大好"，但心里一点着落也没有。听说，尿泡子脸有三件宝：德国造的一杆快枪，一匹骊黑骏马①，还有一把铜柄弯刀。现在，他躲藏在山洞里，没有使用马和弯刀的可能，可怕的是他们的快枪和手枪。另外，还有武装起来的50多个汉子。这让巴雅尔图有些犹豫不决。但他仰望了一下连阴雨的天空后，

---

① 没有丝毫杂毛的黑马。

大笑了起来。

"形势大好!他们在山坳的口袋里,我们必须把握天时!"

难以猜测巴雅尔图为什么那么兴奋。是为了防备其他土匪背后偷袭大部队的营地呢,还是为了隐蔽简从,避免声响?他只带了一个班的兵,突然向毛顿努合吐山洞冲去。到达后,把战马拴在了两里开外的树林里。由于事先摸清了敌情,他们像从猪窝里抓猪崽子一样干净利落地俘获站岗的四个哨兵,给他们嘴里塞了毛巾,五花大绑后撂下,包抄过去,铁桶般地围住了洞口。行动难以置信,如同一场游戏。跟随过来的战士们不知该怎么俘获和消灭洞里的55个土匪和一个压寨夫人。他们聆听着巴雅尔图每一句金子般的话语,聚精会神地观望着他的每一个动作和手势。但是,在黑暗的夜里,看不清楚达日嘎的脸,只能看见他的手在飘飘忽忽地挥动。

巴雅尔图将三个战士腰间的假手榴弹取下来,串联成一撮拿到洞口处喊道:

"你们罪恶的脑袋该开花了!要是想活命,先把武器一个个扔出来,然后,爬出来。否则,就将你们埋葬在这个现成的墓穴里了!"大伙儿异口同声地喊了一通,接着,向洞里射击了一阵。洞里死一般的寂静,不知他们在谋划什么,洞口处烟尘飞扬,什么都看不清。

"快快缴械投降吧!否则,就要往里投掷30颗一捆的手榴弹了!"巴雅尔图再次鼓动战士们喊话。他们将假手榴弹捆住用绳子吊在了洞口上。雨,继续下着,远处的闪电不时地照亮着这里。少顷,突然听到一个女人的哭求声从洞穴的深处传来。接着,又悄无声息了。巴雅尔图连长从腰间取下唯一的一颗真手榴弹拉开弦喊着:

"先给你们赠送一颗手榴弹!"说着,将手榴弹扔进了硝烟弥漫的洞口。几秒钟后,传来巨大的闷响声。紧接着又隐隐约约听到那个女人的哭求声:

"求求你,投降吧!求求你了!"不一会儿,传来手枪的响声。接

着是一阵骚动声,又鸦雀无声了。稍许,又传来一声枪响。洞口上的战士急忙向洞里射击,同时喊话道:

"快点出来!否则真的投掷手榴弹捆子了!"

这时,从安静下来的洞里传来应答声:

"我们大王被打死了。我们投降。你们不能开枪,要说话算话!"

"可以,可以。你们自己找亮照路,先把武器一个一个交出来,然后投降!"

双方进行了交涉。不一会儿,洞里亮起手提灯的光,54个人先把枪、剑、装袋的子弹、手榴弹等武器扔出洞口。之后,按照命令爬出洞口趴在了地上……遵照巴雅尔图的命令,三个手勤脚快的战士将扔出来的枪收拢起来,卸掉枪栓,五支一捆地捆扎起来。将爬出来的44个俘虏,用他们自己的马缰绳捆起来,从趴在地上的十个人中选了三个人进入洞里,拖出来尿泡子脸和他的压寨夫人,进行了检查。对一个土匪进行了短暂的审讯得知,尿泡子脸打死了夫人,夫人的弟弟打死了尿泡子脸。巴雅尔图命令一个俘虏掌灯带路,让两个战士进洞检查了一番后,拿来两把铁锹在洞口跟前挖了一个坑,埋葬了他俩的尸体。

命令仍旧趴在地上的土匪和挖坑埋葬尿泡子脸的三个土匪,总共十个人将马鞍子、捆扎的枪支分成了54份儿,用马嚼子扯手①捆好,让他们每人背了一捆儿。最后用缰绳捆住空手的十个土匪,赶入了俘虏的行列。

第一班的七个战士和潜伏暗哨的三个战士,就这十个人在巴雅尔图的指挥下完成了这次作战任务。土匪洞里的其他物件原封不动地留在原地,交给三个哨兵临时看管。

解下土匪骑马的脚绊,挂在它们的脖子上放开,由一个战士赶着

---

① 扯手:连接马嚼子,骑乘时驾驭马用的绳索,也叫马勒。

走去。

巴雅尔图和其余六个战士骑在马上,手持钢枪,像赶搬运物品的毛驴一样将背负重物的土匪排成两行赶在前面走去。这时,朝暾刚刚露头。

……

△027　第二次以后,卓儒睦图学会了演讲的方式。虽说时而重复上次的内容,但讲话愈发流畅,语调也动听多了:

"扎,是啊,我们那个时候……毛主席领导得好,我也打得好。后来听说,蒋介石就在那天晚上逃跑的……"换来人们的哄堂大笑和热烈的掌声。掌声停息后,名叫球员门德格的年轻教师站起来问:

"那次您大概打了几枪?"

他无比自豪地说:

"我只打了三枪。"这句问话引起了有趣的话题。

"只扣了三下扳机吗?"

"你不知道,那时我还是个小孩子。所以,派我去做了看护战马者的助手。"

"那您只是个战马的看护者吗?"

"可不是嘛。但是,我有武器。俗话说,寻死的耗子抓猫屁股。如果敌人胆敢逼近,我能袖手旁观吗?必须对准枪口啊。"

"于是,就只打了三枪?"

"是的!真不能小看武器呀。按照呼和楚鲁达日嘎的说法,尽管只是三枪,但那可是历史性的射击啊……我所说的武器是把火铳,打一枪,马上再装弹药很麻烦,费时间。本想多打几枪,就是没来得及,所以,才只打了三枪。打敌人可不像打兔子啊。"

"怎么不一样?"

"兔子只会逃跑。如果敌人还活着,没有受伤,要是知道了你的底细，不管是这里还是那里，不管是山上还是沟里，不管是明着还是暗着，不管是今天还是明天，他总要回来报仇，与你刀兵相见，否则，他们自己会死的呀！"

"您也遇见过寻死的耗子吗？"

"遇见过啊，遇见过！我们那个时候经常发生一些奇异的事情。"接着，他讲了在西山上与大嘴土匪战斗的时候，他把皮袄脱下来搭在岩石上，自己从后面悄悄溜出来，给巴雅尔图连长送信，让敌人整整射击了一夜披着皮袄的岩石的故事。之后，他用两个小时的时间着重讲了砍掉水斗脑袋的头颅；用枪砂打瞎了葫芦脑袋的一只眼，逼其逃亡美国；宝汗戴哥哥牺牲；等红格尔山夜战的故事。末了，他指着自己的胯骨说：

"这是被葫芦脑袋打断的。"这一动作得到孩子们的敬佩和仰慕，在雷鸣般掌声中结束了报告。做了几次成功的报告后，他掂出了自己的分量，对自己将来当了达日嘎会做报告有了足够的信心。师生们仰慕的目光、敬佩的鼓掌，在如同跟着太阳转的向日葵的氛围当中，他进一步理解了自己的存在价值。

△028 批评的侧风不时地吹动赞扬的帽子。批评有时来自背地叮他的耳朵，但赞扬却光鲜地飞扬而来，让卓儒睦图的理智失控，处于沉醉状态。

有一天，卓儒睦图在家里坐不住了，去了巧嘴子道布顿的家。

巧嘴子道布顿是个上过七年学，唇薄嘴巧，与人无害，不吝饭菜，经常读报，关注时局的聪明脑袋。无论是谁去了他家，都先醉于他的话语，而后，醉于他的美酒。今天的卓儒睦图也一样，用道布顿的妙语做引子，喝下两碗蒙古奶酒后，愈发兴奋了起来。年少智浅、血气方刚的卓儒睦图一碗又一碗地喝着罐子里的酒，有声有色地演讲着以"我们那个时候……"开始的"报告"，道布顿兴奋不已，接过话茬点评着给予了他高度评价：

"您可是这里的勇敢的功臣啊！"卓儒睦图乐翻了天。道布顿也跟着乐醉了头。与其说是"报告会"，还不如说是庆祝胜利的家庭私宴。面前放着酒罐、大碗进行"报告会"的景象，恐怕只有在这百姓家里才会出现。

再加之道布顿随其意戏说"活人总看一幅画会厌倦"的撺掇，他愈发坐不住了，在他的陪伴下去了苏木。两个醉鬼走进供销社接近栏柜时，恰好遇上两个小学生买了铅笔往外走。看到小学生后，卓儒睦图的猴性大发，似乎要炫耀自己的威武，从两个小学生手里夺下铅笔，横夹在右手的三根指头间，拍在栏柜上，拍断了铅笔。两个小学生急了，哭丧着脸嚷道：

"你咋是个不讲理的坏人啊？赔我们的铅笔！"

周围的人们也看着忍不住了，纷纷讥讽他说：

"你有力气不要显摆在孩子的铅笔上，有本事你去解放了台湾回来，那才算是好汉呢！"

"你们周围有几个为建国而流血立功的人啊？这位是从火热战场上下来的英雄。喝了一点酒逗着玩呢！"道布顿的帮腔愈发助长了卓儒睦图的自豪感。

"我们那个时候，如果没有打穿水斗脑袋的头……我拍断你这根烂铅笔算什么？建立这个国家的时候，我被打断了腿，流过血。别说我拍断了你们的两支铅笔，就是拍断了你们十支铅笔又算啥呢？我和刘彪①一样，是建立国家的人啊，臭小崽子们！"

"哥，您喝醉了。算了，算了……建国有功的人，现在应该支持学校建设啊，应该支持供销社出售铅笔呀！"

"你爹那个黑头！"

---

① 当时被誉为特级战斗英雄的解放军战士。在战斗中，大脑受到了刺激，后来游走各地，是个无人不晓的历史英雄人物。

"您不要在栏柜上坐！您要是坐在栏柜上，其他人也要学着坐的。"

"我们那个时候有栏柜吗……还不让我在栏柜上坐，是吧？我握着枪隐蔽在岩石背后的时候，你们倒是在哪儿来？别说坐在栏柜上了，就说要坐在你们脑袋上，也是应该的。不知道我是什么人，是吧？"

"建立国家的有功之人！哈哈哈……"

"讨厌的家伙们，还嗷嗷叫什么？快拿酒来，拿手扒肉来……"

"先结账吧，卓儒睦图哥掏钱啊！"

"给你屁股的钱！找抽嘴巴子啊！"

"卓儒睦图哥喝醉了。说实话，坐在供销社栏柜上喝酒是无理的事，但您的确不是一般的人！可是，不给钱怎么能行呢？"

"为什么不行？看这个！"

供销社售货员巴斯巴拉反复催促付钱，卓儒睦图将右手伸向左侧腋窝，像挠痒痒一样抓握了良久后，拿出了红布包皮的伤残军人证的小薄本子，用力甩在栏柜上怒斥道：

"看看这个！"他那吓人的吼声如同那年特木尔团长在岩石上发出的"冲啊"的命令一样震动着栏柜。供销社的售货员小伙子吓了一跳，照着他的指令蹑手蹑脚地捡起小本子看。这个小红本子是卓儒睦图在解放战争中负伤，评为三级伤残军人的证书。售货员小伙子慌忙还回了证书，揭开红布包裹的木头盖子，从黑色瓦罐子里，用半斤的酒提子打出酒倒入粗瓷大碗递过去，朝后门外的饭馆的后生喊道：

"快拿一块牛肉来！"少顷，那后生用瓷盘子端着几块牛肉跑了进来。酒肉上全后，如同再度庆贺镇压水斗脑袋的胜利一样，卓儒睦图溅着吐沫星子，心满意足地大笑了起来。

陪伴者巧嘴子道布顿也在卓儒睦图的相劝下，兴高采烈地加入了呷一口酒，吃一块肉的甜美的情趣中。卓儒睦图非常高兴，酒也似乎醒了一些，他在讲述特木尔连长和宝汗戴哥哥的故事的同时，向围拢在周围的几个青少年指着自己的腿反复强调道：

"我这个腿……"

他猛然看见了站在跟前手拿被折断的铅笔的孩子说：

"耷拉着赖皮子脸做你爹的头啊，给！"说着，从袍襟里掏出一毛六分钱的黄纸票子扔了出去。

△029　自那以后，过了两个月，卓儒睦图又醉醺醺地到来。售货员小伙子没等卓儒睦图拿出红本子就自觉地端出来了酒和肉。卓儒睦图上了栏柜，盘腿坐下小酌着酒，不知抽了哪股筋，突然脱掉靴子，沿着栏柜的西墙将靴子重叠起来放好，跷起穿着左脚露脚趾、右脚露脚踵的袜子的腿，散发着满屋子的臭脚汗味，旁若无人地躺下了。看着真的要睡着了，售货员小伙子气愤地推了推他说：

"您这是干啥呢？快下来，下来。"

卓儒睦图火冒三丈：

"毡头子！我在你这个破土栏柜上躺一会儿怎么了？这房子原来是水斗脑袋的车倌儿们召集妓女的臊窝……只是后来垒了栏柜而已……我们那个时候如果没有镇压水斗脑袋，你们能在这里做买卖吗？"他大发雷霆。

巴斯巴拉这次没给他面子，推搡着他说：

"您镇压水斗脑袋就镇压了呗……下来，下来，下来！"卓儒睦图震怒之下，打了售货员小伙子一巴掌。这时，站在栏柜跟前的几个年长的牧民看不惯了：

"你像个山大王强占供销社的栏柜，散发满屋子的臭脚味……真不讲理，还敢打人，侵犯人的自由，真是个飞扬跋扈的恶人！"将他从栏柜上拽了下来。卓儒睦图几乎气疯了，从袍襟里掏出那个红本子高高举起喊道：

"我这样的人！"他像甩出扑克牌的大王一样，再次将那红本子甩在了栏柜上。那几个牧民被震慑住了：

"啊？这是流血沙场的战斗英雄啊……"他们用酒肉裹哄着这个醉鬼，请出了供销社的门市部。

两天后，卓儒睦图被叫到苏木。由于打人滋事，被原来的特木尔团长的通讯员，现在的苏木书记哈图没收了那个红本子。卓儒睦图什么都没敢说，硬着头皮过去了。之后，过了一个来月，卓儒睦图的嚣张气焰得到明显收敛，低着头向苏木书记认了错后，才求回了红本子。自那以后，再没敢甩红本子，也没有了甩红本子的机会。说实话，那个时候的人们非常敬佩有红本子的人，也非常害怕他们甩红本子。后来，有那么几次，他在心里烦闷的时候，也差点甩出了红本子，但在激烈的政治斗争的威慑下，他收留住了撒野的缰绳。

……

△030　卓儒睦图老头回想着几十年的经历，总结经验道：唉，再一细想觉得也没什么用啊……我们那个时候多么好啊。但现在呀，连自己的父亲都不认了，你那红本子恐怕还不值鞋垫子的价钱了。哎，像宝汗戴哥哥那样的烈士们就白白送命了吗？我倒没什么，尽管腿瘸了，总算还活下来了。从水斗脑袋的羊群里分到了30来只羊归为己有，喝了几年好汤，真难忘众人说我身体健壮的这20多年的生活啊……要说我这一辈子享福了，恐怕就是这些了。虽然没有喝腻牛奶，但也没有饿死，一息尚存到现在。近十来年还算不错，能够吃饱肚子了……但心里总是不得劲儿——觉得有些委屈……扎，也就那样了！但是，在埋葬宝汗戴哥哥的遗体的时候，我躺在伤员的担架上，哭喊着要为他讨还血债的誓言至今尚未实现。也不知道该向谁讨还！

到了很久以后我才听说，水斗脑袋的大儿子葫芦脑袋在那次战斗中负了轻伤，逃往了美国。所谓的轻伤说的是他的左眼窝里被打进了一颗火铳的散弹铁砂，后来慢慢失明了。据说，医生诊断说，如果做手术从眼窝里取出那颗铁砂，就会影响他的右眼，慢慢也会失明，所以，就没有触动那颗铁砂，原样留在了他的眼窝里。那个时候，我们团里背火铳的人没有几个，而且，那天早晨从岩石背后向着骑白马者射出一大把散弹铁砂的人只有我一个。所以说，打入葫芦脑袋左眼窝里的散弹铁砂，八成是我打出去的铁砂的这个猜测是有根据的。但是，当时我没有证明是我打的，所以也只能在心里琢磨了。

金笔、工作谈话、镶牛皮靴子

△031 俗话说，害怕的人赶马群，害羞的人敢杀人。然而，自从卓儒睦图不分"ja"和"ya"这两个字母，写错了信，丢了脸后，以革命英雄的豪情壮志化羞耻为力量，横下心，孜孜不倦地在油灯下刻苦学习，最终达到了戴钢笔的程度。按照这里的文化水准衡量，卓儒睦图只配戴一支钢笔。但是，他却戴起了两支钢笔。也没人知道其中的缘由。就在戴上第二支钢笔的那天晚上，他用新钢笔给江嘎玛写信，除了炫耀自己的文化知识之外，还为了报那年被嘲笑的仇，同时，还像管控马群一样控制她，寄送了出去。

在信中还向江嘎玛传递了"人们嗔怪达格达说，不去好好管理马群，只顾管理阿门乌苏的阿拉坦其其格。最近又被狼吃了一匹两岁马驹。这个问题很严重……"等新奇的消息。他写这封信的意图是什么，现在谁也不知道。江嘎玛只看出他的字体好看多了，句子通顺了，错别字少了。同时，让人感到仿佛有一种隐隐的示威在暗涌。

卓儒睦图翻阅各种政治巨著的目的主要是为了显示自己的"有学识"。讲话时，尽量用从书本里背下来的词句来表达，千方百计地引用文言文。虽说他垂涎欲滴地贪图别人家的酒和女人，但为了变得让人看着很有智慧，他竭尽全力去弥补欠缺。他醒悟到，只有这样，人们才能接受他、羡慕他。

在旗党校的速成班学习了一个月回来后，卓儒睦图的胆子越来越大，没过多久，竟然戴上了三支钢笔。就连达格达都觉得这里肯定有玄机，于是，没敢轻易地去抠掐他。果然背后存有玄机。据说，为了加强阶级专政，将他列为主要依靠对象，要把巴嘎所有的权力交给他。闪耀在他胸口上的这三支笔各有妙用。其中之一，换句话说就是他的第一支笔，不慎掉在地上笔尖折弯了，写字又泅又粗，很是难看。正准备扔入箱底的时候，一天，遇上了一个"画驴匠"①。他见到这支弯尖笔，拿起来试着画了画说：

"哇！卓达日嘎的这支笔成了'美工笔'了。这种笔在咱们这里还不好买呢，得去北京才能买到。您要是不想使用了就用一只三岁羊换给我吧。"

卓儒睦图很是疑惑地说：

"像我这样不懂书法的人就用不着这种笔了……"

听了这话，"画驴匠"吓得六神无主：

"哪里，哪里……我只是开了个玩笑。"他及时地补救自己的失言，看着卓儒睦图的脸色解释说，"听说，毛主席用毛笔，下面年轻的干部用这种带有金星的钢笔在大宗文件上签字呢！"

卓儒睦图似乎消除了疑惑说：

"啊！那就我自己用吧。你去北京用你那羊买新的吧……"自那以后，他把这支笔用在了社员们申请杀羊等的各种申请书上批示"可以"和"不可"的签字上，尤其在大写彰显自己名字的时候，非此笔莫属了。

第二支笔用于向上写汇报，归纳党支部会议内容，写小字报，

---

① 为治疗幼儿梦魇，画辟邪画的人。按蒙古人的说法，画一张黑驴的画像挂在孩子的摇篮上，能辟邪。

记录阶级斗争新动向的苗头。时而，心一动还给江嘎玛等漂亮的姑娘媳妇们写封信，这支笔成了他必备利器。第三支笔看似是炫耀的空壳，其实不然，对于牧民们来说，是个极其重要的物件。那是一枚用于加盖在记录社员工分手册上，或者集体名单列表上的做认证的椭圆形印章。顾名思义，印章就是权力，是威慑降服人们的镇山之法宝。

哪个时代就有哪个时代的武器。新中国成立后，卓儒睦图的火铳已经没有了什么用处，成为革命历史纪念物，或者是专政的象征；但是，闪耀在他手中的一拃长的钢笔和印章却成了显示掌握、警示、震慑的重要的武器。假如，巴嘎的某人犯事需要抓捕，报请公安部门逮捕时，逮捕书上必须得有书记同意的签字和印章。

如果说他曾经用火铳建立了国家，现在他得用指向人们头脑的文化的子弹，去充填自己的钢笔了。

牧民们总是记不住坚持继续革命、永葆国家万古长青等的重要理论，有些人还胆敢发牢骚说：

"牢骚话在胸中，硬杂木在山中，怎么着？该说的还要说。"他们摽住劲，有了惹祸的苗头。无产阶级专政政权尚在襁褓中，要时刻呵护，特别要防范仇敌恶意诅咒的伤害。

通过造就有觉悟的革命者的反复洗礼，卓儒睦图的睿智似乎被开启了。历来就把官民关系看成是"愚钝草民只可使役，不可晓之以理"，"毛驴就适合拉重磨"，尽管鞭策使唤就行。这种理解显然是错误的，屡屡受到批判，但是又时时让人难以适应。于是，他似乎开始理解线装书的重要性了。

据说，有一个封建帝王曾经说过："人这东西不能给脸，不能吃饱肚子。给脸就要上头，给脸就会向你撅屁股。吃饱肚子就会为非作歹干坏事，肚子越饿腿越勤。这是治理天下者的根本方略。"现在想来似乎有点道理！一不小心，我是不是陷进线装书本里了呢？卓儒睦图暗自琢磨。然而，他犹如坡梁顶上的芨芨草，顺着风向四下摆晃。只要不是地动墙倒，他永远不会放松风向的缰绳，会自得其乐地顺应而去。

谩骂、说坏话、掩耳不闻他人忠告等现象日渐增多了。用一句话说，就是想唤回"旧社会"的阴魂。经上级批准，将诽谤"毁山炼铁是徒劳的事，惊动激怒了山神地祇"的巴图海日汗苏木的碎嘴宝音阿日必吉胡打成了本旗"右派"头号，起到了杀鸡给猴看的警世作用。"反右"运动开始后，人们都不说被抓辫子、拽尾巴的话了，谨小慎微地说一些圆溜滚滑的"可以""挺好"的敷衍的话语，人们个个变成了金嘴巴子。这是进行阶级教育的初步成果。

在上级的号召下，在周围的骚动下，卓儒睦图时时跃跃欲试。他试图在大队展开像内地实行土地改革运动一样激烈的"反右"运动，开始讲起了严厉的话语。就在他夸下海口的那天晚上，杭拉摆好枕头仰面平躺着不让吹灯，突然转过身，抚摸着背过脸躺着的卓儒睦图的脊背说：

"今天我去井上挑水，遇见拇指普日布的老婆聊了一会儿。她虽没有说反对这次运动的话，但我从她的语调里听出了有些不对劲儿。你不要在人们面前过于张扬了。俗话说，愚拙的棒槌伤主人啊！只因为说了几句错话，就要杀人扒皮，那怎么能行啊……"

"嚯！在我下面的老婆一下子翻到我的上面，当上司令了？"

"别说在上在下了，谁能治住穿衣服的狼呢……我只是个熬茶做饭的老婆子……这可不是儿戏呀，好好回想回想，你自己也不是有时胡扯乱说嘛……"

"我什么时候胡扯过惹事的话了？我向来是个遵照上面指示行动的头脑清醒的人啊！"

"你如果真是个聪明的人，还能误解了苏木长的话，成为人们的笑柄吗？"

"啊，我哪能知道那些含沙射影的话呀。可是，现在一目了然了，那可是真理呀！"

"常言道，时代会变，马兰草会蔫。不定啥时候变了，你就得去背黑锅啊。你已经抓住了蛇还能往哪儿躲呢！"

"这都是些事实，群众的眼睛是雪亮的嘛。"

"哎，所谓的群众都是些坡梁上的芨芨草，哪边风大往哪边倒……也想不到会重新'当牛做马'呀。"

……

杭拉一番提醒的话语，好像突然给他那莽撞可怕的行动戴上了嚼绳，弄得他怒不成，喜不能，咽下了筋疙瘩。在卓儒睦图睡觉的光辉历史上，首次出现了转过脸去沮丧而卧的悲惨现象。

△032 一天夜里，识字班下课后，卓儒睦图和图门珠拉在巴嘎的办公室里聊了一会儿。

"现在为了全面加强阶级队伍，需要组织妇女发挥她们的作用。我们巴嘎要成立妇女联合会，你能不能担任主任之职呢？"

"我是个刚刚脱盲的人，恐怕干不了。还是给你的江嘎玛吧，她可能会比我强……"

"你能行。全巴嘎有百余个中青年姑娘媳妇，你从她们中间吸收四五十个人加入联合会，再选四个人组成联合会领导委员会……你自己当主任，再配一个副主任……"

"那要干些什么呢？"

"领导、带头进行人畜两旺生产。"

"我可不会搞那些什么报告呀，什么工作汇报啊。"

"动员广大妇女做好饭菜，做好缝补针线活儿，挤好牛羊奶，做好奶酪奶油，多多生育，养育好孩子，孝敬好老人们，等活计嘛。"

"七种工作吗？"

"是啊，与其说七种，还不如说 77 种啊……"

"呀呀，那么多呀？"

"是很多呀。否则，怎么能让你当这个小领导呢？"

"这么多的工作我怎么能干得了呢？算了，算了吧！"

"那么多的工作又不是你一个人去干啊。达日嘎是领导，要指挥。否则，你一个人怎么能生那么多的孩子，剪那么多的羊毛，打那么多的草？你只是领导，下令指挥，说服警告，组织动员，显示自己的精明能干就行。"

"睁眼瞎要成为精明，那还差一大截子呢！"

"努力提高文化知识，跟在哥哥后面干，还怕没有办法吗？我在管着全盘工作嘛，肯定要带你上道的。我现在缺一支右臂啊……"

"扎，那就试试看吧……大领导发话了嘛。但我得问问巴亚里格。"

"还问什么巴亚里格呀？是巴亚里格大，还是巴嘎党支部书记大呀？"

"男人不是家里的达日嘎吗？"

"现在是我们得到自由的时代了。只有你自己决定。你怎么就走来走去最终和巴亚里格结婚了呢？"

"就是我父母唠叨成了这个样子嘛。要是和你结婚，杭拉该怎么办？"

"在模范人物表彰大会上，我不是一直在看你吗？"

"是啊，我知道。那时我不是向你提示说'把大红花挂在哈那上'的吗？"

"哎……"

卓儒睦图诉说着自己的无奈，唉声叹气地将这个职务交给了图门珠拉。

△033　识字教育激发了青年们的兴趣，大家普遍都会认字了。夏日哈达巴嘎脱盲夜校的青壮年学员们在巧嘴子道布顿的教授下，相互攀比，争先恐后，个个进步很快。一天夜里，刚刚学完成语，大家在逐条默读的时候，卓儒睦图草草扫了一眼"爱不释手"后，读道："爱不择手。"于是，有的人偷笑，有的人脸红，有的人相互耳语。巧嘴子道布顿说话了：

"我们的卓书记克服了写错字的毛病，但好像还没有改正读错字的毛病。"

百舌丹巴接过话题说：

"是啊，年轻人应该比我强才对啊！为了炫耀自己读得快，反倒丢人现眼了。不可操之过急啊！"他以同乡兄弟的身份，既像批评，又像袒护似的说了这番话。生怕话题落在地上，摩拳擦掌的巧嘴子道布顿老师吸溜着嘴唇说：

"今天学了不少东西。巴嘎的伙夫大概也搂着夜壶睡着了吧？口渴得够呛。常言道，水藻茂了鱼聚拢，性格好了人聚拢嘛。去性格好的江嘎玛家喝点茶，看看她的小脸蛋吧……"他开着如是玩笑宣布了下课，大家都显出了愿去江嘎玛家的神色。一时间被冷落、满怀沮丧的江嘎玛听到道布顿老师的夸奖后，恢复了往日的激情，真的邀请大家去喝茶了。

卓儒睦图和图门珠拉两人为研究建立妇女联合会，拟定参加选举者的名单，留在了巴嘎的办公室。他俩好像以两手同时抓革命和生产的精神很快研究完了议题。江嘎玛走出五里开外后，回头观望时，灯已经熄灭了。她们又走了几里地，突然迎面奔来了阿拉腾花巴嘎的富人巴特尔朝克图的儿子巴亚里格。这人虽说不是这个巴嘎的人，但是，在半年前，他不听父亲的劝说，拗着劲儿来到图门珠拉家做了倒插门女婿。今天，他看着夜校下课了，就来接图门珠拉。带路的江嘎玛上前与巴亚里格寒暄打招呼。

"你好！这是要去哪里呀？"

"去巴嘎办公处，接图门珠拉。"

"他们说要研究妇女联合会的事，研究完了就会出来吧。他们可能不走这边，为了抄近路走海拉干图那边吧。你就直接回去吧。巴嘎离这儿还有十多里路呢。卓儒睦图肯定会送她回家的，不会让她露宿野外呀。"

"可能会吧，我先上那个丘梁上望一望有没有灯光再说。"

巴亚里格从离巴嘎办公地大约五六里远的地方望去，一片黑暗，什么都看不见。他打消了从那里找到媳妇的念头，但心宽了少许，自言自语道："看样子没怎么样。"他下了马尿了一脖尿，"扎，由海拉干图的近路截她吧。"恰巧这时，巴嘎办公室的窗户亮起了灯光。起初他有些纳闷儿，看着不像鬼火，要说是下夜人的手灯吧，却不动弹，或者是卓儒睦图送了她一程又返回来点着了灯。巴亚里格迅速上马，向着巴嘎的方向又奔驰了一里多，接近后细看，那个光亮更加清晰，证明了那是煤油灯的光，消除了他第一个猜测。巴亚里格不知如何解除第二个猜测，犹豫了片刻："扎，无论咋样，既然来到了门前嘛，就进去问个好吧。如果真的把她送回了家，怎么也得表示一下谢意啊。最起码也可以打听一下她的消息嘛。"他策马快速奔驰到马桩子跟前下马绊住，蹑手蹑脚地来到亮灯的屋子门前，从门缝里偷听里面的动静，却听到图门珠拉娇滴滴地笑着说：

"……虽说是个瘸子，但的确是个好汉啊。"巴亚里格的全身如同触了电一样震颤起来，脑袋一片空白，愤怒像火药一样炸开。他几乎没有知觉地踹开了门，听到门闩飞出去，弹到对面墙上的声响。巴亚里格闯进去后，狠狠地打了一巴掌正在穿靴子的图门珠拉。准备换穿新裤子的卓儒睦图惊慌失措地说：

"干啥呢？干啥呢？都是为了你……"没等他解释求饶，巴亚里格抓起炕沿下的皮靴子砸向了他的脑袋。卓儒睦图像是死了，又像中弹战士一样悄无声息地瘫倒了下去。

巴亚里格正准备用"丢尽人的臊流氓""可耻的臭婊子""不要脸的妖精"等极端愤恨的话语辱骂图门珠拉的时候，看见从倒地的卓儒睦图的脑袋流出了鲜血。第一，他没有了动静；第二，流出了鲜血；第三，他说的莫名其妙的那句"都是为了你"的话，让巴亚里格疑惑不解，产生了忧虑。他再没有用激烈的语言打击卓儒睦图，只是做样子似的说：

"肮脏的流氓，你爹那个头'都是为了你'嘛，死了也活该！"他转过身来对着图门珠拉说：

"臭婊子，你知道哭还敢偷男人！"他踹了她一脚怒斥道，"不走了？要在这儿住啊？"图门珠拉耷拉着脑袋走出屋子，走向了拴在粪堆背面的马。

巴亚里格解开绊在马桩子跟前的马，走到粪堆背面时，图门珠拉如同逃跑一样策马急速奔去。巴亚里格追赶上来，夺过她的扯手呵斥道：

"不要脸的东西，你要去哪儿？"

"是的，我是个不要脸的东西。你应该杀了我。你不杀，我自己就不会去死吗？我一定要去我要去的地方！"巴亚里格起初还威风凛凛，但由于图门珠拉死犟着哭喊着重复同样的那几句话，使他没有了招架。虽说巴亚里格怒火中烧，但也不能照她说的把她杀了。刚刚从巴嘎办公室出来的时候，他心想着到了没有人的野外臭打她一顿，但是这会儿手软了，握起的拳头松开了，伸出来的手掌放下了。近乎爆炸的愤怒渐渐降温，到了能够自控的程度。

"再也不能干这种事了，不仅丢人现眼，还要惹是生非，没脸见人了！"

"你说得对。但对我已经没有任何意义了。你该去哪儿就去哪儿，该干啥就干啥，娶个好媳妇吧。我已经没有办法见人了……"

巴亚里格听到她那阴冷绝情的话，收起了打算去苏木控告他们的想法。他怕失去图门珠拉，失去了图门珠拉他就无家可归、无饭可吃了。为了和图门珠拉结婚，他竟然与父母断绝了关系。如果失去了"长颈美女"，他心中的幸福图景就会化为泡影。

"再不和别人鬼混就行了。你大概是掉进了那个老色鬼诱惑的陷阱里了吧……"

"纵然我说一千遍'再也不干了'，那也难以洗清发生的丑事。已经发生的事情是无法挽回修正的。名声已经扫地了。"

"没有别人知道，只有咱们三个人知道，你如果要是不再重犯，如果那个瘸鬼没有死，这事我会守口如瓶的……对我来说也不是什么光彩的事。那个老色鬼，惹是生非的混蛋还敢觊觎你，我就会连同他的拐杖一起打断他的另一条好腿……他的确是个不要脸的丧家犬——还说'为了我'呢，这是人说的话吗！今天夜里，如果他死了，我也只能接受惩罚。我想他没事，挨一靴子，耗子都不会死的嘛……"

"我要是不重犯，你会原谅吗？"

"原谅，只要你不再重犯，我原谅你！"

"真的？"

"真的！"

"那么，不要找书记，去找大夫吧……"

……

他俩站起来，上了马，朝西南方向的家走去。

……

后来听说，以水土过硬为由，图门珠拉哀求母亲得到允许，打点了些许的家产，跟着巴亚里格搬到了阿拉腾花巴嘎。

圆屁股耗子的奇闻逸事

△034 卓儒睦图独自一人待在巴嘎摆着一张桌子，放着一把椅子，盘着一条炕的空旷的办公室里，抚摸着额头上的伤痕，想着第二

次流血战斗的过程:"现在也只能这样了——这里可是我的天堂啊。"就在这时,他突然想起了达日嘎洪钟般震撼人心的话语:"给你分了牲口,戴上了乌纱帽,具备了所有生活条件,现在应该守住山河看好家门就行了,还贪图什么呢?……水斗脑袋已经入土,葫芦脑袋逃往了美国,青格勒巴雅尔虽然仍在这里,但已经举手投降,转变成了咱们的人,成为红旗的主人。目前,只要打好井,保证好收成就行了吧?"在群众大会上,虽说没有点名道姓地说哪一个有功之人,但所指已经很明了了。琢磨着"形势大好"达日嘎巴雅尔图的这番讲话,悠悠然地伸了个懒腰。还没有尽兴地伸完第三个懒腰的时候,本图格尔、嗷图格尔、显塔格尔三个毛头小子像鸭子似的拍打着结茧皲裂的脚板子,没有敲门闯进了办公室。卓儒睦图看到这些蓬头垢面的孩子就气愤地驱逐道:

"你们是不是要把羊羔牛犊都赶进屋里放牧啊?办公的地方成了你们玩耍的地方啦!"

然而,这些孩子们原来是"形势大好"达日嘎所说的维护"形势",在野外遇上陌生的有特务嫌疑的人,就会随时进行抓捕的手持鞭子、棒子、绳子的少先队的战士。这次是他们发现了残留的和潜伏的反革命坏分子,或是台湾特务在进行秘密活动的新的迹象后,及时跑来向领导报告的。

"发现玛尼图洼地里跑着五六只奇怪的耗子。会不会是敌人留下的带病菌的耗子呢!"他们绘声绘色地报告道。

"你们是不是碰上了死耗子来邀功请赏啊,都是活的吗?"如果出现了流行疫病的迹象,必须上报,直至中央。人命关天,事无巨细,他在追问着,试图确认真伪。

"没有!全是活的。"

"跑动的样子奇怪吗?是活蹦乱跳呢,还是萎靡不振呢?其中有没有摇晃跌撞的?"

"没有,没有……个个活蹦乱跳,跑动飞快。比我们几个快多了,一溜烟儿跑进了洞里……"

卓儒睦图听后觉得不像敌人留下的带病菌的耗子,绷紧的脸面松弛了下来说:"行了。如果不是死的,你们的这个情报不值钱……"他又似乎想起了什么似的问,"你们是侦查提防敌人的鞭子、棒子、绳子小队的英雄们吗……"

"是的,学校交代我们,在放假期间,作为民兵们的眼睛、耳朵、手脚,侦察提防敌人的。"

"扎,是嘛,你们不是害怕耗子,而是在警惕防范坏人啊。"

"当时确实有点怕,爸爸妈妈提醒我们说'耗子可怕,不要接近它'的嘛。"

"扎,那你们报告的究竟是些什么样的动物呢?"

"我们没敢接近,从远处看的——圆乎乎的、头秃秃的像个耗子。"本图格尔小子转动着眼睛说。

卓儒睦图听后愈加放心了,连续打了第四、第五个哈欠,向炕沿摩挲着说:

"头秃秃的……难道还有长犄角的耗子吗?报告情况时就像报告情况一样把话说清楚了。不要扯些没用的东西……去去。"他觉得送来了毫无价值的情报,毫不留情地撵走了孩子们躺下了。但是,他又觉得应该搞清楚孩子们所说的这个情况。

"圆乎乎的——像个皮球,不像刺猬吗?"

"不是,不是,圆乎乎的,头秃秃的……"

"你们是怎么看见的?"卓儒睦图如同战争时期的巴雅尔图达日嘎向身披草木伪装的暗哨询问敌情一样歪着脑袋问道。

"看见牛犊草坡上有狐狸追逐跳鼠,狗就赶了上去。我们跟着狗奔跑着看见了那些奇怪的耗子。"暾图格尔皱着眉头,非常认真地说。

"到底是耗子,还是皮球?"卓儒睦图为了详细了解敌情,如同审判官一般质问。显塔格尔抢先他们俩说：

"一开头站着一个脑袋像耗子的东西，接着变成了一个皮球一样的东西左右晃悠着像五脏全肚一样，接二连三地滚动着钻进了骆驼蹄掌大小的洞穴里……"他用手比画出了圆球的样式，为传递情报贡献了自己的一分力量。

"那么就是说，是个长着耗子脑袋，圆球屁股的，像喝醉酒一样摇摇晃晃地跑着，像五脏全肚一样滚进洞里的动物了？"听到问话，三个人点着头异口同声地用自己的方式回答说：

"是的，对的，真的……"

本图格尔、暾图格尔、显塔格尔这三个毛头小子所说的圆球屁股，脑袋像耗子的东西，彻底驱散了卓儒睦图达日嘎香甜的睡意。卓儒睦图再没有打哈欠，暗自思忖："在我无所事事、坐立不安的时候，阶级斗争的工作找上门来了。看样子是不能视为孩子们的儿戏置之不理啊。莫非是台湾派来的特务的工具？儿言无信，人眼无凭，如果错了，就会酿成大笑话。就算是阶级斗争的复杂现象，也不能风风火火地报告苏木，调查清楚后再说吧。"他想，战争结束，敌人被埋葬，本应该建造一个安乐窝，高枕无忧地睡大觉，但总是发生事情。

于是，卓儒睦图寻访远近的老年人，问询关于圆球屁股耗子的情况：

"过去有过这样的耗子吗？塔如巴嘎①是那个样子吗？"

"我们这里从来没有过塔如巴嘎，是不是时局要动荡了？"人们听说后，都感到惊讶，开始担心，但是，没有一个人见过这种东西。鸦片战争时期，曾经有人亲眼见过两条腿的耗子逍遥在山上，但那人也去世已经50年了。人们都说没有见过圆球屁股的耗子。最后，只能

---

① 塔如巴嘎：草原上的一种鼠类，即旱獭。

去找什么事都能说出个道道来的楚伦喇嘛了。

"没见过，没见过。世上不乏奇形怪状的动物，不要靠近惊动它们，罪孽啊，时局动荡的时候，会出现各种凶兆的。"他以慈悲为怀、超度世间万物的佛教理念做了解释，不让惊动那些耗子，似乎在暗自保护，根本不顾及什么阶级斗争。

于是，卓儒睦图在无可奈何的情况下，决定进行野外调查。在行动之前，他叫来了周围的羊倌儿们问询。楚鲁图周边的几个牧民回答道：

"见过那种耗子，于是我们开始携带刀子，耗子不侵犯，我们也不侵犯，现在还算太平……"卓儒睦图又问询了几个人，仍然没有新的消息。无奈，他以一天的干粮和一把糖果为酬劳召集来了楚鲁图的三个调皮的毛头小子，带领了两条猎狗，预备了一挂牛车，车上装了一大木箱子饮用水，开始了以打猎为名的野外调查，或者可以说是征战。

虽说卓儒睦图是牛车队的总指挥，但是，将去往楚鲁图的什么地方，要由本图格尔、瞰图格尔、显塔格尔这三个毛头小子当向导。他们穿过凹凸颠簸的德日斯图洼地，进入了灌木地带。如果没有记住地形地貌，很难找到耗子的洞穴。

今天调查耗子的行动，给三个毛头小子创造了玩耍的好机会。卓儒睦图是总指挥，道貌岸然地坐在车辕上，三个毛头小子和两条狗没有坐车，前后追逐着撒欢奔跑在牛车的两侧。本图格尔转动着眼睛说："是的。"瞰图格尔皱着眉头说："对的。"显塔格尔用手比画着说："真的。"

"就在这一带呀……"

"那个红土堆，不是吗？"

"扎……什么来着？本图格尔。"

"不是啊……那天，瞰图格尔在有狗粪的柠条堆左边，显塔格尔在南边，我正好站在那个柠条堆的这边，最先看到的是耗子的脑袋，其次是圆乎乎的屁股，接着就不见了。"

卓儒睦图半信半疑他们的说法，将拉着水的牛车停在灌木丛中，拄着拐杖与三个孩子一起张望着周围的情况，步行巡查。没见到一个有狗屎的柠条堆，也没发现什么奇形怪状的东西。他们不停地寻找着，就在这时，看见东南方有一个散落着发了白的狗粪的紫褐色柠条堆。卓儒睦图问他们仨：

"是这里吗？"他们犹豫不决，不敢确定，继续找了一阵后，确定说：

"就在这一带。"于是，他们开始细致地勘查"这一带"，结果，真的发现了一处好像狗刨过似的，洞口直径有足球大小的洞穴。本图格尔、暾图格尔、显塔格尔七嘴八舌地确认了这里："是的。对的。真的。"显塔格尔很谨慎地说：

"但是，那个圆乎乎的东西在不在洞里，我们没法保证。"接着，他们将拉水的牛车牵过来，开始进行水攻，往洞里灌水了。放了半桶水的时候，洞被灌满了。洞被灌满，估计里面的东西马上就会出来了，卓儒睦图拿着铁锹，本图格尔拿着鞭子，暾图格尔拿着棒子，显塔格尔拿着绳子，等了半天，没有耗子出来的迹象，水在那里漫着。他们又耐着性子等了一会儿，稍许，觉知洞里的水开始下沉了，他们继续大量地灌水。就在这时，在东北方十来步开外的斜坡处出现了一个洞口，在往外冒水。

他们匆忙操起了各自的武器冲了过去，只见，从一个碗大的、斜向的洞口里冒着水。等了一会儿，耗子没有出来，洞里停止了冒水，但仍不见耗子出来。为此，他们猜测了起来。本图格尔说：

"可能是个没有耗子的空洞。"

暾图格尔说：

"大概是死在洞里了。"

显塔格尔说：

"八成是个会水的耗子。"

卓儒睦图的意见接近于嗷图格尔的看法。他驳斥着显塔格尔"会水的耗子"的意见说：

"咱们这里是干旱地区，怎么能有会水的耗子呢？"耗子大概是淹死在洞里了，要是挖，距离又太长，算了，回去吧。他们赶着牛车正要动身，突然，从离耗子主洞口西南方十步开外的柠条堆的侧面，跑出来两只皮毛干爽的、肥硕的大耗子。这时，闲在一旁的猎狗看到耗子，像离弦的箭一般射过去，拦腰咬住那两只圆乎乎的耗子，在惨叫声中将其咬死。也就在猎狗咬住第二只耗子的瞬间，从那个柠条堆侧面的洞里，钻出来另一只后半身浸湿，沾满泥浆的，疲惫不堪的硕大的耗子，如同醉酒似的摇摇晃晃地逃去。虽说卓儒睦图的腿脚不灵便，但他却出奇地迅速追赶了上去，用铁锹拍死了耗子。

他们当即像炒菜一样用铁锹翻动着耗子的尸体，进行了详细检查。检查的结果证明：的确是耗子，的确是圆乎乎的。只是没有尾巴，臀部过于肥胖，跑起来像皮球滚动，由于掌握不好平衡，显得两头摇晃。臀部上没有长尾巴，也没有长在其他部位，从后面看，果然光秃秃的像个皮球。

这究竟是个咋样的耗子？是新品种吗？这地方也有肥大的耗子，但都有尾巴，这些耗子怎么没有呢？卓儒睦图越想越感到可疑。

作为狩猎的战利品，卓儒睦图将三只耗子装进麻袋，准备带回办公室进行研究试验。

难道只是个耗子吗

△035 卓儒睦图为了让众人确认证实这个奇怪的动物，将三只耗子的尸体放在阴凉处，用篱笆围住，供大家观赏了两天。另外，他

还抱有以下企图：第一，愿它能够成为狠抓阶级斗争的成绩，或者是经验；第二，愿它能够成为表现积极参加政治运动的态度的见证，或者是阶级立场的实际表现；第三，因为是奇闻逸事，记者听说了不定还会来呢，如果真的能够登上报纸，就算得不到功勋奖章，也会得到口碑赞扬吧……陆陆续续到来的人们谈论着各自的看法——

"是鼠类。"

"就像有指头肚子大的小米鼠一样，还有如此硕大的圆耗子。"

"不会是萨姆来[①]放出来的耗子吧？"如是认证耗子的人们中，有放牧牲口的羊倌儿、牛倌儿、马倌儿、驼倌儿，有去过北京的智者，有历尽艰辛的尼姑，有叩首五台山的皓首老者，有皈依佛门的喇嘛，还有识文断字的男女老少等形形色色的各种人。但是，这些人当中好像没有研究老鼠的专家，竟然没有出现一个准确地解释这些没有尾巴的、圆屁股的耗子的人。

看上去，这只是一个极为普通的自然中的奇异动物，也不是什么受保护的国宝，而且，还是众人厌恶的四害之一。然而，不能视之为儿戏，总觉得其背后藏有蹊跷。于是，卓儒睦图的心里拧了一个"难道这些耗子只是个耗子吗"的扣儿。现在，保护耗子尸体成了难题。首先是猫和狗，嗅到最爱的新鲜的肉食的味道，流连忘返，虎视眈眈，跃跃欲试。所以，不得不用篱笆围起来。篱笆在防狗上起到了作用，但没有很好地防住猫，差点被吃掉。在无计可施的时候，总会意外地出现妙招——用阿篓子[②]扣住，上面压上了石头，这可治住了馋猫，任凭其抓挠吧。但是，问题没有完全解决，由于天气闷热，恶臭四散，招来成群结队的蚊蝇。

麻烦不断地增加，需要岗哨和服务人员了。愿意站岗的人也报了名。三个毛头小子欢天喜地地领受了这项任务。但是物资紧缺，在这

[①] 萨姆来：日本语，指武士（さむらい）。一部分蒙古人习惯用这个词称呼日本人。
[②] 阿篓子：方言，蒙古人用于拾粪的圆形背篓。

几乎舔锅啃碗的时候,要付给他们口粮和费用是难上加难的事。想来想去,还得雇用他们三人,最后以每天管两顿饭,每人给一把奶酪达成了共识。起初,让他们手持扇子坐在了耗子尸体的上风头。第一,用扇子轰苍蝇;第二,要是有人来观看,挪开扣着的阿篓子;第三,向来者简单介绍最初如何抓住耗子的经过。他们肩负着临时的政治任务,去守护耗子的尸体。虽说他们在上风头上,但是,腐烂的耗子臭气熏天,难以接近,而且,还需要不停地轰苍蝇。就在这不知如何是好的时候,暾图格尔皱着眉头,闭着眼睛,偶然想起了一个驱赶苍蝇的妙招。

"来,咱们烧牛粪用烟熏吧。"大伙儿一致同意,拾来湿牛粪煨在了阿篓子的四周。果然,苍蝇不来了,猫和狗也不来了。猫的消失,自然否定了显塔格尔琢磨的"绊住猫的腿"的方案。同时,这个办法竟然收到了意想不到的效果——由远处就能看到浓烟,观赏的人们也随之增加了。

在办公室与几个领导成员召开关于狠抓阶级斗争会议的卓儒睦图出来撒尿,看到三个毛头小子点火升烟,心里想:"这事现在都成了儿戏了。算了吧,算了吧。再怎么等也解不开这些诡秘耗子的谜了。"取消了原打算展览三天的计划,决定在第二天火烧埋掉。

很遗憾,这次展览只进行了两天,但报纸却给了巴掌大小面积的报道。

"这事虽说看似儿戏,然而意义深远,用一件小事充分体现了人民群众的阶级觉悟和参加斗争的自觉性。第一,证明了'不是鬼';第二,最起码说明了阶级敌人非常狡猾,但也不会轻易亲自跳出来;第三,起到了走群众路线,老实地提问'这究竟是什么'的作用。"

卓儒睦图看到报纸的报道后,埋怨道:"人们总爱用'儿戏'这句话。"

当时,就在这里检查工作的呼和楚鲁达日嘎以戏言回答戏言似的说：

"就是啊，越用这句话越接近生活。人生本来就是儿戏的延续和发展嘛。"

于是，叫来三个毛头小子挖坑，搬运羊砖，准备焚烧掩埋，不料，狗吠声四起，一阵骚动。卓儒睦图出去一看，只见手持双拐的一个乞丐在马桩子那边与狗打斗，如同表演一样挥舞着双拐。好事的三个毛头小子不干自己的活儿，以拦狗为名，去看乞丐的表演了。那人适度触痛狗的鼻子，使其愈加发怒，作出看似欲吃人的凶猛架势。这是乞丐的鬼把戏——他并非谋求狗皮，狗肉更是喇嘛的大忌。那他为什么要这般挑逗狗呢？原来他是在用动作语言表示着不久就要求斋、乞讨了。他知道，预先将主人的注意力引向自己效果会更好。这是他每次行动的事先铺垫和准备策略。所以，他怎么能打伤狗呢？如果失手打死了，那就闯祸了，必须小心谨慎。还不能让狗过于地惨叫。狗要是过于惨叫了，家庭主妇会不高兴的。主妇的不高兴比起狗的愤怒后果严重得多，损失就大了。饭碗的施舍也会减少。正因为如此，挑逗狗的步骤和目的仅限于适度激怒，使其攻击达到最高级别，让主人听到、感觉到一个穷困潦倒的乞丐快要被狗撕咬的危险状况。

其实，这是一个很可怕的游戏。只有达到教授级别的，具有高级修养的旅行探险家，或者是苦行僧才能完成这项表演——用挑逗的技巧与狗战斗。由于是乞丐在玩弄狗，所以，一半是表演，一半是实战。因为，狗不知道在被玩弄，所以，会拼着命进行勇猛地战斗。对于乞丐来说，这既是生活的经验，也是生活的哲学。如何对付狗，不仅关系到如何打动施主，获取提供斋饭的初步的利益，甚至还关系到自己能否借宿于此。住宿后，会不会摊上夜里讲故事的差事，凑巧还会找到由故事发生故事的可能。尽量让狗扑咬，让主妇怜悯、心跳，连喊带叫地将狗打走："出事了，我们家的狗吃人了！"如果达到这种地步，一切将变得易如反掌，心想事成。

走过来的这个乞丐，在早已着迷于他的故事的巴嘎伙夫面堆笑容的迎迓中，在夕阳的斜照里，拄着一副金光闪耀的拐杖出现在了大队门前。

乞丐喇嘛在经过保护耗子的篱笆后面的时候，突然捂住鼻子说："怎么这么臭啊？"他打量扣着的阿篓子。卓儒睦图的灵机一现，乞丐喇嘛的到来，意味着大师的到来：

"噢，嘛嘛（喇嘛的民间口头尊称）旅途好吗？请大师确认一个没有生命的动物，还望赐教。"他应着乞丐喇嘛可笑的样子，试着说。

"没有生命的动物是什么？我的佛祖！"

"您看吧……就是这个动物！"他掀起阿篓子让他看。

乞丐喇嘛走到上风头上，用拐杖翻来覆去地扒拉着耗子的尸体，仔细观察后说：

"噢，哪里呀，这是长了膘的耗子嘛……"

"怎么能肥得这么厉害呀？"

"怎么不能呢？好吃懒做，贪睡不动，堕落腐败造成的呗。要是像我一样拄着拐杖周游世界哪能长肉啊！"

"什么样的耗子会成为这种懒惰、嗜睡、贪吃的耗子呢？"

"耗子本来也是个为了保命与人争夺利益的非常勤奋的动物……扎扎，你看，起初被律例割掉尾巴落下残疾，后来，最终被人取了性命啊！"

"是吗？什么律例？"

"谁知道是什么律例呀？想必是人实行的律例吧，耗子之间是不会舞刀弄枪的。无论咋说，看似用利器切割掉的……失去尾巴的耗子保持不了平衡，跑起来会显得摇摇晃晃格外痛苦。那种耗子就会丧失奔跑运动的能力，光吃不动，能不肥胖吗？"

"过去没有这种耗子呀……现在怎么突然出现了呢？"

"耗子是会随时局的。据说，喝了老酒就会肥胖变成大象，吃了咸盐就会长出翅膀变成蝙蝠，偷吃了牛奶前腿就会萎缩变成跳鼠。"

"那怎么处理这些耗子？"

"还能咋呢，就照你们的烧了吧！"

卓儒睦图堵塞的智慧似乎开窍了一些。浇上黑油焚烧了耗子，将灰烬埋掉了。

卓儒睦图听到关于耗子的新的解释，有了清醒的认识，提高了阶级斗争的警惕性，深刻地理解了不能把耗子简单地理解成为耗子的上级的号召，他醒悟到耗子已经与敌人狼狈为奸，进一步提高了阶级觉悟。

巴嘎的保管员盲肠巴雅尔按照卓儒睦图的指示，酬谢乞丐大师，摆上了奶酪、奶皮子的棱角碎末，给他品尝了零头散块的油脂瘦肉，又给他的口袋里装了脖颈和前腿棒子。三个毛头小子也得到了该得到的份儿，这次结合儿戏的阶级斗争演练圆满结束了。

△036　三个毛头小子玩耍了一阵儿，嘴里含着奶酪走掉了。但是，老奸巨猾的乞丐喇嘛还想借宿，瞟了一眼太阳，又夸奖卓儒睦图是革命的英雄，夸奖保管员是那木斯来[①]的侄子，迟迟不走。他心想，要说讲故事吧，他们也不是女人孩子，而且，这个退役军人肯定不听什么鬼怪的故事。他犹豫了稍许，突发奇想地说：

"扎扎，我该走了，后面营子的老头儿着迷于战斗故事，听着竟然能忘了吸烟袋锅。这几天，我走访了几家烈士的家庭，听了关于他们的故事，催人泪下啊。同时，我也听了革命前辈的战斗故事，那是流浪乞丐我从未听说过的神奇的故事啊。我设身处地地想，如果要是没有那些计谋出众、勇猛过人的人们以常人难以想象的出奇的谋略，拼死保护穷苦人去英勇战斗，恐怕我们这个伟大的国家不会得到解

---

①　佛经中财神的名称。

放……今天，曾经牛马不如的我们，现在完全变成了国家的主人帝王了！"

"啊！您是支持革命的僧人吗？"

"是啊，可不是嘛，我其实是穷苦人的基本代表啊……这个世界上，还有比我更穷的人吗？虽说我天生两条腿，但用两条腿跑了十多年，我不拥护革命还会拥护谁呢！"

"您听说过我们旗的七个英雄的故事吗？"

"听说过，听说过，夜里偷袭敌军营地夺取战马，在战场上砍掉18颗人头的赛音宝音，还有趁夜色给敌军岗哨吃了沾蜜的炸果子，闲聊了半个小时，等到他们当官的出来撒尿，趁机将其用刀捅死，机智地牵着他们的战马旋风一样逃脱的第七英雄的故事，都听说过……"

"您听说过那·巴特尔山88天的游击战的故事吗？"

"何止听说啊！这三年我都陷在那个故事里了……否则，我会娶一个漂亮的媳妇。"

"扎，那你能不能给我讲那个故事啊？后面营子的大胃东优德听故事就是那么回事，没等第二个故事开始他就打呼噜了，拉倒，拉倒吧。我只知道那次战斗，但从未听说过关于那次战斗的详细的、精彩的故事。"

"啊呀，88天的88个奇妙的故事啊……捡最精彩、最出奇的来讲也得三整夜呀……还是算了吧……您哪有那闲时间专心地去听一个乞丐讲故事呢？三反、五反结束了，想必还要六反、七反、八反直至九反，会影响你开会的……我倒没啥，就是个为了填饱肚子四处流浪的东西，再说，去了说书房以说书艺人讲十年都不会重复前面的故事。"

"扎，那你就准备三整夜的故事吧。"

"好的。"

"巴雅尔乖，你按照这个嘛嘛的喜好准备吃喝，趁早把夜壶放在他的跟前。"

"是！"仓库保管员盲肠巴雅尔也是爱听说书的人，于是，他喜形于色、动作轻快、愉快地接受了为乞丐喇嘛准备吃喝的任务。

乞丐喇嘛达到了目的。远大计划的曙光已经显现。

楚伦嘛嘛露馅了

△037 解放思想、百花齐放、百家争鸣的伟大号召发布以后，涌现出了许多歌颂党的作品，同时也出现了不少指桑骂槐的毒草和诋毁诽谤的东西。卓儒睦图微醺地参加苏木会议，在听报告时，竟然把用文学比喻形容的"内地有人暗箭伤人"的话，误解成了"在内地，有知识的人们在宽松地谈话的时候，突然有个人从暗地里向巴嘎的书记射了箭"，并进行了宣传。为此，号召大家说：

"扎，那么，我们这里有没有向书记射箭的呢，有没有射了箭藏了弓的呢？请大家揭发出来，立即没收凶器！"事后人们才知道那并不是用真的弓箭射击的，而是个含沙射影地进行批评的一般性比喻。他告诫大家说，但内容是相似的，必须要认识到阶级斗争越来越尖锐复杂了，反右斗争并不亚于手持武器、驰骋疆场的战斗，这个非常重要。

旗里和苏木领导下达的"虽说不在牧民当中专门进行这场运动，但是要接受间接教育，好好听党的话"的这一指示精神，像是有棱有角的，又像是滚瓜圆溜的，好像是清澈透底的，又像是浑浊模糊的，交代了差事却没教会招数，如同一口滚圆光滑的酒坛无从下手，有劲也使不上，要想斟入杯中又怕溢出来。卓儒睦图连续几夜失眠，他辗转反侧："号召走群众路线嘛，把谁谁打成右派行不行？直接指认谁谁是右派行吗？或者问谁是右派，如果是就自首吧，这样行吗？"卓儒睦图为了找出一个右派绞尽脑汁，煞费心机。在他反复琢磨着达日嘎的指示的时候，仿佛有人在他枕边耳语，他由此得到启示，束缚智慧的硬壳绽开，射入了觉悟的一线光亮。于是，他召集牧民们开会，号召大家相互提意见，展开了揭发隐藏着的反党、反社会主义的错误、罪恶、坏事、言语、落后思想的运动。根据革命的需要、战斗的要求，引来了新的武器进行了试用。

小字报是枪声停息后，无产者保护国家的最为重要的武器——不是苏联、美国进口的，而是纯粹自我发明创造的。那是火力武器无法抗衡，甚至是原子弹都无法抗衡的，用语言的信号作为弹药，打击消灭深藏在思想认识当中的"敌人"的机关枪，是社会科学生产出来的顶级软兵器。

看似是个不会流血的柔软兵器，但是，日久天长则是个比机关枪还具杀伤力的持久性的新式"核"武器。

杀鸡给猴看的做法，是几千年来从祖上传承下来的法宝。这次运动将这个法宝运用发展到了新的阶段。在大队八间一栋的房子屋檐椽子上，用铁钉钉了42米长的铁丝，准备了发表小字报的专栏。在这根铁丝上，挂出了用钢笔，或是用铅笔写的，大揭发的小字报。牧民们首次遭遇这种恐怖的威胁，参加了达格达被戴上右派帽子，当众被镇压的大会，吓得几乎拉了裤子。

△038 粉碎阶级敌人的进攻，反击"右派"运动的号角吹响了。

在苏木举行了百十来个人参加的示威游行后的第二天，夏日哈达巴嘎的达日嘎们召开会议，做出了揪出摊派给自己巴嘎右派任务的决定，在巴嘎范围内进行了示威游行。

在套三匹马的胶皮轮子大车牙箱的前头，立起两根两米多高的木杆子，在两根木杆之间拉开宽幅红布，上面写着"反对右派"的黑色大字。这是夏日哈达巴嘎动员"反右"运动的独创性的号召方式。也可以说是卓儒睦图书记智慧开窍，提高觉悟的表现。

58个骑马的牧民排成一列，稀松跛拉地跟随在马车后面，队伍拖长了足有200多米。由远处看去，既壮观又奇异。在整个被雪覆盖的白皑皑的原野上，如同黄花巨龙舞动在白纸上，时而在某些地方荡起黄尘蜿蜒逶迤而去。其实，那是一场大型运动在蠕动。

卓儒睦图在队伍的前头——就是在马车的前头，用右胯斜坐在懒皮①枣骝马的背上，指挥率领队伍。卓儒睦图没能积极参加上几次的政治运动，而且，就在这次，起初还没有理解这次运动的真正意义差点落于人后，成了"落后分子"；为了补救这些过失，他打算在全旗争取先进，提前动作了起来。真该如此，这次是打倒反党、反社会主义的右派的运动，这里有进行好这次运动的优越条件，可能会出现那种坏人，也可能有坏的行为。"三反"运动是反对国家机关职工、上级掌权者的贪污浪费和官僚主义的，在内部展开的运动。"五反"运动是在私营工商企业中，反对行贿受贿、偷税漏税、偷盗国家财物、蒙骗工程偷工减料、窃取国家经济秘密的斗争。那两项运动并驾齐驱地进行了将近一年，但是，这里的条件当时不够成熟。

在乡野牧区，放牧牛羊的人们对自己的牛羊是老爷，对人可不是老爷了，而是仆人。他们没有行贿受贿，偷窃国家财产的机会。要说建筑材料吧，乡野牧区除了建造牛羊棚圈，没有其他大的工程。在建造巴嘎土坯房子的时候，没有什么值得收入私囊的东西。那些用泥土坨出来的几块土坯，还有歪歪扭扭、长短不一的椽子、檩子，没有什么贪污的价值。所以，这种客观条件让预谋贪污者的贪欲落空，使得摩拳擦掌准备反贪的"警察"无所事事，手心痒痒，困入了英雄无用武之地的窘境。

于是，卓儒睦图在几次的运动中都没能进步，落在了别人的后面。但这次却叫人眼开心悦，来得似乎很顺手。落后人物的不当言论，反对、埋怨领导的事情比比皆是。能够说完璧无瑕的话语，包裹自己的人，在这里如若昼星夜虹。易怒的人，发牢骚的人，口无遮拦

---

① 由于经常乘骑，变得又懒又皮实的马。又叫牧羊马。

的人，口若悬河的人无处不有。因而，有利于运动的原料比比皆是，取之不竭；群众的觉悟高，条件好——让他去打一巴掌他能扒了皮，让他去扒皮他能砍了头，这种积极分子大有人在。如何搞好这次运动？全靠你的智慧、才干和领导艺术了，这可是保全自己权力和地位的最为有利的一次运动啊！卓儒睦图夜里出去撒尿时，想到了这些，鼓励自己，同时还计划制定了运动的步骤、形式、内容和过程。

卓儒睦图指挥率领的游行队伍，走遍了全巴嘎牧民集中居住的苏晋高乐、马拉改图敖包、灰屯宝拉格、义和淖尔等据点营地，告知人们这样一个运动的开始，然后，直奔马佾儿达格达所在的德日素图营子，把达格达从屋里叫出来，令其站在了队列的前面。卓儒睦图质问道：

"反右运动现在开始了。有人在小字报里揭发你写了'讲故事充饥的社会主义''背负吹起来的气球，翱翔云层的糊弄人的社会主义'的诗，你真的写那种诗了吗？"

马佾儿达格达被质问后，显得非常紧张，挠着后颈，吞吞吐吐地回答道：

"我喝醉了酒，为了逗乐随便写了那么几段东西……"

"扎，那你就在队列前面步行走吧！"卓儒睦图命令着达格达，将其步行赶在马队的前面走去。

达格达没有任何准备，被骑马的人赶在前面，时而颠颠小跑，时而大口换气，朝着20多里开外的巴嘎所在地步行走去。

一路上，锣鼓喧天，"保卫社会主义！""打倒右派！""狠抓阶级斗争，巩固无产阶级专政！"的口号声惊天动地，伴着牧犬的狂吠乱叫声，游行队伍行进着来到巴嘎所在地。

卓儒睦图书记主持群众专政大会，讲话说：

"我们要当众批斗散布反党、反社会主义言论的反革命分子达格达，让大家接受阶级教育。要坚决批判、镇压阶级敌人的嚣张气焰！"话音刚落，就将马佾儿达格达从众人当中揪出来，给他戴上了写有

"反革命右派"的高筒纸糊帽子。

头戴纸糊高筒帽子,站在众人当中的达格达表态,自我检讨道:

"由于我阶级觉悟低,没有进行思想改造,说了反党、反社会主义的话。以后我要痛改前非,努力做个好人。我要老实接受劳动改造,忠实接受贫下中牧的再教育!"小字报的矛头主要指向达格达,但也出现了不少针对其他人的小字报。为此,那些人又羞又怕,不敢见人了。

群众意见众说纷纭,过去的嫉恨、恩怨,形形色色的困惑、迷茫,没有文化的莽撞现象,尽在小字报里显现出来。群众的相互掣肘拼斗,将各阶层矛盾的方向引向了基层,给达日嘎们的自我保护起到了不可小觑的重要作用。

△039 这次运动是在搞大清扫,不留任何死角地进行了全面关照。

阿贵庙的楚伦[①]喇嘛[②]是个多年来走门串户、诵经念佛的口齿伶俐、性情易怒的喇嘛。他的真名叫嘎拉僧·巴拉登·关楚阁·楚勒都木。一则,他的全名音节多太长,略称其中任何一句,又会和别人的名字重复;再则,哪一句也没有可以固定下来的明显特点(有时还有人称其为"树叶"嘛嘛[③]),于是,最后用了一个具有绰号性质的一般性的名称"楚伦",又加了"嘛嘛"的尊称固定了下来。这个名称实在是太符合他了。这个喇嘛从年轻时起就严守清规戒律,不但经常穿裙子,还怕裙子被风掀起,经常用手牢牢握住。撒尿时不让发出响声,还怕尿穿地皮经常蹲着撒尿,有时还找来扁平的石板斜放着缓冲着撒尿。实在找不着石板的时候,就会拿出事先预备好,带在身上的

[①] 楚伦:人名,意为"石头"。
[②] 喇嘛:藏传佛教僧人的称呼。
[③] 嘛嘛:是喇嘛的尊称。

大片树叶子使用。"楚伦喇嘛"的名称由此而来。

楚伦喇嘛黎明时分就会起床出来，尿在石板上后回屋，用碗舀上水含在嘴里，慢慢地反流在掬捧的手掌上洗脸。他用这温乎的水摸湿整个脸颊，用双手做剧烈的按摩动作。今天也如同往常洗完脸，嘴里默念着背熟的经文开始了一天的活计。

由于他从小皈依佛门，拜师学徒，对喇嘛、庙宇、佛祖的一般性的习俗礼仪熟谙有余。但是，他所在的庙很小，喇嘛甚少，施主也有限，除了大型的诵经庙会以外，只能实施一些地方性的宗教礼仪事项，比如祭拜佛祖、祭火、祭敖包、熏香，惊动搬运遗体，咏诵逝者的超度祝福等事宜。

在每天都宣扬巩固新的政权，必须以阶级斗争为纲，加强专政理论的情况下，楚伦喇嘛试图证明自己的专业理论，是与阶级理论和睦共处的友好邻居。于是，为了成为在保护了宗教的同时，还以与革命无害的崭新的僧人的面孔出现，他开始努力进行宗教理念与政治无碍的温和释义式的解释。

△040　今天，后边苏木的几个好事的青年来到苏木，见到了楚伦喇嘛如同见到了活佛，高兴得不得了。自从"坟滩"的故事以后，博得了众人的敬仰，今天有幸相见，就求他讲点新奇的东西。楚伦喇嘛讲了"坟滩"的故事。大家听着出了一身冷汗。

"坟滩真的有鬼吗？"

"怎么没有呢，那是变成神仙上天的驿站啊！"

"您这不是散布迷信谣言吗？"

"我散布啥呀，这一带的人们都知道啊！佛经里也说有'灵魂'嘛……"

"您亲眼见过鬼吗？"

"我只见过一回……夜里在外面跑的时候……"

"说话了吗？"

"没有，哪里呀……吓得我差点拉了裤子……我放那个屁的了……"

"佛经上还说什么？"

"神、鬼、人原本是亲戚啊……知识渊博的高僧们更清楚……"

"鬼究竟是什么？"

"是灵魂，灵魂啊……"

"真的有那东西吗？"

"有啊。那天呼和楚鲁达日嘎不是说：马克思在著作里写了百年前'在西方有孤魂野鬼游荡'吗……"他讲着自己的理解。

楚伦喇嘛已经年迈苍老。他不舍黄教的习俗礼仪，将自己当成专职僧人，把周围发生的现象和"坟滩"的神话故事讲得新奇有趣，得到青年们的广泛拥戴，被亲切地尊称为"知识渊博""我们的嘛嘛"。他被请上高座，品尝着美味佳肴，自然就增强了信心。多年来，在庙堂上，他没能以诵经念佛，掌握本事成为出类拔萃的大喇嘛。但是，现在他巧妙地用自己的感悟去理解，在牧民中间绘声绘色地演绎解释佛经里的道理，而且，还通俗易懂。就连识文断字的人们都很敬佩，使得他备受鼓舞。有时，他格外兴奋。有时，觉得现在的自己比过去的住持喇嘛还受尊敬和拥戴。的确，这里的人们普遍承认他是佛教的忠实代表，宗教礼仪习俗的专家。

这次的"大鸣大放"运动大会要求每个人必须提意见，揭发自己和他人。楚伦喇嘛被逼迫了两天，好像突然想起一件事，看着卓儒睦图达日嘎说：

"我突然想起来了，那年我到胡木力图夏营地诵经，一天中午，刚嘎玛开玩笑，冷不防掀起了我的裙裾……"他红着脸低头无语了。

△041 楚伦喇嘛走村串户诵经念佛。以自己理解的范围解释人

们提出的问题。大部分中的，有的脱靶。其实，他的解释是在宗教说教和阶级理论之间放的火炮——佛经里的鬼怪，现在想来是在说（阶级）敌人，是些具有恶劣魔法的，长有很多脑袋的莽古斯式的鬼魂。今天以这样形象出现，明天就以另一种形象出现；今天撒尿，明天就要拉屎，坏事不断；是些每地、每时、每事都会出现的带来祸殃的，如同瘟疫看不见摸不着的，不死地继续生根发芽的，像鬼火一样不见行踪到处游荡的，十个脑袋在同一肩上的，令人毛骨悚然的诡异现象。但是，据说，上级的达日嘎都是身后暗藏法术，具备了驱鬼镇邪特别法术的高人。敌人跳高一拃，我们的英雄就能跳高一丈，于是乎，敌人就无处落脚了。敌人变成耗子，我们的英雄就会变成猫：敌人变成狐狸，我们的英雄就会变成猎人，扒掉他们的皮，晾在外面……楚伦喇嘛如是说着，巧妙地跟随着时局的色调。

所以，楚伦喇嘛现在都开始咏诵模范人物活着的祝福了。

他祝福无产阶级政权的生命钢铁般坚固，颜色火焰般彤红，千秋万代永不改变。他试图以此创造一种魔术。

有一天，楚伦喇嘛在黑哈达屋外解了手，回到屋里洗手净身，为了同时供奉新旧时代的两种神仙，开始和面准备做面人。就在这时，几个骑马的人如同被狼追赶一样急笃慌忙地冲过来，面若冰霜地进了屋子。惊恐的人们不知出了什么事，又不敢问，只能竖起耳朵听个究竟。

楚伦喇嘛闭着眼睛念着经，看都没看这些人寒暄道：

"你们一路上好吧？"说完睁眼一看好像是些认识的人，又说，"噢，都是认识的小伙子们啊。"他等待回话问好，不料卓儒睦图、巴塔、丹巴却冷若冰霜地说：

"能不好嘛，国泰民安啊！"

楚伦喇嘛欲将这铁石般的话语引向玉帛说：

"阿弥陀佛……国家像钢铁一样坚固，百姓像绵羊一样老实就行了……这可是你们卧薪尝胆、视死如归建立起来的国家呀……我的佛祖！"他双手合十，作揖祷告起来。

卓儒睦图的脸色愈发阴沉，问道：

"嘛嘛，你在做什么面人呢？"

楚伦喇嘛答道：

"虽然没能积极参加革命，但想为其以后的稳固做点祷告。"

"你这是在用喉咙念经，用嘴唇捡虫子吧？"巴塔尖刻地说。

楚伦喇嘛突然像被针扎了似的惊叫道：

"哪里，哪里。在你们是婴儿的时候，我就走访乡野牧区的施主家庭，祭佛造福养活自己，你们可能听说了……大达日嘎可是说过，要信仰黄教的僧人们'合作协助革命'的……自治政府的歌里还唱道'僧俗群众团结起来，彻底消灭敌对分子'嘛……"他毫不畏惧达日嘎们，将绵绸包裹的石头，轻柔地砸向他们的脑袋，进行了温和的反击。

不论功过得失，倚老卖老，竟敢出言不逊，这使卓儒睦图着实愤懑：

"你可不要嘴上甜言蜜语，心里暗藏尖刀……不要以保护革命为名去召唤罪恶的灵魂啊……"

"我有什么让你们这般糟践逼问的吗？我可是参加过革命开始的头一年秋天的'七个喇嘛请神驱妖魔的仪式'的人啊。听说，就是我们请神驱妖魔之后，反对面的……什么傅长官投降了革命，顺利地解放了北京……我努力奋斗的结果是被人挖心掏肺呀！你们要是继续这样糟践逼迫，我就要像臭蜣螂①一样撅屁股了。我要找朝克图达日嘎，他是个懂得事理的人，知道的。不说我的功劳也罢，但也不至于打入地底下吧！"他据理力争了一通。

---

① 受到外来侵犯后，臭蜣螂会撅起屁股进行反抗。这里意喻不畏强暴，坚持己见。

卓儒睦图、巴塔、丹巴改变了用尖刻言辞的攻击,但仍不改旁敲侧击。卓儒睦图威胁说:

"知道你不忍杀生,连撒尿都怕穿破地皮使用石板。比起每年发洪水破坏大地,年轻人们真应该向你学习。但是,你有没有用这个做挡箭牌,干过损害革命的事呢?认真细致地检查检查……现在上级正在进行反右运动,我们巴嘎也是有指标的啊。你可不要成了右派……看你是个 60 多岁的长者,我们给你留情面了。就看你对待革命的态度了……"

"不要说 60 岁了,就是到了 100 岁也不会糊涂的……亚林皮列乖什么都没干就被扣上了罪名,这成何体统?你们这般残酷地折磨我,是何等的罪孽行径啊……就算是臭蜣螂也该在你们面前撅屁股了。"

"抹杀阶级斗争,损坏革命利益,年龄再高也不容逍遥法外,该处理的照样处理……如果认真检查自己,老实交代问题,就可以得到原谅。"

"我没干过任何犯罪的事……连我拉屎撒尿都找茬挑刺啊?我尿在石板上,又没有尿在你的头顶上!"

"顽固反抗没有任何好处!"

"严守清规戒律有什么不好?不比你们每天夜里在褥子上画龙强吗?戒律将成为福气,淫乱将成为垃圾啊……"

"以清规戒律的美名做幌子,损害革命算好吗?"

"你们用暗语歪调戳打我干啥呀?有话明说!快 70 的人了,不会溜官儿舔屁股了。"

"今年夏天你去查干楚鲁图了吗?"

"去了呀,去了怎么啦?我违反清规戒律了吗?去问楚鲁都木吧。"

"你那些事我们怎么能知道?刚嘎玛或许会知道……"

"我在刚嘎玛家念完经,立即去楚鲁都木家借宿了呀。"

"下午你和刚嘎玛究竟干了什么事？"

"啊？"楚伦喇嘛突然像想起什么似的惊叫一声，显出了无法直接回答卓儒睦图的话的样子结巴起来。卓儒睦图得理不饶人：

"扎！点到你的心上了吧？态度问题，犯立场错误了吧？还用我们说吗？你就好好交代情况吧！"

楚伦喇嘛立马软了下来：

"是啊，是的……"便低头归降了。

△042　到了夏天，穿着裙子走动不觉得冷的时候，喇嘛们都愿意到乡下牧户转悠走动。楚伦喇嘛也不例外。为了信步原野，舒坦地呼吸清爽的风，走访牧户，顺便实施一些祭佛的礼仪，那次他又首先去了刚嘎玛家。刚嘎玛与他青梅竹马，孩提时代的他俩用瓷片瓦块过家家玩。刚嘎玛哄睡木墩娃娃，都古尔（楚伦喇嘛的原名）放牧石头牛群回来，吃过"媳妇"递过来的沙土饭菜后，两人并排躺下一起睡几分钟。这一情景永久地留在了他俩的记忆里。他俩少小的时候缱绻相恋，日夜思念，这是事实。但是，楚伦喇嘛在叔叔喇嘛的诱导和强迫下，进入庙堂，受戒成为僧徒；刚嘎玛无奈，与另外一个人成了家。糟糕的是，前年，刚嘎玛的丈夫遭雷击意外身亡。就在这件丧事过去一年多的时候，楚伦喇嘛来到她家咏诵祈福的祝词。刚嘎玛大胆地表态道：

"现在是新社会，自由了，咱俩一起生活吧。"

楚伦喇嘛被这突如其来的提议弄得犹豫不决：

"我已是受戒的僧人啊。"

已经没有了任何揪扯顾虑的刚嘎玛直截了当地说：

"僧人不是人是绵羊吗？就算是绵羊吧，羊群里还有个那种羊嘛！"她玩笑似的、撒娇似的直言不讳地说出了这些可怕的挑逗性的话。楚伦喇嘛害羞得无地自容，不冒烟地燃烧起来。刚嘎玛几乎要扑上去，但又作罢，好像在等待楚伦喇嘛恢复本性，自我觉醒。刚嘎玛其实是个智商超群的人。能够扛过那么大的灾难，的确需要非凡的毅力啊。她心里溢满了痛楚的河流。庙堂是个多么残酷的地方啊，生硬地把个可爱的都古尔改变成了铁石心肠的无欲的羯羊啊！谁曾想，曾几何时，玩耍瓷片瓦块的都古尔再不会回归当年戏闹的地方，成了一个海枯石烂、永不变心的佛教的忠实门徒嘎拉僧·巴拉登·关楚阁·楚勒都木。起初，没有看破楚伦喇嘛的笑容原来是脸部表面的装相，刚嘎玛彻底地灰心失望，心肝都冻成了冰坨雪块。

刚嘎玛的确是人中强人，一息尚存，奋斗不止，可怜巴巴地守望着哪一天会如愿以偿。虽说他俩的心思朝着各自的方向走向了极端，但在刚嘎玛积极主动的努力下，逐渐恢复到平常状态，宛若童年的邂逅又重新开始延续，恩爱情愫似乎又被唤醒了。刚才的责怪烟消云散了。刚嘎玛满怀惆怅地诉苦说：

"家里没有个男人就像帐篷没有柱子一样松松垮垮啥事都缺少支撑。就说出门买茶买盐，踩羊砖子①清理羊圈，还有搬运重一点的东西，有时真想喊住过路的汉人啊……唉，如果实在没有办法，那也只能叫了。"她流下了水晶珠子一样大滴大滴的眼泪。格外相信眼泪的楚伦喇嘛立即被感化：

"那我就给你收拾停当身边的东西，再来的时候给你踩羊砖，清羊圈，有什么抬的搬的，我给你挪开，放好再走……你可千万不能招呼过路的人……要惹麻烦的。"他明确地表达了怜惜袒护之意。

刚嘎玛听后，像雨过天晴一样眼含晶莹的泪水趁势使舵，连尊称的"喇嘛"也不叫了，甚至连戒号都不叫，叫起了他几乎遗忘了的原名说：

"啊，那当然好了。我是个看人脸色的懦弱的东西。假如佛祖保

---

① 将积压在羊圈里的羊粪，用专用的方锹踩切成四方块的砖型。用于砌墙，风干后，可作为燃料。

佑，我随时准备磕头。都古尔啊，现在咱俩出去打耗子吧？"楚伦喇嘛惊讶地说：

"还打什么耗子去作孽呢！你这个人到底是怎么了？不让我杀生破戒你是不安心啊？真该叫亚门达嘎①神仙了！"

"哎，这是任务的耗子，是政治任务。"

"哎呀……不好啊。"

"不好也没办法。谁要是违反了政治任务谁就要遭罪呀。扎，走吧，走吧。"

"我是喇嘛僧人忌讳杀生的……"

"这是轮到我头上的重要任务啊。你要是不心疼我，不帮助，我完不成这项任务……你尽管拉水赶牛车，我负责用锹打耗子。你守你的规，我担罪孽，这辈子都不知道该咋呢，还管得了下辈子吗？爱咋咋去吧，我要是完不成任务，那可就成了大的罪孽了。"

"那就那样吧，只好跟时局了，但要想个办法……"

他俩赶着牛车装满水，来到楚鲁图西北方的德日素图土包地带开始了作业。在嘴里嘟哝着念着咒语的楚伦喇嘛突然如梦初醒似的说：

"刚嘎玛呀，打了耗子上交……这大夏天不得臭了嘛？秋天八成会好点……咱俩秋天再打行吗？"

"这个无能的秃货啊……马上就得完成的任务啊。不是去交耗子，是去交耗子尾巴登记数量的。"

"是吗？噢，那还行，咱俩用水灌出来耗子后，取下尾巴放开吧。那样咱俩的罪孽会减轻一些的。"

"我管杀，你尽管剁尾巴吧……"

"不不，我给摁住你剁尾巴吧！"

"看样子只能那样了。"

---

① 镇压女妖的神仙。

他俩相互照顾着对方的情绪，开始动作了。楚伦喇嘛用锹摁住被水灌晕跑不动的耗子，闭着眼睛念着咒，尽量减轻自己的罪孽。

　　刚嘎玛硬着头皮，将就着完成了上交三根耗子尾巴的任务。楚伦喇嘛也没有过分地破戒，将罪孽降到了最低限度。

　　他俩相互牵制着不使对方疏远，经久地拴縻在情爱的草场上。

　　"反右"运动是关系到两个阶级生死存亡的大事，卓儒睦图等人岂敢忽视怠慢？楚伦喇嘛在无可奈何的情况下交代了所有的问题。刚嘎玛他俩近乎复燃的情爱之火，不堪回首地永远地熄灭了。

第三章

记 工 分

△043　因为穷困潦倒到了极点,所以,这里的革命专政几乎没有任何抵抗地顺利完成,在穷苦人的鼓掌声和欢呼声中迎来了胜利。多少年来,被奴役在层层压迫和剥削中,委身于世界上最为黑暗的角落里的这里的人们,如今喜笑颜开者多了,愁眉苦脸者少了。他们现在没有任何犹豫和担心的东西了,一心相信上面的指示是正确无误的,心情舒畅地开始繁殖牲口,生产人丁了。

新的达日嘎就位坐稳后,重新整顿了两项生产秩序。

过去可以使唤家奴、长短工,现在不行了,都算剥削压迫。过去,姑娘、后生一到15岁就要嫁人娶妻拜天地。嫁人娶妻都得听从父母的旨意。现在不行了,要年轻人的自愿才行。现在,姑娘必须到18岁,后生必须到20岁才能到苏木,或者是旗里,接受"你俩是否双方都愿意?"的三次询问,听到大声回答"愿意"后,才给他们每人嘴里含一块糖,发给结婚证,允许他们结婚成亲。

抽大烟的人,有性病的人,玩麻将赌博的人,耍流氓讹人的人,诵经念佛骗取牛羊的喇嘛,倒卖牲口中饱私囊的人,卜卦算命蛊惑人心的人,扔铜钱、看肩胛骨[①]的人统统被传唤到苏木,重罪者被逮捕,轻罪者被警告训诫后,回家放牧牛羊了。自那以后,有一段时间秩序井然,安泰祥和。夜晚走在林子里也不会有人手持凶器拦截去路了。

---

① 蒙古人有用九个铜钱占卜的习惯,还有用烧焦的羊的肩胛骨看卦象的传统。

没有坏事发生，没有坏人出现，所有的人用同样的语气说话，以同样的节奏行动，真正到了吆喝同声、用力同气的时期。于是，有了组织集中闲散生产力的要求。

　　旗党委宣传部的呼和楚鲁部长指导了红格尔苏木夏日哈达嘎查的合作化运动。呼和楚鲁是个中等身材，紫褐色脸庞，性格开朗的人，精通诗书，能够口若悬河地宣讲上级指示和报刊词句，同时，还不生搬硬套大道理和空洞的理论，有根有据地、生动活泼地讲解其中的宗旨和要点。他博览强记，贤明智慧，声音像银铃般清脆，是个30刚出头的倜傥潇洒的帅哥。他演讲一整天也不会词穷语尽，也不会四溅唾沫星子，只是演讲开始不到五分钟，两个嘴角就会冒出口沫，于是，人们就昵称他为口沫达日嘎。

　　呼和楚鲁达日嘎在这次的动员大会上冒出的口沫比上回多得去了。他从河北一头毛驴、两把犁、三头牛开始，到呼伦贝尔的乎乎勒代地区的互助合作社，生动地讲述了33个地区产生先进经验的传奇故事。听了他的报告，几个牧民按捺不住兴奋的心情，似乎等不及大会结束，揣起烟袋锅，马上就要行动，去建设合作社了。

　　"……社会主义是用集体的力量铸造起来的铜墙铁壁。散沙纵然有千万堆，如果不凝结成水泥，那也无用。我们必须好好地听党的话，真正做到吆喝同声，用力同气，才能彻底消灭阶级敌人，不久就会得来海一样的鲜奶、山一样的面包。但是，必须坚决镇压敌人，使其永世不得抬头。不然，他们会从冢中枯骨里复活再现，占你财产，霸你主权。"说着，呼和楚鲁用软手巾第三次擦了嘴角。

　　△044　呼和楚鲁达日嘎被称作是马克思主义的理论家。

　　他讲话讲得嘴热了，什么都敢说。他经常要求年轻人们学习识字。要求学习识字是对的，然而，还说什么知识是自由的一半，如果没有知识，想挣脱镣铐那只是梦想，文盲就算得到了地球也抱不住，终究会撒开……他竟说这些不三不四的东西。卓儒睦图不怎么理解他的这些言辞,但不反感,当成了逗乐的笑话。呼和楚鲁达日嘎的很多话,给他留下了深刻的印象。

"伟大的领袖毛泽东在领导革命战争的同时,在黄土高原的窑洞里写下了许多光辉著作,领导我们取得了巨大的成就。"说到这里,呼和楚鲁突然站立起来,众人还以雷鸣般的掌声。

上下各级政治书生们以各自的能力反复细化雕琢着他的理论讲解,为了实现他那美妙梦想一样的神话,开始努力策划了起来。人们越听他的演讲越觉得神奇的甜美大饼和白色的乌托邦①的建筑展现在眼前。仿佛觉得天上的雪变成面粉降下,天边的彩虹变成了怎么裁剪,做多少衣服都用之不竭的彩色绸缎。

社会的过渡,政权的更替,首先要用道理充填头脑,之后才用粮食充填肚子,这是最基本的规律。饥肠辘辘的人们听着他的演讲得到鼓舞,肚子好像饱得鼓鼓的了。所以,大家显得热情高涨。这是伟大理论的神奇作用。人们的心思越饱贪欲就越高,随之有了追求,有了信心。对于画饼充饥和饕餮大餐的根本区别,人们自然开始明辨起来。画饼充饥的人们肚皮贴在了腰上,但头脑充满了信仰。饕餮大餐的人们肚大腰粗,但头脑空空如也。巴嘎的党支部书记卓儒睦图、巴嘎长巴塔、武装民兵连长黑哈达等人成为全巴嘎认真领会并发展了呼和楚鲁达日嘎讲话的又红又专的社会主义新人。他们首先用毛主席的《为人民服务》《愚公移山》《纪念白求恩》等著作武装了头脑。

卓儒睦图他们一个个都成了口头"作家"。那些言辞发展扩散着,有了与民间艺术家合流的倾向。竟然有了坚信"人有多大志气,就能结出多大理想的梨"这个口号的社会主义的歌手。《社会主义好》这首歌就是那个时候创作流行开来的。

---

① 蒙古神话里出现的长生不老、富庶不衰的仙境中的洁白的宫殿。

趁着革命热量沸腾人心的大好时机，不断地推广实行有效经验，以趁热打铁的方法占据人心，号召动员全体大众，社会主义阵营日渐扩张伸展。牧营在杨格尔图大山脚下的胖老婆子，有一天，突然提高了觉悟，将藏匿在峡谷树林里长达三个月的准备喝汤用的大羯羊，亲自牵来放入了集体的羊群中，诸如此类的好事屡见不鲜。

大鼓仅擂了三声，就跳跃了互助组、初级社、高级社的三大步。人们的思想被总路线①引领，力求飞跃般地跳跃到共产主义的彼岸。依次赶上了曾经凌辱过我们的英国和美国，几乎要揪住他们的尾巴了。

第一响鼓声，将原有的好几个互助组合并起来，组成了互助合作社。被战火洗劫后什么都没有留下，只能在废墟上白手起家了。改成互助组后，将东营子的三头乳牛，西营子的两头二岁牛和一头牤牛合入了前面三个营子的牛群。在卓儒睦图的旧车辕子上安装了银匠家的篷车的轮子，用于拉粪运水。未经青格勒巴雅尔的同意，将特斯格图的饮马井改成了合作社饮牲口的集体的井。改为合作社后，将哈拉盖图的大茇茇草滩，哈丹湖墅的艾蒿荒漠地，乌赫尔楚鲁图的丘梁，海拉干图的洼地的草场划为了集体打草场。但是，没有触动个人私有财产，华丽头饰、金戒指、珍珠翡翠耳坠、银碗，仍旧还在各自主人的头上、手指上、耳朵上、手掌上。各家各户挤着自家的牛奶，用自己的牛羊储备着各自过冬的肉食，这些没有变。改变了的是，原先在阿贵庙门前吹响的海螺，现在被拿到巴嘎西北角的三块巨大岩石上吹响。

第二响鼓声，宣告了夏日哈达的16户、本布图的15户、特莫图的14户半、亚麻图的19户、乌兰套拉盖的奥拉盖等18户的初级社合并起来，成立了那仁格日勒高级合作社。所谓的高级社是总和了众多

---

① 指鼓足干劲、力争上游、多快好省地建设社会主义。

小合作社，扩大了管辖范围，增强了实力的经济单位，但在所有制性质上与初级社没有什么两样。牲口的所有权仍旧在个人手里，所以，像叁皮勒这样的人照旧骑着走马，随心所欲地到处风光着，自己做主随便买卖牲口，出现了酒鬼老五所说的那种照样自主储备着过冬的肉食，有的人满嘴流油，有的人嘴角吸溜涎水的现象。

第三响鼓声，郑重地宣告了真正进入了社会主义。过去的两个或三个合作社合并起来成了一个巴嘎，几个巴嘎合并起来成了一个人民公社。从劳动力开始到牲口、工具、牧场草坡、打草场都成了集体资产。只有居住的房屋照旧留在了个人的账户上，还有猫和狗留在了主人身边。但是，在无人的旷野上，一个人大声痛骂的阿日斯郎，在被窝里哭泣了一宿的蔷花尔等人也在大会上，笑着表决心说："热烈拥护把私有财产变为集体财产的决定！"从他们思想认识和修养的程度来看，这也只能说明他们是在努力着实现脱胎换骨，紧跟形势了。

现在，牧民们不需要分辨我的黑缰脸，你的黄花儿①，儿子的赤乳牛，父亲的花羯牛了；也不需要用红绿颜色做记号，不用上耳记了。整个马群只需烙上那仁格日勒公社的一个"那"字印就行了。

按照呼和楚鲁达日嘎的说法，社会主义的太阳升起来了。牧民们意想不到地初步实现并验证了马克思预言的灵魂被筑入社会实体的感觉。人们的思想觉悟提高了。人人平等，凡事一色，从言谈到劳作处处强调团结，把成群的喜鹊强于虎的俗语当成了口头禅，力图结成和谐力量。逐渐缩小贫富差别，城乡差别，先进和落后的差别，实现完全一样是社会主义最终的目的。但目前把主要精力放在劳动所得的分配上——开始试图实现多劳多得，少劳少得，不劳不得的基本原则。所有的一切，换句话说，从生到死的一切东西都由国家来计划，所以，人们得到了彻底的解放。只有国家忙碌，任务繁重。个人没啥可

---

① 牲口毛色特征的叫法。

想的，省心。等待上面下达指示计划的海螺声就行了。

夏日哈达大队开始了让人们尝到社会主义甜头的劳动分红：

在今年年底的全体社员决算大会上，算出酒鬼老五放羊所得工分为 3 181 分。

"我的工分怎么差了无峰驼①40 分呢？当然，他是无峰驼，可能比我干的活儿多。但我的工分也不至于这么少吧……"

会计巴雅尔说：

"你真正干活儿的日子是 316 天啊……"

酒鬼老五不服气地说：

"我病了将近一月……是放牧社会主义的羊群生的病。社会主义能看着让人去死吗……那为什么巧嘴子道布顿以'弯不下腰了，骨髓快崩断了'为由在家里躺了那么长时间，光凭一张空口就得到 4 000 分了呢……"

大队书记卓儒睦图说："你无法跟巧嘴子比啊！他是智力劳动者。城乡有差别，智力劳动和体力劳动也有差别，到了共产主义这个差别才能消除。巧嘴子的确有点儿虚了，但他觉悟高，是指导政治学习的'嘴'呀！你那酒嘴不着他那'空嘴'的边儿啊。不用说你了，我都不行。扎，那你就在大家面前把这张报纸上《鼓足干劲，力争上游，多快好省地建设社会主义》的这篇社论像广播员一样朗读一遍，那么，我就把你的工分改成 5 000 分！"他把报纸递过去，酒鬼老五低头无语了。社员们为此事七嘴八舌地争论了起来。

这时，背靠着卷在大炕墙根的车倌儿们的行李垛，半躺着打盹儿的巧嘴子道布顿听到人们的争论声后揶揄道：

"酒嘴子，你就别念了。你忘了你把报纸头冲下拿着摇摇晃晃地说'这点点花花的东西写得好奇怪呀，让人眼花缭乱'的话了吗？那

---

① 俗语，没有驼峰的骆驼什么都可以驮载。这里指无事不干的人。

次真是佛祖保佑你没有遇上印有领袖画像的报纸。否则,你就犯政治错误,那得去苏木打扫半个月厕所啊……"

听到这话,酒鬼老五立马严肃起来:

"那张报纸如果有领袖的画像我还会那样吗?虽说我是个文盲,也不至于是个分辨不清自己领袖上下头脚的傻子吧?"他用强有力的真理维护了自己,歇了心。他把手伸进袍襟里拿出红铜扁酒壶,如同庆祝胜利一般甜美地吮了一口酒。

这人原名叫乌日图巴雅尔。家庭出身比谁都好,非常穷。但是,由于他舅舅曾经在敌方当过差,这个社会关系几乎毁了他的一生。他心眼儿不坏,是个老实人。耐酒力在这一带不算上乘,在大队里排行第五。但那还不是根据他的酒量,而只是根据他经常性地喝酒的特点排列出来的。一旦超过七两,他就耷拉下脑袋,身不由己了。他从小孤苦伶仃地长大,养成了平时不敢直视人脸、羞赧躲避的习惯。据说,就是为了给自己壮胆子才开始喝的酒。每次喝到三两的时候就有了胆量,也有了灵性。进入那种状态后,他就会戳穿似的直愣愣地盯着人,没有任何忌讳遮拦地说出自己想说的话,抢占上风。而且还语言犀利,理喻尖锐,目光逼人,使很多人望而却步。据说,有一次,他在原野上遇见了号称语言大师的乞丐,没过三句话就将他击败了。后来的人们在传说他俩斗智斗勇的故事时,说了他俩这样一段精彩的对话。

乌日图巴雅尔说话时,不小心放了个屁。于是,乞丐大师嘲讽道:

"你跟我讲理辩论,怎么还两头出声呢?"

那时的乌日图巴雅尔恰好在三两酒的火候上,胸有成竹地说:

"岂不知屋子的气走天窗,肚子的气走下裆?你要是能听懂那话就问一问,觉得有事就审一审!"对方正在准备反击时,他抢先道,"怎么?理屈词穷成哑巴了?有话就说,有气就放!"他不给对方还手之余地滔滔不绝，用冒火的咄咄逼人的目光吓住了对方。

这会儿，酒鬼老五背过脸去呷了一口酒，好像激发起了雄心壮志：

"我没法跟朗诵政治的巧嘴子比，这是实话。但是，衣来伸手、饭来张口的江嘎玛怎么得到 5 000 分了呢？莫非社会主义还有特殊抚养的指标吗？我好坏也是个整天跟在羊屁股后面的体力劳动者啊！"他又找到一个证据，用事实比较证实了自己收入低于他人的情况。

一听这话，卓儒睦图书记发毛了：

"你怎么能伤害别人呢？是谁很顺利地从旗里弄来了那 15 间房子的木材？你能说动那几个货车的司机吗？你是个清白没有污点的人吗？你不是假装寻找酒壶嘴子，摸了人家女人的乳房吗？在外面下夜的那个女人的丈夫幸亏警惕性高，才没有酿成大祸，打了几个嘴巴子，把你光屁股撵出去了，这是假话吗？还要证据吗？你究竟是想呷酒了，还是想吮人家女人的奶头了？"他一一对质，老五装作酒醉，不吱声了。卓儒睦图书记乘胜追击，愈加强烈地痛打落水狗：

"你因为工分少而像一条疯狗咬这个，啃那个，与这个对，跟那个比，究竟想干啥嘛？就差跟我比了！你那所谓的放羊也只不过是借放羊之名去蹭人家的酒罐子吧。'去看看叔叔的羊群……啊！没事，我的羊懂事，到了晚上自个儿就回去了，它们会被饲料吸引着在槽子边上转悠，我会被酒吸引着在人家门前转悠'，这是你的话吧？你是想要放羊有功加工分呢，还是想要蹭酒罐子记工分呢？你究竟是想要哪个名分加工分呢？你说你病了近一个月，那是你放了两天羊，喝醉了酒，难受的不行，躺了四五天。幸亏是仁慈的社会主义才养活着你呀……"毫无情面地痛斥了他一顿。

大家向卓儒睦图书记求情道：

"扎，行了！就按照呼和楚鲁达日嘎指示的那样有福同享、有难同当吧，把他和无峰驼记成同样工分吧。就说喝醉难受躺了近一个月,毕竟还是放了集体的羊群嘛……他放牧的羊群膘情也不错,尽管风调雨顺!就记同样的工分吧,这是社会主义嘛!"人们七嘴八舌,说的几乎是同一内容。自那以后,无峰驼式的人日渐减少,大家都端起了社会主义的铁饭碗,个个成了不操心的人。

炼铁刨山动怒神灵

△045 在红格尔苏木举行了三天的号召"大跃进"的大会,在排山倒海的鼓掌声和口号声中圆满结束。卓儒睦图书记回来后,向大队领导班子传达了苏木会议的精神并做了动员报告。即将开展全民性的"大炼钢铁"运动了。卓儒睦图在大队开完会回到家里,动员了母亲。

"形势一年好于一年……我们现在准备在大队建设钢铁厂。建设社会主义需要大量的钢铁。火车是钢铁,汽车是钢铁,锅盆是钢铁,勺匙是钢铁,锹镐是钢铁,枪炮是钢铁,戴在犯人手上的手铐是钢铁。现在饭碗也要改成铁的了。所以,我们必须全民去大炼钢铁。只有这样我们才能在15年内超过英国。所以,我们要大家必须一起行动起来,收集陈旧无用的钢铁器具,送给炼铁厂做贡献。"他把旗武装部巴雅尔达日嘎在报告里号召牧民们的话,传达给了母亲,接着问道:

"咱们家祭火的火撑子①、旧铁锅在哪儿?另外还有什么铁制的东西?"

通嘎拉嘎老人说:

"扎,不知道了。勺子、铲子、剪子、饭锅、锹头、镐头、冰钎都是铁做的,可都是常用的物件呀……再说火撑子吧,那是传承了几

---

① 放置在蒙古包中央熬茶煮饭用的支架型炉子。

代的家族薪火的象征物啊!"

卓儒睦图达日嘎听了母亲的话,嗔怪道:

"我作为驰骋沙场的革命英雄,在打响建设社会主义战斗的当今能退缩吗……我们那个时候——我们哪有考虑锅碗瓢盆火撑子的闲暇呀!现在大家都将从共产主义的集体食堂的大锅里吃饭,要那些勺子、铲子、剪子、饭锅还有什么用呢?火撑子更是多余的东西啊!"

"扎,不知道!我是个老脑筋,不懂什么革命道理。一个家庭应该是由这些铁器支撑起来薪火的吧……扎,不知道了……"

"我们那个时候——穷苦人扛枪闹革命是为了建设共产主义吧……图的就是集体架起大锅,大伙儿一起吃饱,在大家庭里搞好小家庭的嘛。大河有水小河满啊,大家庭兴旺了小家庭才能温暖……所以,我们要砸碎自私的铁锅,交给炼铁炉才对呀……"

"扎,不知道。那能成吗?"

"我们那个时候——如果我们那个时候没有闹革命,还不继续在三座大山的压迫下当牛做马吗?穷苦人哪里会有今天的幸福生活啊!我现在彻底地懂得了这个道理。我现在已经不是那个识文断字前,喝醉酒横躺在栏柜上的患有幼稚共产病的赖皮青年了,要想每天喝牛奶吃面包,那是有了钢铁以后的事。我现在是用毛泽东思想武装起来的共产主义战士!所以,我要以身作则,率先垂范。放羊的人跟羊屁股,领导人的人在前引路。当然,不能强迫无产者们,而是用真理、用思想引导他们……我们那个时候只听从命令行动……巴雅尔图达日嘎的话就应该是命令。明天早晨熬完茶后,妈妈将铁锅连同把手给我拿上吧……"

"扎,不知道!拿去吧,拿去吧!"

"比起我们那个时候,形势真的是一片大好……但是,阶级斗争还很激烈。逃跑的敌人还梦想着卷土重来。敌人羞辱我们说什么'他们九个人穿一条裤子,趁他们还是赤身裸体,抓紧去征服''他们那神话般的路线已经走到了尽头，撞了南墙'。但我们要继续干下去，任其犬吠，骆驼照走……"

"坏蛋们要是那样的话应该防备呀……真的要是来了，至少得有把刀吧……"

"对了！所以要大炼钢铁，制造枪炮。要制造犁锄嘛。"

"……钢铁是硬东西，不像铅一样容易熔化。知道熔炼方法吗？"

"正在寻找方法。据说，钢铁最初是由蒙古人炼成的……"

"什么时候，在哪儿？"

"很久以前，在呼伦贝尔。"

"要是那样大概能行吧，要好好小心手和脸，听说烫得厉害。光靠牛粪羊砖不行吧，不知道还要怎么折腾呢？"

"我们正在寻找懂炼铁的人呢！"

"听说柴尔图城特木尔的儿子包乐德巴特尔在铁匠炉抡了十年的大锤……套上车去，连同他的大锤请来吧……"

"请了，请了……他说他只打过生铁，没炼过铁水……大锤倒是好办，这次要收集很多大锤嘛……"

"实在没辙只能牵着骑乘去呼伦贝尔了吧……"

"正在全力寻找师傅和方法呢。那是远古时期的事情，额尔古讷①炼铁厂谁知道搬到哪儿去了，师傅也没了，大锤也没了，现在空空荡荡，记载他们炼铁方法和经验的资料，炼铁炉的图纸都无法找到了……听说是外来的强盗给拿走了。"

"那可就麻烦了……噢，突然想起一件事，你们炼铁千万不要在中午炼啊，是犯忌的。"

"犯什么忌嘛？莫非钢铁也有午休时间吗？"

"不是的，听你爷爷说，铁的父亲是中午死的，所以才忌讳那个

---

① 传说蒙古人是从一个叫额尔古讷珲的大峡谷里凿山炼铁走出来的。

时辰。在中午的火撑子里怎么烧穿木钻子①都烧不红,这可是真事啊。原来那是有忌讳的。"

在卓儒睦图和母亲争论着关于炼铁的儿戏一样的话题的时候,邻居道布顿突然走了进来。道布顿是个见过世面的聪明的人,听到他俩争长论短的些许内容后,胸有成竹地说:

"你们说的那些话真能叫人笑掉大牙——这话只能在家里说说,千万别让外人听着,会笑话的哟……要牵着骑乘去呼伦贝尔,傻话啊……到包头打听打听不比那近吗?"他笑得前仰后合。

"噢,可不是嘛,人一着急就六神无主了……先到包头打听打听,如果不行就把专家请来吧。"卓儒睦图仿佛开了窍,决定去包头了。但是,人生地不熟,语言又不通。在无可奈何的情况下,他打算请求旗里给找一个翻译带上;为此,他向苏木的哈图书记报告了自己的想法,要求准他半个月的假。

"不要胡扯!就像你我这样的人学会现代的炼铁技术回来,在这里建立炼铁工厂,那岂不是白日做梦嘛……你还想从那里请专家?他们也在没有办法的情况下,从俄罗斯请来几个专家当成至宝供着,给他们建造了山一样大的宫殿,就那他们还不高兴,挑三拣四呢。他们能上你那车马大店一样的土炕吗……与其那样犯傻,还不如开采文公敖包,将铁矿石卖给内地呢,那样你们大队的收入也许还会增加。现在的孩子们都不玩你们这样弱智的游戏了。

"你要是想看大城市还不如直接去北京呢,耍那么多的花招干什么嘛?"

气不打一处来的哈图书记以过去当军官时的样子不由分说地训斥了他一顿。卓儒睦图心里不服,试图坚持自己的观点。哈图书记又严厉地说:

---

① 烧红后用于鞭杆、木板等的穿眼儿用的铁锥子。

"你如果不理解这话就去找大夫吧，你脑袋里有虫子了……太幼稚了……你非要走，就把书记的职务交给巴塔，请便吧。"听了哈图铁一般的话语，卓儒睦图膨胀的头脑如同当头挨了闷棍，心里想着"这个哈图是个有右倾思想的家伙"，但无奈，像铅铸的剑一样卷了刃，没敢回击，灰溜溜地回去了。在返回的路上他暗自思忖，是不是像呼和楚鲁所说的那样，革命遇到了挫折呢？

他有些犹豫了。但是，群众的激情热火朝天，无论如何也不能打击他们的积极性，他决定干自己该干的事情。

卓儒睦图为了在众人面前做出表率，连哄带唬地逼迫母亲把家里的生铁锅和铁制火撑子裹在麻袋里送到了巴嘎的炼铁厂。

原先就连砖瓦厂都没有过的这个地方突然出现了"炼铁厂"。这里原先有的只是在腌菜的大缸里浸泡羊皮发酵，然后挂在木桩上用脚蹬的熟皮钩子①熟皮子的三个皮匠；用榆树打造箱柜楼厨和摇篮的一个木匠；将铁棍烧红捶打冰钎，用硬质钢材打制刀子的铁匠；敲打银碗和头饰的一个银匠。他们使用的工具都在各自的家里，无法称其为什么工厂，说到头，也就是个家庭作坊。这里从未有过钢铁工人。现在建设的这个"炼铁炉"也只是个用梯子爬上去添加柴薪的，上面有口子的泥土桶状塔子。这里成了响应国家号召，群众积极性社会化的，牧民自觉学习"炼铁技术"自主创办的，名副其实的假大空废"工厂"。

这的确是一次前景深远，规模庞大，红火热闹，动静震天的热情澎湃，激情浩荡的建设工业的运动。虽说这是一次挥舞大锤、冶炼矿石的盲目行动，但拳头不会落在人头上，不要人命，是个谋求福祉的善意的尝试，所以，人们都不遗余力地参加了劳动。泥垒烟囱的黄色烟雾，搬运矿石的马车，奔跑的人们，采石场荡起的尘埃，尤其是羊

---

① 在倒置的树杈里衔嵌铁片，刮擦发酵好的皮板，进行熟皮子的工具。

皮鼓风袋子吹起的浓烟，十几里开外都能看得见，嘈杂喧闹声五六里地开外都能听得见。

△046　大队民兵连长哈·哈达带领100多个主要劳动力，在文公敖包前面用铁锹和镐头挖掘矿石已经快一个星期了。这里是红格尔山13大支系中的主干支系，这座山的山顶上建有祭祀的巨大敖包。人们把这座山说成是具有凶神的山。

据传，在远古的时候，热爱家乡的一个英雄与莽古斯鏖战，牺牲后，故乡的人们将其按乘马的姿势安葬在了这座山里。神话故事自古就是家乡的百姓为自己的山水穿戴的甲胄，所以，这个神话确实成了这座山的护佑。日本侵略时期，探明这里有水晶和云母，进行小规模的开挖。但是，那时的一个喇嘛燃放敖包熏香、诵经阻止了大面积的开山破土。自从下达了不许大搞集会诵经，有节制地举办那达慕的指示之后，每到五月十三祭敖包的那天，楚伦喇嘛就会清早起床一个人到就近的丘梁上燃放熏香，拿出袖珍经书咏诵着坐一阵子。

今年的清明节下了雨，草地很快返青了。阳湾沟壑里的青草满目新绿。楚伦喇嘛昨天来拇指普日布家念经，今天清晨起床，按照惯例上西面丘梁去诵经。他照旧燃放了熏香，咏诵了该咏诵的经文，怀揣着经书返回来。只见拇指普日布一个人在家，还在给他倒茶。楚伦喇嘛颇感蹊跷地问：

"你自己熬茶了？你媳妇去哪儿了？"

普日布顺口说：

"去摘荨麻了，昨天她说要给嘛嘛做膨松牛肉的新鲜蔬菜包子……大概是去西面沟壑里了吧？"

一听这话，楚伦喇嘛脸上泛起了红晕。一听说西边的沟壑，喇嘛的心里怔了一下。他想，那只能是阿斯哈图下面的小壕沟，周围再没有其他壕沟。再说，他的诵经声其他人也能听得到啊……房子周围有的是扁石头，不可能利用阿斯哈图的岩石，又不是顽皮的小孩……除此之外，没有什么难为情的事啊……为此，拇指普日布有些不解了。他们刚说完话，拇指普日布的媳妇像话剧演员登场一样喜笑颜开地从外面进来了。见状，普日布愈感蹊跷，但被时间很快地冲刷过去了。楚伦喇嘛手中的茶碗荡漾了一下。普日布问老婆：

"你这是去哪儿了？"

她满脸泛着红晕不高兴地说：

"没事能去哪儿呢，去了该去的地方呗。"

虽说拇指普日布心里结了一个扣，但是，似乎在证实自己的猜想——觉得不可能发生这样或那样的事情，竖起了拇指。普日布的父亲叫赛音达来，说是与革命烈士乌力吉巴雅尔的父亲是堂兄弟。所以，他们家的人都忌讳说"赛音（好）"这个词，常用另外的词句表达。普日布则将谈话中的"赛音"常用竖拇指来表示，于是，人们就把他叫成了"拇指普日布"。可以把他这次竖起来的"拇指"的意思理解为在夸奖其妻大清早出去采摘回来了新鲜野菜。但是，普日布觉得楚伦喇嘛和其妻脸上先后显现出来的微妙的表情，背后肯定有什么隐秘，成为一个不大的谜团，留在了他的心里。但他又在心里安慰着自己说，想必，也不会有什么大不了的事，就弃之脑后了。

今年的敖包祭祀也与往年一样，没有任何新的内容，只是过了过礼仪而已。雨倒是下了不少。美好的盛夏到来，人们的心情随着畜群的腰背舒展开来，挤奶牛栓上的欢声笑语如同花瓣随风飘扬的时候，拧结在普日布心里的那个谜团终于被解开了——

那天早晨，普日布的妻子为了给楚伦喇嘛吃荨麻包子，破晓时分起床，走到西边丘梁西南面的阳湾壕沟，顺着地势攀缘着来到生长荨麻的阿斯哈图的脚下，开始剪取荨麻。阿斯哈图其实也并不是什么悬崖峭壁，只是个两三丈高的巨大岩石。当普日布的妻子在阿斯哈图脚下剪取荨麻的时候，楚伦喇嘛从东边爬上山顶，欣赏了一阵周围的风景，坐下焚烧熏香，开始诵经。普日布的妻子恰好就在阿斯哈图岩石的脚下，听到有人在她头顶上念咒好生吓了一跳，像受惊的兔子一样木讷在原地，开始静静地侧耳聆听动静。在她原地等待燃放完熏香的时候，喇嘛咏诵的藏语经文突然变了语调：

    祝愿太平吉祥
    叩首山神地祇
    保佑世间生灵
    恩赐仁爱福祉

    但愿不出钢铁
    不可破坏大地
    尽管无所事事
    不可滥行罪孽

    但愿不出煤炭
    不可挖掘大地
    若是鼠目寸光
    必将招来灾难

    但愿不出金矿
    无有分毫收益
    祸害随之而来
    生命危在旦夕

    祈求山神庇护
    下令怒斥奸佞

还望多降甘霖

滋润牧草茂盛

……

　　如同练习绕口令似的逐句朗诵着诗歌，声音逐渐平缓下来，嘟哝着"这个讨厌的达格达"，之后没有了声响。那女人就好像偷听了人家的念经似的，感到难为情，而且还听到了他用蒙古语朗诵的祷告诗，越发感到可笑；如果在楚伦喇嘛跟前笑出来，又怕说不严肃，于是就强忍过去了。过后，她把这事告诉了普日布，接着又说给了牛栓上的挤奶员们，引发了大家的一阵喧哗。后来听说，楚伦喇嘛按照自己的构思，集腋成裘似的编成了"大山的祈祷"的几段诉求诗朗读，达格达将其记录下来，前后添加了一些词句，改成了这个样子，楚伦喇嘛好像躲在没有人的地方独自进行了朗诵练习。他自己尚未完全掌握蒙古文字，还没有熟悉白话诗，于是就嗔怪达格达改写的不上口，积下了满腹怨气。

　　自那以后，在牧民们中，有人私下里开始阅读楚伦喇嘛试图保护故土写下的这首诗。人们开始口口相传说，心领神会地认识到必须保护山峦，山峦一旦遭到破坏就会招来灾难。就在那个时候，不知是自然界的一般现象，还是大山的神仙显灵了，据说，挖掘矿石的洞穴突然坍塌，喷出了泉水，蹦出三个绿色的蛤蟆蹲在洞口向这边观望。后来，传来传去又说是三条巨大的蟒蛇。也就是在这个时候，一个人被滚下来的石头砸断了腿，人们认为这是山神显灵了，提心吊胆地打算扛着铁锹回家了。

　　△047　马倌儿达格达对大炼钢铁意见很大，在大嗓门加日嘎郎家喝了两碗蒸馏奶酒，壮着胆子赶到了卓儒睦图家里。

达格达掀开毡片门帘走进屋里时，通嘎拉嘎老人刚好给佛祖点灯上香，磕头祷告卓儒睦图炼铁工作有所成就。由于达格达掀门帘子掀得太大，扇进来了风，扑灭了佛祖前的一盏灯。"扑灭的是不该扑灭的那盏灯啊，我的罪过呀……"老人如是想着，心里蒙上了如同两盏灯都被扑灭一样的浓重的黑暗。

老人责备道：

"哎，佛祖啊，罪孽，罪孽。你怎么像鬼追一样慌忙跑进来呢？"

达格达却不以为然：

"唉，没弄成！"他不当一回事地笑着说起了别的事。

"什么没弄成呀？"

"听说没有炼出什么铁，出来一些成坨子的铁渣滓灰烬……"

"他们肯定是没有好好地捅开羊砖，也没有好好地鼓风吹气，只管用阿篓子往里添牛粪了，燃烧踩实的羊粪片子也比牛粪火力强啊……发白的旧牛粪更没有热量。扎，不知道了……据说咱们的祖先在山里炼过铁，究竟是怎么炼的，我反正没见过……"老人说着自己朴实的感受。

卓儒睦图的母亲洗手净身后，重新点燃了佛祖面前的灯盏。卓儒睦图参加革命后，不再明目张胆地亲自信仰神佛了。在革命时期，信仰神佛是革命者的忌讳，再说，对他母亲来说也并不是什么增光添彩的事。但是，母亲在佛龛里——在佛祖绸缎画像旁边，并排贴上了毛主席的画像一同供奉，为此卓儒睦图才敢大胆地和母亲并肩跪下磕头作揖了。母子俩给各自的佛祖磕头呢，还是同时信奉两个佛祖呢，难以揣摩，旁人也无法断定。但是，卓儒睦图不念经文，不拿念珠，不祈祷下辈子成仙成佛。他像发誓一样祷告道，我们的大救星解放了穷苦人，给我们提供了房屋，让我掌握了大队的权力，我们要像驾辕的老黄牛一样不松套绳地建设社会主义。只要毛主席指示，上刀山下火海，在所不辞。

但是，达格达扇灭了毛主席画像前的灯盏，非但没有认罪，还若无其事地坐在那里发呆。

△048 有人说，达格达向来就不是个好茬儿。其实，那种说法是源自一次有趣的赌博——

达格达是德日素图的德力格尔的大儿子，是个个高、肩宽、双腿修长、头脑活络、口齿伶俐的人，并非是祸事由子。但是，他有些高傲自大，处处都想占上风，嘲笑愚弄别人，这个性格有时会伤害他人。他天生顽皮，自信心强，机灵，好事。有一次，他在路上遇见了达日贵嘎查的名叫大嘴刘的后生，见他在独轮手推车上装满了大概价值百余块钱的滚圆的西瓜，润滑的苹果，带皮的花生，半干的红枣，椭圆的鸭梨，带粉的柿饼，糖炒的栗子等干鲜果物，在走营子串户叫卖。用驴车拉水的达格达见到他说：

"掌柜的，你推着这车受毛驴的罪了吧？"

大嘴刘后生回应道：

"听说，要是毛驴套车，主人下辈子就会转世毛驴的。"

达格达原本打算攻击，反而被回击了，心里很不是滋味。

"噢，是吗？那就是你上辈子在这车上套毛驴了呗。"

大嘴刘后生笑着说：

"你我谁也别说谁了。充其量你是个普通的毛驴，我就是个骡子呗……"

达格达听后不以为然：

"你是说我没有力气吗？"

"那咱俩就推着这车进行比赛。"大嘴刘后生说。

他俩相互挑逗着说定了赌注。

"我不白白地比赛。我早就想给自己的毛驴找个帮衬了。"

"行行……我还想有个套毛驴的两轮车使唤呢。要是你输了就把这毛驴给我，要是我输了就把车子和果物一并送给你。"

"好的，咱们从这儿跑到那棵看得见的树的下面，谁先到算谁赢。"

"好的。半路上翻车，或者落下果物也算输的。"

达格达停下驴车问：

"怎么衡量时间呢？"

大嘴刘后生说：

"我的车上有线香，咱俩点燃同样两支香，谁剩的多谁就快呗……评判者吹灭线香要按违约处理。"

达格达满口答应：

"好的！"

从比赛开始的起跑线到那棵树下的终点大概有三四百米。他俩明确了比赛的方法和规则后，比赛正式开始了。比赛中，两人互换给对方当评判。用"剪子、锤子、布"的方式决定谁先从这棵树下开始推车，而后再推回来。经过猜拳，大嘴刘后生获胜，开始了比赛。这条路是牛车多年来碾压出来的三条辙的路，大嘴刘后生沿着中间的印辙跑了起来。达格达骠骑着毛驴，为了避免吹灭线香的嫌疑，高高举在手里，与手推车并驾齐驱快速行进。由于大嘴刘后生常年推独轮车，途中遇到好几处被洪水侵蚀的、危险的、凹凸地带和淤积碎石的地段，都被他巧妙地驾驭过去，有几次险些翻车，但还是奋力支撑着到达了终点。线香燃烧了不少，只剩下了四指长。接着，达格达沿着来路推车返回，大嘴刘后生以评判者的身份骑在驴上，手持线香并排奔去。

起初，达格达掌握不了如何快速而平稳地推独轮车的窍门，像蛇一样弯曲扭动着，时不时地要越出中心车辙。但所幸开头的路是一段比较平坦而直溜的路，虽有几次差点翻车，还算有惊无险地闯过来，估计完成了三分之一。原本就是个独轮车，又要推着跑，还装载着沉重的货物，折腾得人如同催命。为了节省时间，他一直在小跑着。剩下的那段路可是个有三道壕沟的危险的地段。穿过第一个壕沟时，打了个趔趄差点摔倒。第二道缺口处撒满鹅卵石，向东扭也不行，向西扭也不行，随着车轮的颠簸，车上的果物不停地向上跳跃。"完了，想必评判员是不下毛驴了，就要那样骑着回去了！"

他想着，两眼一阵一阵地发黑。就在他心急火燎的时候，一颗苹果好像跟上鬼了，跃起来后不往回落，几乎要由右侧跌下去了。他一时管不了那么多了，撒开握车辕的右手，像接毛球①一样接住扔回了车厢里。车子摇摆了几下勉强保持住了平衡。现在是最为艰难的"关隘"，换句话说，就是大嘴刘后生等待看热闹的刚才那个有耗子洞的，较深的堑壕。如果想不脱离主干线，不绕过那条堑壕，由其上面推车过去还不让翻车，也只能像刚才的大嘴刘后生一样停下车，小心翼翼地慢慢推过去了。要是以这种速度越过这段险要，必定输给大嘴刘后生。大嘴刘后生想，他现在肯定要放慢脚步，停下车子，扶着车子轻轻往前推动。

但是，就在那一刹那，出现了不可思议的场面。只见达格达非但没有减速，反而为了节省时间愈加飞快地越过了那段横亘壕沟的路程。骑在驴背上的大嘴刘后生清楚地看到了他的举动：达格达将手推车的两根辕子插到蒙古袍袖子的肘子处，用杠杆原理缩短了受力面，用两手握住车辕的根部，如同擒住生马一样将车子举起两尺多高跳跃过来。在主干线堑壕对面展开平坦路线的外围角度上，两脚轻盈地落地，飞快地跑完所剩的60多米的距离来到树下，车厢虽说有些颠簸，但没有掉落一颗果物。作为评判者的大嘴刘后生，平行着走到凹凸不平的路段后，心想，达格达肯定会停下来，便拽住了毛驴。不料他赶到树下时，竟然晚了达格达几步。达格达的线香比起大嘴刘后生消耗

---

① 用羊毛蘸水糅合成的球。

的线香省出两指多。放稳手推车,达格达像死了一样仰面躺在了地上。大概过了五分钟,复活一样地坐起来,从车厢里拿出两个大苹果,用袖口擦了擦咬了一口,将另一个扔给大嘴刘后生说:

"虽说你没有夺冠,但获得了第二名,我奖赏你……"

"你用我的东西奖赏我呀?"

"现在可是我的战利品啊,男子汉一言既出,驷马难追嘛……"贪图空手牵走一头毛驴,不料输掉了赌注的大嘴刘后生,羞愧难言,为自己疏忽大意后悔得抓耳挠腮。大嘴刘后生突然瘫坐在地上拍打着地面哭号了起来。

"打了赌就该像个男人。下次你赢了就该我哭,你笑了……这次假如你赢了,就会骑着毛驴回去的。就你这点东西连半头毛驴的价钱都不值啊。"

"我再也不打赌了,没听我爹的话倒大霉了……要是急于吞咽,就是脂肪球也会变成筋疙瘩噎死人;如果细嚼慢咽,湖水也能吸干,连同那里的鸭鹅鱼虾都能吞下,不能着忙,着忙就要冷,冷了尿泡子就要涨……我把父亲的这些话都忘在脑后啦,哇哇……"

"你怎么是个没有种的怂货呢!常言道,要是好汉首先要盗马,再则上山,或者赌博……你不要像裤裆里的东西一样软不啦唧没出息……就为一筐箩烂果子,几把顶针线团寻死觅活值得吗?你要是个站着尿尿的东西,就敢拿着针线赌博,骑着走马回去的雄心壮志,如果是那样肯定会有赚大钱的机会……"

"你是个智慧像狐狸,力气像儿马的人,愿你过上富裕的日子!我就死在这儿吧,没法回去了……哇哇……"

"你不要耍小孩子脾气……我原打算每天早晨用你这个车清扫牛圈,搬运粪尿……但是又该咋呢?蒙古人从来不要人们送礼用的器皿,而且还不能空着还回去,里面必须放点东西……但这次的东西是我打赌赢的,我是要的,你把这车东西送到我们家去,我把这个独轮车再借给你，你拿去用着吧，再赏你三块羊砖。"达格达交代道。

大嘴刘后生万般无奈地推着独轮车，装作像个男子汉的样子，将果食货物送到达格达家，得到了压车厢的三块羊砖。但是，他们以汉人不打不成交的传统逻辑，建立了友好关系。也不知道是因为达格达的母亲给这位新认识的客人吃了一顿好茶饭的缘故呢，还是什么，大嘴刘后生推着车离开营子时，像个傻子显得分外高兴，目不转睛地看着那三块臭羊砖咧着大嘴一直在偷笑。达格达打赢了赌，高兴得手舞足蹈，全然无暇顾及这次行为会给他的将来带来怎样的后果。

△049 事物始终是在变化中的。达格达的过于自信给他带来了不少的麻烦。赢了别人的东西得到的便宜，这反倒成了他的祸害。除此之外，犹如常言道，烂肉爱拖泥巴，他竟然不顾自己在人们中的形象，为了炫耀自己，经常写一些不三不四的东西。

"反右"运动深入，人们正在议论达格达的时候，他却以马拉必西（不是牲口）的笔名写了"我非牲口/笔非利剑/书非经文/何须画圈"的几段稀里糊涂的句子，成为众人笑谈的顺口溜。紧接着，传出了"写那句子的真正主人就是达格达"的传言。质问时，达格达摇着头死活不予承认。卓儒睦图无计可施了：

"他总是不承认啊。"他向上级汇报说。

"你光信他的话怎么行呢？找不着证据吗？"对方提示说。第二天，卓儒睦图想出了妙招，带着巧嘴子道布顿等人突然袭击了他们家，让他打开书柜，拿出书本纸张，进行了查验。结果，从他的手记本里发现了他自己写的如同干草绳一样歪歪扭扭的字迹。

"挠着洗脸会更好地除去污垢。"开头出现了这些似乎教人洗脸的没有任何意味的废话，接着出现的内容就大相径庭了。

"人类是些可怜的蠢货。就像用糖果裹哄小孩子一样实行怀柔哄骗政策，向前引领着晃悠的家伙。所以，谁听了社会主义都会垂涎三尺，那是一块密封在玻璃罐里的蜜糖。"诸如此类颇具挑逗性的，含沙射影的，指桑骂槐的尖刻言辞如同毒蛇、癞蛤蟆一样从他的手记本里络绎不绝地蹿跳出来。

"治疗犯困病，这个神话可当作妙药""愚公移走了旧山，新建了铁砂灰的山头""画中的饼再看也无法充饥""一讲'一千零一夜'的故事我就犯困"这样的言辞比比皆是，让人眼花缭乱，最可恨的是他竟然试图把右派的帽子反扣给"社会主义"。给达格达扣右派帽子的时候，卓儒睦图暗自想："真是个拿性命开玩笑的傻耗子啊……谁会乖乖地让你去摸屁股呢！"果不其然，达格达立马成了全旗的典型案例。

但是，人们，尤其是识文断字的家乡的智者们并不相信达格达会说出那样的话。有的人甚至说："他的嘴里说不出那些话，那些话太大了……肯定是他那些城里的反动知识分子的帮伙们中的哪一个说的……再说，恐怕他也说不了文人那种尖刻的话。写诗可不像在打鬃烙印场上[①]拧耳朵，拽尾巴那么简单啊！"

具有历史纪念意义的包子

△050　每当卓儒睦图残腿隐痛，或者是饥饿的时候，他的眼前就会浮现诸多往事和曾经的人物，其中总有呼和楚鲁达日嘎的身影。自从开始管理工厂大门后，就多次梦见过他。

1946年，为了征集新生力量，呼和楚鲁达日嘎第一次来到阿贵庙，讲解关于阶级斗争的理论，号召百姓参加革命。那个时候的卓儒

[①] 每年清明节前后，集中起来马群，给两岁马烙印、剪鬃，阉割三岁儿马。

睦图听不懂他在说什么，听得时间稍长一点就忍不住睡去，左右摇晃，耷拉着脑袋寻找枕托。不识字的人们有个共同的毛病，那就是他们极易相信，也极易怀疑。归纳起来着重讲，还记不住；演绎开来举着例子细化了讲，马上就能明白。到了后来，呼和楚鲁达日嘎根据大家的意见，采用实际例子进行讲解，干脆从"面包牛奶"演绎扩展到了肉油、米面、鞋裤、毡包、砖房，甚至延伸到了娶媳妇，招女婿。自那以后"社会主义"才开始入耳，到了后来，人们都垂涎欲滴地、津津有味地痴迷于他的讲解了。

　　卓儒睦图就是在那种鼓励下，努力进步，后来当上了巴嘎的书记，开始讲解社会主义，建设社会主义的。从春到冬，他曾一一指点、奔波在接羔保育、打鬃烙印、剪毛梳绒、修缮圈舍、打草储备、迁徙移场的社会主义建设的一线上。他开启了夏日哈达巴嘎社会主义的一切。自治区建立伊始，他奋战在镇压山匪盗贼，揭发造谣传讹者的前线上。新的政权巩固后，他又活跃在为建设合作化、公社化的社会主义而进行的分配牲口、打井找水、消灭狼鼠等运动的前列，多次受奖戴过大红花。每天从早到晚，他积极落实上级的指示，在群众大会上，在小组讨论上，在集会那达慕的公众场合上，宣传演讲"社会主义好，有物资均等分配的原则"成了他的头等大事。

　　也就是在那年春天，他在旗里党校学习了一个月，用自己理解的程度找到了智慧劳动的装置，掌握了不少干部式的言辞，开始了"我们那个时候"的报告，讲得出神入化，牧民们个个拍手称快。在苏木大食堂里召开的大会上，呼和楚鲁达日嘎做的"高举三面红旗"的报告，令卓儒睦图终生难忘。也许，因为那是头一回，充满新奇感的缘故吧，只凭一个窝头从早晨的九点分毫不动地一直听到下午的三点，历时整整六个小时啊。这里没有丝毫添油加醋的成分。他的讲话是那样的耐听，真的让人魂牵梦绕。然而，在那么多人中，只有两个女人晕倒，被按摩揉搓后，活了过来。也只有一个女人打哈欠，下巴脱了臼（据说，她原先就有下巴自然脱臼的后遗症），恰好遇上编筐织柳的，还会接骨的巧手巴拉顿巴特尔也在场，他连酒都没有喷，当即用力抽了这个饿得虚弱的女人的下巴一巴掌，为其还原复位了。那次，除了这几个人，其他人都毫发无损，安然无恙。人这种动物一旦为自己喜好和信奉的东西豁出去了，还的确经得起饥饿啊！

我们那个时候的人，要说那个喜欢闲言碎语，要说那个对听信的东西的忠贞不二，要说那个不怕牺牲的雄心壮志，现在说起来似乎不可信，就像传说故事里的英雄们。那可真像巧嘴子道布顿说的那样，是吧唧着嘴去津津有味地听啊。仿佛闻到了美酒的醇香，尝到了饭菜的美味。

但是，也有经验教训。参加那么长时间的群众大会，不能光想煮肉、奶食和窝头。如果不留意想了那些，马上就会打哈欠，压住达日嘎报告的奇言妙语。与之相反，要多想站在刑场上挺胸抬头、高呼口号的英雄们，那样自然就会生成坚强的革命意志，激情澎湃地向往和热爱生活的真情。这是巧嘴子道布顿点出的防止下巴脱臼的绝妙的高招。

人的口福各不相同。卓儒睦图一辈子没有挨过饿。就是那次，真让他遗憾终生。

△051　卓儒睦图套好花牛，给车轮浇了水，车轴上了油[①]，让老母亲坐在铺毛毡的车里，用山羊皮盖窝裹住她的身体，心里盘算："夜晚回来可能碰个正巧。"他赶着牛车朝15里开外的集体食堂出发了。在卓儒睦图翻过前头小土梁的时候，迎面来了一个骑马的、喝醉了酒的人吉言道："社会主义就是好，只要骑乘好就饿不着。"他一路上回味着这句没有任何意义的戏言，鞭挞着花牛兴高采烈地来到大队

[①]　木制勒勒车轮需要经常浇水，防止干燥散架。车轴需要上油，否则就会发皱。

门前，扶着母亲下了车。

卓儒睦图一路上兴奋不已，咽下了不少的涎水。他为自己经历了千辛万苦建立起了这个食堂，还为了图个圆满祥和，特意交代用包子开门启业而感到颇有成就感。今天，他亲自赶着牛车到来，图得就是要让老母亲亲眼看看他的成就，为之而高兴。用实物告诉她老人家："这是我扛枪干革命的主要目的！从今往后每天都这样在集体食堂吃好饭。"他拄着拐杖，扶着母亲朝食堂走去。由远而近，蒙古包子的香味胜过闻名遐迩的天津包子的香气。卸车的地方离食堂有七八十米，高兴的通嘎拉嘎老人像孩子一样快步走去。

年过六旬的老人高兴得手舞足蹈，视力衰弱了的眼睛突然闪烁了起来，言语也变得清脆爽朗，做了进屋前的最后准备。将与众人一起参加宴会，在人们面前穿着要整洁干净，她老人家摸了摸胸襟和领口的扣子，甩顺了衣袖步入食堂。她沾沾自喜："果真是活着就会金碗喝水啊，要享孩子们的福了。"她那神情好像正要接受多年来作揖祷告的回报，又像迎接多年来向往的幸福的实现一样喜形于色。走到食堂门口正要进去，迎面出来一个人向老人寒暄道：

"老人家您好啊？您还认识我吗？我是去杰尔根图苏木阿拉坦花大队做了倒插门女婿的驼倌儿巴达尔胡呀……"

老人惊讶道：

"呀！是巴达尔胡啊？我的乖乖……长多大了！你们都长这么大了，我们也确实该老了，现在还能活几年呐，享上两年福就得了呗……"她仿佛想起了巴达尔胡的童年，抹着泪说，"……你那可怜的母亲要是活着也能看到这个好的时代啊……"

巴达尔胡看到老人家流下了热泪不知所措了，草草说了几句安抚的话，忙着去找骆驼了。老人家分外激动。原来，巴达尔胡的母亲是通嘎拉嘎老人的发小。在巴达尔胡刚满一周岁的时候，母亲罹难于一次大洪水。于是，巴达尔胡失去了母亲，沦为了孤儿，是她经常送去哺喂的牛奶，还给他缝补衣裳。老人大概是想起那段往事了吧？

"活着的回报到来了！"她高高兴兴地进入食堂。

看到她的到来，盲肠巴雅尔惊讶地迎上去说：

"嗨！这该咋办？阿拉坦花的驼倌儿吃完了最后一屉包子刚走。肉和面还有，就是蔬菜完了。离大路近可不好啊。共产社会又不能吝惜饭菜……"他显得不知如何是好，只顾搓手扼腕。通嘎拉嘎老人听了他的话，感到格外惊愕，不慎倒吸了一口凉气给噎住了，喂了热水总算缓解了。

食堂保管员盲肠巴雅尔见状惊恐不已：

"卓书记，您来得再早点嘛！蔬菜已经没有了！还有肉和面嘛，我叫他们做一笼净肉包子，或者做一锅肉汤面条吧。"他抓耳挠腮。

"没法做包子吗？葱、花椒、萝卜总该有吧？"卓儒睦图这么一责备使得盲肠巴雅尔愈加紧张起来，他说：

"那个草类的东西一点也没有了！不去苏木买不上蔬菜……等买回来了，也到半夜了……出去拔沙葱吧，马上就天黑了；现在的荨麻又不能吃，太热，会掉鼻子的……"

卓儒睦图不知道究竟该训斥谁，急得他不住地用拐杖敲击地面。通嘎拉嘎老人既无法责备儿子，也无法责备他人。这时，又前后进来两个过路的客人，得知没有了包子的扫兴的消息后，遗憾地说：

"哪有连一天都坚持不下来的共产主义社会啊？嗯！要是早知道，不如路过耿格玛家，那就不只是填饱肚子的事了……"

通嘎拉嘎老人接过话茬说：

"看样子是成客患了，说的倒也是，就不是常吃的包子嘛……主要是图了个第一家共产主义社会食堂首席包子的吉利呀……"她的这番话些许缓解了几乎要冒火的紧张气氛。盲肠巴雅尔捶着自己的额头表示歉意：

"人们是接踵而至啊！听说开办了第一家共产主义食堂，有些路人改变了原来的方向，为了尝一口'共产主义第一个包子'专门赶来！"他捶着额头继续说，"我这个糊涂脑袋，看到热烈拥护共产主义社会的人们从远就近地络绎赶来，我不由自主地高兴，再加上客人们异口同声地说'好吃的包子，好吃的包子……具有历史意义的包子'，心想是不是会上报纸杂志，我沉湎在想象中……就这样，偏偏把卓书记和老人家给忘了。盲肠我不是个东西，是两条腿的牲口。怎么就没有想到打包 20 个包子藏起来呢……糊涂啊，糊涂，都是我的错呀。"他仍旧捶着自己的额头。通嘎拉嘎老人看着这种悲惨的状况心软了：

"没什么呀……其实肉煮面条也不赖啊……还怪我们的运气不佳嘛……"她的话说开了人们紧绷的弦。

这样一来，那两个赶路人的牢骚怨言也有所收敛，那个清瘦小白脸对着身旁魁梧的大肚子说：

"谁曾想，中午的美餐晚上就没了呢？我只是心生善念顺路带上了你。我可没有诓骗你空腹过夜，远离借宿人家的恶意。与其责怪我还不如责怪你的社会主义呢……"他的语气婉转了。

其实，这并不稀奇，做饭是有量的，好饭做得稍微多一点，那也是有量的。老人满腹的怨气不知往哪里发泄，哽在了胸口。她暗自想，这是多么少遇的薄运啊，最后的几个包子竟然阴差阳错地被巴达尔胡吃了。他是个放牧骆驼周游世界的人……那也难怪。据说，自从正月初一，他吃多了拉了稀以后，这是他第二次见到肉包子。饥肠辘辘的他大概没有工夫咀嚼囫囵吞咽了吧……

唉，别说阿拉坦花大队的熟人不可敷衍了事，就是南方牵猴子的汉人也得一视同仁啊。想必，那人放下碗筷擦了嘴说："这是共产主义包子嘛。"奇怪的是，不知他是怎么叨空装起来的，走出屋子不久，从棉袄兜子里拿出一个浸透了油渍的纸团，放入了背后的竹篓里。孩子们好奇地问：

"那是什么?"

"哦,给我那小朋友拿了一个包子……"

"你的猴子还吃包子吗?"孩子们追问。

"大概吃不了蒙古包子吧,但可以喂它面皮子呀,不然它就饿得不能跳了。红枣不多,只能在演出的时候给它嘴里放一两颗……"猴子的主人说。

"那你让我们看一回表演吧。"孩子们请求道。

"要是你们大队、公社的领导在还可以,你们这些黄毛小子能给猴子吃的东西和钱吗?"就在他捉弄孩子们的时候,来了几个青年手里拿着一块钱,求他给耍耍猴。他从主要节目中选了几个极其一般的把戏进行了演示,如前后翻滚,像孙悟空一样立起金箍棒站在上面,蹦上主人的头顶盘腿合掌祈祷而坐,抚腹挠腋等。

△052 实验——社会科学的一次伟大的实验遗憾地失败了。很多地方的集体食堂无奈之下,几乎同时关了门。在大队部所在地,在公社所在地,遍布着数座庞大的泥筑高炉,没有炼成的生铁嶙峋的黑色灰渣,横七竖八的遗弃的独轮车、镐头钢钎、斧头锤子,看上去酷似溃败的战场。在"大炼钢铁"运动时期,为了给浮夸膨胀的社会主义钢铁巨流增添点滴,人们将自家的铁锅、火撑子砸烂投入了泥筑高炉。不知有多少人为此痛惜、哭号过啊。

"成绩辉煌"的1958年过去,"满载希望"的1959年到来了。

在"多快好省地建设社会主义"的口号喊声震天的时候,南方轮番发生了干旱和洪水的灾害。受灾的农民涌向北方,走满了街衢、城乡、山野、沟壑。虽说政府无力解决住房,但给他们每家每户发放了铁锹镐头,他们在山坡阳湾、沟槽崖壁里打造窑洞安顿了下来。只有口粮成了难以解决的重大问题。被洪灾、旱灾、蝗灾袭击后,别说粮食蔬菜,就连草木都没有剩下,看不见的饥馑灾难如同洪水席卷了中华大地。除此之外，还有台湾派出了几拨儿特务的消息，使人们进入了草木皆兵的状态。夏日哈达巴嘎又怎能免于那些重大灾难呢？

针对目前粮食奇缺的现状，卓儒睦图达日嘎试图对巴嘎的牧民进行勤俭节约教育，应付暂时的困难。他也无暇顾及什么浮肿和中毒了，从荨麻、沙葱、韭菜、山葱、地梢瓜开始，到能吃的树叶，统统采集起来掺入了稀饭。现在想用这种方式纠正和补救粮食富足时候的巨大浪费。用讲故事的方式为学生们筑造了防止可怕的社会洪水冲击的精神堤坝：

在远古时期，天上降下来的不是雪，而是面粉。于是，有一个既懒又蠢的女人吃饱后不思珍惜节约，竟然把上天降下来的面粉铺在了孩子的身下。上天佛祖得知后甚是愤怒，说："人这种东西不知仁慈善心，只知道祸害浪费……从今往后不许再降面粉，只许降雪去惩戒他们！"他用这个神话故事作为教训，进行了讲解，同时还向青少年进行了发扬节省节约优良传统的示范教育。这一举措起到了立竿见影的效果，竟然发生了这样一个生动的故事。

一个学生吃着饭突然哭了起来。老师问那孩子哭什么，那孩子回答不上来，光顾抽泣着自言自语道："这该咋办，这该咋办？"老师一气之下顺口说出了："就知道说这该咋办……该咋办就咋办呗。"听到这话，那孩子立即将一碗炒米放在桌子上哭着跑了出去。老师担心孩子是否疯了，接踵而出，追赶上去捉住，不厌其烦地反复询问，给孩子嘴里放了一块糖才弄清楚了原委。其实，那孩子没有疯，只因害怕乱了方寸，有些失态。当时，为了结合运动的教育内容，牧民们常讲一些超乎常识的神话故事。比如，挂在沃尼[①]上的一条包日查[②]，或者是一条咸萝卜，吃饭的时候，只许指一两回，指得多了就会腻味，

[①] 下端扣在哈纳头上，上端支撑天窗的细长椽子。
[②] 切成条风干的牛羊肉干。

或者就会口渴，等等。

那孩子的父亲还曾告诫说，千万不可糟蹋粮食，从天上看，一粒米有骆驼那么大啊。同时还讲了蒙古早先的法律非常严格，丢失一峰骆驼要打十大皮鞭，人们必须遵守祖上的规矩。不凑巧的是，这个孩子在吃炒米的时候，不小心漏掉了三粒米，还没来得及捡就滚进了污水沟。孩子吓得失魂落魄，将那三粒米想成了迎风走散的三峰骆驼，不知是逃避那巨蛇一样蠕动的30皮鞭的抽打，还是要去寻找走失的骆驼，也说不清楚是什么，反正一股脑跑了。尽管这是故事，但在现实生活中的确产生了效果，于是，讲故事的方式成为经验，在全旗传播开来。首先，在学生中展开了舔碗竞赛。紧接着，展开了接二连三的缝补衣裳，清除虱子，提倡清洁卫生等名目繁多的社会主义大竞赛。

幸福及其成果

△053 卓儒睦图娶了杭拉有了稳定的生活。岁月流逝何其迅速，不知不觉十多年过去了。20世纪30年代的时候，卓儒睦图一家拥有两座六个哈纳的蒙古包、200来头羊，乘骑的两匹骟马、十几头牛，在当地算是中等生活的人家。到了40年代，兵荒马乱，战火四起，被周围的贼匪掠夺，被天狗①袭击，几年内，家境衰败了下来。40年代结束，战乱平息，牧民百姓盼望已久的太平时期到来。自从杭拉掀起天窗、敞开门扉后，这个家里才有了光亮。杭拉每天摸黑起床，捣茶舂米，忙碌在挤奶牛栓上。门前营盘干净整洁，水井槽子终日水满潋滟。连续几年的干旱雪灾，没给他们家造成死亡一只孤羔的损失，牲畜连年繁殖，小畜达到200多只，大畜达到20

---

① 蒙古人忌讳说"狼"，以"天狗"代称。

多头，其中有 22 头牛，三匹马，两峰骆驼。尽管数量不多，但也让他们成为平享五畜①福祉的齐全人家了。

当生活走到贫富二者兼可的交叉点上之后，他们的生活热情愈发高涨，闻鸡起床，两头不见太阳地干活，就连夜里睡觉都像应付差事一样流于形式。尤其是杭拉那股子摸黑起床，争分夺秒的拼命三郎的精神被左邻右舍誉为走路像追逐，干活像战斗，休息像打盹。旱年秋后的打草难到了就差用手指一根一根地从地缝里捡摘草棍儿了，拿着镰刀走遍就近的几条壕沟，如同扫地一样连搂带拢地将将就就收割一点喂几个幼弱两岁羊羔过冬的饲草。在灾害持续的料峭春寒里，手摸着羔羊的肚子，试图用哺乳器喂活它们，五更起来，直到黄昏，不厌不弃地奋斗着，将这个走上了下坡路的人家重新扶植了起来。

十多年前，曾经吸引卓儒睦图的杭拉那修长圆润、白皙的手指渐渐干瘪，变得形同鹅黄的竹耙子；那顺畅挺拔的宛若羚羊的绢帛颈项，那亭亭玉立的仙鹤般的秀腿，如今变得如同盖房子用的紫色椽子又粗又实；那曾经无法用语言表述的粉红娇颜变得像抹布一样粗糙；那曾经无人比伉的花丛首秀的形体变得微微驼背，岁月的刻刀开始不依不饶地将年轮雕刻在了她的容颜和身体上。又怎能断定何人、何时、何故雕刻的呢？只有春天料峭的寒风，夏天炎热的酷暑，秋天阴冷的连雨，冬天咆哮的风暴用无形的、锋利的刻刀不断地镂刻，用潜在的消耗力不停地磨损，驱使着时间流逝的细流将其色泽冲刷殆尽，换句话说，就是往日的光环已经陨落。十多年过去，变化随之自然发生，产生了好与坏、美与丑的交叉平衡，莫非只有世间的空邈居高临下地存在吗？

杭拉生有一子，奶奶给他起了个名字叫孟克巴特尔。儿子八岁那年，卓儒睦图以寄宿生的名义将他送进了小学。那孩子如同自天下

---

① 蒙古人称家畜为五畜，即马、牛、驼、绵羊、山羊。其中马、牛、驼称为大畜，绵羊、山羊称为小畜。猪、狗、鸡、猫则称之为家养动物，不为畜。

凡，毫无瑕疵，乳黄的卷发泛着微微的细波，双眼皮的大花眼闪烁着聪慧的灵光，谁看都像人间瑰宝，是个聪明伶俐、人见人爱的好孩子。

卓儒睦图和杭拉为了让自己的宝贝儿子成为具有学识、高等修养的出类拔萃的优秀人才，自幼教授锻炼口舌的绕口令，掌握蒙古文字母，背诵格言名句，猜谜打趣，尽其所能引导孩子步入正确的人生道路。孟克巴特尔进入苏木小学，兴趣满满地发奋学习。这孩子自幼聪慧，再加上他入学前父母让他识了不少的字，在一年级的第一学期，他的学习成绩遥不可及地夺得了全班之首。于是，在翌年秋天升班的时候，学校让他从一年级跳入了三年级。这孩子得到了鼓励，愈发努力学习，成绩一直上乘，被选为了学习委员。

他还陆续获得"三好学生""优秀学生""先进少先队员"等奖励，六年级毕业的时候，成为这所学校第一个手臂上佩戴三条红杠的少先队大队长，并且成为共产主义青年团员。不知是血统的关系，还是什么，他特别活泼机灵，从学习成绩到言谈举止都异于其他孩子，领衔班级集体，出落成了校园里引人注目的小明星。对于卓儒睦图夫妇来说更是放在手心怕掉了，放在嘴里怕化了的恩爱有加的宝贝疙瘩。尤其是卓儒睦图看到自己的儿子出类拔萃，胜于他人，感到无比自豪。他每每醉酒总要动情地说：

"这可是前来照耀我家门庭的启明星啊。"接着，他还要满怀希望地、风趣地预言道，"将来我儿子孟克巴特尔肯定会超过我，必将成为巴嘎的书记。但也不能一概而论，或许还会成为苏木、旗里的书记呢。"

他陶醉在美好向往中酣然入睡。实则如是，孟克巴特尔自然成了传承这家基业薪火的最大的期望。

卓儒睦图真是时来运转，牤牛下犊子了。旗里的呼和楚鲁达日嘎看中了他，选他当了夏日哈达巴嘎的书记和旗人大代表。这下子让他信心倍增，他扬鞭策马，一户不落地走访巴嘎的所有人家，在检查工作、解决问题的同时，还给予这样和那样的指示和建议。

卓儒睦图现在可是夏日哈达的总理了，就像曾经带领黄脸巴塔、哈·哈达等革命积极分子宣传落实上级关于"三反""五反"① 运动的指示一样风风火火地工作着。指挥领导从春天的接羔、打狼，夏天的灭鼠到冬天的抗灾保畜等的日常性工作。同时还进行着夏天的牲畜统计，秋天的配种、打草、检查马群的鼻疽，冬天的倒场移牧，等季节性工作，另外还要完成提防外国特务，消除迷信，禁止鸦片，消灭梅毒淋病等社会性的任务。所以，他整年整年人不下马背，短缰立镫地奔波，忙于口不闭合的讲话，笔不离手的签字的工作，成为基层最主要的干部。于是，劳燕归巢般地夜晚回家，或者借宿人家成了他司空见惯的常事。这倒给他提供了因公走门串户，反复欣赏姑娘媳妇们的"幸福机会"。其实，他这个人的智商不能说很好，也不能说很糟。就拿他家那十多头牛来说吧，他左看右看就是辨认不清，只能记住紫褐色的牤牛和绛红色的牛犊，其余的总是和别人家的牛混淆。但是，全巴嘎的400多号子人他都能记住，尤其是那八个年龄相仿的姑娘媳妇们，一看就知道她们的名字叫谁、多大年龄，是圆脸还是瓜子脸，或者下巴上有颗痣，他记得一清二楚，在这方面他极有天赋。

以革命工作为由走牧户、串营子，久而久之，卓儒睦图心中产生了别人家的女人比自家的杭拉好的想法。尤其是那个美人江嘎玛，让他的心潮澎湃了起来。就是那样一个极其普通的夜晚，或者是个极其美妙的夜晚，任何事情都没有干成，只是与她意外地擦肩而过——她那鲜花绽放的笑容，勾魂掏心的目光，使人浑身奔涌热流的窈窕体形反复出现在他的脑海。

---

① 是1951年底到1952年10月，在党政机关工作人员中开展的"反贪污、反浪费、反官僚主义"和在私营工商业者中开展的"反行贿、反偷税漏税、反盗骗国家财产、反偷工减料、反盗窃国家经济情报"的斗争的统称。

自那以后,在楚鲁图开会学习的次数多了起来。在大嗓门加日嘎郎六个哈纳的蒙古包里三四十个人被旱烟的浓雾笼罩着,人们在迷蒙中时见时盲地相觑而坐。随之,夏日哈达巴嘎的夜间政治学习在全旗出了名。如今,他前后颠倒着回想那20多年前的如梦往事,觉得回味无穷。

　　就在那个时候,卓儒睦图家出了大事。孟克巴特尔一年年长大,智商也日渐拓展,明显地先于其他小孩,朝着成人的方向发展。到了高中二年级,同班的名叫高个黄毛的姑娘与他不相上下地成熟了起来。那姑娘在校园里出落成一束鲜艳的奇葩,在众香国里美冠群芳。自一个班级脱颖而出的两个青年自然相好起来,起初,从交换互看作业笔记开始,逐渐发展到共同运算难题,分析复杂疑问的阶段,到了后来,本来没有要问的东西,但还以不懂或以不清楚为由走在一起寻找话题,滔滔不绝地谈天说地。那个时期,恰恰是他们滑向危险的预备期。

　　1965年秋,进入高中三年级后不久,孟克巴特尔和高个黄毛姑娘的恋爱关系进一步升级,进入了不允逾越的新的阶段。在姑娘的亲戚,旗计划委员会主任巴达玛拉格家的一间空房子里,为迎接期末考试,一同复习功课的他俩发生了性关系,姑娘怀孕了。起初他俩并未觉察任何的异样,过了一段时间后,觉得情况不妙,他俩慌了手脚,惊慌之下,姑娘无奈告诉了母亲。女方家人也只好告诉了孟克巴特尔的家长。当时,听说这件事的卓儒睦图是又气又急,但得知女方娘家是旗里巴达玛拉格达日嘎的亲戚后,心里安堵了一些。不久,卓儒睦图去旗里面见了女方家长,经过商谈,最终决定让两个孩子领取结婚证,将媳妇带回家接生孙子。虽说两个孩子的年龄整整差于法定结婚年龄16个月,但通过找熟人,走后门,为他们领取了结婚证。

　　△054　由于与巴达玛拉格主任的亲戚结成了亲家,孟克巴特尔

建立新家庭的事情顺利了许多。从卓儒睦图这边讲，最多也就在过年过节的时候送点家乡的土特产，冬天杀羊的时候送去一头牛、两只羊，夏秋季节送点喝汤的鲜肉就行了。至于巴主任嘛，可不是看他那点东西的人家。姑娘的娘家也一样。反过来讲，对于卓儒睦图来说，几头牛羊的事则易如反掌，如同儿戏。

虽说门第等级不尽如愿，但卓儒睦图出身经历好，是个老革命，尽管职位卑微，也算一方神仙。不仅如此，还是呼和楚鲁达日嘎提携的人民代表。所以，被誉为"呼和楚鲁达日嘎的腿"的卓儒睦图的家门也并不差他们到哪儿。就在那年的正月，卓儒睦图前去拜访时，巴达玛拉格主任不但从座位上站了起来，还热情地拍着他的肩膀，亲手递给他"中华"牌香烟，让夫人倒了茶。巴主任是个有说有笑、有礼有节的文人。只是卓儒睦图不怎么了解巴主任罢了，巴主任却清楚地知道他是"为革命流血奋战的老英雄"，还是夏日哈达大队的天地主宰。对他儿子的智慧和言行也非常看好。卓儒睦图的心里豁朗了许多。没等喝完一碗茶的工夫，夫人就端来两盘炒菜放在了他们面前，拿来了茅台酒。

交杯换盏，酒劲给力，他们情感的内幕自然拉开，越发表现得亲近了。巴主任与他说出了心里话。

"现在的孩子们有福享不了啊，咱们的这两个傻瓜调皮捣蛋差点毁了自己的前程呀……"

"是啊，可不是嘛。多亏上天保佑有您救了他们的命啊……"卓儒睦图长吁短叹。

巴主任说："怎奈，孩子不懂事，没有把持住自己，犯了作风错误；但不是政治问题，没事，挽救他们的政治生命还来得及……"

听了这话，卓儒睦图立马站起来，向巴主任敬酒并托付儿子和儿媳道："我的天啊，只有您保佑关照了，我只有让他们当跟牲口屁股倌儿的本事啊……"

仗着酒劲巴主任许下诺言："我给他们保证工作饭碗吧，将来如何，就靠他们的头脑了……如果有本事，哪怕找着云梯上天去呢。"

没过多久，巴主任兑现了诺言，让孟克巴特尔去畜牧局当了临时工，让外甥女奥登格日勒去银行当了现金保管员的徒工。

闻名遐迩的江嘎玛

△055　生产力的大解放带来了社会的变革和发展——

社会变革，世道更新，过去那种长辈到来向其父母敬献哈达包裹的礼品，择定儿女婚事的规矩已不复存在。自从同意青年们自行认识，自由地谈情说爱，自愿结合建立家庭以来，相互走动的频率多了起来。竟然有些男人胆敢忘乎所以，野心膨胀，开始梦想着像富人官家一样招妃纳妾了。

觊觎江嘎玛的精明机灵的小伙子们继续写着信，仍旧在夜晚往返奔波。江嘎玛以美丽的容貌、活泼的性格、慈悲的心肠闻名遐迩，创造了自己独特的磁场。恰如一个青年歌颂的那样，她成了夏日哈达大队生产力的"拖拉机"，一切成绩和过失的根源。

由于江嘎玛在十五六岁的时候，就过早地绽放成了一朵引人注目的妖娆的鲜花，为之声名大振。到 20 岁的时候就已经先后收到 300 多封辞藻华丽的情书。其中不少还是有名分的人家的孩子写来的信。也有已经结婚生子的青壮年人的解释性的表白书信。在这些积极参与写信行列的人们中，大多数是为了表示追求先进意义上的爱情形式，砸碎封建婚姻的桎梏，显示自己是新社会的主人，决心从现在开始将命运掌握在自己的手里，彻底与灾难深重的旧生活决裂，开创崭新生活的人。其中也不乏奇闻逸事，竟然发生了父子俩同时射出的箭镞射中一个靶心的令人捧腹的例子。不见不知道，一见离不了的江嘎玛的美貌现在已经成了这一带引诱蜂群的特殊"灾害"的多事花朵。照理说，开放的时候，花朵必须及时开放，也应该展现开放的高级境界。花朵拥有完成这一过程的自主权。因为，开放过程是内在规律和外向成熟的等同运行，所以，不但无法帮助同类的开放，有时还会无意中遮盖对方的艳丽，引起嫉恨。

江嘎玛是个动作勤快，乐于帮助邻里乡亲，性情如同丝绸一样柔和善良的人。人们说她是个放荡的姑娘。在一个春天的饥荒时期，黄昏时分，为大队盖房子拉来橡檩的司机再三央求容他借宿，她恻隐之余允许他住下了。这成了她被怀疑的把柄。

她认识很多的司机。她为邻里乡亲请来司机给他们搬运物件，帮助他们搬家倒场。就这样，天长日久，她认识了很多司机。有时还被人冤枉，背着臭名独自一人默默哭泣。可是，无论她如何地辩护坦白自己，试图得到公正的评价，那也是亡羊补牢，于事无补了。所以，雨后送伞已经无济于事，最多也就是维护维护她的名声罢了。

△056　那年，为了从旗里运来为巴达玛索老人盖房子用的木材，起初，江嘎玛甚是为难；但不知是因为夏天呢，还是什么缘故，最后总算很容易地运回来了。不止这些，就在图都布的孩子得了盲肠炎，情况十分危急，若不赶紧送进城里治疗就会死去的时候，她找来汽车救了那孩子的一条命。还有那年冬天，下大雪成了灾害，急需搬运草料，马车寸步难行，跑运输的汽车、拖拉机根本轮不到这里，眼睁睁地看着两万头牲畜就要饿死了，形势十万火急。大队召开紧急会议，卓儒睦图的脑袋疼痛欲爆，几乎要烧香求佛了。在这关键的时刻，没有一个老人烧香点灯，叩首求佛，却有人冷不防地说：

"没办法还得去求西户的嘛嘛。"

一个老太婆问道：

"西户的嘛嘛是谁？"

几个青年几乎异口同声地说：

"江嘎玛！"

有些青年的眼睛亮了起来，有些老人半信半疑地说：

"哎，这能行吗，那些人又不是她的用人……"

大家可是真心实意地参加了这次会议，注意力以"担心"的形式高度地集中在了一起。

近乎绝望的几个老人引发话题，使会议的内容走向了难点——

"因为说了她的坏话，她一直耷拉着个脸……除非磕头央求吧，否则，恐怕没戏……"

"那样地玷污人家的名声嘛，也不为怪呀！"

"如果真能挽救，磕头也值得……这可是在顶替千百人的性命啊！"

……

接着，卓儒睦图与几个青年耳语后，用激将法撺掇那几个老人说：

"老人们啊，你们可是活神仙般受尊敬的人们啊，如果你们不挽救谁还能行呢？眼看着就要失去畜群了……活神仙你们背不动草料，我们去背，只希望你们办自己能办的事情。是向菩萨掌灯磕头呢，还是请求说动江嘎玛运来草料呢？反正说成啥，就靠你们的护佑了，菩萨肯定会首先看到的，并且考验的是你们啊……"他虚实莫辨地向他们磕了头。思绪沉重的人们不由惊愕，困倦顿时烟消云散。

那几个老人惊恐不已，瞠目结舌，支支吾吾地不知说啥是好了。由于她们的主要依靠竟然是背后造谣诽谤，诋毁江嘎玛名声的这些大侠，所以，她们不好撕破脸皮。而且，她们刚刚还夸下海口说："如果能行，我们也想各奔东西背草回来！"沉闷了几分钟，好像心中各有盘算了，盲肠巴雅尔的姨妈都贵玛率先撕破脸皮，与其他两位商量道：

"这帮瘪羔子把我们推到了危险的悬崖边上了……咱们几个现在

该咋办？赶快回家掌灯拜佛祈祷吗？或者是戴着面具去……"

肯定要掌灯拜佛祈祷，然而，性命固然要比脸皮子重要，她们决定路过楚鲁图庙，顺便去大嗓门加日嘎郎家面见江嘎玛请求帮助。她们果真马上动身了。一路上，她们商量着如何开口。"我们是些快死的老糊涂了……眼看着大队的牲畜就要毁于一旦了，还望姑娘饶恕我们的罪孽，唤起为人着想的善心，想法子运来草料吧……救救这1 000多口子人的性命吧，我们求你了！"她们商定，一见面就要这样危言耸听地央求着跪地磕头。各自记住了该说的台词。

当时，她们身边没有外人，没人证明她们究竟说了些什么！后来有人说，她们到了加日嘎郎家的门前下骆驼时，加日嘎郎的老伴儿出来迎接，她们差点跪下磕头。都贵玛及时使了个眼色制止住了她的那两个"兵"，准备一进家门就向江嘎玛磕头，不凑巧，江嘎玛还恰恰不在家。她们问：

"江嘎玛去哪儿了？"

"去拉水了。"她们都没待尝一口倒上来的茶，风风火火地涌出家门，朝他们家水井的方向手搭凉棚不住地眺望。可是，他们家的水井被冻死，江嘎玛赶着毛驴车到后边悬崖下拉冰块去了。不久，江嘎玛拉着冰块回来，但三个老人仍旧手搭凉棚，站在原地眺望着水井的方向。江嘎玛停稳驴车，正准备搬运冰块，听到动静，认出了是她的老人们转过身来，一声不响地跪在地上开始向她磕头。由于江嘎玛与这几个老人有些疏远了，所以，视若无睹地继续卸着她的冰块。但是，看见她们突然跪下磕头，她想这三个老人一定是疯了，吓得她躲开了。在她们三人闭着眼睛磕头的时候，拉车的毛驴好像过来向她们索要吃的东西，挨个闻着她们的头顶。加日嘎郎见状甚是慌忙：

"干啥呢？怎么给毛驴磕头呢……快起来，起来。"将她们扶起来问道，"老人们这是在干啥呢？"

她们好像这才反应过来，凑近江嘎玛说：

"我们是豁着老脸来的……"接着，她们像学生背诵课文一样说了预先准备的那些话。

　　无论咋说，她们跪地磕头，央求的话语起了作用。心灰意冷、伤心至极的江嘎玛最终还是心软了，答应为搬运大队的草料行动了。大队准备了三峰好骟驼，派出两个随从护卫江嘎玛出发，牧民们由其后酹奶进行祝福送行。

　　自他们走后的第三天开始，驻屯在阿贵图险要地带周围的军营派出张贴"抗灾爱民"红布条幅的七辆卡车，从200里开外的储备仓库源源不断地运来草料，挽救了濒临饿死的两万头牲畜。

　　为此，江嘎玛再度赢得大家的信任和褒奖，通过选举荣升为了大队的妇联主任。

　　△057　秋天的一天，传来了在甘吉嘎芨芨丛中一峰两岁骆驼被狼咬死的可怕的消息。

　　自从1953年春剥掉最后一张狼皮举行了庆祝仪式后，首次传来这种关于狼咬死8个旗、36个公社的170只羊、十多头牛、五峰骆驼，造成重大损失的极其恐怖的消息。这不仅震惊了卓儒睦图，还让周围的牧民们陷入了极度的恐慌之中。近几年来，习惯于将牲口赶出草坡，自己安心地待在家里的牧民们惊恐了，尤其是酒鬼老五表示了坚决消灭恶狼的态度。因为这大大地妨碍了他以放羊为名寻找人家酒罐子的美梦。与之成为反比，开始迅速地传开了不亚于狼本身的更加恐怖的传言。据说，"有两只狼带领着40只幼崽，为了复仇由北向东进犯"！

　　为此，盟里和旗里的领导发出各地民兵迅速出动，及时镇压发动突然袭击的敌人的号召。不久，关于两只狼带来灾害的这一传言也有了明确的结果。近几年来，牧民们认为坏人和恶狼都被消灭，进入了新的美好自由的社会，就该享清福了，开始麻痹大意，放松了对畜群的放养和管理。这两只狼正是利用了这个机会，如同接到邀请的煞星一样一路畅通无阻，穿越几个旗和公社肆意屠戮牛羊，杀出了一条血路。

夏日哈达是个全旗有名的率先军事化的大队，由于要应付包括"阶级斗争"在内的所有斗争，一直处在只要"号角一响全民立即动员"的备战状态，所以，他们驾轻就熟地行动了起来。这是动员全大队武装民兵进行广泛扫荡前的预习练兵。黄毛巴塔带领大队会计哭鬼达日巴去北部16个营子和草地。哈·哈达带领民兵副连长其其格去东部和南部22个营子和草地，卓儒睦图带领大队半边天女王江嘎玛去西部九个营子和草地，慰问遭受这次狼的袭击，造成损失的几个重点地区，顺便检查牲畜放养情况、牧民们的思想情绪的波动情况、总体水草长势和打草场的情况。大家很快就出发了。

他们兵分三路出去搞调查研究，同时还要进行"虽说狼逃跑了，但其贪婪的野心仍旧留在这里。所以，不要认为狼已经销声匿迹了，就高枕无忧了，它们随时都可能不要任何许可地返回来。牧民同志们不可站在狼的一边，敌人也与之相同，所以，不能放松阶级觉悟，仍然需要继续革命"的宣传。

卓儒睦图他们走门串户，对老弱妇幼普遍讲了这个道理，为不久将要进行的一次大规模的扫狼行动开始动员群众。就在那个时候，旗里下达了如是命令：

"西旗已经打死了那两个可怕的家伙，晾出了它们的皮子。从现在开始各地停止围猎行动，将民兵投入打草的战斗。"

卓儒睦图等人听到这消息，把提到嗓子眼儿上的心放在了肚子里。穿着斗篷握着枪隐蔽在野外草木丛中，可是个艰苦的差事。但是，眼看敌人逼来挑战，不用武器应战还算什么战士！现在好了，敌人被镇压了，怎能不高兴呢？人一高兴，激情就会高涨，什么事都做得出来，真想高举庆祝胜利的酒杯。

卓儒睦图他们现在要把斗争的方向转向打草工作，需要转移打草场，调整劳动力了。他们仍旧按照原先的分组，在指定的地区继续进行调查。

卓儒睦图和江嘎玛在特斯格图的荒漠地带——茫格尔图的洼地马不停蹄地奔驰，穿过额莫勒图的沟壑，来到甘吉嘎图的芨芨滩的时候，太阳快要落山了。走入秋天的芨芨草丛，犹如进入了烧热炕的屋子般闷热，他们在给自己纳凉的同时还为了歇一歇骑乘，下了马。他们在芨芨草丛中的清泉里饮了马，趁着摘下嚼子的工夫，为了让马吃点泉边的鲜草，带着鞍子绊住前腿放开。

他们看到这一带牧草长势的旺盛非常高兴。打心底里感谢上天佛祖赐予他们取得工作成绩的良好机会。看着从岩石地缝隙里汩汩流淌的清泉圣水，他们也不由自主地弯下腰去品尝，那柔情细流的水仿佛在亲吻他们的嘴唇。这次的两岁骆驼被狼咬死的事件就发生在这个大芨芨草滩的边缘。在去年冬天遭受大雪灾害后，精疲力竭的骆驼们春天刚到就抢先一步来到这里，如同在铺设地毯的华庭里生活一样，饿则有食，渴则有饮，沉湎在了牲畜的幸福世界之中。躲过死亡的骆驼们个个恢复了元气，不分昼夜地在自己裸露的灰褐色身体上编织着好看的绒毛外衣，让干瘪的驼峰慢慢竖起。就在这个时候，也许是天公高兴了吧，突然降下了两场倾盆大雨，这使驼群淹没在了万顷绿波中，不知了去向。就这样，在畜群与大地同时肥沃，没有规矩地胡乱走动，人们醉卧热被窝尽情酣睡的时候，天公放下来猎狗奔袭人世凡间，带来了始料未及的梦魇。

无奈啊，一切都已过去，所有印象深刻的美好记忆都留了下来。去年，也就是这个时候，开始打草的第三个夜晚，在比起中午没那么炎热，比起早晨没那么清冷的异样幸福的氛围中，青年们占据了各自的位置，以个性化的特殊形式兴奋起来，相互见面还没来得及说话就进入了微醺的状态。卓儒睦图与江嘎玛谈着话，他好像说了："看星星是很开心的事，现在找你自己的星星吧。"

接着，他立马兑现诺言，让她看了星星。他说，从星群里选择自己最喜欢的那一颗。起初星群还很稳定，突然像狼追似的旋转翻卷了起来，仿佛在纷飞，仿佛在摇摆，总是稳定不下来。淡蓝色的天空没有云彩。但转瞬间被湮没，好像飓风袭来，又好像猛兽撕咬，好像万马铁蹄震天撼地；明知不到11级的强度，大地不会这般震动，然而又不由自主地舍身迎迓而去；时时神志模糊，像洪水轰鸣，像牛羊喧闹，进入了一个奇幻的世界，双腿仿佛登云浮升，无法觉知方位所在。从此知道了太阳升起，花苞绽放。所有细胞如同死亡安详了，生活的真谛再无须赘言，幸福诠释了。

闻着地面，抓握着草株晕眩过去的，软成棉团的卓儒睦图是翻身了，还是怎么了？记忆的角落里找不到痕迹……

△058　卓儒睦图从挎包里取出雨衣，拿在手里走了一会儿说：
"这里可以，平坦，好像蚊子也不多。"

江嘎玛的思绪被打断，抬头望去，是个高于泉眼的，凸起的，有芨芨草穗遮荫的开阔的土梁地带。江嘎玛知道今天尽管看不到星星，可这是要让她望天空、看浮云了，便满意地朝那边相随而去。皮靴尖上落满绿色粉末，遍野的植物花朵凋零，籽种成熟，香气袭人，牲畜摄取了草木的养分，间接地滋养了人的精气。比起去年，他俩俨然轻车熟路了。今年的太阳，是真正的金秋骄阳，自然环境也胜于去年，清爽舒坦，令人陶醉。如果说，他们真的要铤而走险，犯下这阴影般伴随工作成绩的错误，可以说是这美好的环境用气候的美酒灌醉了他们，将他们拉下了水！他们在内在需求和外在引力的刺激下，无暇顾及，兴高采烈地走向犯错误的起点。那一瞬，他们似乎失去了理智，迅速地完成了准备动作。

就在那时，马匹打着响鼻，伴着可怕的轰鸣声，传来如同巨蟒在草丛中快速滑行，草木噼里啪啦地被折断，流沙石子翻滚而来的声响。在起初的几秒钟，江嘎玛奇怪，曾经的记忆怎么会变得如此强烈地复苏重演呢？就在她纳闷的时候，受惊的马匹扬起鞍鞯，拼命挣扎着从泉边的草丛上向高处奔逃。这时，他们才知道，山里的洪水如同黄色巨蟒扭扭曲曲地运载着草木朝这边涌来。山洪波浪翻滚，以猝不及防的态势吞噬着路遇的所有东西步步逼近。

他俩幸福的美梦被恐怖的袭击打破。人也和狗一样，当水淹到鼻子尖儿的时候，会自然放弃其他所有美好的东西，想方设法保全自己的性命，这是他们亘古不变的天性。他们以比刚才兴奋麻利地脱掉裤子的速度还要快的节奏穿起衣服，同时跳跃起来（卓儒睦图的腿脚不好，没有达到对方的跳跃标准，但以自己的方式尽力拼争了）。如果没有坐骑觉知动静传达信息，恐怕他们两个要随着洪流光着屁股上天堂了。

承蒙上天的护佑，他们穿上靴子，披上衣服，勉强跑到坐骑跟前，上马逃跑之时，洪水已经没过了他们的皮靴帮子。

美好梦想的展望

△059　在灾荒的那年，经公社主任的批准，买了一包红糖，一包点心去了恩格尔宝拉格时，牧户的狗就像罢了工一样鸦雀无声。果不其然，在倒灰的洼地里横七竖八地躺着白骨嶙峋的狗的死尸。

走进巴达玛索老人的房子一看，只见老人蜷缩在空荡荡的房子的哈纳脚下，眯缝着失去光亮的一只眼睛瞄瞭他。几条干瘪的羊皮空口袋贴在哈纳脚下，被烟熏黑的橱架上没有任何可以吃、可以喝的东西，宛若被鬼怪洗劫一空似的。

真是遭遇了饥荒的灾难。自从连年的干旱、洪灾、蝗祸，将老人仅有的几头能走动的牲口掠走后，抖光了这户人家的羊皮口袋。

挂在哈纳头上的"光荣革命军属"的铂金字样的证书镜框，闪耀在老人枕头的上方。

这个老人的一只眼已经失明萎缩，另一只眼睛也像行将熄灭的灯捻一样昏暗地时点时灭。

卓儒睦图一行凑近巴达玛索老人说：

"老妈妈您好吗？身体怎么样？老病没犯吧？"

老人打量着他们，打了个长长的哈欠说：

"几个影子晃来晃去……是谁呀？是从公社来的吗？我们的乌力吉巴雅尔有消息吗？什么时候回来啊？盼着、等着眼睛都瞎了。等着儿子送来牛奶和面包，现在都快饿死了……扎，就那么回事了！叫乌力吉巴雅尔快点回来！有没有牛奶没关系！只想在临死之前见见我的儿子！"说着，只剩一把瘦皮的皱巴巴的脸抽搐了好一阵子，干瘪的嘴唇抽动着快要哭了。就在这时，幸好袭来了又一次的强烈哈欠，冲刷了她的悲伤。看样子，她眼里已经没有了泪水，只是干哭而已。

巴达玛索老人是青年们经常念叨的那个宝汗戴哥哥——革命烈士乌力吉巴雅尔的母亲。内蒙古解放已有十多年了，公社和旗里一直以烈士家属特别地照顾着老人，但至今没有告诉她乌力吉巴雅尔牺牲的消息。如果说了真实情况，有可能对老人的生命产生危害，当时就编谎话说："跟随解放大军奔赴远处的战场了……"这话原封不动地传说到了现在。巴达玛索老人起初相信在丁亥（1947）年的掌灯节二十五，儿子一定会回来娶亲，于是，她度日如年地翘首守望。然而，过了多少天，儿子仍旧不见人影。后来，老人产生了怀疑，让苏木和巴嘎的领导带话叫了好几回。那些领导们编造了适当的虚构理由哄骗老人说："找牛奶和面粉去了。"或者说，"去解救被土匪霸占的一群女人和孩子了。"

他们根据多年的经验，在一个灾年的春节，把政府下发的一袋白面、一瓶子油和 25 元人民币的慰问品说成是乌力吉巴雅尔捎给家里的东西，送给了老人。接受那年慰问品时，巴达玛索老人的那个高兴劲儿，真可以说是心花怒放了。老人百感交集地说："为了给妈妈弄来牛奶和面包,儿子究竟走了多远啊,这白面和油与咱们这里的牛奶和面包有什么不一样呢……人家的孩子们都回来了,叫乌力吉巴雅尔也快点回来!"

但是,在第二年的正月到来的时候,照旧沿用了那个办法露出了破绽。慰问组说的话与上一年的没有两样,这使老人产生了怀疑,但她没有立即表示反对,只是说:"你们不是在哄我吧?"她哭个不停。就这样拖延了多少年,起初老人还等待着儿子,希望能有牛奶和面包,准备了几个盛牛奶的坛子,还向苏木干部打听过面包能否放在碗橱里。在这十多年里,每当想起儿子老人就要泪流满面。每天早晨,向上天供奉着熬好的新茶的德吉[①]祷告说:"让我的儿子平安回来吧!"

不知人的眼里究竟能有多少泪水,约莫这个老人洒下的泪水至少也有几大桶了吧。就这样,在第七个年头上,她的左眼萎缩失明了。据说,到了后来,巴达玛索老人站在外面手搭凉棚眺望时,有意识、无意识地反复说:"在等待从军的儿子回来啊!"

△060　到了后期,听说老人病入膏肓,卓儒睦图为了让老人归天前高兴高兴,带领几个人去看望她。他们满足于往年应付老人取得的成绩,为了更加巩固和活用以往的经验,进行了进一步的加工修饰。虽说没有增加正月慰问品的数量,但递给老人一封她儿子写自远方——南海边的信。这是一封大队代写的假信。是封叠成四方形的装在紫色牛皮纸信封里的信。老人小心翼翼接过信,用视力衰竭的老眼扫了一下,用手指摩挲了好一阵子,坐起来递给巧嘴子道布顿说:

"我又不识字,孩子啊,你给念念吧。"巧嘴子道布顿有声有色地念了起来:

[①] 做熟的食品,任何人没有触碰的原封部分。

敬爱的妈妈，您好吗？老病没有犯吧？如果病了，就找劳布僧大夫抓药。我尽量快点完成任务回去看妈妈。婚礼就按妈妈的想法办吧。我们每天炮轰金门、马祖岛，很忙。部队的事情不能多说。日后回去，让妈妈看胸前的三枚军功章，给您讲很多部队里的新奇故事。妈妈一定要保养好自己的身体。

儿子乌力吉巴雅尔叩启
1960 年 5 月

　　"我以为已经失去儿子了，结果还真的健在。哎，我这糊涂脑袋！"老人的疑虑彻底消除，不由地高兴起来。兴奋之余，似乎是在捶击脑袋，孱弱地握起干瘪如朽竹的拳头叩击脑门。人们急忙劝阻说："不要，不要！"幸亏在她叩击两下的时候，巧嘴子道布顿快手握住了她的手制止住了。如果没有制止住——尽管是自己的拳头——怎能经得起三拳的击打啊，已经弱不禁风了。老太太着实高兴了，不但有说有笑，动作也轻快了许多。看来，她右眼的视力好像还挺好，想给前来慰问的人们倒茶、摆放食品，但捯饬了半天手头没有找到任何现成的东西。于是，她拽出戴在胸前的拴皮条带子的钥匙，打开一个红色小箱子，取出在茶叶店里偶尔看得见的中型敞口玻璃罐子。长满茶锈的那个罐子里装满了各种各样的零碎小吃。看得见，在罐底毛茸茸的绿色附着物上装着发霉的包日查，干瘪的葡萄干，石化了的奶酪，古董一样的核桃，干透的红枣等失色变形的干果零食，还有永不发霉的红白冰糖，五颜六色的蜡纸包裹的新时期的各种糖果等食物上品——"奇珍异宝"。老人照惯例在江嘎玛的帮助下，给人们倒了黑茶[①]，兴高采烈地参加了大家的谈话：

　　"这孩子是个参军干革命多年的人，现在也该'解禁'了。唉，

---

① 蒙古人习惯性地指没有掺奶的原汁茶。

可怜我儿……八成是听人说的吧,我儿应该不认识劳布僧大夫,是他参军两年后从东北来的嘛。看样子,我儿为了妈妈在打听医生郎中啊……"她身边的人们分别为"信"出了破绽担心起来:"那里是不是还有什么顾忌呢?不提劳布僧,应该提前年去世的达日巴大夫就对了。"巧嘴子道布顿试图将话题引开,指着玻璃罐子里的糖果说:

"多好的东西啊!"

"是好啊。想等他回来后给他,一点一点攒下来的……他小的时候,去赶回来羊羔牛犊后,我给一块他就高兴了,我那儿子啊!"

"都干了。"

"干了,是猪年的东西嘛。"

"怎么还有面捏的酒杯呢?"

"什么酒杯呀,是掌灯节的面捏灯碗!"

"面捏灯碗吗?"

"是,面捏灯碗。你们家不做啊?每年十月二十五,在宗喀巴的祭祀日要掌百盏灯的。贫穷人家哪有那么多的铜质灯碗啊,只能用莜面捏成许多的灯碗,里边插上棉花捻子,倒满黄油点着呗。"

"那怎么就跑到这个罐子里来了?"

"油灯从点着到熄灭耗很长时间,这样油就渗入面里,可好吃了;所以,孩子们不是喜欢啃着冻硬的灯碗奔跑吗?我们的乌力吉巴雅尔最爱啃冻硬的灯碗了……"

"哦,原来是那样啊……"

公社、大队的领导每年来慰问老人时,为了保守秘密只说该说的那几句话。生怕老人提出这样或那样的难题和要求,他们匆匆而来,速速而去。但是,今天由于没有进行调查研究,犯了轻视老人智商的错误。可是,老人陶醉在了来信的喜悦中。老人恨不得咀嚼回味信里的每个字,每个词,又一次请求道布顿说:

"孩子啊,再给妈妈念一念那封信。"巧嘴子道布顿按捺不住兴奋，清了清嗓子，有板有节地，伶牙俐齿地朗诵起来。

当朗诵到"三枚军功章"的时候，老人似乎得到启示，突然说：

"哇，真是打架忘了拳了……早就想问了，就是忘得不行……这孩子怎么不寄来照相呢？十多年了，肯定变了，属猴的人嘛，今年40了，耽搁太久了，要是还不回来，就让他赶紧寄照相回来！给他提亲的媳妇看嘛。"

……

"行，好的。"

"大概是忘了吧……"

"告诉他下次不要忘了！"

"是，好的。"

"不一定忘了吧，也许还是军事秘密呢！"

"既然能来信嘛，照片也应该能行啊。桑布的儿子杭布不是来信时寄来照相了吗？"

"妈妈您放心，我们无论如何都要转达您的嘱托的！"

……

上边非常重视老人的安全和健康，细致入微地进行宣传开导工作，老人心里的重负得到了缓解，继续端着她的饭碗。尤其是在那年，旗委宣传部的呼和楚鲁达日嘎亲自到来，对她讲了一番寓意深远、情理动人的话后，起到了极好的效果。

"英雄的母亲就应该是英雄。要为大家做出表率。不能只顾自己，世界上还有很多送走孩子参了军，等待他们回来的父母亲，等待丈夫回来的妻子和等待父亲回来的孩子们。没有彻底地消灭敌人，参军的人们是不会安心回来的，留在他们身后的父母和兄弟姐妹也不会安生地过日子！"

巴达玛索老人由衷地得到鼓舞，就从那天的中午起，她背起阿篓子去拾粪，开始走上本混山顶，眺望伸向远方的大路了。

送信之后，卓儒睦图又来过一回。他将揣来的红糖掰了一块放入巴达玛索老人的碗里，用汤匙喂进了她的嘴里。吮了几口红糖水后，果真见了奇效，老人那如同行将熄灭的灯盏的眼睛好像被添上了油一样复燃了起来，声音也有了气力。卓儒睦图见状甚是高兴，说：

"妈妈，再喝几口吧……那只喝汤的羊不久就来了，大队党支部为了解决您的喝汤问题，那天专门召开会议研究，上报公社了。要是公社同意了，旗里好办，只是走走样子，入账就行了……"老人听着，突然问道：

"你是谁啊？"

"我是卓儒睦图啊！"

"唉，是卓儒睦图呀？耳鸣眼花，啥都听不见，啥都看不见啊……"

"我说喝汤的事呢，喝汤的羊能成，我想能成……"

"唉，喝汤不要紧……去弄牛奶的人咋样了？我想见见儿子再死啊！"

"哥哥肯定会回来的，您肯定能见到儿子的……"卓儒睦图强忍着酸楚煞有介事地说。其实，他已经习惯了这样说。

卓儒睦图的眼里充满了泪水。从老人家里出来，卓儒睦图突然捶了一下自己的脑门懊悔地自言自语道："哇，就是啊，乌力吉巴雅尔的父亲叫赛音吉雅（好运），所以，他们家忌讳说'赛音（好）'，用'良'来代替啊！"

△061 到了后来，人们看到老人在忍受煎熬，内心不由地产生酸楚。当初没有直接告诉老人事实的真相，越来越纸包不住火了。那时只顾及到了短痛造成的危害，没有预想到长痛带来的慢性伤害。但是，该向谁追究这个责任呢？这也都是出自为了老人健康长寿的好心嘛。说来也怪，人这个东西承受饥饿苦难的能力远远超出享受温饱幸

福的能力。最近几年，有些人才开始担心老人过于长寿，在心里默默祷告她早点归天，会少受点痛苦的折磨。已经很难说这是福分了。人们都知道，如果现在告诉她实情，恐怕她马上就会死去。那么，又有谁会去造这个孽呢？理应让老人活够自己的寿命，但人们的意愿当然是盼她走得越快越好了。只是因为没有挽救老人，让她幸福地生活的方法罢了。人们看着老人活受罪的样子，真有些目不忍睹了。可是，那又不会遂人愿，她就像喝了长生圣水一样不忍离去，连带着还折磨着其他的人。

在连续几年的灾害饥荒中，塞外地区还算不赖，没有出现整村整村地饿死人的现象。只有啃不动玉米的老人和小孩子接二连三地倒下。巴达玛索老人接受着众人好心的祝福和祈祷，等到全国遭受大灾难的时候，好不容易启程归西了。但是，巴达玛索老人并不是啃着玉米嚼不碎噎住的，而是在拯救生命的黄金给养到来的头一天，因饥饿衰竭而没有了吃东西的力气去世的。

第四章

头 脚 颠 倒

△062　一天夜里，卓儒睦图做了一个魂飞胆破的噩梦。

突然，刮起了漫天的风暴。他觉得在这席卷人畜生灵，房屋圈舍的狂飙飓风中，一切都头脚颠倒，人畜变位，他自己也变成了一只公狼跌入18层地狱的第17层，四肢着地，匍匐爬行。这是多么离奇古怪的不祥的噩梦啊！他感到奇怪，痛苦凄楚地呻吟着。他忍耐不住浑身的疼痛，挣扎着从这残酷的梦魇中清醒过来。

哎呀，多么荒诞离奇啊，梦中的境遇竟然正在变成事实。可怕的梦魇原来是他往日实际行为的延续和深入。确实反了，一切都颠倒了。在他眼前晃动的人们个个都两脚朝上交叉摆动，头朝下倒立着两手撑地迈步走路。看见鲜奶变成了黑墨，墨汁变成了乳白，白昼换成了黑夜，冬天转成了夏天。环境在他的知觉里以过去和现在的形式轮回翻转。闭上眼睛细想，觉知到人们在颠倒而行。睁开眼去看，人们又像变魔术一样恢复原样，正常地，平稳地行走。

昏昏沉沉，似梦非梦地躺在巴拉登巴特尔家的土炕上，忍受痛苦煎熬的他慢慢恢复知觉，梳理着麻团一样的思绪，试图咬紧牙关睁开眼睛看看，同时还侧耳倾听那喧闹的动静，结果，又回到了那思绪像浑浊的泉水一样翻滚，人们脚踏地面走路的原先的状态。

坏消息传万里啊！最初传来"伟大的文化大革命"就要开始的消息并不是来自收音机，而是经过由旗里拉到公社的电线杆子的电话传送而来的。学校的孩子们在手臂上戴上了黄字红布，他们还说："毛主席说了，世界是你们的！这是叫我们成为革命者，成为达日嘎的话。"他们欢呼雀跃，喧闹躁动。戴红布就戴去吧，只要不戴黑布就行，卓儒睦图没当回事。没来得及鼓掌欢迎"伟大的文化大革命"，却传来了"打倒所有的当权派""舍生忘死誓把皇帝拉下马"的口号。"皇帝"是谁呢？听说指的是各级领导干部，卓儒睦图像醒着做了噩梦，心里估摸，掌管夏日哈达大队天地所有一切的自己已是难逃其咎了。

"我要听取关于妇女工作的汇报，还要交代新的任务，速来接受新的工作安排。"他捎话叫江嘎玛天黑前来，自己在大队等候。正在这时，意外地闯来了几个造反派。

辍学回家，为了加强大队经济管理，被上级派来的新的会计讷莫胡没向卓儒睦图打招呼，擅自带来几个孩子进入了大队车倌儿们住的大炕屋子。"文化大革命"就这样在他们大队播下了种。其他地方也好像有了类似的"文化大革命"。对于这件事，人们的看法不尽相同，有人像喜得贵子一样高兴，有的人像痛失爱子一样悲痛。在他措手不及的时候，权力中枢的大队——政治、经济、幸福生活的堡垒被占领了。一夜之间，红色变成了黑暗。他的话像犬吠一样没有了威力。骑乘被没收了。没等他打出白旗，举手投降，民兵的武器被收缴了。那支火铳却被他们看作像个孩子玩具给他留下了。他失去了大队书记、民兵指导员的职务。他不明缘由地成了一堆臭狗屎。调皮的小孩子们由他身后经过时，好像与他划清界限似的朝他屁股上踹上一脚。

在他的权力基盘上发生了造反起义，后院着火了。打掉了他的乌纱帽，给他戴上了纸糊的帽子。

江嘎玛不知道他的政权发生了变革，按照他捎话的时间，在那天傍晚，太阳落山的时候，来到他的马桩子上。幸亏卓儒睦图急中生智，给江嘎玛传递了信息逃过一劫。江嘎玛没有下马，领会了他传递的意思，装作找牛的人问道：

"我们的花乳牛来过你们这里吗?"她说罢,掉转马头,逃脱了被活捉的危险。

卓儒睦图无可奈何地如是改变了自己甜美的企划。他走进预备睡觉床位的办公室,急忙把山羊皮褥子铺在并排铺开的绸缎褥子上,拿起荞麦皮新枕头塞入墙角。恰好这时,过来没收暖水瓶的大队司令小娃子的随从恰达慧走进来看见了绸缎褥子。

"走资本主义道路的黑帮还真会享受啊!"说着,他从山羊皮褥子下抽出露出边缘的绸缎褥子拿走了。

一周前,第一次从收音机里听到"十六条",还有摸不着头脑的"战斗洗礼""史无前例"之类的空泛理论的豪言壮语,这些口号如同从空旷的天空回响一样传播开来。紧接着有一天,旗里中学手臂上戴红袖章的几个学生带领一个体育老师到来,正式开启了夏日哈达大队的"文化大革命"。大队的牧民们间接地听到北京知识青年的宣传,得到了鼓舞:"呀呀,我们差点在睡梦中死去啊,有幸获救了。"他们各自组建了自己的战斗队。以巴斯巴拉的儿子帮噶尔为首的几个青年组建了造反队,夺取了大队的权力。酒鬼老五虽说也戴上了红卫兵的袖章,但因批斗场上没有酒罐子,他没有参加活动。卓儒睦图起初有些惊慌失措,百思不得其解:每次的革命,就是比这还要小的革命都是从上面开始的,这次的这个"大革命"怎么从下边的黄毛孩子们开始了呢?

卓儒睦图昏睡了三天三夜醒来,看到了曾经进入他梦境的奇怪的景象——

这次运动恰恰是"颠倒"的运动。按照其原话说:就是地地道道的将颠倒的历史重新颠倒过来的革命,所以,才造反有理。必须要把没有王化之地的不穿裤子的皇帝①拉下毛驴。以乡村包围城市的起义

---

① 指随心所欲、滥用职权的人。

农民们夺得胜利后,在各自的地盘上占地为王了,腐败没落了。所以应该像"孙悟空喷火一样"烧遍各个角落。关于这次的颠倒,卓儒睦图没用老师教,自己理解得感同身受。他暗自想,社会这个东西啊,就像两个醉鬼为了吃到羊肚子跌打滚爬着搏斗一样上下翻滚着,时不时还握手言和、相互拥抱的可笑的东西。

夏日哈达大队书记卓儒睦图被打成"黑帮"首犯;大队长巴塔、民兵连长兼团支部书记哈·哈达、妇联主任江嘎玛被打成大队的几个主犯;原来的会计哭脸温都如拉、仓库保管员盲肠巴雅尔、大队第一夫人杭拉、大队大叔嘎拉巴拉、大队大舅萨如拉巴拉登被打成他们的五个同伙;楚伦喇嘛、马倌儿达格达、尾巴刚嘎玛、说书匠乞丐喇嘛被打成了坏分子的代表。夏日哈达大队以"庙"小鬼多,人少奸计多异于其他大队。把这些黑帮分子集中关在了公社学校的两个大教室里,由旗里"文化大革命"总指挥办公室直接管理。于是,将这个大队列为开展全旗"大革命"的试验点,收获经验的丰产田。

△063 卓儒睦图的罪状是从20世纪50年代他在供销合作社栏柜上摔打红本子开始算的。给他戴上了用旧报纸糊起来的尖顶高帽子,另外还贴了三条飘带。左边的飘带上写着"走资本主义道路的党内当权派,黑帮";右边的飘带上写着"是一个侵吞集体财产的资本主义的贪得无厌的耗子";后面的飘带上写着"霸占妇女、妻妾成群的极其猖獗的瘌狼"。胸前写着"独揽大权的帝王",背后写着"自然社会的一个突出现象"。

在认识和不认识的孩子们的巴掌、皮鞭、棍棒的威逼下,卓儒睦图开始交代:

在18年间,我侵吞了160多只绵羊、山羊,10多头牛,2峰骆驼,50多张羊皮,10多块毛毡,3间房子的木材,1 300斤白酒,6条鱼;白送,或以出售为名低价送给各级领导100多头羊、牛、马。

告发的罪名有的属实，有的离谱，但他以自己记忆的程度如实地交代，让他们做了笔录，提着脑袋过了这一关。只是在交代奸淫姑娘媳妇的罪状上，他踌躇了一番。起初，为了减轻罪责，他隐瞒了两个，说与五个女人有过手脚，但没能瞒过，差点丢了性命。最后，在棍棒的威逼下，以自己的记忆进行了如实交代，但与人们告发的人数差距太大了。"要是些许的差距就算了，可以按想不起来为由免于追究。但是，总是拗着说'六个半'，这和群众研究推测、揭发的62人相差十倍，这不是藐视群众意见、顽固抵抗是什么？"巴斯宝拉、小娃子等审讯者大发雷霆。除了落下残疾的右腿以外，卓儒睦图的身体还算健壮，但没有经得起三天的拷问，昏迷了三天三夜。

根据群众贴出去的大字报的揭发，卓儒睦图有88项罪行，按其内容归纳，就像写在他帽子上的一样大体由这么三个部分构成：一、独揽所有大权，走资本主义道路。比如：把牧民当成玩偶，想咋样就咋样，将人们的生活权利，直至一切行动、言语和思想权利都强行集中在了自己的手中。二、如同蟒蛇吞噬财产。比如：吃大队的肉，穿大队的皮，吃了能吃的一切，独占了不能吃的一切。三、非但没把姑娘媳妇们变成集体的人，反而建立了无名的个人公司，自封为总裁，犯下了滔天罪行。比如：起初硬得像骨头，最终软得变成了棉球，书面交代了有名有姓的一个，姓名不清楚的和没有姓名的女人共计61个。所以，没收了他的红本子。只留给他生命权利（生活的权利），剥夺其他所有权利。开除出党，免去支部书记的职务。最后的判决是：以政治犯罪、经济犯罪斩一刀，以用社会主义的名义建立封建帝国招妃纳妾的淫乱乐园罪再斩一刀。大队新的领导总结群众意见，如是宣布了应该处斩两次的决定。

当然，众人的意见如同老鹿的多权犄角参差不齐，各有锋芒：有的人认为应该斩首，有的人认为惩罚了就算了，有的人认为彻底废了吧。由于那些意见激烈复杂，上报了旗里新的法院。法院认为这是个典型性的重大问题，他们进行了非常认真的核查。于是，推后了斩首的意见，在"惩罚了就算了"的意见上画了圈。同时，还在上面特别注释道："因为这个人有红本子，各个机构有很多这种人，有的还是'文化大革命'的骨干力量，尤其像俗语说的那种智慧出众，这种具有可怕能力的人，在上层机关中大有人在。要是全部废了他们那可不得了，算了，算了！以后有了这方面的政策后统一解决吧。'文化大革命'是清洁一切的大洗礼啊。虽说不是绘画、绣荷包，但试图将医学技术活用与革命的出发点是好的。注意，我们一定要注意战略战术。"

由于公社的临时关押所人满为患，所以，释放了没有叛国或特务嫌疑的一部分黑帮分子，拉去进行劳动改造了。这里提到了卓儒睦图，领导班子研究商量着是惩罚他戴着帽子去放羊呢，还是继续就在这里呢？

在批斗全公社黑帮的第五次大会上，传达了上级的指示，控诉了一部分罪犯的罪状，宣读了判决结果，让他们分别戴着帽子去接受劳动改造。以此解决了目前劳动力奇缺的紧迫的重大生产问题。在这次大会上，卓儒睦图、江嘎玛、楚伦喇嘛是警世示范的三只"鸡"。参加会议的人们也真像猴子一样睁大惊恐的眼睛看着他们。声势浩大的批斗黑帮的这次大会在公社小学的饭厅里开始，人们的口号声震撼着房屋庭院：

"毛主席万万岁！"

"打倒党内走资本主义道路的当权派卓儒睦图！"

"打残他那能走路的另一条腿，踏碎他那肮脏的躯体！"

"坚决消灭霸占权、财、色的猖狂恶狼！"

"伟大的社会主义养活人民，不养活豺狼！"这时，一个牧民跳上批斗黑帮低头认罪的台子，抓住卓儒睦图的颈项怒斥道：

"人民的敌人，臭流氓卓儒睦图必须交代罪行！"说着，狠狠地踹了一脚他低头撅起了屁股。用木杆拐杖支撑，三脚站立的卓儒睦图随势向前栽倒。挺身而出，勇敢地踹倒他的这个牧民寓意深远地警告说："必须坚决镇压这个坏蛋，一旦抬头就会带来祸害。"说罢，他没有去扶卓儒睦图起来，也再没说什么，回到了人群当中。人群中认识他的人七嘴八舌地说："原来是巴亚里格啊。"

事情的缘由是这样：据说，卓儒睦图在担任夏日哈达大队书记的时候，调戏诓骗巴亚里格的老婆说："不要愁怀不上孩子，只是找不着技巧罢了""让巴亚里格去找医生，做下面的手术吧。"就这样一来二去，他们产生了淫乱关系。后来，这事也就不了了之了。但是，巴亚里格的老婆图门珠拉恰恰在危险期内怀了孕，惹出了麻烦。俗话说，毒箭的毒在十月后发作，但等了许久也没有任何卓儒睦图所为的证据。但是，有些嘴不好的家伙们在背地里不断地放臭气，难免传入巴亚里格的耳朵，这就自然引起了他的怀疑。

那孩子出生后，巴亚里格的母亲赐给了他一个名字叫巴图查干。这个时候又有人说：

"应该叫图萨拉姆基（扶助）。"另外一个人甚至解释说：

"叫图萨拉姆基的儿子才对。"这些恶语中伤让巴亚里格忍无可忍。其实，这只是一个猜疑而已。那个小子长得像母亲，从他身上看不出巴亚里格和卓儒睦图俩的任何迹象。巴亚里格只有这么一个儿子，还有了四个女儿。一晃 20 多年过去，给儿子娶了媳妇快要抱孙子的时候，就像无聊的狗停止了吠月亮一样风言风语消停了以后，巴亚里格也几乎淡忘了那件事。把四个姑娘聘给了婆家，老两口和独苗儿子留在家里，一时间感到有些空虚。然而，由于儿子日渐长大撑起了家里的大梁，也就自然觉得家庭宽敞豁朗多了。巴图查干有事出门，过两天不回来，老两口就坐立不安，听到狗叫声就跑出去张望是否儿子回来了。那儿子也非常仁孝，爸爸长、妈妈短地嘘寒问暖，让他们感觉到了有儿子的重要性，得到了有这么一个好儿子传承薪火的回报。不久，给儿子娶了媳妇。老两口实实在在地感受到了温暖家庭的幸福生活应该是在保证了舒适的衣食住行的基础上，建立起来的心情畅快度得到满足的物质和精神的总和。

　　起初，很长一段时间，他们以爽朗清脆的声音相互呼唤"巴亚里格！""图门珠拉！"到了现在一方叫："阿纳西（长颈鹿）！"对方就会回应："噢，怎么了？"一方叫："阿拉基（蜘蛛）！"对方回应："什么事？"听到这些，不禁让人想起年轻时代的温暖亲切的昵称，心里自然生成往日的情趣，微笑着回与对方温柔动听的应答。是啊，如今这里已经没有人叫他们的这个绰号（昵称）了，听着不由自主地回想起自己远去的童年，那也是人之常情啊。

　　谁曾知道，生活爱情的伤口原来是不会愈合的。儿子结婚不到一年就有了儿子，老两口高兴得喜出望外。图着吉利、结实，给孙子起了个名字叫特木尔毛利（铁马）。他们之间经常发生友好的争夺战，就在孙子熟睡的时候都想亲一口，吻一下，守在他跟前。要是醒来了，那就更是抱在怀里一刻不撒手。特木尔毛利也真像他名字预祝的那样迅速茁壮地成长着。孙子一天比一天丰满起来，又白又胖，在满月后不久的一个中午，巴亚里格观察着盈月一样可爱的孙子的脸蛋，突然，眼睛像被强光照射一样失去了视觉。他心中窝下了难以言表的隐痛。但是，他壮着胆子小心翼翼地观察着。又过了两个月，在稚嫩的特木尔毛利左右翻身的时候，从其脑后扫了一眼，心里的猜疑倏然燃起，不可抵挡地冲击过来。特木尔毛利左耳上边有一个不怎么起眼的尖角，如同猞猁耳朵上突起的尖角，但没有直立的毛……与卓儒睦图左耳上的一模一样。奇怪啊，可以肯定的是，那个该死的瘌鬼没干成什么，但是，这不是出现了传言所说的第三代上特征更为明显的迹象吗？这么一想，他的心坠入了昏暗的深渊——天啊！但是，那个幼小的东西以其天生的神奇吸引力牢牢牵住他的心，没有离开他的手掌……老汉今天踢蹬卓儒睦图不是因为其他仇恨，正是为了那个遗孽，进行了补充清算。老汉在过去年轻的时候，曾经收拾过他一回，消除了气愤，减轻了羞辱。现在趁着"文化大革命"的机会，又踹了他一脚，仿佛洗清了残痕遗毒，扫平了一生的愤懑和仇恨。

△064　因为江嘎玛被列入了黑帮团伙的第二支队，所以，群众大会批斗完了卓儒睦图后，紧接着轮到了江嘎玛。江嘎玛出任大队妇联主任时间不长，还没有弄清楚走资本主义道路的方向，没有来得及侵吞大队的牲口、皮张、毛绒，但是，以生活作风败坏，行为特别突出为由，背上了在资本主义道路上走了很远的罪名。

在揭发批判江嘎玛的许多大字报里，只有少数几张是大胆揭发批判她贪污劳动工分的，其余大多数都是积极揭发她生活作风淫乱问题的。比如：揭发说，江嘎玛在夏日哈达大队内部和外部工作的来往中，与53个人，发生了102次的淫乱关系。当然这是群众出于各种心态和心情揭发书写的东西。如果由此取证调查核实，必须获取她的口供，进行对照确认才行。

在斗争大会上，给江嘎玛脖子上戴了很多破鞋烂靴子。将那300封信连同信封一起用铁丝串起来，像花环一样挂在了她的脖子上。这是给予她曾经淫乱行为的最具有地区特点的最重的惩罚。但是，江嘎玛拒不顺从专案调查组的逼供，进行了反抗，越是反抗，行刑越发残酷。她时不时地失去知觉。拷问的人们说：

"群众的眼睛是雪亮的，你为什么还要顽抗？"

江嘎玛反驳道：

"他们是些肮脏野蛮的群众，他们出于嫉恨无中生有地栽赃陷害。"

那为什么会是这样呢？让她说出具体人的实际姓名，她非但没有完整地说出让她说的人的姓名，反而却指名道姓地痛骂了一些清白的人，革命者，甚至是没有任何关系的旗里的张德西等人。她大概不知道帮噶尔是张德西的外甥吧。

"不能冤枉好人啊,是就是,不是就不是,要如实地说!"听到这话,她说:"我所说的13个人里,既有好人也有坏人。只有把我引入邪路的张德西是坏人。"除此之外,她没有提及任何一个人,就连卓儒睦图的坏话她都没说。后来听说,张德西当年在旗里畜牧局开车时认识了江嘎玛,他已经有了妻儿还哄骗江嘎玛说:"我是个独身,愿做你家的倒插门女婿。"于是,他成为攻破堡垒的第一人。如果那次他没有黄昏时分拉草来到楚鲁图,央求着说天色晚了,容他住下吧,那就恐怕没人知道江嘎玛一生的命运会是个什么样子了。

江嘎玛不妥协地反对群众的揭发意见,最后背上了反革命的罪名。她的问题严重了,行刑也加重了:和气询问→怒斥命令→拳打脚踢→皮鞭抽打→木棍击打→用烧红的铁棍烫烙。江嘎玛的伤势非常严重,但仍旧反驳专案调查组人们的逼问,屡遭毒打,几乎不省人事。

盗马雪夜奔公社

△065 卓儒睦图的气运完全颓丧了。红本子被没收,骑马的资格被剥夺,官职权位被罢免,这些也就那样了,反正是身外之物。最要命的是他被折磨得半死不活,临了还被判为"戴帽子的羊倌儿",去接受劳动改造。他哼哼呀呀呻吟着被公社的拖拉机拉回来,看到杭拉像疯了似的抱着孙子悲痛欲绝地号啕大哭。原来是儿媳生孩子难产,引发了大出血,当时,左邻右舍的人们又都被关了禁闭,去哪里找谁呢,只能给佛祖点灯磕头了……为了补血,她不断地给儿媳喝红糖水。乡野牧区除此之外还有什么医药准备呢?在手忙脚乱中,没有得到及时的止血救助,儿媳去世了。

卓儒睦图自己身负重伤,儿子被关押。杭拉也无法放下遗孤的赤婴。他们真是到了说牲口顾不上牲口,说自身顾不上自身,说婴儿顾不上婴儿的境地，焦头烂额，乱成了一团，如同房倒财尽，陷入了无法抬头的深重的苦难当中。婴儿饥饿的哭号声，杭拉悲痛的抽泣声，卓儒睦图疼痛的呻吟声和不断的哀叹声，还有乞求食物的狗挠门的悲鸣声连成一片，仿佛死亡已经逼到门前呼唤，日子笼罩在阴冷凄惨的氛围中。卓儒睦图浑身布满一块块青紫的淤血，如同钻入火炉被烧燎的鸡子一样浑身散发着烧焦的气味，从被烙烫处流着污沟里的水一样的脓水，整个人看上去像是被装在活着的皮桶子里的一串骨架在动弹。尤其那双眼睛深深凹陷下去，像玻璃球一样缓慢地转动，已经没有了活人的气色。人们都不忍一睹，他已被排除在了生活者的账目之外了。

这次为什么把大队的头等罪犯卓儒睦图放回了家呢？谜底原来是这样：据说，调查专案组内部有"将尸体一息尚存时脱手，鬼魂就不会附着"的潜规则。

说来也奇怪，卓儒睦图回来后，看到被层层灾难压垮的家，悲痛至极，但看到稚嫩的赤婴孙女，心里似乎又豁朗了起来。又想到用生命支撑这个家庭的杭拉，他有了重整旗鼓的信心，将自己的痛苦置之度外，咬紧牙关，开始用民间偏方治疗自己的伤病。他用文公淖尔的盐水不断地清洗伤口，没喝多少药物，吉兆就开始显现，恶气消散，身体逐渐恢复起来。圣湖神盐的确很神奇。后来，卓儒睦图每当回忆起当时那致命的伤势竟会出乎预料地痊愈，就会感慨道："是我的这个孙女在无形中挽救了我啊。"那次，他被从班房子里抬出来，放到拖拉机上，像一麻袋活肉颠簸着回到家里，被扔在毡子上后，好像昏迷了好一阵儿才醒过来。当他悲伤地环视家里凄惨的状况的时候，一个新的景象映入他的眼帘：在杭拉怀抱里蠕动着小嘴，露出笑靥的孙女，仿佛瞬间给他朽木般僵硬了多少天的身体注入了生命的暖流。于是，头脑、四肢的所有毛细血管里通遍了恢复元气的生命气息。连洒带漏地喝了两天杭拉用羹匙喂他的羊肉汤，第三天头上勉强能吃软和的切薄的肉片，从死亡的边缘上爬了起来，试着在屋里走了几步。

奇怪的是，只要看到孙女，他就像喝了灵丹妙药似的觉得身心爽快愉悦。欣喜之余，他给孙女起了个好听的名字叫乌仁达格娜（巧仙）。是卓儒睦图的"鬼"绰号作怪呢，还是由于他打了两年游击战的经验呢，或是他阴谋诡计的灵性来了呢？他不想把自己伤势好转，身体恢复良好的现状向外传出去，佯装半死不活的样子，听见狗叫就钻进被窝蒙头躺下。好在那些像乞求哺喂的羊羔一样逡巡在门前屋后的酒鬼们的大多数现在被关在了公社的牢房，没人露脸了。这时，突然想起了一件事，十天前送卓儒睦图回来的那个拖拉机的司机曾对杭拉嘱咐说：

"他如果真的死了就叫人捎个话，我们负责处理后事。"

这其实是卓儒睦图实施诡计的收获。他在年轻时被巴亚里格殴打，当即假装昏死，逃过了一劫。在这次的浩劫中，他使用了那次的经验，在命悬一线的危急关头，勉强蒙混过关了。这次他能够让那个拖拉机的司机相信他的伤势过重，已经无法救治，这与他那以假乱真的呻吟有着直接的关系。当然，能够恰如其分地运用这个方法是要靠技巧娴熟度的。所以，要是真的装死了，就会被活埋。就拿现在而言，如果意外地被发现自己恢复得很快，那将招致更大的灾难。还真不如死了的好。因此，老老实实地躺在那里呻吟是个上策。他估计，因为人们嫌他脏，是不会接近他进行检查的。于是，只要狗不叫，他就起来，从剥葱开始帮助家里干活，取得了良好的效果。接着，他还能帮着抱孙女，换尿布了。但是，只要狗一叫就钻进被窝，如果遇上客人，或者是革命监督员到来，他就无比痛苦地躺着呻吟起来。

就在他真真假假、生死莫辨地熬过一个多月的时候，由北京下达了"革命和生产要同时抓"的指示。卓儒睦图在家偷偷养伤，帮助杭拉干活，主要负责了喂养乌仁达格娜的工作。不分昼夜地每隔三四个小时就定时哺喂一回，孙女茁壮成长，成了老两口心中升起的太阳。

对于他俩来说，孙女的微笑是幸福，哭泣是命令，动作是天仙的起舞。这时，儿子孟克巴特尔也被释放，回到了家里。在这之前，他以借调干部在旗里工作，但因为是黑帮的亲信，被开除了公职下放回来，对老两口来说这反倒成了好事。

△066 卓儒睦图的伤势恢复得很快，在家里走动已经没有什么大碍，可以力所能及地帮助干活了。经过这次的受刑折磨，卓儒睦图的顽固态度柔和了许多。他知道自己是戴着帽子接受改造的坏分子。他过去那种以公务为由，以办事为名撇下杭拉肆无忌惮地走家串户，就像不思归巢的野乌鸦一样随心所欲的气势收敛了不少。掌权的时候，过于飞扬跋扈、贪得无厌、中饱私囊，用公家的财产为自己送了太多的人情，沉湎美色，野心极度膨胀，老子天下第一，成为不住庙的喇嘛，不守群的牤牛。不知他是否意识到自己正在承受着过分羡慕过去帝王的显赫，不择手段地试图效仿，变得物欲横流、纸醉金迷而造成的罪孽的惩罚。然而，这时他想得更多的恐怕是人们对他的残暴的报复和栽赃诬陷吧。此时此刻，尽管他极不情愿，也不得不忍气吞声地听那些生硬如铁的训斥，或多或少吸取了一些教训，在疯狂的酷刑和非法的折磨下，他那贪欲应该受到了一定的抑制。

俗话说，做贼心虚，卓儒睦图的心态和性格有了脱胎换骨般的改变。虽说杭拉因大队第一夫人被定"罪"，但念及她被排挤、受委屈得到宽待留在家里。现在的卓儒睦图判若两人，勤快能干，从看管孩子，打扫屋子，掸拂灰尘，切肉剥蒜到看得见的所有零碎活计，不管是杭拉交代与否都干得利利索索。有一天，杭拉出去照看牲口，卓儒睦图把家里的活计收拾停当后，把孙女抱在怀里享受着苦难间隙的幸福，用下颌蹭着孙女的额头胳肢着玩，突然传来狗叫声。

卓儒睦图已经成了惊弓之鸟，一听到狗叫声身体缩成一团，将乌仁达格娜卧在远处，自己像躲进野外战场上藏身的草木丛一样麻利地钻进被窝,用黑手巾蒙上了脸。但是,习惯于睡在大人怀抱里的孙女已经不适应卧在铺上,咧了咧嘴号啕大哭了起来。卓儒睦图听到孙女那撕心裂肺的哭声,心如刀绞,不知所措,在被窝里打滚的时候,门被推开,有人进来了。进来的人如果"不是绣花"的而是"干革命"的,只要掀起他的被子,一切将功亏一篑。他因自己没有来得及脱掉靴子钻进了被窝,心怀极度的恐惧。

"养好了伤病就去放羊嘛!你是不是在抵抗定你为戴帽子羊倌的决定呢?你想去国家监狱待着吗?要是这样逼问,我该说什么呢?"他越想越怕。来者究竟是"革命领导小组"的谁呢?要是小娃子可能好点,他奸猾圆溜;要是帮噶尔来了,那就没有好果子吃了。这时,听到百舌丹巴在哄孩子的声音:"不哭,不哭了。"他那几乎要蹦出来的心回到了肚子里。卓儒睦图慢慢呼了一口气,如同起死回生的人一样动弹了一下,也没管对方受惊害怕,出声向百舌丹巴打了招呼。

百舌丹巴也是刚刚从公社的集中关押处出来,他得救于旗里下达的指示精神。他被关押了数十天,为自己没有被烧红的烙铁在大腿上烙印,只挨了两巴掌而感到庆幸。他是个没有投机敛财,没有招惹姑娘媳妇,没有造孽积怨,老老实实地放羊,恋家守业的实诚的人。只因为他嘴碎,听到不三不四的东西就会胡乱传说,所以,为了惩戒他的"谬论"关了他几天。据说,旗里的指示精神指的是那份《关于江嘎玛、都古尔(楚伦喇嘛)事件的警告》的文件。

江嘎玛脖子上挂满信和鞋,第二次被推上批斗大会殴打逼供后,在翌日几分钟的空隙,在被关押的屋子里自缢身亡了。专案调查组的领导帮噶尔及时地处理了江嘎玛的尸体。接着,反复行刑逼迫楚伦喇嘛"好好交代与江嘎玛鬼混交媾的事"!还变本加厉地逼迫道:"那么你给唱唱《北京喇嘛》① 吧!"但无论如何逼迫,他都没能"准确"地

---

① 蒙古叙事民歌。叙述了一个喇嘛和一个姑娘的爱情故事。

交代了问题,也没能唱了歌,在实在无法忍耐的情况下,在江嘎玛出事的第二天夜里,不明不白地猝死在了关押地。

除此之外,又发生了一件事。在过去的灭鼠运动中,假装成积极分子骗取了"取得突出成绩的寡妇"的荣誉称号,与"反动喇嘛"勾结,只取尾巴放走耗子,被叫成"尾巴"绰号的刚嘎玛一方面畏罪,另一方面好像对生活失望,趁夜色拿着绳子逃跑没有了踪影。据说,她逃跑前没有特别的迹象,只是不断地重复着"变成了泡沫"这句话。不凑巧,偏偏在那天夜里下了雪无法追踪,打听了也没有音讯。根据旗里下达的关于制止夏日哈达大队集中关押犯人的群众临时监狱接连几天死人的情况的"不要过分逼供,提高领导艺术,要谨慎失手"的指示,正准备将几个重犯移交旗里国家监狱的时候,达格达也逃跑了。几个轻一点的罪犯被判为戴帽子的牛倌、羊倌、瓦工进行劳动改造。百舌丹巴,巧嘴子道布顿,大队舅父萨如拉巴拉登,大队叔父嘎拉巴拉被列为二等罪犯,判为在群众专政下的戴帽子的牧民。

△067 到了灾难祸殃的横行肆虐略微有些好转的时候,时间仿佛在飞逝,一转眼两年过去了。乌仁达格娜已经过了两周岁,越长越像母亲一样美丽动人,聪明伶俐,咿咿呀呀地学着唱歌,挥手踢脚学着跳舞,特别招人爱见。能去拿来爷爷奶奶的茶碗,放在他们的面前。还能拿来爷爷的烟袋锅,拿来奶奶挠痒痒的柳条插入她的后背。老两口沉浸在孙女那可爱的样态和可亲的儿语中。

如同接受过系统治疗一样,卓儒睦图的伤病痊愈,当上了戴帽子的羊倌,每天赶着羊屁股走。也不管孩子们由其身后喊他"戴帽子的狼"了。他是个三条腿的瘸子,赶不上四条腿的羊群,于是,在附加了"其他事情不准乘骑"的严厉条件下,将他那匹原来的老马还给了他。春末的时候,天气有些转暖,略感舒坦的卓儒睦图和杭拉的家庭暂时的幸福,又一次始料未及地被风吹散了。"挖肃"运动开始了。

卓儒睦图被打成了"内蒙古人民革命党"党员、支部书记、大修正主义分子。虽说一无所知，但"得到"了所有可能得到的一切。

　　他凭着经验接受了所有的一切，老老实实地随从了他们的意志，被人们看成是个死老虎，他躲过了酷刑折磨，照旧当上了戴帽子的羊倌。但是，为了煞住敌人的气焰，停止了他骑马的资格。这匹马又懒又皮，新的领导看不上，仍旧留在了卓儒睦图的家门前。但是，卓儒睦图只能喂养，不许乘骑，这是规定。于是，卓儒睦图拄着拐杖去放羊，腿疼得要命，那也没办法，只能强忍着趔趄而行。但是，这还不是他真正的痛苦。他儿子孟克巴特尔以"内人党"被逮捕，交代问题时，说错了他们要求的东西，没有准确地回答问题，由于调查组审问者的"失手"命丧黄泉了。这可是自天而降在卓儒睦图和杭拉头上的又一次的灭顶横祸。没有了任何依靠的幼小的孙女成为他们手掌上当紧于自己生命的最重要的生命。

　　△068　在下了大雪的那天夜里，乌仁达格娜发起了高烧。
　　烧得红彤彤的小脸蛋如同着了火，触摸时都有些烫手了。杭拉把家里仅有的几种药陆续喂进了被病痛折磨得形似毙命一样张口喘息的孙女的嘴里，可是孙女全给吐出来了。反复尝试了好几回，结果都一样。
　　弥天的大雪，吓人的寒冷，刺骨的白毛风，如同试图闯进屋里来索取这个女孩的性命的莽古斯一样肆虐咆哮，能够感觉到正在从卓儒睦图和杭拉的怀里抢夺着他们的孙女。屋里笼罩着悲戚恐怖的气氛。
　　卓儒睦图如同跌入热锅里的瘸腿蚂蚁不知所措，近乎绝望。
　　这么小的孩子，发这么高的烧，怎么能行呢？着实让人心急如焚。将蘸了凉水的毛巾敷在她的额头上，稍微得到缓解，但不久又复发，毛巾冒出热气。在无可奈何的情况下，卓儒睦图用自己视若圣水的难得的白酒给孙女擦身退烧。他从孙女的额头开始直至擦到她的胸脯、腰背以及全身，这么一擦马上降温，但又复发，他接着再擦。在慌忙中，人会失去自控能力，没擦几下，杭拉颤抖失调的手没有把控好，将那奇缺如圣水的白酒不慎全部洒在了孙女的腰上。这下可完了，洒光了仅有的一点降温、维持生命的白酒，杭拉抓挠着自己的头发痛哭了起来。卓儒睦图想用此时此刻最适合怒斥杭拉的犀利粗俗的语言责骂，但在关键时刻死活想不起来，憋闷得他举足顿地。可是，又不能像健全人一样伸腿用力，只能歪扭着身体摆晃，急得浑身冒出大汗。

乌仁达格娜发着高烧，摸着烫手，嘴唇都变成了青紫色，已经难辨是否还有知觉。从孙女的这种发烧状况看，情形已经万分危急了。杭拉心急如焚，捶胸顿足："快呀，快点儿啊，这该咋办啊？如果我能替孙女生病……"她声音嘶哑，双手颤抖。

"佛祖啊，我的佛祖！她的脸都发黄了！佛祖啊，我的佛祖，救救我的孙女吧！"她如同抱住了佛祖的腿不放开一样虔诚地磕头。卓儒睦图似乎觉得毛主席离得太远——在北京天安门，于是，他像模仿杭拉一样突然明目张胆地喊出了20多年来从未提起过的"佛祖"这个词，跪在地上，磕头乞求道："佛祖啊，保佑我们吧！"从他的虔诚样态上看，他并非模仿杭拉，而是真心诚意地在祈求保佑——此时此刻，无论是谁，只要有人能够挽救他的孙女，他就会立马将其奉戴为佛祖。但是，他并没有相信佛祖真的会降临，也没有等待什么奇迹的出现，而是试图将自己的计划与佛祖冥冥中的护佑灵活地结合起来似的回到了采取实际措施上来，与杭拉进行了商量。

"不论咋说，只要把她带到公社医院就会有办法的。"卓儒睦图形如五脏绞痛，热泪溢眶，绝望地说。但在这漆黑寒冷的夜里怎么去公社呢？卓儒睦图无计可施。不向新领导请示，偷偷把绊开在茇茇草丛中的马牵回来行吗？在这生死较量的阶级斗争进行得最最激烈的时候，恨不得从牙根里咬出血的仇恨主宰一切的当口，要想祈求敌人允准他们骑马，那岂不是三个人睁着眼一起往死亡的火坑里跳吗？无论向谁祈求都会被认为是黑帮想逃跑，希望几乎等于零。要是那样就白白浪费时间。这么大的雪，这么冷的天，这么黑的夜，孙女这样的高烧，能够等到从 30 里开外的公社医院请来大夫抢救吗？

在这非常非常危难的时刻，还会有什么办法呢？一个是腿瘸，一个是哮喘，两个病弱的人还能想出什么办法呢？奔走乡野的赤脚医生在不在诊所呢？他们的生活陷入了所有出路都被堵死的巨大的痛苦和绝望之中。他们的所有想法一次次地撞到绝壁上，粉碎着，泯灭着。

卓儒睦图自己也一阵一阵地思维模糊，浑身发冷。也许是他无奈地反复抓挠额头的缘故吧，突然开窍，想出了一个办法——那其实是他举在自己脑袋上的皮鞭，一个大活人怎能眼睁睁地看着自己的孙女死去呢？实在没有办法，背着孙女也得走，曾经还是个冒着敌人喷射火蛇的枪口匍匐前进的英雄呢，在这个时候不去拼命还在犹豫什么？就算冻死在野外也比憋屈死在家里要强。他的脑海里俄然闪过这样的念头。

他俩的心在这非常时期的危急情况下得到空前的统一。与其折腾打扰左邻右舍的朋友弟兄，不如直接背着孙女去公社，要抓紧时间，赢得时间就意味着孙女的得救。哪还有犹豫磨蹭的时间，他下定决心，准备出发了。

这时，他似乎到了不管三七二十一的程度，胆子也壮大了——背着步行跑不如骑马快，致罪就致罪吧。我的马就在水井边的芨芨草丛中。这黑灯瞎火的，造反派肯定不会察觉。察觉就察觉吧，察觉后砍头也砍我的头，不会伤及幼小的生命吧？深更半夜找哪家借骑乘呢？嘎拉巴拉叔叔也被抓起来了……现在我找谁都会像传播瘟疫一样染给人家罪名的，上边明令人们与我划清界限，怎么能连累他人呢？再说，周围也没有什么有办法、有骑乘的人。所以，只能偷偷逮来被没收了的马骑着走了。

　　他出去找绊在茇茇草丛中的马。新下的积雪超过膝盖，卓儒睦图当拐杖拄着民兵训练用的木头枪蹒跚而走，留下一排排三条腿杵开的空洞。在雪中跌了几跤，勉强找回来了马。马鞍子已经被没收，只能髦上一条线毯子骣骑着走了。

　　趁他去找马的空，杭拉给乌仁达格娜穿好了衣服，放入新的背羔毡袋子①里，孩子在里面可站可坐，背的人省事又安全。

　　卓儒睦图只是腿瘸，但体力仍旧强壮，只要上了马，玩枪弄刀都不在话下，如同长在了马背上，十拿九稳。

　　卓儒睦图身上穿着羊皮袍子，头上戴着狐皮帽子，脚上蹬着毛毡靴子，腰上背着硕大的背羔毡袋子，在夜幕里酷似一峰巨型儿驼一样，依仗着人和马的感觉踏着厚厚的积雪慢慢移动着消失在了黑暗中。睁眼和闭眼几乎一样，这个时候只有耳朵最为管用。杭拉站在门口，双手合十举在额前久久地祷告着，倾听着卓儒睦图远去的动静。

　　公社所在地离这里有 30 来里路。在暖和的时候，白天只用一个多小时就可到达。在这样的夜里，在这样的雪中，又是骣骑，不知要用多少时间。不能急促奔驰，危险，时而碎步小跑。走惯了的路还算有把握，要是平时，别说是夜里，就是蒙上眼睛也不会迷路，肯定能走到。可是，现在路面已被积雪填平，与两边的滩地没有了区别。马儿不时地打前脚②，几乎要把他撂下去。这不能怪马，要怪就怪天黑雪大。因为是骣骑，稳坐马背又是一难。

　　卓儒睦图不断地叫着乌仁达格娜的名字唤醒她，与她保持着声音互通。孙女就像袋鼠的幼崽坐在毡袋子里时而回应爷爷的问话，时而不吱声。马剧烈地打前脚几乎要把孙女弹出毡袋子，幸亏捆绑得牢靠。卓儒睦图战战兢兢地前行着，不知是无意中用拐杖敲击了马的后

---

　　① 用于装载出生在野外的羊羔而专门制作的毡质背袋。
　　② 方言，趔趄。

胯,还是怎么了,马儿突然加速蹿了出去,以向前冲刺的姿势,碓入路边深沟里的积雪,失去平衡,侧倾过去了。卓儒睦图背着负荷跌入柔软如棉絮的积雪中。多亏侧身跌倒,没有压住背后的毡袋子,碰巧从他跌倒的积雪下钻出一只野兔逃跑,但听见它没跑几步就淹没在积雪中,惊慌地向前拱去。卓儒睦图差点让马压住腿,慌乱中丢开了拐杖。拐杖跌落的壕沟好像很深,看不到拐杖在哪里,伸手去摸,抓到的全是雪。寒冷好像在加剧,双手冷彻筋骨。扎,冷彻筋骨又有何妨,性命都快要从嘴里冒出来了。天啊,在周围摸索了好长时间,终于抓找到了拐杖,如同找到自己的另一只脚一样安心了许多,握住拐杖后,手也似乎没那么冷了。这支木枪是他的第三只腿啊。

他宽心地安抚着背后毡袋子里的孙女说:

"我的孩子没事吧?疼不疼啊?"

孙女以颇为清脆的声音回应道:

"没事的。"卓儒睦图为了把马从积雪中拽出来,费了好大的力气也没能如愿,马浮在壕沟里的深雪里,四脚悬空用不上劲。托佛祖的福,这万恶的黑暗似乎开始有些淡化了。卓儒睦图从积雪中爬出去,拭目打量周遭,试图从地形上判断走到哪里了。仔细观察,好像掉进了离公社只有两三里地远的一条壕沟里了。卓儒睦图挖了半天精疲力竭,实在无计可施,只好丢下马儿,约莫着方向,背着毡袋子艰难跋涉。他现在只能拄着拐杖破雪而行,那也比误在原地刨雪浪费时间值。身穿硕大的羊皮袍子,又背着装入宽大毡袋子里的孙女,此时此刻的他已是举步维艰、汗流浃背了。急切的心在往前推,腿仿佛却在往后拽。其实,没有谁拽他的腿,只因他在积雪中行进,那条平时拖着移动的瘸腿现在刮擦着雪块移动,额外地增加了沉重感。

"公社所在地就在原地,虽说我拖着腿,但也在前进啊。只要咬着牙关往前行进,一定能够到达。孙女的声音也挺清脆。"他在心里这么一想,仿佛增添了动力,疲惫劳累一扫而去。一步一步地接近公社所在地。托佛祖的福，道路越走越平坦，好走多了。他在道路的坎坷曲折上跌倒过多少回，但仍旧不断地走着。他向孙女问着话，用孙女的声音当作精神动力能源，放宽心快速地拖着腿行进。

走了大概有两个小时，来到了公社医院。他推了所有的房门，勉强找到下夜的人，得知值班的赤脚医生刚刚被临产的乡下妇女急忙叫走了。

实在没有别的办法了，尽管丹巴大夫老态龙钟了，现在也只能到他家去找他了。由于风雪交加，人们都严严实实地封闭住门窗睡觉了。黑暗中，难以辨别哪户是丹巴大夫的家，又一次敲了所有人家的门才找到了他家。丹巴大夫带领他们去门诊，为其孙女号脉，量体温，先进行输液。丹巴大夫说明情况道："已经高烧到40度以上了，如果不马上治疗就会有生命危险。幸亏您来得及时，如果再耽搁半个小时恐怕就不好抢救了。"或许是使用了强效好药，不一会儿，孙女的状态好转起来，开始说话了。卓儒睦图的心中升起了太阳。

卓儒睦图真的欣喜若狂了。他称丹巴为"神医"，跪地抱住他的腿献上了自己由衷钦佩的话语。另外还增加了一项内容——他为自己连佛灯油都没有带来，空手抱了丹巴大夫的腿感到无地自容，突然"嗖"地站起来亲了丹巴大夫的脸，这堪称绝妙啊。丹巴大夫略感惊愕，但没有失去理智，他说道："不可以亲吻玷污佛祖哟……"丹巴大夫的玩笑话刚出，卓儒睦图的嘴歪到了脸上。

这又是怎么了？只见卓儒睦图呻吟了起来。他的手疼痛难忍，几乎要哭出来了。多少年前腿部骨折，让巴拉登巴特尔大夫接骨时喊疼后，这是他第二次在大夫面前喊疼。额头上布满晶莹剔透的汗珠。刚才在路上刨雪时感到有些冻手，但当他拾起拐杖的时候，已经冻得皮肤失去了知觉，没有了疼痛感。从那里来到这里时，冻得愈发厉害，完全没有了疼痛感。

丹巴大夫虽非神仙，但是个经验丰富的老手。他立刻端来带冰碴的凉水，使其浸泡排毒，之后，上药用纱布包裹，打了抗感染的针。

孙女得到救治，但卓儒睦图的手疼得钻心入肺。这时，他又想起深陷在雪中的马，忍着手的剧烈疼痛，决定去将其救出。于是，他将孙女托付给丹巴大夫，借了一把铁锹，走到马陷进去的地点将其刨拽出来，不大工夫回来了。

掌上明珠滚向何处

△069　闪耀在卓儒睦图心中的唯一的爱的珍宝就是孙女乌仁达格娜。孙女聪明伶俐，智慧超群，而且貌美如花，身姿窈窕，人见人爱，凡是遇见者都会投来钦羡的目光。为此，他感到无比自豪。卓儒睦图夫妇俩自幼将其一手抚养成人，难免有些娇生惯养。

卓儒睦图以建国功臣——持有红本子的人著称，虽说在"文化大革命"初期被打成了黑帮，但是几年后又占据了书记的位子。此时的他以在"文化大革命"中蒙受冤屈为由，成为愈加强硬霸道的"官爷"。

卓儒睦图当了多年的大队的无冕之王，到了后来，在众人的福祉上他应有尽有，吃香喝辣，珠冠锦衣。送乌仁达格娜住校以后，他不像普通牧民那样缺少车辇骑乘，什么时候想走就什么时候叫来车倌儿，几乎每隔十天就去一趟学校看望孙女。他让孙女穿戴那个时期最好的衣服，吃喝最香甜的食物，要求她"必须努力读书"。于是，孙女非常好地接受了五年制教育，打下了坚实的文化知识基础。当时恰逢内蒙古直属乌兰牧骑名扬全国，各地掀起了争先恐后地创办乌兰牧骑的热潮。旗里领导也不甘落后，摩拳擦掌，欲将本旗乌兰牧骑办成全国第一，开始招收优秀人才。这时，刚刚升入高中，正在努力学习的乌仁达格娜被旗里领导看中，保送到艺术学校学习了两年，回到乌兰牧骑成了预备队员的新生力量。

卓儒睦图寄予了乌仁达格娜很大的希望。让孙女与原旗长雄赫尔亲戚的儿子特木尔少布结婚，企图使其成为正统的社会主义权势家族的夫人。

但是，由于乌仁达格娜自幼在爷爷奶奶手上娇生惯养，形成了我行我素的性格。尤其在参加了去年秋天旗里组织的临时业余演出团，到南方走了几个月回来后，愈加自以为是了。

卓儒睦图老汉看不惯她的穿戴打扮，有时还生气发牢骚。

"我们那个时候多好啊。现在这是成了什么样子了？衣服不像衣服，一仰身露肚脐，一弯腰就要露屁股，裤带勉强挂在屁沟上！"但是，天长日久，卓儒睦图也随之默认了有些东西，睁一只眼，闭一只眼，顺应了时代潮流。

让卓儒睦图老汉纳闷儿的是，人为什么在时代潮流面前束手无策呢？

像起先在电影、电视上，后来是外地到来的各路宾客，或者是在远方城镇念书的学生们放假回来时的打扮一样，现在的年轻人都穿上了膝盖以上紧裹大腿的像八路军小米袋子一样细，膝盖以下渐渐扩张着像军号口一样的"喇叭裤"，年轻后生们还留着齐肩的长发。真是坏事随风走千里，留长发的妖风如同瘟疫迅速蔓延，带坏了本地青年。"口袋裤腿，儿马长鬃的青壮年遍布乡里乡间。"俺巴尼姑的这话真的说到点子上了。可是，他们却把那"长鬃"说成是什么"旗帜"。卓儒睦图暗自揶揄着想："旗帜莫非长在头上了？我的乖乖。那么就只能说你们是黑旗族了。"

旗所在地已经成了各种货色聚集，歪门邪道充斥蔓延的魔窟鬼巢。这丫头八成是卷入其中了，总觉得她朝那边魂牵梦绕。而且，这姑娘还好像挥金如土啊。情况有点不妙……糊涂的棒槌砸主人的头啊……罪孽啊，罪孽。可千万不要成了第二个江嘎玛啊！

有一天，突然说"美国来朋友"，高兴得好像是她爷爷要来了，坐在那里鼓捣那个绿色包袱，急不可耐地解开捆扎的细带子，把那么好的包袱撇在一旁，将所有的衣服塞进从旗里买来的那个带轱辘的小黑包里，像拽孩子玩具车一样拽着一溜烟儿跑了，就像着了魔怔。

在一旁看着都有些让人心酸。这个包袱可是个有纪念意义的传家宝似的物件啊。据说是她曾祖母出嫁来到我们这个家庭的时候，打包着喜欢的各色衣裳提来的。那个时候左邻右舍的人们都羡慕，尤其是拇指普日布的母亲为了买到"像通嘎拉嘎嫂子的包袱一样的包袱"竟然洒着热泪卖掉了自己心爱的黑头绵羊。也是母亲去世前特意嘱咐保留下来的包袱啊。现在倒好，看样子是不好了，没用了，我的天啊！

重病缠身躺在床上的杭拉听到孙女的话很是伤心，她哀鸣似的长叹着说："唉，老人的心在孩子，孩子的心在野外，这话不假呀，都嫌弃曾祖母的包袱了……"

孙女乌仁达格娜经常说，"钱比什么都重要，比什么都给力"。她的这种说法是事出有因的，是从工作生活和经历遭遇中实实在在感受到的。有一次，她作为乌兰牧骑的队员去北京参加演出，见到了中央领导握了手，得到了极大的鼓舞，自豪感不言而喻。第二天，乌仁达格娜去逛街，不料，意外地被绊倒，折断了高跟鞋的后跟。乌仁达格娜只能去找修鞋匠修理，她在小胡同里找了好一阵子，才在一个隐蔽的旮旯里找到了修鞋铺。修鞋匠从老花镜的上边瞟了一眼后，藐视似的说：

"我们这里不修这种鞋子。"

乌仁达格娜听后有点生气，又羞赧，说：

"这是我穿了还不到一年的新鞋啊。我也没有其他换穿的鞋，您怎么也得给我修修吧。"对面老头也显得无奈，他指着外面说：

"我们这里十年前修过这种鞋，现在不修了，都扔到路边的那个铁筒子里了。你要是非得要修就去王府井东面的胡同，那里有个修鞋铺。离这里30来里，倒三回车就到了。要是在我这里修，得花50块以上吧。"她近乎绝望，又走了几个胡同，好不容易找到一家修鞋铺，祈求能给修理一下。修鞋匠毫不留情地说：

"你修这鞋还不如买一双新的呢。快拿出去用纸包上扔在垃圾堆里吧！"乌仁达格娜听了这话差点晕倒。她从家里出来时仅带了百十来块钱，先后买了一些东西，现在只剩40多块钱了，哪能花那么多钱呢？她为了修鞋跑了大半天，也没有找到合适的地方，真可谓到了山穷水尽的地步。她只好用袜子当鞋，光脚走着，来到就近的一个小铺，买了一双十来块钱的老布鞋穿上回到旅店，晚饭也没吃，躺在床上伤心地哭了起来。

"这次算是丢尽了人，连乞丐都不如……？"

乌仁达格娜回来后诉着苦，又一次掉下了热泪。起初，卓儒睦图还亲吻着孙女的头顶宽慰说："不要说那样的傻话。"突然，又不知抽了哪股筋，猛然呵斥道，"你究竟要朝哪个方向走？我尽管腿瘸，走的还是社会主义道路啊！"

"我不会违心地亏待自己，要跟着感觉走！哪里好往哪里……看看人家北京姑娘们的那个穿着吧。"

"你究竟想说什么？"

"我是说眼见为实，根据实际认准了就做，没有钱就是乞丐、奴才。"

"你爹那个头！……"卓儒睦图为自己如此失口责骂孙女感到有些内疚，这好像在诅咒亡故的儿子，但他仍旧不失初衷，"你好像是见到钱了？你的脑袋被钱冲昏了！竟然要和大自己18岁的人结婚……连脸面都不要了，那几乎是你父亲的同辈人啊……"

"爷爷，现在一切都在变化。这个我解释不清楚，据说，这是社会发展的必然趋势……您不久就会知道的。我一进北京就知道了。在我们的酒宴上，老师曾经说过，'有钱的人是最幸福的，会赚钱的人是有本事的人。金钱是整个社会美好的精髓，金钱也是社会本身的精髓'。现在想来果真如此。没有钱的乞丐能干成什么呢？最多也只能在梦中吃馅饼吧……"

这话如同尖刀深深地刺痛了卓儒睦图的心。怒火中烧的老汉狠狠地打了孙女的嘴巴子。老汉在怒不可遏、情绪失控的情况下，第一次打了自己心爱的孙女。

　　抬头仰望，天色没有改变，依旧空旷浩邈。低头观察，地貌没有异动，仍旧苍茫起伏。没听说红旗落地，也没听说人头搬家。人们都说越来越好了，不久就会大发展，更现代化。卓儒睦图不由自主地在如是思考，同时也在困惑。

　　老汉的心思在围着火撑子，守着锅碗的时候，孙女的思绪早已飞出天窗，无影无踪地翱翔在了广袤的天空。

　　几天来，他俩相互缄默不语。

　　在卓儒睦图伤残军人抚恤金连酒都买不起的时候，孙女给了他几个钱，说是她谈对象的人给的。他气愤地说：

　　"我有什么脸要人家的钱！"

　　"要脸，还是要命？要饿死的！"前几天吵架的积怨显然还没有消散，她毫不留情地质问道。

　　气得卓儒睦图差点昏死过去。

　　△070　分牲口的那年，卓儒睦图恢复了元气，心情舒畅了不少。他从分到的牲口中卖了不少，卖的主要是些老弱病残的牲口，剩下的自然就撒着欢儿度过了冬天的灾害。但是，杭拉在赶牛时，踩在鹅卵石上绊倒崴了脚。杭拉卧床后，卓儒睦图一时里外活计哪个都顾不上了。也没法叫来奔忙于公家工作的孙女。请了三回接骨匠进行了喷酒揉捋①也不见好转。给杭拉吃药，准备茶饭，打扫屋子，让卓儒睦图焦头烂额，顾头顾不上腚。那年，接羔不好，羊毛也没收获多少。入夏以来，杭拉的病愈发加重，他卖了15只羊、两头牛和一峰骆驼，到外地

---

①　蒙古接骨匠治疗骨伤时，需要在患处喷上酒进行揉捋。酒既起消毒消炎作用，还起润滑作用。

给她看了两回病。在第二回被诊断为骨癌后不久,杭拉就去世了。

那年秋天,耽搁了不少的活计,哀痛无比沉重。左邻右舍的乡亲们力所能及地帮他照看了牲口,但是,这个家已经失去了内部支撑,倾向了没落。从第二年开始,入不敷出,捉襟见肘,生活渐渐走向了窘境。牛羊头数锐减,营盘残败空寥,卓儒睦图的威风开始下降,气运日渐颓落。没有人给他扔烟卷儿了,在万般无奈的情况下,卓儒睦图叼起了烟袋锅,发出三九天西北风一样的长吁短叹。多少年来,饱享社会主义的福祉,过惯了舒坦的日子,但现在身不舒坦、心不安了。

不分冬夏只能喝黑茶了。就是在盛夏,也觉得背后冷飕飕的。

但他仍旧将未来所有的希望寄托在孙女的身上。

孙女乌仁达格娜高中毕业后,以舞蹈学徒进入旗里乌兰牧骑,不久,就要转为正式工了。她一天天长大,出落得花枝招展,曾是老两口的掌上明珠,现在则成了卓儒睦图老汉唯一的精神依托。这个孩子天生丽质俊俏可人,再加上在乌兰牧骑接受了舞蹈教程和训练,现在已经显露出了艺术家的气质和风韵。五官形象、身条体态逐日完美,已近闭月羞花之色。

卓儒睦图原想让孙女成为一个优秀的舞蹈家,最终成为国家级的艺术家,或者成为一个领导。他扬言道,以后找女婿,只有旗长级以上资格的人才能配得上我的孙女。卓儒睦图老汉期望着看到孙女的美好前程。他把这当成他参加创建社会主义的回报和最终目的的一个内容,慰藉着自己。

大 洪 水

△071 仅在这 20 多年里,时代就变换了两回。这其间,在"文化大革命"持续十年的时间里,"牛鬼蛇神"被挖出了许多。就像乱流的海浪碰壁后折返回潮一样,之后,又判定过度"挖肃"运动的结

果是冤假错案,平反昭雪了所有被挖挨斗的人们。

一时间,卓儒睦图还回了自己的清白,有了更大的功劳。他在憋闷的时候,就会回忆他那衣食充盈的过去生活,说着"我们那个时候……",进行自我安慰。

大队书记的大印失而复得后,卓儒睦图每天将其抱在怀里,也知道了以后该怎么办。于是,他着眼于大队目前的实际情况,主抓了基本建设的三项具体工作。开春伊始,他动员大家开展圈舍翻新修缮工作,第一年他就封闭了全大队三分之一人家的圈舍,安装了玻璃窗户,给羊群提供了温暖的阳光。严格彻底地实施了羊群改良的工作,把全大队的羊改良成了细毛羊,羊毛收入年年递增。从第一年开始,在冬天的牧闲时间,结合牧区学习大寨运动,重修楚鲁图的饮马井,使其成为饱饮1000匹马都不会枯竭的世界级的"坎井";成功地开掘了腾格尔希里12户人家的阿门乌苏的水井;成功地打造了德日斯图台地百米长槽饮牛大井,名扬全旗。自那年以后,那一带畜群膘情喜人,产奶量倍增。产奶充足了,奶酒酿制也充裕了,馋酒的人们的走动随之频繁了起来。

卓儒睦图享受的不只是批准喝汤的羊的权力,政务、民事、计划生育全盘都需要他闪光的签字。牛羊牲口无声无响地被运往旗里,砖石、木材和铁桶燃油源源不断地来到卓儒睦图的营盘和大队所在地。觉得分配给奥顿巴拉的熟好的35张羔皮有些少了,又将旗里分配给大队的唯一一张缝纫机购买券趁夜悄悄塞给了她。十年前,卓儒睦图看出了嗓子好、会唱长调歌曲的萨仁青格勒是个好苗子,将她保荐给了旗乌兰牧骑。现在已是演出队代理队长的萨仁青格勒为了表示报答这天大的功德,带领乌兰牧骑来到夏日哈达大队所在地,进行了文艺演出。第二天,代理队长头疼,没能和队员们一同去牧民家参加"三结合"① 剪

---

① 意为与牧民共同劳动,共同生活,共同学习。

羊毛劳动，留在了大队部，在卓儒睦图的关照护理下治好了小恙。

△072　卓儒睦图大胆地纠正他人"扩大化"的错误，为受害者平反昭雪，一个一个地落实政策，得到了群众广泛的拥戴。酒鬼老五、老六等人串门喝酒时制造流言蜚语说："他是在利用平反他人"扩大化"的错误洗清自己在过去运动中犯下的错误，用积极参加今天的工作换取了功劳。"查清了强加于江嘎玛、楚伦喇嘛（都古尔）、达格达、刚嘎玛等人的冤假错案，予以平反昭雪，恢复了名誉。旗里来人铐走了帮噶尔和小娃子，依法进行了裁决；为严重致残的人们发放了伤残证书；不仅将三等伤残军人的红本子还给了卓儒睦图，另外还因为他大腿上被烫了"狼"字烙印而得到了补发的享受大队一级照顾的又一个红本子。大队还制定了一级伤残人员患病就医，要由公家负担其治疗费用的政策。根据人们的伤残程度，每人每月发放 20 元、15 元、10 元不同的生活补助。

就在如火如荼地落实政策的这个时候，遇到一个棘手的问题。怎么解决在运动中逃跑后，生死不明的达格达和刚嘎玛的问题呢？他们蒙受冤假错案的证明可以交给他们的亲戚，但总不能以赔偿生命一次性地付给 2 000 元注销他们的户籍，草草了事吧？或者推断他们叛国出逃，投降了修正主义，成了那里的"走狗"，将他们打入叛国罪犯的黑名单吧？就在他们拿不定主意、犹豫的时候，接连发生了两件稀奇的事。

第一件事是，一个骑毛驴、穿黑棉袄的，满脸麻子的人来到了大队栓马桩上。那人麻利地跳下毛驴，正姿站立，向着迎迓而来的人喊了两声"毛主席万岁"的口号，以革命的礼节寒暄后，报告说："我不是流民，是在'文化大革命'中实在无法忍受酷刑的折磨而逃走的达格达，听说现在的政策在挽救众人就回来了。"以大队革命生产新委员会负责人的身份正在落实政策的卓儒睦图、巴塔、哈·哈达等人看到这个疯疯癫癫、胆大妄为的人很是惊讶，心里断定自我介绍说自己是达格达的他是试图取代逝去的人，索取现成的钱财，过幸福日子的假冒的达格达。

看样子的确是个特务，但难以断定他究竟是台湾的特务呢，还是蒙古的特务？他们一头雾水。并不认识达格达的这个人竟敢冒名顶替，招摇撞骗，无异于在玩弄小儿把戏，让人啼笑皆非。看起来他的身材与达格达基本相仿，但达格达没有这么驼背，脸上也没有麻子，让他张开嘴确认，嘴里没见有金牙，再说，声音也没有这么沙哑。目光灰暗，头发蓬乱，形似瘦弱的猴子。达格达是个身材魁梧，双眼清澈明亮，一头锦缎般的乌发，圆润粉红的脸上泛着健康的气色，嘴里闪着金光，动作迅速敏捷的帅气的马倌儿。

经过了多少次的运动，人们都成了敏感的"运动员"，个个成熟老练了。他们不与抓特务的高手们争抢饭碗了。所以，他们并没有立即逮捕眼前这个嫌疑人，进行拷打逼供，使其交出秘密武器。如果实施拷打逼供，说不定马上就会判定一个特务。但大队领导并不想找麻烦，只想给他一些手头现有的东西，快快打发走了事。但是，由于他死死缠住说自己是达格达，搞得人们没有着落，半信半疑的人们只好应付差事似的进行了一番测试。问他父母的名字，兄弟亲戚的名字都对上了号。但问到他嘴里的金牙的时候，他说在四年前的夜里从这里慌忙逃走时，被石头绊倒磕掉了。于是，他就用胸牌布子裹好后，埋藏在了柠条斜坡的下面。

那人显得非常怪异。人们仍旧无法相信他所说的话。人们拿不准自己究竟在与什么对象进行对话。是人，还是鬼？他们现在无法做出准确的判断。有人说"有鬼"，有人说"没有鬼"。认为"有鬼"的人也做不出个详细的表述，说不清楚鬼的手脚眉目究竟是个什么样子，也只能笼统地说是一块胯骨，人头白骨，或者是无形的特异显现，还有鬼火等。然而，站在面前的这个麻子"达格达"好像并不是"鬼"

的化身，看起来像个真人。与众不同的动作，贼眉鼠眼的目光，如同玩奸使滑，又像察言观色，时而像谄媚讨好，时而像藐视揶揄，瘆人的冰冷目光又如同刚刚从荒野坟冢里挣脱出来，好像伺机就在这个时候才需要跑出来抱佛腿似的。真想说，能辨别鬼怪的楚伦喇嘛如果仍然健在该多好啊。但是，他现在无法让你抱他的腿了，恐怕他自己也已经成了鬼中的新成员了……

于是，为了找到"金牙达格达"的最为有力的证据，趁着白天，哈·哈达带领两个青年跟着麻子"达格达"朝着公社西南方的乱石山腰上的柠条斜坡走去，一路上缄默无言，每个人心情都很沉重。就在这时，这个嫌疑人不知想到了什么，自言自语地说了一句令人惊魂动魄的话：

"我是鬼啊！"那三个人吓出一身冷汗。多亏是在白天，要是在夜晚真能把人吓个半死。停了几秒钟后，老练的哈·哈达问：

"啊！是鬼吗？"说着，他麻利地从肩膀上拉下了枪。那疯子似乎非常震惊，赶忙说：

"不不，我是运动中的鬼，不要把我当成野鬼。"他们几个这才放了心，说：

"那就找你那颗牙吧。"疯子在附近转悠了一阵，最后，来到柠条斜坡下，用铁锹挖了两下，果真露出个用布包裹的发了霉的小包。挖出来一看，是个写有依稀可见的"极其反动的右派分子"字样的胸牌布子包裹的物件。曾经戴在犯人胸前的罩子已经有些腐烂了，但那颗金牙却像真理一样没有生锈，仿佛向着人们微笑似的闪着光亮。

看到金牙的达格达莫名其妙地哭了起来——不知是因为回想起了欢快的年轻时代而欣喜，还是因为回顾被时局玩弄，受尽折磨的磨难而悲伤！他用颤巍巍的手捡起金牙吹了吹，安装在了原来的位置上。金牙达格达的真容从其嘴里显现了出来。曾经的达格达的形象仿佛就在眼前重新形成——人心无定数啊。用这个实物有力地证明了现在这个麻子达格达就是曾经的那个金牙达格达。

在"挖肃运动"的那天夜里,达格达逃跑,他没敢走多远,在穷途末路的时候想起了曾经相互赌输赢,诈钱财的达尔贵高乐的大嘴刘,去求助于他。大嘴刘好像没有记仇过去的事,心怀怜悯地接受了他,决定让他到他大伯当年打游击时藏身的地窝子里去临时躲一躲。达格达起初不敢相信大嘴刘,他试探说:

"你对我没记仇啊?"

大嘴刘豁达地说:

"咱俩都有尾巴,是命运共同体,是拴在一根线上的耗子,哪有工夫去记仇啊?下一次我赢了你,就摆平了嘛。"他再一次看大嘴刘时,那股子由衷的高兴劲比看到了毛主席像章还要强烈,果真像耗子钻进洞穴一样进入了地窝子。

由于过去大嘴刘搞点传统式的货郎担子买卖,被说成是剥削人民,助长了"资本主义尾巴",所以,现在被戴上了"投机倒把分子"的帽子,和他一样在接受劳动改造。沦落到了无家可归、无米可炊的窘境,就连生命都受到极大威胁的达格达长长地吁了一口气。原本打算临时躲藏几天,但不料竟然蜗居了三年。他是以大嘴刘山东老家叔伯哥哥的名义在这里藏匿了1 500多个日夜。大嘴刘的那个叔伯哥哥患有神经病,不出门,不见人。在"大联合"的时候突然出走没有了确切的消息,人们说在这儿,在那儿,那都是传言,其实早就死了。大嘴刘为了保护朋友的生命,设想了各种方法,达格达认为这个方法最为可行。他为了模仿逝者的特点,尽量接近他的模样,急切地盼望得一场"天花",但没能如愿,在万般无奈的情况下,他用炒热的豆子烫了脸,变成了麻子。

△073 第二件怪事发生在达格达回来,变成人后的第十天头上。那天下午,突然有一个脖子上挂着玛瑙念珠,左臂挎着紫布包袱,右

手拄着扭曲木棍的尼姑徒步来到了大队所在地。原以为是五台山来的尼姑,但她自己却说来自阿拉善。那尼姑说:

"我是四年前害怕运动逃跑的刚嘎玛……"听了这话,人们的眼睛惊讶地变了颜色。细细地听她的话语,观察她的动作仿佛看到了绰号尾巴刚嘎玛的原来的样子,人们这才开始相信她了。虽然剃了光头,但没有变成麻子,嘴巴、鼻子、耳朵没有什么变化,也没有被损坏,基本上在原来的位置上。

刚嘎玛讲述了四年前逃跑时的故事。在惨无人道地酷刑折磨黑帮牛鬼蛇神的时候,楚伦喇嘛没有经得住指甲缝子插竹签的酷刑含冤去世了。但是,以自杀的罪名被归入了死亡档案。看到当时情景的刚嘎玛吓得魂不附体,如坐针毡。她停了片刻后,突然恍然大悟,改变了自戕尾随楚伦喇嘛而去的念头。尽管企望可能变为泡影,但一定要活下来,绝不向坏蛋们投降。只要活着,最起码还可以为被折磨而死的楚伦喇嘛和江嘎玛做证。她下定了决心。

那现在该怎么办呢?她鼓足了勇气:逃跑!逃跑是目前最为可行的出路。

她成功地逃脱了。她像兔子一样敏捷地逃出牢圈,一路无目的地奔跑,这时,她的大脑将她导向了西方。她对于宗教从来是敬而远之的。她私下里把佛教理解为是"可怜的人们为了久留世间而祈祷的一种生活方式"。但她对宗教是持友好态度的,为其慈悲善意的说教而欣慰。于是,她一路乞讨到了阿拉善,进入戈壁后,有了安全感。没有任何人怀疑她是越狱躲灾的逃犯,大家都可怜她是个穷困潦倒的流浪者。她在慈善老人的施舍下,喝着驼奶奶茶、吃着羊奶奶酪维持了自己的生命。她还受雇于富户人家去挖苁蓉,陶醉于氤氲袅袅的戈壁滩中生成的地面彩虹。地面彩虹不会天天都有,也不会随处可见,只有在阳光明媚的午后,日光斜照的时候才会显现。她追逐着色彩斑斓的地面彩虹终于抓到了手。原来生成地面彩虹的东西竟是些指甲盖大小，羊踝骨大小的圆的、扁的、菱形的、四方的碎小的宝石。

当时，看到宝石的刚嘎玛曾想，是不是皇帝的宝藏散落在了这里呢？其实，这是几亿年前发生地壳运动，造山填海时留下的纪念物。这些美丽的石砾只有在阳光照射时才能生成地面彩虹，但在月光下只能成为偶尔闪亮的地面稀疏的小星星。

被红色恐怖逼迫着逃离自己祖先的故土，为了活命潜逃到这里来，她真切地领悟到这里原来是一方宝地。这里奇形怪状的各种石头原本都是宝。这里有玛瑙石，有些地方还有玉石、葡萄石，还有各种各样的、五颜六色的石砾随处可见。各色玛瑙石主要储藏在戈壁滩中，但在沙漠中还有被誉为沙乡人参的苁蓉。

刚嘎玛每天为牧驼人家砍柴负薪，帮他们照看牲口，就这样安顿下来，一天天过去。这时，埋藏在心里的情爱之火复燃，她开始想念楚伦喇嘛了。她为了纪念青梅竹马的发小剃了光头。用捡来的石头从驼队商人那里换取了宝石念珠。念珠虽说够108颗，但没有施法开眼只能当作项链戴在脖子上。她自己也没有受戒。于是，她就成了俗中僧，僧外僧，两者中人。

△074　卓儒睦图不时地打盹，不住地做梦，不断地惊醒。但是，他的梦像由彼处向此处归拢过来的马群一样逐渐朝今天靠近。他的梦中曾经有过不少的喜事。但是，被悲惨的噩梦折磨得痛苦呻吟的次数要多于1 000倍。"文化大革命"刚刚过去，"四个人"突然成了没有头颅的四个鬼，以洼地的大小衡量头数的"牛""马"，谁曾想，转眼间颠倒成了人群。

卓儒睦图像执行命令一样重复某些事情。在梦中死过10 000回，惶恐1 000次，惊醒后，肉体的痛苦减轻了不少，但心灵的压力却增大了，如同酿造了罪孽的原浆。

当他一梦醒来时，时过境迁，草木泛青了。可能由于人类生存的这个世界是圆的缘故吧，社会在前进时就像戏玩似的颠倒翻滚着运动。

"文化大革命"在颠倒中公布了结束的宣言。四五个人的头颅落了地。他们背负着震惊世界的山一般巨大的罪状逝去了。"走资本主义道路者"却像被解下了羁绊的马驼一样跟着逐水草行进的感觉明目张胆地越走越快了。究竟走了多远无人知晓。原先人们把将自己的家经营成了有挤奶的牛，喝汤的羊，绊在门前的骑乘的富户萨日娜称之为助长了资本主义尾巴的狡猾的"尾巴"萨日娜，现在倒好，竟然将她树立成了开动脑筋、勤俭持家、劳动致富的光荣模范了。

△075　突然，从夏日哈达后面的山口冲来了灾难的莽古斯。这是任何人都始料未及的事情。孩子们惊讶，青年们惊讶，壮年的人们都感到惊讶，由于没有见过这么大的洪水，起初人们没有看清楚究竟是什么。人们起初从远处看到那态势时，酷似千万只黄毛羊群，接着又像犄角攒动的牛群，扬鬃奔腾的马群，风吹嗉毛的驼群声势浩大地奔涌而来。

"西北方黑压压地响着闷雷，原来是下了大雨，羊群被冷风吹打过来了，难道盛夏时节的羊群还会被冷风吹打着奔跑吗……"

"什么啊，是马群……"

"我的瞎子啊，不是的。是脱光毛的裸体驼群跑来了，原先没有这么多的骆驼啊，是谁这么急笃慌忙地赶着朝这边跑过来呢？"

"大概是原来那个游击队汉人的吧，趁着还没有抓起膘的这个时候低价收购回来，放养一个多月抓足了膘，再给骆驼全身注入水后进行屠宰，卖肉呗，还有啥啊！"

几个六七十岁的老汉用浑浊的眼睛眺望着漫天盖地、气势汹汹地奔涌而来的魔幻般的庞然大物，木讷在了原地。这时，左邻右舍的人们惊慌失措，乱作一团，惊叫声连成一片。

"洪水！"

"洪水！"

"哪有什么牛群，是洪水啊！"

"佛祖啊！佛祖啊！佛祖……"

"佛祖啊……"

"这是世界在毁灭吗？"

洪水袭来。

恐惧于突如其来的洪水的人们六神无主，只顾求佛了。

眼看着洪流形似横扫一切的成群的猛兽一样张牙舞爪地席卷着大地，猖狂地奔涌而来，人们干着急没办法。地处低洼地带的大队的大院、办公室、伙房等转眼间被淹没。大队办公室的黄色土坯墙在几分钟之内被巨大的洪流冲击坍塌，房屋、拖拉机、马车等所有东西被卷在水中挪走了。夏日哈达大队的办公地点沉入了水底。

幸亏碰上了今天大队没有召开会议学习。做饭的厨子、伙夫、仓库保管员、下夜的老汉，总共五个人被洪水冲走了。为了给盟里和旗里来的达日嘎饮用马酸乳，搭建在大队办公室旁边的两座蒙古包如同白莲花的蓓蕾漂浮在洪水上，走了大概100多米后，好像撞在树上散了架，顶毡、围毡、乌尼①、哈纳、天窗、门板凌乱地顺水漂去。码垛的粪堆像黑色山头一样移动而去，有的被洪水摔打得形同惊乍的马驹到处乱窜，迅速地随流水消失。由于在学习大寨时期，过度地采伐了石头和树木，所以，洪水没有任何阻拦地冲刷而下，把牛大的石头都给卷走了。

这突如其来的上天的冲击是多么可怕啊！大队用30年的时间建造的房屋，积累的财产，转眼间，就地被洗劫一空。袒露出了社会主

---

① 在天窗和哈纳之间起支撑作用的细长椽子。

义薄弱的底子。远离洪道的大队车倌儿的四脚落地的房子和石头院子空荡荡地留在了原地。

接着是毛毡一样厚实的乌云普遍笼罩在旗、公社、大队的上空，如同粘贴在了那里闻风不动，下了七天七夜的连阴雨，又一次爆发了山洪。雨水时缓时急地倾泻个不停，所有的洼地都变成了湖泊，所有的山麓斜坡将积水顺势分流出去，所有的山口都成了洪道。住在低洼处的人家陆续被冲走。高处的人家虽说尚未随流入海，但恐怕也是早晚的事了。一个老太婆所说的话在人们中传播着："盲肠巴雅尔有福啊，没有遭受痛苦地提前到了该到的地方，现在乐着呢吧？"家家户户没有了干牛粪，断炊了。砸烂木制牛车、柜橱，两天生一回火，做一些干粮，喝着冷水将就度日。

自古以来，这里遭受的尽是大雪的灾害，人们生生死死历尽苦难挣扎过来了，但从未见过今天这样的洪水天灾，他们个个沦为了旱鸭子被迫下水，忍受煎熬。于是，到了后来，牧民们对自己的命运有些绝望了。八成是惹怒了上天佛祖，这是要降罪绝灭宗族了，人们的这种想法似乎得到了验证。码垛的牛粪和用于覆盖在冻僵的牲口身上进行温暖的干羊粪都没有了，无法救活被冷雨淋垮的羸弱的牲口，眼睁睁看着它们一个个死去。

所有的房屋都在漏雨，患有宿疾老病的老人陆续死去。起初是孩子们哭喊着肚子饿，接着是姑娘媳妇们，到了后来，青壮年的男人们都快哭了。

仿佛上天大地动怒仇视，真的要将人们调教老实，强令他们跪在佛祖脚下永世不得起立。太阳是否被天狗吃了？究竟被劫持到了哪里？目前，人们祈望的只有温暖和光亮。

△076 前年，全国发生了山崩海啸般的追悼活动，人们清淤解痛似的大哭了一场。然而，就在哀悼忌日尚未结束的时候，突然又拍

手称快，欢呼雀跃，大笑了起来。费解的是，非但没有处罚这个"有罪"之笑，而且还毫发未动地放过去了。若是有外国人看到这个歇斯底里似的情感的叛逆性的变化，肯定会嗤之以鼻。中国人的情感不由自主地被悲痛和欣喜的锋刃利锯狠狠地锯开了。

因为人类不知后退，只顾像毛驴一样一股脑儿地拉着往前走，所以，在开拓新的途径的时候总是"摸着石头过河"。终于，出乎意料地宣布了"文化大革命"的失败和结束，但宣布者不是发动者，而是另外一个人。

卓儒睦图在"文化大革命"的血雨腥风中，被整得死去活来，失去了儿子和儿媳，现在只能以孙女安慰自己的心了。"文化大革命"毁掉了他的一切。所以，他看着朝反方向颠倒过去的社会正在向着正的方向颠倒过来，心里感到分外惬意。

卓儒睦图听到这天大的喜讯后，简直是心花怒放了。他大大地喝了一口红薯酒吧唧吧唧嘴，仿佛尝到了幸福的味道，露出了安详的笑容。

他追忆自己扛枪闹革命的过去，回想后来被斗争折磨的经历。仿佛看到了牛奶面包走来的形影。生活好起来了，开始想念宝汗戴哥哥、巴达玛索老人和通嘎拉嘎老人了。他们没有穿上被称为穿不烂、磨不破的神奇布料的尼龙衣服，就连尼龙袜子都没有穿过，每天光着脚，吃了上顿没下顿，耐饿的方便面也吃不饱，让他们饥肠辘辘地上路了。一直努力继承宝汗戴哥哥的遗志，但至今仍旧没有为他报仇。想起这些，让他心怀愧疚。

连根推翻了"文化大革命"，着实解放了生产力。在新中国成立以来的历次的运动中，被打倒批斗的人们悉数脱掉了帽子：反革命、右派、有历史问题的五类分子、九种坏分子们哭诉着各自30多年的冤屈，得到了补偿款，拿到了伤残证，放羊的时候都背着手，哼起了小曲。

△077 在骄阳炙烤的一个下午，一个乘骑口佻马①的客人朝大队所在地走来。会是谁呢？原来是金牙麻子达格达戴着美国西部牛仔两边翘起的皮质礼帽威风凛凛地来到栓马桩上下了马，显得傲气十足。现在已经不是曾经的那个低头哈腰，整肃衣冠，首先祝福完"万寿无疆"和"永远健康"后，老实巴交地朗诵最新指示的右派的达格达了。虽说是满脸麻子，但精神抖擞，显露着明晃晃的金牙，迈着横行四方步走进了大队办公室。卓儒睦图得到平反昭雪，重新回到了大队书记的位置上，达格达对他来说，没有什么可畏惧的东西。达格达却似乎喝大了，说话底气很足。

"扎，书记大人，生活得非常幸福富足吧？你放养的那几个两条腿的'副牲口'摆脱了黑名单开始撒欢了吧……你还不把你的牛马重新归拢回来，戴上高帽子使唤啊？"

"我是按照政府的命令，国家的指示行动的人，还怕什么呢？没有违法，没有施行酷刑逼供……"

"……你有没有在众人面前批斗良民低头认罪？"

"我挨的酷刑折磨比你重得多，我成为大队第一敌人的时候，你的金牙不是不停地在你嘴角里闪露吗？"

"……你挨整是怪你不好，那个活该……"

"你不也是自己不好嘛，胡乱写了一些不着边际的东西，给自己的脑袋上堆了土吗？你也活该……"

"……拉倒吧，就算打了平手吧！"

"这还像个人话。器皿的污垢需要清洗，心里的污垢需要谈开嘛。各自把自己屁股上的屎擦干净就行了。"

……

---

① 方言，人骑上后，兴奋得欲夺缰奔驰的马。

达格达的酒醒了不少,也不再跃跃欲试了。他们的气氛逐渐平缓,话语倾向了和解。

大 分 解

△078 大洪水冲刷后,从包日韩图西边的崖湾里发现了金器。这件事不仅招来了周边农村的汉人,就连广东的商人们都像嗅到鲜肉味道的绿头苍蝇一样络绎不绝,纷至沓来。一说读书就头疼,梦想一夜间成为百万富翁的蒙古青年们也跟着近邻唯利是图的汉人们凑红火,开始挖地掘石了。有些人竟然像孤魂野鬼一样趁夜起来活动,就连坟墓都不放过,进行盗挖翻腾。"总觉得时局要有什么变化了,去苏木打听打听消息吧。"一天,卓儒睦图如是想着走出来,朝水井边茇茇草丛走去,抓他的懒皮赤马。正好这时,拇指普日布的胖老婆子上气不接下气地向他扭腰摆臀走过来。问她是怎么回事,她煞有介事地汇报阶级斗争新动向说:

"我放羊坐着,看见一个骑红摩托车的人从西边丘梁坡麓的柠条丛里挖走了一个红色的东西……"

"那坡梁的坡麓能有啥东西啊?只能有带犄角的牛头白骨呗……"卓儒睦图不以为然地说。那女人却急不可耐地说:

"不是啊,不是的。从柠条阳面挖走一大堆东西。您所说的那个丢在柠条墩子上好久的牛头白骨早就被球员门都格清理掉泥土抱走了……"堆积牛粪的百舌丹巴的老婆子走过来,听到了发生新奇事情的消息后,二话没说,立马像企鹅一样晃晃悠悠地朝家里颠儿了。可想而知,是给老头子提供话题原料去了。果然,没过多久,百舌丹巴咀嚼着脆肚来不及擦嘴,急急忙忙从家里出来,来到卓儒睦图他俩跟前停止了咀嚼,鼓着腮帮子倾听着新鲜事——八成是忙于参与聊天吧,不慎被脆肚给噎住了,乖乖。卓儒睦图有亲身经历,自然不会贻误，当即让百舌丹巴弯下腰，在他后颈上"啪啪啪"拍了三下，一团脆肚如同牛粪一样掉在了地上。百舌丹巴满眼泪水直起腰啥都没说——史无前例的新鲜事啊，好像是为了挨这三巴掌而来似的无精打采地折回去——对救命恩人连声感谢的话都没说就回家去了。显出了回家拿烟返回来致谢的神态。拿他的性格来说，这可是个特殊现象。如果要是平时，他肯定会反复地说"谢谢了""大恩必报""请你喝酒"之类的客套话。但是，刚才那副表情显得非常蹊跷。

百舌丹巴回到家后，好像和老婆子开了一个"闪电"小会，进行了商量似的，在卓儒睦图和普日布的老婆子说完该说的话，准备各回各家的时候，眼泪都没擦干净就走了出来。他来到卓儒睦图跟前说：

"我有愧于党啊……"尽管他嘴里什么都没有，却意外地呛住了。卓儒睦图感到莫名其妙，但还是安慰道：

"您在说啥呢？如果不是贪污，能有什么大错呀？只是吃脆肚噎住了呗，跟啥都没关系，以后咀嚼好了再咽嘛……"

"不，我说的不是脆肚噎住的事……但我不会忘记您的恩德，我给您敬酒。"

"那你究竟要吐露什么？"

"我，我……"

"您就随便说吧，现在不比从前了。有自由了，想什么就大胆地说什么。再不会抓辫子，扣帽子，拽尾巴，打鞭子，抽柳条，烙印子了，没有什么可怕的东西……"

"我对党没说实话，我错了。"

"什么呀？快说，快说……我已经给你交了实底了。还要怎么样呢，莫非还要我咬指血书发誓吗？"

"不，不……我说，咋样就咋样吧！"百舌丹巴犹豫了片刻，接着说：

"我在'文化大革命'初期，'破四旧'的时候，将几个漂亮的被誉为忽必烈的茶碗的青瓷碗,两个银碗,一双象牙筷子砸烂折断,但没舍得扔掉,为了便于照应看护,用粗布包裹住,埋藏在了西边丘梁坡麓下的第三和第四个高大柠条墩子之间。刚开始的时候,每天夜里出去聆听动静,后来年月久了,放松了警惕,疏于照看了……听那个老婆子的说法,地点就在那里……"他显得很是凄恻,接着说,"事情就是这个样子,怎么惩罚就怎么惩罚吧!"他凄楚地哭了起来。由于卓儒睦图比百舌丹巴小十来岁,他以尊敬兄长的口吻说:

"您是经常听收音机的,难道不知道时局在逐渐变好吗?你是亲眼看到了落实政策的吧?您现在仍然是共产党员,不是其他什么。学习三中全会精神了吧……"但是,由于百舌丹巴换不过来老脑子,接受不了新事物,仍旧心怀忐忑。人啊,说来也可怜,是个多么脆弱的动物啊,经不起革命的两次切割,竟然就能被吓破了胆。

△079 年轻人倒是勇气十足,闻风而起,迅速地解放了思想,弄懂了市场经济的道理,跳入了海里。

一天,传来了从芒格尔图沟壑弯曲崖壁的洞穴里,窜出一群野猫像越狱犯一样逃走的消息。那里从来没有过养猫场,这究竟是谁的,怎样的猫呢?原来是旗里乌兰牧骑的舞蹈演员顿都格的儿子德勒格尔胡为了去南方做猫的买卖,暂时集中圈养在这里的。不凑巧,封闭洞穴口子的网罩破裂,猫群逃出来跑满了山野。自那以后,芒格尔图山附近再也没有了耗子。周边的耗子的一部分被猫捕捉,一部分狡猾的耗子趁乱逃脱,迁往外地,有些地方差点发生鼠灾。传说,一户人家挂在储存口粮的仓房里的,由房梁用细绳垂吊的橡子上风干的包日查一夜之间不见了踪影。看样子,又不像盗贼侵入,门锁原样完好无损。就在这时,一个女人说,她看见芨芨草丛中有两个耗子幼崽叼着一条牛肉包日查的两端奔跑,途中遇到挡路的石头后,立刻像人一样用后腿直立起来,举起包日查跳跃过去跑了。时局的确是变了。好像是到了一个怪事多发的春天，发生着各种各样的事情。往来的流民——买牲口的，收羊绒的，拾牛粪的，捡骨头的，推销五颜六色商品的人们如同蚊蝇满世界都是。

　　无论是什么东西都一样，祸害容易建造难。搞了20多年建立起来的"社会主义"在仅仅两个月的时间里，泡沫一样消失了。人们不断地诉苦穷喊着"吃不饱，穿不暖"，生硬地把"人民公社"改成了"苏木"，把"大队"改成了"巴嘎"。竟然没有经过互助合作社，就把集体所有财产直接返还给了个人。卓儒睦图心里实在不是个滋味，摸不着头脑，但随着大溜漂浮着，在众人的推搡下，身不由己地跌宕着，成了空荡荡的真正的"社会主义"。在人的社会里，在人的诱导下漂流，还能怎么样呢？如果想阻止，那只能是以卵击石。人这个东西从呱呱坠地开始就摩挲着站起来，保持着平衡前行，因而，对了也好，错了也好，那都是内部调节，是自身的事。神佛也无法挽救，鬼怪也无法否定。而且，从来就没有那种东西。那是人们自作聪明，信口捏造的。一切的宗教、政党都会试图以自己的善意，用自己的观点推测着未来所有的美好，用自己的意志引领人们走向自己认为是最理想的天堂的方向。都是好意，但有界限。一切都是相对的对，或者是相对的错。人类在遗传基因的诱导和潜在意识的引领下，为所欲为地我行我素，最后到达胜利，或者失败的终点。这是世间人类命运的归结。

　　"在森棘图，猫值大价钱了。不是以黑白毛色分辨优劣，而是以捕鼠的数量论其价钱。"这话像童话故事一样传播开来。在游击队员们骑着摩托车搜捕为了填饱肚子在野外捕猎的猫群的时候，宝汗戴哥哥的母亲手搭凉棚眺望着，等瞎了眼的那个传闻已久的面包和牛奶似乎同时到来了。"人的福分的确不得了啊！"人们追忆宝汗戴哥哥的母亲说。

　　巴达玛索老人整整等了十年儿子带着牛奶和面包回来。到了后来的几年，老人有些糊涂了，她绝望地、沮丧地说：

"去找牛奶和面包的人呢……既不见人，也不见面包啊。"然而，就在老人去世后的第十个年头上，好几个汉人在自行车上驮着铝合金装的牛奶到来，以便宜出售为名，开始拉拢手持容器的人们。那些像天生丽质的牧民姑娘的脸蛋一样泛着红黄光晕的浑圆的大面包，掰开后露出白皙细嫩的内心（芯），博得了所有饥饿人们的贪婪亲吻。人们的眼睛亮了起来，肚子鼓了起来，走路也不再拖脚后跟了，轻快了起来。

△080 在改革开放伊始的喧闹中，为了调整经济基础和结构，旗里突然下达了改选基层党支部，实行三结合，选用年轻人走上领导岗位的指示。

在苏木党委的参与下，在旗委的监督下，决定改选夏日哈达巴嘎的党支部成员。召集巴嘎全体党员，讨论了大半天，决定选出老中青三结合的党支部。首先，大家宣布了候选人的名单：卓儒睦图、巴塔、哈·哈达都被提名，另外还有讷莫胡、大嗓门加日嘎郎的孙子萨如勒巴图、摔跤手甘地格的外甥——面袋子宫其格、尾巴萨日娜、刚嘎玛被提名，就连麻子达格达都被提了上来。在进行讨论时，大家一致通过了被提名的候选人。候选人也分别表示了各自的意向。卓儒睦图、巴塔、哈·哈达等人则以老领导的身份表示了各自的想法和决心。他们主要讲了自己在领导班子工作多年的优越性，表示以后会继续模范地落实上面的方针和政策："如果我能当选巴嘎的党支部书记，要让巴嘎成为先进单位，要让奖旗覆盖屋顶。经验是最重要的啊！"

以青壮年代表被提名的讷莫胡、萨如勒巴图、萨日娜等人豪情满怀地说："我们有文化，容易接受新的思想，不放弃任何的信息，能够大胆创造新的经验。我们智勇双全，世界是我们的。"刚嘎玛精神抖擞地表决心说:"我在阿拉善的时候,见了不少新奇的东西,学到了经验,我们要在他人占有之前,及时地采收本地区的矿产资源。我们有水晶和云母的矿山,要不破坏地进行合理开采。要有计划地搂地毛①,这样下来,肯定能够提高牧民们的收入。"最后,麻子达格达好像胸有成竹地说:

"我虽然有些年长,但我受尽苦难,历尽沧桑,不仅有经验,还见过世面。多年前就有发财的愿望。如果要是我掌握了大队的权力,不会每天用领导的讲话鼓励牧民们去艰苦奋斗,发扬什么精神,而是让他们每天数钱,做买卖……在一年内,我要让牧民的收入平均增加2 000元,在第一年,让十户人家成为万元户。假如实现不了,我情愿将乌纱帽放在你们面前的桌子上……"

大家热烈鼓掌。只有卓儒睦图牵制说:

"你可不要把大队20年的积蓄一下分给大家,第一年就让人们发了'大财'啊……如果分存款,每户能平摊3 000元啊……要不我现在就分了吧?"这话激怒了达格达:"就那点钱,打扫厕所也能挣来。"不知是厕所在天上,还是钱在云朵上,反正他是叉着腰仰着头说的。卓儒睦图劝道:"拉倒吧,你在吹大牛啊。骄傲无好事,裸身不胜寒啊。"

……

△081 对于参加选举的候选人名单,人们没有什么意见。在这关键时刻,有人提出去年达格达来大队与卓儒睦图争吵,打了个平手讲和后,成为预备党员的事。讨论时,老党员们提出异议道:

"不符合规定,应该是转正后才能参加党支部的选举。"但年轻人们却说:

---

① 方言,指名噪一时的发菜。

"哎，要看工作成就嘛，看猫要看能不能抓老鼠。没有入党的'假党员'多年来领导党委干了不少好事的例子不在少数……"

于是，大家以举手的方式同意了预备党员达格达转为正式党员，决定允许他参加投票选举了。刚嘎玛也以老党员的身份参加了选举，并表示要补救回来过去败给江嘎玛没能当上妇女联合会主任的遗憾，同时，在话语间还流露出了为了美化生活，提倡妇女们留长发的意思。

就这样，举行了创造夏日哈达巴嘎有史以来体现民主集中制最新纪录的首次选举。旗里和苏木各派来了一名监督员参加了选举，这实数怪事。这一选举竟然选出了夏日哈达巴嘎翻天覆地的结果：在由33名党员参加的这次选举中，卓儒睦图、巴塔、哈·哈达三人都获得了同样的四票，尾巴萨日娜、麻子达格达、面袋子（高·宫其格）、讷莫胡等人分别获得了29、28、27、26票，进入前四名，成为夏日哈达巴嘎党支部成员。

"我们将这个结果报告旗里，如果批准下来，新的党支部就开始工作了。"旗里的监督员表示了认可。

卓儒睦图等人纵然有天大的意见，也已经无计可施了。三个老头像被霜打的茄子蔫了下来。后来听说，卓儒睦图回到家后哭了一场。无论咋说，他们几个悲哀地失去了权力。

新的党支部成立后不久，首先掀起了牲口分给个人的高潮。这项工作得到了民众的热烈拥护。

"爷爷曾说过，这花斑牛是我们家原有品种。我必须要喜鹊花牛和那五头两岁犊子。"分牲口时，青格勒巴雅尔的孙女尾巴萨日娜在人群中叫嚷。

"有烙印吗？"

"有，有。"

"烙印在哪儿？"

"烙印在暗处。"

"是什么形状?"

"花斑就是烙印。"

"世界上花斑牛多得去了。都是你家的吗?喜鹊也是花的,莫非也是你家的吗?"

"这里的花牛都是我们家的!喜鹊是天上的。"

"有没有可以出示的证据?"

"在人心里。"

"在谁的心里呢?"

"在饲养的牧民们的心里。"

"现在谁可以证明呢?"

"在五台山的哈日拉曼老人,在杭盖冬营盘的韩达玛老人……"

经过向几个人询问青格勒巴雅尔的孙女萨日娜所说的情况,果然有其事,就将喜鹊花牛连同那几头两岁小牛一并分给了她。真是新上任的官"不疼别人的东西",将大队几万头牲口按照合作化时入股的头数作为依据,又以贯彻落实上面的精神为由,其实是担心"时间久了恐有变化"的心理紧迫感的作用下,几天的工夫分了个一干二净。在每户人家分到牲口的第二天,大家都喝了新鲜肉汤。

大队在分配财产的时候,卓儒睦图求助道布顿的儿子,将抓阄得到的一只拖拉机大轱辘推来撒在了门前。自那以后,没有了偶尔高兴的时候坐着去旗里小住几天回来的快速便捷的车驾了。不止这些,竟然无法去供销社购买每月的口粮了。卓儒睦图的生活每况愈下。

卓儒睦图的心情格外沉重。现在,旗里的很多馆子在搜集过去的牛拉篷车,画家们在高价购买牛车轱辘。不定将来哪一天遇上搜集社会主义纪念物的时候,拖拉机大轱辘就值钱了,他就要居高临下,摆架子了。

上面有指示,存在银行里的大队的储蓄款不能动,所以就没有动,将存折交给了新选上来的领导班子。装在卓儒睦图第三个笔袋里的印章也不准用于集体的账目。

把大队的马车卖掉，把蔬菜大院包给了个人，把车倌儿们住宿的大板生房子改成了文化站。除此之外，只留下两间屋子，当作巴嘎办公室。

自那以后，修缮一新的巴嘎的房屋大院为外地到来购买山羊绒的汉人，买卖牲口的贩子们提供有偿住宿。有时，在青年们聚集起来的时候，还会当成舞厅使用。有时还会在院子里点上火堆，称之为"篝火晚会"，彻夜不眠地喧闹戏玩。

猝不及防，海浪袭来

△082 在卓儒睦图不时地惊醒，追忆着过去，试图衔接当今的时候，突然想起了目前在青年们中间广为流传的，据说是旗中学的一个学生写的一段话进入了他的记忆：

"就在人们抚摸着肚子，高枕无忧地躺着不当一回事地说：山野的蒙古人家离海洋很远，没有见过大浪、风暴和浩渺无垠的大海。大海在那里，我们在这里。干吗要不见山就挽裤腿，不见水就脱靴子呢？等到将来饲养好了牲口牛羊，一群一群地赶着，骑着骆驼奔颠而去就行了呗。也就在这时候，大海却自动地歌唱着，咆哮着，狂舞着，不由分说地席卷而来了……"

对照着发生在眼前的一系列的事件，卓儒睦图好像现在才明白了似的：

"的确如此吗？"他不由自主地长叹着自言自语道。

人们尝到了做买卖的甜头，有些有手腕的人成为万元户——小明星闪烁在了巴嘎的天空。所有的牧民都在积累资本，为了将土坯房改成砖瓦房，乘骑的马改成摩托车，煤油灯改成风力电灯，争先恐后地忙着饲养起了山羊。人们提高生活的热情空前高涨，自我推销的积极性狂热地燃烧起来。男人们赶着牛马群守望着贩子的到来，有方法、有存货的一些女人翻箱倒柜，没有办法的女人们摸着耳朵摘下宝石耳环，撸掉手指上的金戒指，倾听着商贩们摩托车发动机声响的到来。有些与众不同的年轻的媳妇们坐在驮山羊绒的流浪商贩的摩托车的后座上，去"看北京"了。众多姑娘们为了赚钱成群结队地涌入了城里的饭馆子。

△083 在达格达等人坐上巴嘎权力宝座后，卓儒睦图感觉暗灰色的一天，一辆"嘎斯69"牌的吉普车犹如蛟龙狂舞一般荡起阵阵黄色尘埃奔驰着来到巴嘎办公室门前戛然停了下来。

人们七嘴八舌地说"是盟里的，盟里的"，又说"是自治区的，自治区的。"坐在前面副驾驶座上的一个身体肥胖、圆脸光头的，穿呢子裤子、尼龙裤子的汉子伸脚露头试图侧身下车，但不料被车门卡住，他无奈地缩回去。停顿了稍许后，他先是伸出了戴白手套的手，接着，露出了锃亮的尖头皮鞋，如同上天使者下凡人间一般慢条斯理地下车。人们看了一眼七嘴八舌地说："北京来的，北京来的。"这个客人显得特别的趾高气扬。不时瞟一眼前来迎接的巴嘎书记萨如勒巴图、巴嘎长麻子达格达，仰着脖子伸着戴白手套的手。好像被磁石吸过去一样，凑近观察的人们突然失声道："啊，是仰脖子，是仰脖子！"这时，好像是他的随从，一个手里拿着黑色文件包和水杯的青年从小车的后座上下来。

"仰脖子道尔吉回来了！"

"怎么这么快就出来了？不是说十年吗？"

"是越狱了？还是立功出来了？"

"大概是那样吧。"

"现在，剥削人的人却成了功臣……"人们好奇地交头接耳。

仰脖子是阿日宝拉格的人，三年前与内地的投机倒把分子勾结，竭尽全力繁殖自己存留的几只羊和几头牛马,与此同时,还撺掇一些人家,低价收购他们的皮毛,用略微高点的价钱收购他们的牲口,背地里进行倒腾贩卖发了财,后来被捕入狱。他小时候非常调皮,模仿西方的牛仔骑牛犊子被摔下来,摔坏了脖子就成了仰脖子。但是,落下残疾的仰脖子,却给他增添了大官的派头,于是,人们就开始称他为"达日嘎"了。

据说,他被捕时,从他家里搜出了 2 台缝纫机,30 斤红糖,12 条条绒裤子,336 斤全国通用粮票,252 尺布票,63 个圆形铜制火锅。于是,将这些东西作为赃物示众,在公社展览了五天后低价出售,把收入的金额纳入了大队的账户。旗里逮捕了仰脖子道尔吉,五花大绑带走,以十年刑期关入了大牢。

那么,这个人今天这般飞扬跋扈地到来是要干什么呢?原来是为了洗清三年前因投机倒把做买卖被判刑的冤罪,同时还要巴嘎赔付偿还没收他的财产。随从从文件夹里取出一纸公文交给了大队领导。在公文里手掌大小的一张纸上写着要求赔付财产的明细账目:缝纫机 500 元,红糖 37.5 元,裤子 300 元,粮票 1 680 元,布票 756 元,铜制火锅 5 859 元,小计 9 132.5 元。接着还有合计。那个合计没有任何的数据依据,一下子跃到了 6 9132.5 元。合计怎么一下子跃到六万元了呢?随从解释说是"身心损伤补偿费"。仰脖子不动声色地仰望流云,随从根据事理有条不紊地解释着缘由。后来听说,这个"随从"是仰脖子坐牢时认识的律师,现在成了仰脖子的财务管理员。

以"一上台就建功立业"许下诺言当上书记的萨如勒巴图接过这张字条,如同接过了一枚火种,慌忙传给了达格达。达格达推卸责任说:

"这是历史遗留问题,应该交给卓儒睦图处理。"

过后,萨如勒巴图叫来卓儒睦图和巴塔等人交代说:

"这是从你们那里遗留下来的问题。你们看着解决吧。"

"要是想把这个问题踢给我,那就连书记的职务一起踢给我吧。这个问题应该由旗里来解决。"卓儒睦图据理力争。旗里被告无招,推给了国家。过了几天,国家下达了最终指示:"历史遗留下来的实际问题,要根据政策就地解决。"

扯来扯去,最后没有了招数的达格达嗔怪卓儒睦图说:

"算了,算了。他只会拉屎,不会擦屁股。我们又不是没有擦过屁股。"由于萨如勒巴图是刚上任的新手,于是,就随着达格达的口吻,听从了"新领导班子"的决定。暂时得理的仰脖子愈加趾高气扬,威胁说:

"如果要是再这么拖延下去,就得交滞纳金了。"为了救急,决定先从巴嘎的储蓄款里提出七万元交给仰脖子道尔吉,而后,由旗里再补给巴嘎六万元。

仰脖子道尔吉揣上了七万元,这着实让许多人红了眼。

"只蹲了三年监狱就成了万元户。要是早知道,咱们那个时候也该便宜收购瘦弱羊羔饲养啊!"他们后悔得捶胸顿足。

到处发生着与仰脖子的案例同样的事件,形成了不可一世的社会风气。这使仰脖子备受人们的钦佩,好像真的成了领导。商人们交头接耳,袖筒论价的过去那种隐秘手段已经过时,乡野里整天跑满了手拿袖珍计算器,明里砍价、看货的贩子。

△084　旗里改选人大代表的消息传开后,达格达坐卧不安,隔三岔五地销声匿迹,成了名副其实的"奔马达日嘎"①。据说是去旗里、盟里跑关系,试图争取卓儒睦图过去的位置,当选人民代表。虽说他没有手提羊腿,但也不惜怀揣牛羊跑了不少地方,后来听说他碰了钉子。据说,好像是旗里的哪位领导说过:"你光靠后门是办不了

---

① 著名作家斯仁维加布的诗作标题。原诗讽刺了当时那种虚张声势,不务正业,每天骑着马摆空架子奔驰的领导。

事的。你也不是什么科班门第之后,又没有过硬的靠山。你过去被打成'右派'、'文革'中挨整的光荣资本不够你用的。必须与时俱进,建立新的功绩。"新的功绩究竟指的是什么,莫非他真的领会到了吗?但他仍旧不停地跑着门子。

一天,一个乘坐名曰"沙漠王"吉普车的人带领着三辆带挂斗的装载八吨的大型货车来到巴嘎办公室门前停下了。那原来是麻子达格达领来的巨富商人的车辆。从车里下来一个人,肩高条顺,梳着犹如牛舔了一样光亮整齐的头发,身穿黑色马褂他是达格达请来的客人。

"不是来拉羊的,就是来拉牛的。赶紧回去给牛羊饮水,增加体重吧。"看到这种状况的人们急忙向各自的家里跑去。

达格达尊敬那个客人胜过自己的娘舅老爷,搀着、扶着请进办公室,向萨如勒巴图、讷莫胡等人介绍道:

"这可是我们的财神爷、大救星刘总。国家级的富翁。这位大老板为了挽救扶持我们这个贫穷落后的地区,为了让大家尽快地富起来,屈尊亲自大驾光临了。"

萨如勒巴图当即机智地用汉人熟知而且爱听的话说:

"噢,太好了。我们正在准备扬帆大海,急待东风……您的家乡在哪里啊?北京?深圳?"

老板说:

"其实我也是本地人……"

"老家是咱们这里的,咱们这里可是出神仙的地方啊……"达格达溜须拍马到了无限的地步,这让萨如勒巴图、讷莫胡等人摸不着头脑。

达格达将刚才向领导班子介绍刘总姓名和职位的话题进行了略微的演绎,毕恭毕敬地说:"这位就是从咱们邻近达日贵[①]革命传统世家

---

① 达日贵:地名。

刘氏家族升起的三小先生。是我们这个地区的荣耀啊……"他准备用更加华丽的言辞进行进一步的介绍时，刘老板露出了惬意的微笑。刘老板不经意的微笑使得萨如勒巴图如梦初醒：

"哇，您是刘叔叔啊！记得我在小时候听着您的货郎鼓声跑去用铜钱换糖球吃……"

刘老板的一个笑颜向萨如勒巴图做了关键的无言介绍。过了多少年，刘三小咧开的大嘴丝毫没有合上，开口大笑依旧会露出白齿。萨如勒巴图觉察了他的这个基本特征，当即认出了这个家乡的叔叔。

故事始于刘老板（现在没人敢叫他的绰号刘大嘴了）和达格达进行赌博相识相交，他将赌输的独轮车返借回来，拉了三块羊砖回去的时候。羊砖在北方是极其普通的燃料，或者就是肥料。但是，听人们说在南方，尤其在湖南长沙一带可是被视为珍宝的、栽培花草的特级肥料。那次，刘大嘴赌输后，垂头丧气地回到村里，恰好遇上一个来他们村走亲戚的湖南老农民。那个老农民也好像是个助长资本主义尾巴的嗜好做买卖的人。见了刘大嘴的羊砖后惊讶地说：

"这可是真正的草木果蔬喜好的大块的绿豆冲压饼啊！就拿一块制造100袋子精细肥料来算，三块冲压饼能赚690元。今天你收获不小啊！"在没弄明白他的话的真正意图之前，刘大嘴心里想："这些南蛮子用话语蛊惑人倒是有两下子。"他试探着套着他的话问，那种肥料怎么制作？有什么销售途径？我远在天边，用独轮车推着300袋子肥料得走几天呢？对于这些似真似假的问题，老农民像职业工程师一样详细具体地讲解了主要的制作方法和制作过程后，又补充说：

"你不能靠推独轮车来回奔跑做买卖，你必须要用大货车，或者是火车搬运的大的行动计划啊……"

这一番话好像解开了他的智囊的封口带子，心胸突然豁朗起来，不由自主地"啊！"地叫出了声，用力拍了一下自己的大腿。刘三小沾沾自喜地想：这次的赌博我没有输，而是赢了。我输掉的水果、糖块、些许的货物，加起来最多也不过 600 块钱。再说独轮车吧，还是建筑工地搬迁时丢下的破车，我只是修理了一下。他想到这儿，仿佛看到未来的光明大道已经向他伸展开来。但是，好事多磨，其中又遇上了"文化大革命"的劫难，以"割尾巴"相威胁，私人买卖无法在阳光下自由运行，进入了游击战的状态。但是，他如同魔鬼附身一样魂不守舍地琢磨着，询问着特殊肥料的制作方法，并且还疏通了路线，跃跃欲试地等待时机。恰好这个时候，灾难的炼狱终于结束，迎来了改革开放的明媚阳光。于是，他用五年的时间，打扫了达日贵周围所有羊圈的粪底子，积累了 1 000 多万块钱的资产，今天这是衣锦还乡了。

他现在的名字不叫三小，而改叫国锋了。刘国锋今天为了帮助朋友，亲自带领车马光临此地。

身为会计的讷莫胡在听取成功经验的同时，心里打着算盘，盘算着盈亏得失，溜须达格达说：

"长斑点的鹿有看头，长麻子的人有智慧。一处麻子一处智慧的话一点也不假啊！三辆车一次拉 24 吨，每月拉 4 趟，赚 28.8 万元钱。这可是显而易见地证实了打扫厕所也能给每户平均增加 2 000 元的承诺啊……我们现在才发现，你脸上的麻子再多点就更好了……说起厕所，只顾想自己蹲的那个厕所，怎么就没有想到羊圈呢……"他舔着舌头做出了数钱的姿势，情不自禁地笑了起来。

第五章

重 大 危 急

△085　卓儒睦图一会儿打盹,一会儿做梦,一会儿惊醒!
……

夏日哈达巴嘎的三位新羊倌儿出了名。原来,一切新奇的事物都会由人的眼睛生成,或者殒殁的。在大集体公社的时代,卓儒睦图、巴塔、哈·哈达三人分别担任大队书记、大队长和民兵连长历时多年。现在,人们看见他们手拿鞭子落魄地走在左邻右舍几户人家之间,被雇当羊倌儿的样子,很是意外。他们私下里嘀咕道:

"人的这一辈子真可谓是三十年河东三十年河西啊。"他们几个现在都寄人篱下了。他们失去了过去的地位,都觉得羞于见人了。虽说卓儒睦图现在心里惦记着三个孩子母亲的寡妇达兰其其格,但不好意思见面,原因也就在于此。原来,权力这个东西竟然能将人改变成如此的"异样"。

对于卓儒睦图来说,社会主义和杭拉是不是他生存的魂灵、行走的动力呢?自从他的生活离开了这两个依托后,他仿佛感到日暮途穷,眼前无光了。他觉得没有地方可去,没有人可见,没有话可说了。

多年来,由于他习惯了吃社会主义的现成饭,所以,头脑停止了工作,只顾看着上面的口气行事,失去了自我的创新能力。但提高了他咏诵祝赞词的技巧,成为讲话辞藻华丽、妙语连珠的演说健将。他认识到领导们的所谓"领导"其实就是嘴上的功夫，把会说、活用当成了首要的本事。于是，他成了一个名副其实的歌手，或者是一个传声筒。结果，那虚设之冠没有经得起一次的风吹，如同泡沫一般飞散，正如舔笔尖的人们所说的那样，鸡飞蛋打，一切化为了乌有。

留在他身边的唯一的一个粉丝巧嘴子道布顿还得了半身不遂，真是气运扫地了。三四十年前的那些鲜艳花朵，如今已经凋谢殆尽。自己也差点到了没有眼睛看山峦，没有牙齿吃嫩肉的地步。卓儒睦图的孙女在旗里乌兰牧骑当了几年演员，现在整天奔波于做买卖，虽说近在咫尺，但好像没有时间来和他说话。再从他的生理需求来说吧，曾经的那股子威猛的能量似乎有所减退，但还没有成为死火山，因而，有时寂寞难挨，时不时地想起达兰其其格。他试图发泄郁闷在胸中的愤懑。有时，憋闷至极的时候，竟然用拳头与墙壁对话。真可谓是人有旦夕祸福，如果不是被选举的风暴卷走了书记的桂冠，情况会是另一个样子。听着萨如勒巴图、达格达等人代替了曾经的他们，向巴嘎的牧民们做报告，那可真是歪嘴喇嘛念邪经。他们矢口不讲政治、阶级斗争，讲的不是"金钱"，就是"发财""盈利"，与过去判若陌路，格格不入了。

△086　在艳阳扑面的仲春的一天，吃饱鲜嫩青草的三个营子的羊群缓缓游移过来，给牧放者带来了清闲。

今天，他们聚集在了卓儒睦图事先占领的几块参差的岩石上。

卓儒睦图腿脚不便利，怎么提前到来了呢？其余两位是不是像獾子一样睡懒觉了呢？不是的。巧嘴子道布顿虽说身患痼疾，但嘴头子无恙，他叫来在机械局工作的儿子，给自家打了压力井，解放了拉水用的毛驴，借给了他当骑乘。所以，他才提前到来了。

他们在特殊的时间，特殊的地点，特殊的状况下，如是聚集在了一起。过去那种一见面就相互扔烟卷儿的"社会主义"时期,已经浮云流水般地逝去了。但别看他们个个手拿牧羊皮鞭,俗话说,是些就算骑上山羊也不放下架子的人们,他们具备了老成羊倌儿的威风。每人靴筒里插着一根烟袋,腰带上挂着镶牛皮火镰,生铁磕灰碗,鹰爪挑烟钩,羊蛋包皮①荷包,怀里揣着扁瓶子的白酒。

全副武装的三个老羊倌儿礼节性地草草寒暄后,以"蹲式会议"②的形式三足鼎立状地就地蹲了下来。起初,他们怕袍摆沾上土没有直接就地坐下;蹲在那里坚持了几分钟,但时间稍久一点,窝曲的双腿又疼又涨,也就不顾什么袍子沾不沾土了,以"羊群吃得挺稳③,坐下来聊"为由,找地方小心翼翼地坐下。

刚见面时,三个人显得有点不自在,过了一会儿才拉开了脸。

"抽烟卷儿总是咳嗽。"

"是啊,我也拿起了烟袋锅。"

"烟卷儿这东西总是漏一兜子烟末儿……"三个人解释着开始抽烟袋锅的理由,软着陆式地逐渐回归到平常人的状态,感同身受地相互打量对方。

"您的脸色有点憔悴,怎么了?吃喝不合适吗?"哈·哈达关心地问。

"唉,家家的生活方式不一样,吃喝也不尽相同,味道也各具风味,没有一家的饭像杭拉做得那样好吃啊。但是,光棍儿一条该咋办呢?只能是放下帽子算我家,明天走了是你家,混日子过呗。只是各家的饭菜不甚合口罢了,好在不用生火做饭,省心省事。新来的刘尼玛家的吃喝像汉人,光吃蔬菜,满世界葱蒜臭味儿,我实在无法忍

---

① 指羊的阴囊。
② 过去,大队领导为了解决紧急问题,在野外匆匆相见,交换意见时,原地下蹲进行商议。故称之为"蹲式会议"。
③ 羊群在草场上安稳地吃草。

受，咬着牙熬过了五天……明天到了巧嘴子道布顿家里就可以接上吃惯的茶饭了，他们家的茶很香，只要你把那大块大块的肥肉悄悄挑出来放入猫碗里，他们家的羊汤面也挺好吃……再说，他们是唯一没有忘记我当书记时候的好人家。不让我坐在灶台右边，总让我坐在灶台的后面的正座上。"他凄恻地诉苦道。

卓儒睦图用火镰打着火摁在烟锅儿上，喷云吐雾地抽了起来。两位老哥们儿用顶针大小的烟锅儿装满卓儒睦图的"东升牌"烟叶，小心翼翼地用尚未结老茧的手指肚子摁平因装填过度而凸起的烟叶子。他俩依次倾身扭脖子凑近卓儒睦图点燃的烟锅儿，熟练地将自己的烟锅儿扣在卓儒睦图的烟锅儿上，对方吹着烟袋锅，自己吸着烟锅对接在一起，先后对着了火抽起来，海阔天空地聊了起来。

"这天好长啊……"哈·哈达率先打起了哈欠。

"穿着坐会议室的衣服出来放羊，冷得不行。穿得厚一点吧，衣服太笨重，行动很不方便……"曾经的大队长巴塔诉苦说。说着，他从随身携带的，在野外小憩时可当作枕头，经常装一些手头需要的干粮等东西的挎包里拿出了一瓶烈性好酒。卓儒睦图的眼睛如同添了油的灯捻子一样立马亮了起来，说话的气力也足了，问道：

"你们还挺有钱啊，羊绒卖上价钱了吗？"

"今年不赖。去年价钱不好，我压住羊绒没卖闹对了……"巴塔说。

"人们吵吵说你成了十万元户，达格达把你列在了万元户榜的首位是有根据的啊。看样子，你儿子结婚的时候不愁置齐'三转、三十六脚'[①]了吧？巴队长借给我5 000块钱吧……我儿子卖了马，早就缠着我要买摩托车，来年春天还你。"哈·哈达祈求道。

"哎！倒是挣了5万多块钱。如果要是像我们西户所说的那样，

---

① 当时结婚时兴手表、缝纫机、自行车三转，立柜、高低柜、餐桌、椅子三十六脚。

羊绒里掺加了滑石粉，真的还有可能赚到十万元了。可是我家那个败家子上了四年大学不知本事学得咋样，吃喝的能耐倒是长了不少。登布日勒的儿子每月只花 300 块钱，相比之下，我家那个败家子却能花 900 块钱。我刚刚卖了羊绒，他突然来信说'我决定做买卖了，我的一个同学在深圳做买卖赚了大钱，我与他签订了加入他公司做买卖的合同。先借点做资金的钱，两年后连本带利一并返还'。就这样，他卷走了我所有的钱，到现在为止既不见钱，也不见人……两年后看咋样，到时候再说吧。"巴塔忧心忡忡地说。卓儒睦图深深地吸着烟，好像有意识地打断他们的话似的说：

"无论走到哪儿，我历来都是叫别人谦让着喝酒，从来没有自己怀揣过酒啊……"卓儒睦图非常沮丧地叹着气说着，突然，怒不可遏地说道：

"我要向国家索要我的腿，我要向群众索要我的血……"

"八成不行吧……既然是在社员选举中落榜了，就要正确认识被选下去的这件事。在众人的喧闹下，正确的固然正确，错误的也会变成正确的啊。"稍微年轻一点的哈·哈达好像看清时局，醒悟了世事似的说。

"现在全完了。放屁鬼的儿子尾巴佳木萨——是个被割掉了带有资本主义臭屎的尾巴，做投机倒把买卖被抓起来的人，竟然若无其事地被释放出来，就像仰脖子一样当了什么有限责任公司的老板，还竟敢用电话叫唤旗长……你啥都不用说了，好好想想看吧。"巴塔队长用极其有力的例子堵住了卓儒睦图的嘴。哈·哈达接过话茬说：

"听说，水斗脑袋的孙子锥头脑袋刚一到旗里，就用拐杖指画着得到了一块地，要建工厂了……还说，周围的不少年轻孩子们争先恐后地去他那工厂报名呢……"

听到这话，卓儒睦图的脸骤然变了颜色，抽搐了起来，怒斥道：

"喂喂，这可是真事吗？'胡汉三回来①'还能行吗？"

"是真的啊！时代变了！"巴塔绝望地说。卓儒睦图听后，喘了一阵粗气，怒气冲冠地说：

"……别说锥头脑袋用拐杖指画着要地，就连我都没有用鞭子指着要地的资格！他算个狗毯！……"看着他怒火中烧，巴塔进行着重要的更正说：

"我也听说这件事了。据人们说，他的确是指画着要了地皮子，但不是用拐杖，而是用概不离手的长条黄色竹子夹板的折叠扇子指的……他从窝陷屁股的软椅子（沙发）上起来时，要用扇子拄在茶几上做支撑……按照他们的说法，是个两腿细如麻秆，身体还算健康的年轻人，想必是看错扇子了吧……"

"噢，大概是吧。乳臭未干的狼崽子要是摆弄拐杖，那可是大笑话啊……用一句话说就是时代颠倒了。多么可怕的凶兆啊……'文化大革命'的确是搞错了……给咱们这些好人戴上'黑帮'冤罪的纸帽子，打倒了，把真正的阶级敌人放跑了；现在见好了吧？你看，呀呀，没办法啊。变色原来就在朝夕之间啊……"

"还有什么可说的呢？现在不是证明了阶级斗争激烈而复杂的说法了吗！"

不知是话不投机，还是都钻进了牛角尖，反正没人积极接应卓儒睦图的话茬了。他巧妙地将话题归拢过来，颇具人情味地迎合着哈·哈达的心思问：

"你怎么无精打采地沉默不语了呢？"这话又一次点燃了行将熄灭的话捻子。

"还能怎么样呢？在这头脚颠倒的时代……"哈·哈达哭丧着脸，掺杂着委屈和愤恨回应说。

---

① 指 20 世纪 70 年代上映的故事片《闪闪的红星》中，在土地革命中受到打击又卷土重来的恶霸地主。

只是卓儒睦图没有听说，在很早选举之前，巴塔就听说哈·哈达的女儿去呼和浩特找工作，结果，做了那里一个大饭店老板的小老婆。不知情的卓儒睦图刨根索源地问个不停，这让巴塔如坐针毡，他截断卓儒睦图的话，打圆场说：

"就是为了孩子的事操心呗。"

卓儒睦图因为无意中触痛了人家心上的伤疤感到懊悔，难为情地揉搓着手掌。巴塔见状，将那瓶酒递给卓儒睦图说：

"原打算等你参加了人民代表大会回来后举杯庆贺，不料，今天却在这里交杯换盏了……"他示意三人开始喝酒。

他们的下酒菜是原野的轻风和空洞的话语。他们根据自己的所闻、所见、所感，针对目前发生的鞋跟越来越高，头发越来越长，裤腰越来越低，大腿越来越细，裤腿越来越宽的现状，义愤填膺地高谈阔论了起来。

三个人聊得情投意合，再加上好酒的后劲，他们忘记了自己的承受能力，贪婪地吸吮着，热乎了起来。

哈·哈达流着伤心的泪说：

"我预先估计到了不会成为借调干部的结局，但也没想到会像现在这样跟羊屁股啊！"

"真是俗话所说的那样'时代会变，马兰会蔫'啊。其实是他们劫取了我们守望的梦的一部分，使其变成了事实，再贴着自己的标签。不是那样吗？所谓达格达打扫厕所赚钱，还不是那个时候的羊粪吗？……有一点好处就是现在东西充裕了。过去那个用票供应的牛奶和白糖，现在旗里到处都有……旗物资局的大院里有一大堆一卷一卷的铁丝……三面红旗现在变成三面鲜艳的彩旗①了。"哈·哈达时而心里清醒，讲得头头是道；时而酒劲上来，伤心不已，不禁回想起自己

---

① 戏说头发为黑旗，嘴唇为红旗，大自然为绿旗。

过去的辉煌历史。他喝得越来越高了：

"那年春天，我打了九只母狼，38只幼崽，两只公狼，去参加旗里的先进模范大会，被姑娘媳妇们包围着酒杯洋溢的时候……谁曾想到，后来在我们巴嘎的院子里燃起篝火，整夜红火，人们叫喊着，跳跃着要和'狼跳舞'啊……"他说着失声恸哭了起来。

旗里酿造的烈性白酒劲大得吓人。三人没等吸吮怀揣的备用干粮的扁瓶子，就被这烈性白酒灌得唇齿麻木，进入格外的兴奋状态。喝干面前的瓶子后，三人紧接着拿出了自己的吸嘴子。他们话里套话，比较着当今和过去，越说越像从天堂坠入了地狱：

"往哪里看都和我们那个时候不一样了！"他们一副苦不堪言的样子。从一旁看，他们实在是太可笑了，像哺乳期的婴幼儿手里拿着奶嘴一样拿着酒瓶子，眼泪和鼻涕流了满脸。

"难道社会主义就是谁逮住谁骑，任人摆布的老实的老驴吗？"他们拥抱在一起，泣不成声地抽泣了半天。再一想，他们确实挺可怜啊！现在的人们确确实实地焙烤出了他们那个时候描绘过的面包嘛，没办法啊，没办法。

△087　三个羊倌儿不约而同地见面交谈之后，就像口淡的牲口舔到了咸盐一样，只要是阳光明媚的日子，他们就想相互见面，聊天唠嗑，这种欲求不是爱情却胜似爱情。同甘共苦、生死相惜的兄弟非同一般，他们现在的相互惦念胜过手足亲兄弟。他们已经成了与他人无法沟通的怪僻之人。他们现在可以倾洒心中郁闷的苦水，心胸豁朗了不少，进入了不会意外爆发的心理平衡状态，有时还会觉得像吃了蜜糖一样美滋滋的。

今天，他们换了羊群的草场，相聚在了胡吉尔图湖泊西面的丘梁上。昨天，他们聊了关于乡村牧区以30年为期的承包责任制，但好像没有聊完。

卓儒睦图说："时间太长了，长了就要出事。初期的那个社会主义就要泡汤。"

巴塔说："正好，如果试验不成就得返回原样。"

哈·哈达说："有点短了，40年才换两代，到了孙子辈上人口增加，牲口减少，草场变窄嘛。"他们如是显示了从各个方面进行深入解析的认识。

巴塔今天似乎忘记了缺钱的烦恼，在抽烟之前率先挑开话题道："国家大事，咱们说一万遍也就那样。还不如说说怎样用达兰其其格解决卓书记独守空房，孤独三年的事呢，这才是实际的……"

哈·哈达笑着说：

"巴队长真不愧为老练之人啊。俗话说，'放骆驼的人熟知儿驼的脾性嘛'，看卓书记脸上有了光晕了。"卓儒睦图的眼睛眨巴了一下，脸上果真泛起光晕，从左侧下巴颌的牙豁子里微微露了一下舌头，那大概是在笑吧。卓儒睦图巧妙地接过这使人惬意的话题说：

"就算是开个玩笑吧，但巴塔不愧为老刀把子，犀利呀。只是怕祸从口出，守口如瓶啊，原来他早就知道了我深埋在心底的秘密啊……家里没有个女人就没有光亮啊……连个说话的人都没有，真的憋死人！"两位老哥们真心实意地想撮合卓儒睦图和达兰其其格，卓儒睦图的嘴角不断地向后抽搐，不由自主地露出牙齿。哈·哈达撺掇说：

"你就管缝制衣服、拾掇门户吧。其他事情，与苏木联系，领取结婚证的事，我们哥儿俩包了……要说的是，你那豁牙子是用金子填补呢，还是用银子填补呢，怎么说也得补补吧……"巴塔给力说。

"当然是金子好啊……"三人的笑声回响在岩石间。就在这时，他们的笑声仿佛惊吓了羊群，羊群朝着对面的荒滩用尾巴拍打着臀部一溜烟儿跑了。沉浸在热议中的三人如梦初醒，这才知道会议延时太久，羊群已经走远。腿脚无恙的两个人尾随羊群跑去。卓儒睦图急忙张望毛驴，毛驴在离他较远的柠条丛中吃饱了肚子懒洋洋地掐着嫩草慢慢地咀嚼着。卓儒睦图拄着拐杖走到毛驴跟前接上了脚力，心急火燎地追逐着他俩快速颠去。

△088 结果，出了麻烦事。虽说羊群里没有侵入野狼，但干渴难挨，等不来主人的羊群擅自跑向湖泊，之后去舔舐结晶在岸边的土碱，于是，三群羊混合在了一起，已经难辨彼此了。要是在冬春时节，羊群会被自家饲料和幼羔吸引，容易大致地分离开来，但是，现在是在野外，又遇上了土碱，羊群只顾去解口淡，顾不上本群同伙了。犹如参加了亲自挑选饭菜的集体招待会的社会主义的客人一样，羊群六亲不认地来回穿梭奔跑。

三个羊倌儿被这1 000多只羊的鸣叫、奔跑弄得耳鸣目眩，除了几只种公羊以外，已经无法辨认哪只是自己放牧的羊了。

的确是惹了大麻烦了。考虑到影响，为了不扩大事态，决心就地分开羊群，三人一起上阵，但最终失败了。腿脚不好的卓儒睦图灰心断念地率先一屁股坐在了地上。接着，巴塔、哈·哈达也坐下了。

羊群贪食土碱和了群，是由于他们沉醉于热聊的话题造成的，所以，相互无法指责，只能回各个营子里叫来三群羊各自主人家的人了。卓儒睦图有骑乘，回去告知营子里的人们，再让那些人们骑着马去转告羊群的主人。

这样一来，惹出了更大的麻烦，成了越陷越深的无底的泥淖。卓儒睦图豁出去了，他觍着脸回到营子里说明了缘由，各家各户为之互传消息骚动了起来。又派有骑乘的孩子去巴塔和哈·哈达的营子传递了消息。这一普通的消息像电流一样迅速地传遍各家各户，各自派来了能够走动的，明白事理的人们。有些个别车马远行的和没有骑乘的人家的主人没能到来，就委托给了邻居的代表代为办理。

在下午四五点钟的时候，这项棘手的分辨自己羊群的苦活如同召开代表大会一样开始了。各家的代表陆陆续续到来。满腹气愤的代表们干劲充沛得吓人，但没有发生争吵，进入羊群后，左右奔跑，选拔各自的羊。大多数的人选拔出了自己的羊，但由于在野外，无法统计确切的头数。选拔到了晚上八点多钟，好不容易分离开了，羊群还要往一起跑。由于情况紧急，急忙跑来的"代表们"都没带干粮，又渴又饿，都没有力气动弹了。最终忍不住怒气爆发，人们责备了三个羊倌儿。他们忍受着刻薄语言的数落，充耳不闻，装出专心致志地挑选羊的样子；但是，到了忍无可忍的地步，卓儒睦图编造理由说：

"如果不是我的肚子疼得厉害，我是不会叫唤他俩的。"哈·哈达接过话柄劝导卓儒睦图说：

"……赶快去城里检查吧。"巴塔趁机说：

"换换你的饮食，换换你的碗吧。"这时，有个人嘲讽道：

"没有这两个神医恐怕你就死了。"幸好，这时夜幕降临，没有人看清楚他们的脸色究竟是什么样子。

被挑选分离开的羊群就像搞串联一样来回跑个不停，他们已经没有力气阻止了，只好弃之一旁不管。有些营子的主人来得晚了，天色已暮，无法分辨自家的羊了。

虽说人们个个满怀愤怒，但俗话说，"死去的儿驼的头骨都能震慑住活着的骗驼"，他们对老领导仍怀忌惮。再说，和群之事偶尔才发生一回，所以，他们都有所收敛，没有七嘴八舌，最后商定，把羊群全部和起来赶到就近的卓儒睦图的营盘，明天放亮后，再来辨认分群。不凑巧的是，有几只两岁绵羊和山羊过分舔食了土碱拉了稀，脱了水，走不动了。当时，黑灯瞎火的，无法辨认那几只两岁子羊羔是谁家的，要想带走很费事，索性撂在了草场上。当他们赶到卓儒睦图营盘的时候，已经到了深夜。

翌日破晓时分，三个营子十多户人家的代表摸黑起床，赶来辨认各自的羊，一直忙活到中午才见了分晓，赶着羊群朝自己的营子走去。然而，事情并没有这样就结束。由于拉稀死亡的两只两岁羊羔引发了争论，不仅如此，巴塔和哈·哈达放牧的羊群的主户的代表没能到来，所以，没能确定是否对数，约莫着就把羊给赶走了。这可惹了大祸。

没有亲自参加这次辨认羊群的巴塔、哈·哈达营子的两户人家的羊不慎被调换了。截流回去的羊群的头数对上了，但是，一只肥壮的大羯羊被换成了瘦弱的老母羊，主人找后账来了。他们进入卓儒睦图营子的羊群，指着拇指普日布的黑头羊和卓儒睦图的挖耳羊，立马"辨认"出来了，叫喊道：

"在这儿，在这儿。"双方各执一词，争论不休。最后到了讲理摆证据的地步，一个从巴塔营子到来的，名叫伊德尔道布的人怒气冲冠地嚷嚷道：

"是这个，是这个。主人认识自己的牲口，父亲认识自己的儿子嘛。"他这虚张声势的叫喊非但没有使人们信服，反而遭到人们的厌恶。就在这关键时刻，普日布的老婆在十多个人的面前拿出实证说：

"我的黑头羊的下巴颏的毛里有一个肉坠子，你们摸摸就会觉知到。"她获胜，讨回了自己的羊。伊德尔道布搔着额头，失败了。哈·哈达营子到来的马拉哈不停地鼓捣整理着鞋带儿，指着卓儒睦图的挖耳羊说："绝对就是这只。"最后，到了用隐秘记号断定的时候，他信心十足地说：

"我的羊的大腿上有颗黑痣。"他说对了，可是，卓儒睦图却支支吾吾的，没有了主意。由于卓儒睦图没有拿出任何特别的证据，所以，哑巴吃黄连，只能用肥壮的大羯羊交换瘦弱的老母羊。假如杭拉还在，怎能轻易让出自己亲手牧养的羊呢……

最后，卓儒睦图忍不住爆发了：

"这里面有鬼……社会主义里还有为了积累资产像善面盗匪一样巧取豪夺，将他人的东西归为己有的人吗？一旦到了个人名下就贪得无厌了!"之后,他找过巴嘎的书记领导,但未予理睬,只是敷衍了事似的说:"人民之间谈开就行了。"

三群羊的和群导致了三个羊倌儿饭碗的更换,他们交出了掌握鞭子的权力。

开办皮毛纺织厂

△089 这几天,既没有好消息,也没有坏消息传来,更没有诸如关于女性喇嘛,有权势的当官的人和做买卖的商人之间的离奇古怪,似是而非的传言,日子像平淡的流水一样逝去。这种如同沉睡一样闭眼不见、充耳不闻的状况,让卓儒睦图感到郁闷难熬。尽管不理解的,不知道的,没见过的,没听说的奇闻逸事很多,但他觉得与他不甚相干,也不费那个心思,顺其自然地漂浮在缓流上。他心想,该唱的时候就唱,该哭的时候就哭,坦然地开始了自己的新生活。尽管如此,在不经意中,他发现自己好像有些自闭了。

一天,他给毛驴饮了水,放在芨芨草丛中,自己挂着拐杖顺着河边散步。这时,一个骑马的人直奔他而来。走近一看,原来是屯图古尔。这个孩子小的时候非常调皮,现在听人们说,他已经长成一个有本事,头脑聪明的小伙子了。

"扎,老人家您身体好吗?牲口膘情好吗?"

"好,好。皮都包不住肉了,开绽了……你是叫都荣吧?"

"是啊,叫都荣。但是,很多人都不知道我的这个名字,大伙儿都叫我屯图古尔,现在都叫惯了。"

"噢,可不是嘛。你父母还好吧?"

"好。他们在旗里给我姐的孩子做饭呢。"

"你姐的孩子不是参军了吗?"

"不是我亲姐的,是我表姐的孩子。"

"原来你还有表姐啊……"

"是丁迪玛姨妈的女儿。"

"啊？丁迪玛是你的姨妈啊？"

"是啊，是我妈的抱养妹妹……"

"哦！……原来是这样……"

卓儒睦图脑际闪过一个念头："啊，是啊。年轻时的丁迪玛是个口齿伶俐的姑娘。"他在回想，在1948年召开的表彰全旗英雄人物大会上，丁迪玛盈盈满月般光鲜的脸上闪耀着粉红色薄晕，承诺帮他送去他获奖的"一头牛和一只羊"，但没有兑现。现在，他再次惊奇地感悟到了她当时的食言是明智的选择。当时，只因年少轻狂，沉醉在虚无缥缈的幻想中。后来，从姑娘们表白的耳语里才知道他认为台下所有姑娘们好像都在观望他一个人一样的感觉是错误的，是自己想入非非的缘故。

"台上坐着那么多的英雄，怎么能光盯着你一个人呢？从远处看嘛，在重点看别人的时候，为了不让你误会，视野里怎能不容纳你呢？你却误认为只看你一个人了……不是的，只是捎带着看的。再说，那么多的军人里就没有其他英雄了吗？莫非把你当成什么珍贵的宝贝从杭拉手里抢走吗？又不是抢夺男人的女匪……"丁迪玛的这番刺激性的话语，着实让卓儒睦图心里空洞了一个时期。

"那你为什么没有把我获奖的牛羊给送来呢？"

"你明明知道我会和你老婆动手挠脸的……再说，你妈拿着你奶奶的柳条像个裁判官坐在那里，我去找死啊？"他暗自钦佩这个未曾读书学文的人竟然会有既能毁人又能救人的睿智。卓儒睦图快速回忆着自己的过去，脸色阴沉下来，闭口无言了。屯图古尔见状急忙问道：

"您身体是不是不舒服了？需要含救命丸吗？"卓儒睦图如梦初醒：

"没事，没事。不用含。"他停了一下，接着问道，"你这是要去哪儿啊？"

屯图古尔说：

"我征得巴嘎领导的同意，准备收购牧户的羊粪，往内地运输……我是来买那个拖拉机轱辘的，我现在想搜集那台旧拖拉机的主要零部件进行修复。"

"我还等着旗里哪个馆子里的人来购买那个轱辘呢。"

"哎，卓书记您弄错了！馆子收购的是旧牛车轱辘，谁还要汽车和拖拉机的轱辘呢？都扔在外面，扒开胶皮和铁块，当成废品卖掉了。"

"摆放机器制造的大而精致的轱辘不是更好看吗？"

"不是的，不是的。人家欣赏的是手工制作的稀奇的古董，拿来牛头的白骨清理清理，涂上一层油也比那强。现在这个时代，到处都是工业产品，都成灾害了。"

"那你打算多少钱买呢？"

"200块。"

"算了吧，300块钱，想要就要。馆子至少也会给300块钱以上的价钱吧？他们50块钱买走了道布顿的牛车轱辘啊。"

"家乡的长辈嘛，这次我带来了200块钱现金，那100块钱下次给您送来，要不给您一只三岁母羊吧。"

他们的买卖没有在袖口里秘密进行，而是口头上一清二楚地说妥了。就这样，卓儒睦图无意中下了海。他在心里沾沾自喜："得了，是个走运降福的一天啊，用一个没用的破轱辘换取了几百瓶子的酒钱，值了。"

屯图古尔将钱付给卓儒睦图说：

"我去求佳木萨的车，来拉走轱辘。"多少天没见到人影，憋闷得几乎要死的卓儒睦图渴盼着得到一些新鲜的信息，挽留住屯图古尔找话说：

"还有什么好消息啊？"

"贾登巴以500块钱卖了牛，盲肠巴雅尔的外甥在敖包那达慕上夺得冠军，获得了两岁牛的奖励；朝克图考入了大学；敖日格勒朗诵诗歌得了第一名；哈图到北京治病去了；哈·哈达进城找他的女儿去了；巴塔向儿子讨要欠款了；格日勒阿妈在内地忙乎着熬奶茶呢；达格丹被二道贩子蒙骗，卖了山羊绒换来的全是假钞，他报了警；刚嘎玛卖了戈壁宝石买了蓬松的鹅毛羽绒服，拿回来一看，里面全是鸡毛；德力格尔买来的黑白花奶牛没有经得起一场雨的冲刷全部变成了纯黑色奶牛；世界山羊之父到访了银川；唱歌的恰日玛的爱哭的母亲喝了用泥土伪造的假药，临终时留下遗言说'你们以后喝药千万不要整咽，会堵塞肠胃的，必须咀嚼，不对劲就吐出来'……"屯图古尔将自己能够想起来的所见所闻的事情讲了一遍。卓儒睦图听着有些疲倦了，他有选择地问道：

"咱们的达格达达日嘎怎么样啊？"

"为了坐蜜月去湖南了。"

卓儒睦图不解地追问道：

"你在瞎说什么呢？坐蜜月是个啥啊？用打扫'羊厕所'的粪去换蜜了吗？"

"可能是吧……他和达兰其其格领上结婚证后，好像是要补回来年轻时没有享受了的幸福似的，说要去湖南体验一个月的新婚幸福旅行，坐着拉羊粪的车走了……"

卓儒睦图听着，脸色骤然变得惨白，说：

"你说什么？"他两眼发黑，双腿发软，嘴里念叨着"该死的麻子，该死的麻子"瘫倒在了地上。在年少轻狂时期，玩耍嬉戏过来的姑娘们当中，唯一一个让他寄予厚望的精神支柱突然化为乌有，使他的心里塌开了一个天坑。屯图古尔慌忙摸他的衣襟，找到了"救命丸"塞进了他的舌头下。过了三分钟，卓儒睦图缓了过来。但是，双腿没有力气，显得举步维艰。屯图古尔被吓得够呛，他绊住马放开，背着将卓儒睦图送回家，向巧嘴子说明了情况。他立即回去领着佳木萨的货车来运旧拖拉机轱辘，顺便拉来了答应给卓儒睦图的那只羊，给他喝了汤。

喝了新鲜的羊汤，卓儒睦图显得好多了。

△090　最近几个月来，流传着关于孟克巴雅尔这个人的形形色色的传言。把他的到来说成是狼入羊群，其实是一种排他性的偏见。那次，在旗里举办的招待会上，手持黄色折叠扇子，与旗长并排起坐啜饮茅台酒的，身着西服的年轻人用舒缓的声调所说的那一番话，给人们留下了深刻的印象：

"你们乌兰牧骑表演的民族歌舞非常好……就是服装有些陈旧了……那个舞蹈演员叫什么名字来着？"

刚刚从盟里派来，通过选举新上任的旗长西热木介绍说：

"叫乌仁达格娜。是个很好的舞蹈演员，很有名气。内蒙古直属乌兰牧骑想要，我们没给……"他向身边的办公室主任交代道，"这里不是有个空位子嘛，叫乌仁达格娜来坐在这张桌子上吧。"

乌仁达格娜从那张桌子上移到了这张桌子上。她的形象、身条、性格、动作无须赘言，所谓绝代美人大概就是这个样子吧。乌仁达格娜一到这张桌子上，所有人的眼睛不约而同地闪出了奇光异彩。尤其是来自美国的孟克巴雅尔先生分外兴奋，向着乌仁达格娜用英语说了些什么。

"啊！您？"乌仁达格娜没有听懂，示意在反问。

孟克巴雅尔却用流畅的蒙古语说：

"盛邀蒙古戴安娜光临本桌！"

乌仁达格娜惊喜交加，非常礼貌地反问道：

"谢谢您。您的蒙古语说得太好了。您的祖先是蒙古血统吧?"

"我不仅是蒙古血统,而且,这个旗还是我祖先真正的故乡啊。我的祖父在上个世纪,由于历史的误会,在红格尔山战斗中牺牲了。祖父的名字叫巴图巴雅尔,父亲的名字叫恩和巴雅尔,我的名字叫孟克巴雅尔……"听他这么一说,邻桌的人们骚动了起来。尽管他们的声音压得很低,仍然可以隐约听到"水斗脑袋"这个名字。孟克巴雅尔不愧为是个头脑聪明的人,他爽朗地笑着说:

"是啊,是的。我听父亲说那个时候人们起绰号管我祖父叫'水斗脑袋',管我父亲叫'葫芦脑袋'。据说,我来这里住了几天,有人给起了个'锥头脑袋'的绰号,我把那当成友好的玩笑,愉快地接受了……这恰好符合咱们的宗教精神。因为,始终要向着顶峰冲刺,所以,有个锥头脑袋是对的。"他的这番话换来了一阵欢呼声和鼓掌声。大厅的宴会在欢声笑语中继续着。喝酒喝兴奋了的人们叫喊道:

"孟克巴雅尔乖说得太好了。继续讲讲吧!"

孟克巴雅尔显得很激动,他用折叠扇子轻轻挂着桌角站起来说:

"家乡的父老乡亲兄弟姐妹们,非常感谢大家。我把陶醉于亲情当作至高的幸福,把沉醉于烈酒当作美味的痛苦。我不是说自己极富酒力,而是说少喝,或者不喝都行。祖辈随着时代成为历史,他们的历史是他们走过的足迹。但并不是说我们必须分毫不差地跟着他们的足迹走,应该有变化,那样才能推陈出新。虽说我们是他们的延续,但我们是破壳而出的新枝。我父亲曾在一首叫《叶子》的诗里写道:'长在一棵树两条枝杈上的,相连的两枚叶子也不尽相同。遥相呼应的众多叶片,背面仍然连接着相同的命脉。老朽的叶子每天俯瞰自己的根底。'我父亲现在已经快 80 岁了,非常想念故乡啊。但是,身体虚弱,没有力气回乡看看了,眼睛又不好。战争时期左眼受伤,留下了弹片。曾想做手术取出弹片,但又怕影响另一只眼。已经 50 多年了,其实也习惯了。就是书报看得时间长了会胀痛,到了阴天下雨的秋天会隐痛，平时啥事都没有。父亲还常说，'这枚弹片是过去历史留下的痛心的纪念，是新的历史的敲铃坠子'……这次我代表父亲回来看望故乡，还要去祖父长眠的红格尔敖包。原来还打算给他立一个碑。但是，在那战火纷飞的年代，据说，就在那次红格尔敖包战役中双方总共牺牲了七八十个人。他们个个都是父母的心肝宝贝，我们是他们生命鲜活的延续。所以啊，应该做一件纪念他们的有意义的事啊……这次我走了几个地方，看了看。要在咱们这里建立皮革绒毛加工厂，首先，水电条件不够。再说，无法满足外国商人的生活需求，也没有迎合他们趣味的游玩、休闲场所。总而言之，环境条件不够好……邻近旗县的条件可能要比这里好一些。"说罢，他举起杯来祝福道：

"好，为了大家的幸福美好干一杯！"

全场五张桌子上的人们个个喜出望外。但是，听到孟克巴雅尔尚未确定在家乡建立工厂的话，大家感到有些失望。在微醺的人们的提议下，乌兰牧骑的歌手们争先恐后地唱了起来。席间自由歌手们也不甘示弱地一展歌喉。这时，主桌的人们邀请乌仁达格娜跳舞。乌仁达格娜有备而来，当即跳起了酒盅舞。甭说在喝醉酒的人的眼里，就在清醒的人的眼里，她也以腾云驾雾，仙女翩然下凡一样的优美柔情的舞姿展现了自己非凡的魅力和才华。可能是由于她继酒盅舞，又跳了顶碗舞和孔雀舞的缘故吧，五张桌子上的人们如同受到外界强力辐射似的，刹那间，鸦雀无声，变成了凝固的集体雕塑。有几个喝傻了的人忘了咽下嘴里的酒，使其任意由嘴角流淌。须臾，集体雕塑一起复活，送来疯狂的喝彩声和鼓掌声。

舞蹈结束，大家兴奋地鼓掌，喝醉的人们醒了酒。孟克巴雅尔也显得无比兴奋，不住地鼓着掌。乌仁达格娜趁着众人兴奋，孟克巴雅尔愉悦的良机，用酒清洗了刚才跳舞时用过的银碗斟满酒，捧到孟克巴雅尔的面前说：

"从遥远的美国荣归故里,会见家乡的各位兄弟姐妹,发表了热情洋溢的讲话,我向您敬献这杯家乡的美酒,表示衷心的感谢。我们知道,您这次荣归故里的目的并非只是走访一回祖先的故土,而是为了让家乡更加美好而来做贡献的。然而,咱们的家乡目前还没有发展,条件也很差。但是,我坚信,对于像您这样杰出的人物来说,不要说条件不好,就是没有条件,也会创造条件,实现您所追求的宏伟梦想。预祝您的事业宏图大展!"

孟克巴雅尔接过银碗,不假思索地回应道:

"愿你的祝福吉言如愿成真!"他一饮而尽。紧接着,又有几个歌手走过来敬献歌酒,孟克巴雅尔一一喝干。虽说使用的只是牛眼大小的酒盅,但众人敬的酒合在一起就不少了。不知是如他自己说的那样陶醉在了兄弟们的亲情里了,还是沉醉在了美人的磁场里了,反正有了明显的醉意。他停顿了少顷,举起酒杯挥向乌仁达格娜说:

"一言既出,驷马难追。我要在祖先的故土上建立事业的丰碑!请你举起杯,旗长先生,各位领导,弟兄们……来,为了事业的成功干杯!"

周围四桌的人们相互呼应,愈发撺掇道:

"好汉!好汉!"孟克巴雅尔尽量克制自己不要喝醉,但最终还是喝得酩酊大醉。他站起来试图与乌仁达格娜跳舞,但摇摇晃晃不能自制。见状,乌兰牧骑的两个小伙子搀着将他送到了旗宾馆。

翌日早晨,孟克巴雅尔起床后,对陪同的小伙子说:

"昨天我醉得太厉害了。但是我清楚地知道说了些什么。很有可能仗着酒劲夸下了海口,骑上了老虎,那么就骑到底吧……美人的劝诱不得了啊!"

自那天以后,乌仁达格娜和孟克巴雅尔如同有约似的每天在集体食堂相见,每次见面都会谈论建立工厂的事项。乌仁达格娜给孟克巴雅尔当向导介绍周边的环境,这成了他俩建立个人关系的开始。

于是，孟克巴雅尔和乌仁达格娜决定，针对能否建立工厂的问题，进行十天左右的实地调查研究，展开各方面的论证。与此同时，旗里也给予了积极的支持，与相关部门研究协调，对于建厂相关的环境绿化，道路铺设，引水接电，建造工厂的围墙房舍，机器设备的引进，污水的处理，等的实际问题，进一步细化了论证数据，准备进行实际操作了。

在选定地点的那天，孟克巴雅尔和乌仁达格娜与旗里的几位领导站在广场原来用于集会的旧主席台上，商谈开发事宜。孟克巴雅尔用折叠扇子指着旗体育场以南，小河以北的高低起伏的一大块地说："那块地就可以！"他打算全部占用。

△091 为了建立工厂，乌仁达格娜跑了许多地方，碰了不少钉子，但她的确是在真心实意地帮着孟克巴雅尔的忙。再说孟克巴雅尔和乌仁达格娜很是投缘，一见钟情，如胶似漆，形影不离了。不凑巧的是，乌仁达格娜第一次兴高采烈地向爷爷提起此事时，就被火冒三丈的爷爷狠狠地打了一个嘴巴子。自那以后，乌仁达格娜每天心惊胆战，察言观色，试探着问了两回，但爷爷始终未置可否。有一次，爷爷却背过脸自言自语似的说："你求我同意，我求谁同意呢？"

乌仁达格娜实在没有办法了，就去找朋友们出高招。一个小伙子出点子说：

"你们干脆先结婚吧。完了再告诉他。生米煮成熟饭就得吃啊。这个方法适合你。"一旁的几个青年也支持说："这行，没有比这更好的解决方法了。"这下子给乌仁达格娜鼓足了勇气，提供了依据。孟克巴雅尔向乌仁达格娜求婚，乌仁达格娜向爷爷求准，爷爷向过去的历史求饶，本来应该按部就班地履行的这三道请求过程，不料，由此开始或者由此结束了。这件事引起了社会上的各种嘲讽、猜疑，或者是鄙夷、嫉妒，但最终没能形成阻力，反而使他们愈发下定了决心。

几个月后，他俩在旗里的民政科依法进行了婚姻登记，领取了结婚证。接着，去了北京的某基督教堂，接受了洗礼和祝福，相互发了誓。孟克巴雅尔第一次向乌仁达格娜谈及婚事的时候曾说过："咱俩的婚事如果能成，建立工厂时就以你的名义投资。"

这是孟克巴雅尔沉溺于爱情的表现呢，还是真心实意的表白呢？无论咋说，他确实为了实现自己的诺言，竭尽全力拼搏着。为此事，他们还用蒙汉英三种文字签订了合约。因为蒙古旗地没有外国人投资建厂的先例。外国人如果想在这里建工厂，还得专门政策的出台，或者需要国务院的特别批准，不过这些重重难关是不行的。过去，有两个外国人打算在这里建立工厂，在办手续的过程中先后都老死了。

他们在成立皮革绒毛加工有限公司和建立工厂的注册文件上，都填写了乌仁达格娜的名字。在说明栏里详细地介绍了孟克巴特尔的情况。建立工厂投入的1000万人民币的资金也以乌仁达格娜的名义写了进去。

孟克巴雅尔的这种男子汉的胆量和韬略，得到了社会上的普遍赞誉。不久，又将旗里破产的原来的毛纺厂也承包给了乌仁达格娜和孟克巴雅尔。

孟克巴雅尔和乌仁达格娜的信誉日渐得到社会上的好评，旗里领导们也被感化，同时也考虑到将来增加外资、引进项目，尽量为环境建设和提高投资条件采取了倾斜政策；不仅拓宽了原有的道路，还从旗里新修了通往夏日哈达、乌兰哈达、尚喜、文公淖尔的公路，率先把通往外界的道路与进京的道路连接了起来。看到这个旗的发展趋势，自治区和国家也给予了相当数额的资金支持。

由于旗里牵头得到了一笔可观的建设资金，所以，计划报批建造一座三星级的酒店，但事实上却建造了一座达到四星级标准的富丽堂皇的八层大酒店。同时，还结合着酒店的特点，建造了人工湖，专业游泳馆，展示服饰艺术的模特表演大厅，饮食服务中心和游乐场。

并且，沿街栽植了树木，主要街道两旁种植了花草。在镇中心扩建了休闲娱乐的广场。路灯全部换成了花瓣模样的崭新的各色彩灯。旗所在地俨然成了上海某个开发新区。街衢敞亮，灯火辉煌，鲜花飘香，姑娘们步履婀娜。她们为什么步履婀娜呢？原来是新组建的服饰艺术模特表演队正在通过表演大赛挑选演员。所以，她们在练习猫步走法。

真正的改革开放开始后，人们的思想得到空前的解放，异域他乡的新奇的服装、装饰打扮、用品器具、歌舞、电影、电视剧、文艺作品，甚至还有宗教和礼俗被输入进来。与乌仁达格娜年龄相仿的青年们毫无抵触地率先接受了这些新鲜事物。从老一代革命者算起，属于第三、第四代的人们戴着纸质皇冠，吹着蜡烛，手持刀叉吃起了抹着奶油的松软的生日蛋糕。

卓儒睦图担任皮毛厂门卫

△092 三个羊倌儿光顾沉湎于聊天，和了羊群，惹了大祸，丢了拿鞭子的权力，蜗居在了家里。

他们被开除后，陷入了沉重的心理压力之中。因为在这个时代，失去了工作就意味着砸了饭碗。所以，这使卓儒睦图的困窘雪上加霜了。

近两年来，马群减少，许多年轻人卖掉马匹，换乘了摩托车后，很难找到老实的骑乘了。卓儒睦图没有胆子乘骑邻里们说的那种"你能调教就骑吧"的生棒子马。在这斤斤计较、唯利是图的时代，长期白骑人家的毛驴也不是回事，又不是人家的娘舅老爷。甭说去巴嘎和苏木了，就连去一趟经常夜晚造访着狗都熟悉了的友好邻居家也成了问题。无奈，在去年秋天，为了生计，他拄着拐杖，挎着猎枪试图去归拢自己的几只羊，但由于腿脚不好，已经无法追赶羊群了。

△093　一个人的气运一旦倒下，要想重新扶起来可就没那么容易了，这话还真灵验。在去年冬天的一场突如其来的风雪灾害消耗牲口的时候，人家的牲口还能活蹦乱跳，可是卓儒睦图的七八十只绵羊和山羊却骨瘦如柴，虚弱不支了。在一个三九天酷寒的暴风雪的夜晚，已经摇摇晃晃、弱不禁风的羊群为了取暖拥挤在圈舍的墙角，一夜间踩死了30多只。在发生重大灾难的那天夜里，卓儒睦图仗着酒劲钻进山羊皮筒子被窝里，酣睡到了翌日。虽说是远房亲戚，但以姐姐自居的拇指普日布的老婆子怒不可遏地、不顾颜面地训斥道：

　　"你喝了酒睡得很幸福，但没有死掉却是个不幸。你要是和你那些羊一起去了也就算了，不为生活受苦遭罪了。这下你怎么生活？夜里起来出去照看一两趟，看见有积压踩踏的及时给疏散开，会是这个结果吗？"卓儒睦图如同当头挨了闷棍，只字未吐。

　　春天，卓儒睦图只接了三只羊羔，尽管像看护婴儿一样实施了精心的喂养，但已无济于事了。俗话说，"英雄难逃一箭，富人难防一灾"，已经到了穷途末路的人若想复苏，至少需要十来年的光景。然而，卓儒睦图还能有几个以十位计算的年龄呢？于是，卓儒睦图为了解消自己酿造的痛苦增加了酒量，但心中的重负却有增无减。喝酒的时候，哼着"参差岩石""烟卷香烟"，好像有说有笑的，但酒一醒又开始垂头丧气、有气无力了。乌仁达格娜回来看望了他好几回，求爷爷告奶奶地让他振作起来，但没有奏效。后来，要接他去旗里，这样也有个照看。可是，他那颗冷却了的心没有被感化。

　　"我不离开家乡。我要是离开，这几头牲口真的会饿死的。"他死拗着不走。左邻右舍的乡亲们怜悯他，相互说定轮番接他到自己家里，提供一日三餐，这项计划顺利地完成了第一轮。因为这不是高朋满座、把酒言欢的盛宴，而只是照顾本地单身老人的定食，所以，不管卓儒睦图尽了酒兴与否，到了晚上就得搀扶他回去。耐心地完成这些步骤并不是为了防止他像年轻时一样往别人被窝里钻的老毛病复发，毕竟他老了，而是在于他那"铁牛28"般的打鼾声。第二轮开始的时候，老头自己有点不愿意了。看到老头总是显得难为情，左邻右舍的几个主事者聚集在一起商量了一番，决定六户人家轮番每天派一名厨子到他家为他做饭。不料，在第19天头上下了大雨，牲口差点被洪水冲走，人们忙活得不可开交，有两天没来得及给卓儒睦图做饭。第21天头上，百舌丹巴老人去世，乡亲们忙于料理他的后事，大家请来喇嘛咏诵超度佛经，自然就没有时间照顾卓儒睦图了。卓儒睦图从早晨到夜晚吃着干粮、喝着黑茶打发时日，以悼念百舌丹巴为由再次端起了酒杯。

卧病在床的巧嘴子道布顿观察着卓儒睦图的情况，想出了一个妙招，让孩子们把他请来，准备了乳清腌制的胡萝卜、白菜、青椒的拼盘凉菜，一盘子热包子，还有一瓶子散酒招待他。

"依靠自己的孙女要比看别人的脸色强啊。不要听那些嘴上没毛的年轻孩子们的胡说八道。你可是他们的爷爷呀。搬到旗里住对谁都省事了。向民政部门讨要那几个补助款也就容易多了。"细致入微地联系着前因后果，讲解了其中的利害关系。

出现在祖孙二人之间的看不见的鸿沟源于孙女的婚事。爷爷看中了原旗委副书记雄赫尔和巴图加布俩的儿子。孙女却不喜欢他们的孩子，偏偏喜欢上了从美国回来的青年孟克巴雅尔。在这件事上，祖孙二人各持己见，互不相让，成了一个棘手的问题。为此，巧嘴子道布顿在心里反复酝酿了几天后，好像调剂了一剂良方似的将读过的新旧报纸拿出来码在枕头旁，苦口婆心地说教了起来：

"整个世界都成了这个样子了，咱们也应该顺应时代啊。你没从电影里看曾经的敌人相互握手的场面吗？摒弃过去的怨恨，恢复丢失的恩爱才能昌盛，这话不假呀。我读了多年报纸才懂得了这个道理。要不那样，肯定是敌对相争的双方两败俱伤，旁观的第三者从中获利。更不能把过去的怨恨传给这两个孩子，那有什么好处呢？俗话说,'山路折磨马,气愤折磨人'嘛……你就二话不说地跟着孙女去吧。"卓儒睦图既没有反驳,也没有赞同,默不作声。

再说,困扰卓儒睦图的唯一牵挂达兰其其格也跟着达格达飘走了,这里已经没有什么难舍难离的东西了。于是,卓儒睦图在邻里乡亲的提醒和帮助下,在秋后牲口抓好膘的时候,将那十几只羊和两头牛卖了个好价钱,卷起铺盖,坐上孙女派来的车去了旗里。孙女腾开一间小房子,打扫干净,准备停当,热情迎接了他。这使卓儒睦图非常感动,又一次唤起了他生活的信心和志趣。

自从卓儒睦图将几头牲口换成了钞票揣在怀里后,再也没有了放牧、下夜的琐碎事了,再也没有担心遭受风暴灾害的烦心事了,身心感到格外轻松。现在要干的事情就是偶尔去一趟民政部门。但是,由于他一辈子生活在乡野牧区,一时很难适应这种大官似的生活。

乌仁达格娜晚上回来一趟这个家,不一会儿就走了。为装修新房子忙得不可开交,连说话的时间都没有。偶尔给拿来一盒牛奶,送给爷爷。由于这个屋子的出入大门与她们屋子的大门是另开的,所以,无法知道她们何时回来,何时出去,有时还好像不回来。早茶由老头自己用电热壶熬煮,午饭和晚饭由孙女的朋友青格勒其其格送来。老头向经常能够见面的青格勒其其格打听一些这个那个,那姑娘却简单地应付几句就过去了。不省自己腿瘸身残,还过着使唤用人的大官的日子,这能维持多久呢?卓儒睦图犹豫了。他想,应该搬到乌仁达格娜以前在乌兰牧骑时住过,现在空着的那间旧房子去,紧挨着那所房子还有乌兰牧骑的集体食堂,从那里可以自己打饭吃,总让别人送饭欠妥。趁乌仁达格娜回来一趟的工夫,他说了自己的想法。乌仁达格娜也同意了。于是,乌仁达格娜请示了乌兰牧骑的领导,征得同意后,收拾停当,让他住了进去。卓儒睦图感到非常惬意。

安顿好了的卓儒睦图凭靠残疾人补贴生活着,不料,物价猛涨,到了年底,拨给他的360块钱就捉襟见肘了。住在城镇不比乡下,什么东西都要钱。每天掏腰包，那几个钱所剩无几了。乌仁达格娜也力所能及地帮助他。想到自己曾经大发雷霆说钱是没用的脏东西，现在觉得不好意思接受孙女给的钱了。于是，他的生活日渐陷入困境。无奈之下，他要求孙女给他找一份工作。申请去旗毛纺厂工作吧，技术活和体力活他都干不了，他能干的只有一种工作——当书记，但轮不上他。最后找到了挣毛线工资的看管工厂大门的工作。乡下需要毛线，卓儒睦图可以用它换来羊，这不用担心。

卓儒睦图在让孙女带路去往工作地点的那个晚上，不知是极度的兴奋，还是过度的伤心，比平时瘸得更厉害，低着头摇摇晃晃地走去。那天夜里，卓儒睦图对自己彻底失望了，他长吁短叹到了深夜。

"竟然到了温饱不济、寄人篱下的地步。是谁打烂了我们的饭碗？谁说铁饭碗不烂，不是像瓷碗一样烂了吗……可能是上辈子没有好好念书的缘故吧，这辈子可是没少读毛主席语录啊……"他在琢磨失去铁饭碗的原因。

卓儒睦图很快适应了这项工作。其实也没有什么不好适应的，老话说，下夜就是睡着觉挣钱。只是顾及颜面的问题了，但是，颜面已经在去年放羊的草场上丢尽了。再说，旗镇里人口众多，相互之间并不认识，好在下夜是个不见人的工作，比起放羊省事多了。就算你想见到进来偷东西的蟊贼，他们也怕被逮住，会迅速地逃之夭夭。所以，几乎不存在见到熟人丢颜面的问题。现在需要做的是该睡觉时睡好觉，按时将顶替工资发给的毛线抱回来。年轻时的他只喜女色，不贪钱财。因为那时大队所在地有热炕头、五花肉、丝绸被窝、老实的骑乘、烈性白酒，尽管自己不拿钱，但有会计仔细地安排他的活动，报销他的旅差费和食宿费，所以，他不需要那么稀罕钱。但是，今非昔比了，钱变得亲昵了，摸一摸心里就感到踏实。但他没有脸面向乌仁达格娜说他的这一想法。因为，乌仁达格娜很早以前就跟他说过这个道理。

卓儒睦图逐渐熟悉了工作，有了兴趣，正准备去领第二次的毛线工钱的时候，就在那天早晨，遇上了工人们聚集在厂长办公室门前讨要工钱的情景。他听说很多地方的工人们都失了业，人们聚集在政府门前和工厂门前讨要工钱，还在控告工厂主。为了凑热闹，他来到了毛纺厂大院。只见一帮工人抱着一坨子一坨子的各色毛线走出工厂。工人们如同巢穴被洪水冲垮的蚂蚁一样四散而去了。怀抱毛线和毛毯的人们色彩斑斓地走满大街。

事情原来是这样的：工厂半年没有发放工资，工人们三番五次地讨要，但是，工厂也的确是没有钱了。厂长与工人代表经过协商，商定用毛线折价算成工资发给了大家。工厂要关门了，每个车间的门上都贴上了封条。卓儒睦图好生央求着找到的这份不费力气就可以赚到钱的工作也黄了，他满怀沮丧，耷拉着脑袋来到厂长办公室，打算领取自己的那份顶账毛线。

"嗨呀，来得好啊。来得正是时候。"厂长喜出望外，他接着说，"工厂被迫关门了，但您的工作却加重了，您要看管好工厂几百万元的资产，直到处理完为止。您要是愿意就继续工作，我们继续聘用。工钱还用毛线折算，乌仁达格娜熟人多，她能推销出去。在您原来的五卷毛线上再给您加一卷。"

是否接受聘用，卓儒睦图有点犹豫了。如果接受了聘用，要把那抵账的毛线倒腾成钱，可比下夜难得多了，因为现在有很多的人在抱着毛线到处乱跑，到时候还得看乌仁达格娜的脸色才行。如果不接受，又找不着其他工作，只能干坐白等着。其实这是个既能赚到毛线，而且还是个什么都不用干的美差，如果不接受，岂不是丢掉了到了嘴边的肥肉吗？

他沉吟了片刻后说：

"我干！"

△094　那天早晨，卓儒睦图抱着几卷红毛线，无精打采地回到自己居住的乌兰牧骑的集体宿舍，恰好遇上了等待他的乌仁达格娜。

"噢，爷爷抱着工钱回来了？我正要去找爷爷呢……"

"没等你去找我，我来找你了，工厂把我辞退了……我接着该……"卓儒睦图的话音未落，乌仁达格娜抢先说：

"哇！太好了！"

卓儒睦图顿时大怒道：

"砸了饭碗还好吗？"

乌仁达格娜却和颜悦色地说：

"我给爷爷找到工作了。月工资600块，半个月发放一次。"

老头不相信自己的耳朵说：

"真的吗？咱们旗里还有这样的好事？"

"有啊！同样是您会干的下夜的工作。"

"什么地方？"

"正在兴建的皮毛纺织联合厂。年底，新的工厂投入生产。我得到了这份工作的名额，手续也办好了。在开厂之前您先干着原来的工作。"

"啊！就是葫芦脑袋的儿子锥头脑袋建设的那个工厂吗？"

"是的，就是。"

"你给我找的工作就是这吗？下跪仇家乞求施舍吗？"

"那还能咋样？为了生活嘛……那仇恨是过去战争的仇恨啊。战争结束了就得和好嘛。战争是黑暗中射出的没有眼睛的子弹啊，爷爷！"

"呀呀……这个时代太可怕了……不声不响地渗透进来，轻松地占领了。"

"要想发展振兴过上好日子，只能这样啊，爷爷！"

"好，你做主吧，为了生活嘛……我保证下夜，你去见面交涉吧。"

"爷爷您不用管其他事情，给人家工厂下好夜就行了……我慢慢想办法给您增加工钱。"

"你就知道钱、钱，我没嫌钱少……比咱们苏木长的工资还要多50块钱呢……"

"不……爷爷您赶不上时代了！现在是个'有钱万般顺、没钱寸步难'的世界。不是自古就有'有钱能使鬼推磨'的说法嘛！"

"要钱做你的祖宗啊？钻到钱眼里去了？名声脸面都不要了？"卓儒睦图不依不饶地固执己见。乌仁达格娜也在忍无可忍的情况下，斩钉截铁地回击道：

"那又虚又空的名声脸面能值几个钱！那些荣誉能当毛驴骑吗？有了钱坐飞机都行！"她原想用这些实例说服老头，不料，点错了穴位。

老头一听这话火冒三丈：

"这可真的成了羊羔长了犄角撞了妈妈，你竟敢冲我撒野号叫……"说着，他打了乌仁达格娜一巴掌。乌仁达格娜伤心地哭着跑了出去。幸好这时家里没有外人，谁也没有看到祖孙二人的内部战争。从表面上看，好像是爷爷取胜，孙女败逃了，但老头没有感到丝毫胜利的喜悦。

△095 卓儒睦图从未这样狠劲打过孙女。在她五岁的那年，为了给她喝牛奶，将一碗牛奶放在她面前，她却扑腾着手脚给洒了。"你这没福气的东西！"卓儒睦图一气之下在她屁股上拍了一巴掌。但在事后，他好像被打了自己的屁股一样流下了伤心的眼泪。那是由于当时牛奶是个奇缺的东西，他可惜了那点牛奶，但最主要的原因还是杭拉的责备：

"干啥呢，你咋能这样对待一个可怜的幼小的孤儿呢！"卓儒睦图每每想到孙女是个孤儿，就不由得心生悲哀痛楚。就在那天晚上，他给孙女脱衣服，哄她入睡时，轻轻抚摸着她那圆圆的发了红的小屁股自言自语道：

"我这老糊涂竟然把孙女的屁股给打红了！"他自责着，叹息着，呷了几口酒抹去了眼角的泪水。

在卓儒睦图从"文化大革命"的简易监狱出来的时候，儿子和儿媳留给他一个孤苦伶仃的幼小生命撒手而去了。他每当想起儿子在"挖肃"运动中被折磨而死，胸中就会燃起悲愤的火焰。卓儒睦图从未忘记自己经历过来的大苦大难。他回忆在隆冬寒夜里将幼小的孙女装进羊羔毡袋背着去苏木卫生院的经历。卓儒睦图还记得把事先准备好的两个名字的第二个起给了孙女，叫成乌仁达格娜的当时的那份欣喜。乌仁达格娜在爷爷奶奶的手上顺利地成长起来。

那年冬天，他家门前正好有一头空怀的乳牛，老两口将自己口粮的玉米匀出一部分，每天晚上喂给乳牛一斤的粮食，每天挤出不到10斤的牛奶，哺喂了孙女三个月。从第四个月开始，用白面和莜面熬成糊糊，一勺一勺地喂养着，看着她一天天长大。他在年富力强的时候，像蜜蜂一样穿梭在群星捧月般围绕在他身边的女人们中间，估计留下了有名无名的不少的后，但不用说没有公开录入自己的户口，就在他自己心里头也没弄清楚一个准数。所以，他把这个孙女看成是他生命唯一有据可考的延续。

血脉相传，筋骨相连啊！卓儒睦图身不由己地抽了心爱的孙女一巴掌，为此他甚是后悔。但有时又为自己的阶级立场的坚定而感到自豪。但是，他俩最终还是没有逃过精神锯条的拉扯。卓儒睦图怀揣扁瓶子，吸吮薯干酒的次数日渐多了起来。

修指甲或打扮

△096 乌仁达格娜作为新成立的皮毛纺织联合公司的最大股东，成为总经理。孟克巴特尔出任副总经理，兼管常务工作。乌仁达格娜

分管了原则上的监督管理，与客户商家谈判，招引其他公司资本等工作。同时，还为了举办民族服饰艺术模特表演，租下了旗里新建的大酒店设有 T 型舞台的大厅。这个大厅具有多种用途，如果利用好了将会获得丰厚的收入。乌仁达格娜如是预测，孟克巴特尔对此也满有信心。但是，无论你开创任何一项新的东西，光有热情是不够的，还必须要掌握它的方法，遵循它的规律。所以，他们面临的问题是：在一个旗里如何举办服饰艺术模特表演？如何让民族服饰模特表演大众化？如何将生活艺术的需求和经济利益在实践中有效地结合起来？对此，他们毫无经验可谈，只是走马观花，道听途说，只限于理论的纸上谈兵和艺术的感官刺激，处在飘忽不定的兴奋状态。所以，他们反省后，决定外出取经了。

法国的模特艺术事业具有悠久的历史，在世界史上占有重要地位。肯定会有很多技术方面的和经验方面的图书。但是，取其真经，路途遥远，而且困难重重。孟克巴雅尔和乌仁达格娜俩又不会法语，也没有任何技术上的和业务上的往来关系，没有办法。与其这样还不如回美国学习考察。再则，孟克巴雅尔每次与父亲通电话，父亲总唠叨让他带着媳妇回来，想在有生之年见上一面。于是，孟克巴雅尔让父亲寄来了乌仁达格娜的邀请书，向公司董事会请了三个礼拜的假，安排停当公司的业务后，从北京上了飞机。然而，他心中的重负没有浮上天空，硕大的飞机也没能承载起来，大部分心思照旧留在了家乡的故土上。

乌仁达格娜没有找到合适的机会向爷爷解释这次去美国的事情。如果是说了去见公公的事，也许真会弄出大乱子。不止这些，就连和孟克巴雅尔结婚的请帖都没敢送去。她试图用朋友们提供的"慢慢因势利导"的策略进行怀柔感化，含沙射影地说了两回，但他没被接受。当然，爷爷肯定是推测到了，或者是听人们说什么了。

所以，乌仁达格娜需要找来一个去美国的新理由，采用稳妥的方法，比如说让别人递个话，或者写封信，或者以汇报工作的方式……无论咋说，不要闹出大的动静，将这个问题平静地处理在"秘籍"里头。她不愿采取与老人断绝关系的强硬方式。因为，乌仁达格娜不想回绝这门婚事，也不认为是错误的，所以，她需要用"软着陆"的方法进行维持和维护。她绞尽脑汁想用自己的理论去说服爷爷相信，并得到他的同意。

△097　虽说乌仁达格娜学了一些英语，但那都是些"蒙古语调的英语"。尽管家里有个现成的老师，但发音的差距尚未纠正过来，到了实际运用的时候却碰到了接连而至的"三无"困难的钉子。乌仁达格娜一上飞机，就以各种巧妙的方法与坐在身边的英国小伙子搭讪，又为了练习口语与空姐打招呼。但是，很多东西她不知道该怎么说，不知道怎么去发出生活用语的微妙发音，再就是掌握的单词远不够用。最主要的问题就是发音问题，她不会恰如其分地发出英语式的鼻音的辅助子音。如果没有孟克巴雅尔牵着她的手，恐怕她会遇上预想不到的麻烦。

飞机飞了十多个小时，在中途着陆了一回，来到了美国的旧金山。虽说长途跋涉非常劳顿，但是眼前的一切无比新奇，觉得好像来到了一个崭新的奇妙世界。作为世界上最为发达国家的都市的旧金山，让乌仁达格娜觉得比她们旗里的小镇高大数百倍，文明洁净的程度也让她叹为观止。

对于孟克巴雅尔来说，领着新媳妇去见父亲是头等大事，他叫住一辆出租汽车直接回到了家里。孟克巴雅尔的父亲坐在轮椅上，在院子里迎候他俩。他俩下车后，异口同声地寒暄道：

"爸爸您好吗？"

老人很是兴奋，用因激动而发颤的声音回应道：

"好好，你们路上顺利吧？"

孟克巴雅尔的父亲恩和巴雅尔绰号叫葫芦脑袋。他的确有个大铜勺子似的秃了顶的明亮的脑袋，上身穿着花格衬衣，下身穿着灰色裤子，脚穿一双单薄的布鞋，显得微胖，满脸红光，体格魁梧。现在看这个老人，难以想象他曾经横刀立马驰骋沙场，反倒像个文质彬彬的书生文人。

进屋后，孟克巴雅尔表示关心，详细询问了父亲的健康状况。父子俩简要地讲了小别后的情况后，孟克巴雅尔向父亲介绍了乌仁达格娜，又向乌仁达格娜介绍了父亲。乌仁达格娜静静地观察屋内布置。看样子是个爱读书的人。在占据整个一堵墙的玻璃门书架里，放满横写文字和竖写文字的书籍，还有各种小巧玲珑的雕塑艺术品。老人在屋里可以拄着拐杖行走，到周围的街道转悠时就由保姆给他推轮椅，稍远一点的地方就开汽车出去。但是，从这半年开始，老人感到开车有些力不从心了。

晚上，孟克巴雅尔开着父亲的小车去了就近一家大餐厅，包了一个雅间，与照顾老人起居生活的侄女一共四个人一起就餐。老人稍微吃了一点饭，稍微喝了一点酒，说了不少的话。恩和巴雅尔老人经由北京、香港于1949年来到这座城市进入一个金矿当了一名劳工。接着，转到一家木器厂当工人，从搬运木材开始，做了修整木材、油漆桌椅、装卸货物等各种苦役杂活。后来，将自己从家乡带来的白金和从当地获得的黄金换成美元，向本厂投了股份。他还把每年得到的股份红利再次投入工厂运作，逐渐扩大了自己资本的实力。这个方法确实奏效，逐步让他富裕了起来，但比起美国当地的富豪，尤其那些来自阿拉伯的钱袋子，只能说是小巫见大巫了。就在这个时候，突然发生了越南战争，军方委托他们工厂制作了战争所需的器具，为此，利润不断地增长。自那以后，他们的工厂成了巨富企业。由于恩和巴雅尔投入的股份多于他人数倍，他理所当然地成了这家木器制造有限公司的总裁。接着，又先后购买了另外几个人的股份，拥有了自己的工厂。

恩和巴雅尔经历了多年艰苦卓绝的磨炼,那股子雷暴傲气得到磨炼,性情柔和下来,练就了折不断、拧不烂的黑皮条一样外柔内刚的性格。正因为如此,纵然他远离了家乡故土,也能奋力拼搏,闯世界开眼界,成为文明开化的这样一个非凡的人。他是个低调亲和、胸有成竹、稳重自若的颇具派头的老头。仗着酒劲,他似乎打开了话匣子。他好像在平衡世间远近亲疏关系,力图清洗罪孽污垢似的展开了话题。

"……你们是年轻人,来日方长,在前行中要经常性地回首审视自己的脚印……不要用一夜的气愤结下终生的怨恨!如果要是走歪跑偏了,就要马上纠正……人是不会像画了线一样径直走下去的。只要跟上众人的流向就对了,社会就是这样前进的。个人的意志,少数人的想法都是有限的,一旦逆反潮流就会被大浪吞没。我们走过来的路在证明着这一点。我被打瞎了一只眼后才有了认清社会的心灵的眼睛。尽管是一只眼睛,也不会影响我看清前进的道路。都蛙锁豁儿①不是嘛。当初我们太鲁莽,太傲气了,飞扬跋扈,不知天高地厚……给你们讲的是我在人生经历中学到的东西。仇恨是折磨自己的顽疾……我曾担心儿子投靠了八路,熬过了多少未眠之夜……现在看来岂不是在犯傻嘛?今天,儿子领来了人家的仙女给我看,还想咋样啊?从今起,我的儿子去哪,干什么都行,我不会阻拦,只要自己愿意,怎么样都行。你去创业是对的,你回到祖先的故土是对的。子女并非私人财产啊。"说罢,他又转向乌仁达格娜说:

"……我从孟克巴雅尔那里听说你沦为了孤儿……时代的动荡造成了不幸的结果啊,哪里都有灾难嘛……那么,你爷爷还好吧?年龄略微比我小点吧……"

---

① 蒙古历史巨著《蒙古秘史》中出现的独眼神人。

乌仁达格娜回答道：

"挺好的……是啊，快70了。"

"噢，还年轻啊……在牲口上呢？还是去旗里了？"

"去旗里了。"

"都退休了，是吧？"

"闲待不住，也在找活儿干呢……"

"是苦轻的活儿吧？干什么呢？"

"在看管工厂的大门……"

"没有其他合适的工作吗？"

"是啊，腿脚不好。"

"噢，那就没办法，也和我一样啊。"

"过去在战争中负伤，落下了残疾。"

"哎，是吗？他是哪边的？"

"是八路。"

"哦，原来我们俩是敌对的双方啊……但时间太久了，一切都消失了。我的父亲为了'主义'捐躯了。死的死，伤的伤了。互对枪口的结果怎么样了？谁也没有喝到长生圣水，两人都让历史狠狠地打了一个嘴巴子……我为了活命如同抱住了佛腿一样抱住了美国的大腿，勉强保住了一线生命，但痛苦了多年啊。"

"您来美国受了不少苦吧？"

"能不受苦吗？在金矿差点丢了性命。来到异国看人脸色……与啃噬抛弃的骨头的狗有何两样啊？失去了老伴，一同来的人们也陆陆续续走了，从那个时期的人们当中就留下我一个人孤苦伶仃地活着。"

"哎，您也的确受了不少苦啊……"

"可不是嘛！你爷爷是战胜的一方，可能会好一些吧……"

"也只能说好点吧，我爷爷非常倔强啊……固执己见，折磨自己。"

"可以理解，直到 70 年代末，我也那样。烦恼了很久，碰了不少的钉子后，才弄明白了朋友和敌人哪个都不是永久的，只有利益才是永久的这个道理……自那以后，我才理解了孟克巴雅尔执着地要求回到祖先的故里干事情的想法……新时代的人们应该以新的方式去生活，于是，我从出售工厂的资金里拨给了他一部分资金……"

乌仁达格娜仔细聆听着老人的话语，没有发现任何的口误和纰漏，反而觉得心中的纠结被解开，荫翳被驱散，光亮由彼处渐渐显现。

△098　乌仁达格娜拜见了公公，双方逐渐熟悉起来，心中的压力也减少了许多。与此同时，为了培养对他的亲近和尊敬意识，她花费了大量的智慧和勇气。第一次叫"爸爸"的时候并不是随口而出，而是有一种近乎被逼迫的，有一种异于在日常生活中称呼一般亲戚的别扭的感觉。这其实也是符合逻辑的自然现象。虽说他们的结缘跨越到了第三代，但第一代仍旧直接或间接地影响着他们。在阶级斗争搏命的竞争中，造成的裂绽不可能说愈合就会愈合的。情感的伤痕是个不经意触碰一下就会流出血来的，人类社会最为脆弱的第一重伤。虽说这个姑娘与祖父吵架，被打了嘴巴子，几乎走到了断绝关系的边缘，但那个潜在的东西，现在仍旧或多或少地影响着她与公公心无二意的亲情接触。把不能像继承遗产一样继承仇恨的这一说法从理论的层面实践到实际生活中，并卓有成效地身体力行，这对乌仁达格娜来说实属不易。

……

在孟克巴雅尔的陪伴下，乌仁达格娜观光了旧金山的主要街道和景点，特意去了几处服饰模特公司并观看了他们的演出。她通过孟克巴雅尔的翻译，采访了许多人，详细地了解了自己不清楚的服饰模特表演所需的东西、技术层面的东西和进入市场的经验方法等。似乎知道了服饰的美究竟是什么？它有什么作用？同时，她也初步明白了模特表演这个形式，从眼前的时尚看，是由里向外展示人的美；从长远角度看，是体现社会走向和经济利益的行为。她知道了"内"指的是人的思维的艺术境界。她如梦初醒般地发现，由于文化教养的匮乏和环境条件的限制，自己不曾知道的东西原来竟然会有如此之多。

为什么不将衣服挂在木头架子上，或者泥塑人形上展示，非得要活人穿着走动呢？模特表演者为什么要扭着身子走猫步呢？为什么要花费大量资金租用模特呢？为什么非得要让模特穿上那种离奇古怪的、穿的像背的、戴的像拖的，看起来不像衣服的衣服呢？为什么模特在那么平整的舞台上不去顺顺溜溜地走，偏要像在线条上走一样几乎要摔倒似的左右摆晃，就像被风吹似的摆动襟裾，醉汉一样拧着腿迈步，扑扇着七零八挂的布条，或者穿着野生动物的高档皮毛裘氅高傲地来回，没有可人的笑容，最多也是装模作样地咧一下嘴呢？她似乎由浅入深地感悟到了其中的奥妙。

服饰模特事业不仅是人的服饰美的前提，还是社会的一种变异，或者是美学欣赏达到了高层次的象征。这东西最初萌芽生根在皇室内宫，但它没能绽放开来，隐忍成一株不死的奇葩，在步入市场经济的资本主义社会的阶层得到了发展，成为服饰市场消费的专门事业机构，独立发展起来的高尚细腻的艺术形式。

乌仁达格娜了解了大概了解的东西，心里记下了只可意会、不可言传的东西，总而言之，她惊讶地初次欣赏和感悟着这项审美项目，从其看得见的冰山一角上确实感到了价值的存在，收获颇丰地回到了家乡。我们为什么总是强调人的内在美而找不到外在的新奇呢？因为贫穷落后吗？是不是心有余而力不足呢？或者是社会发展的阶段有差距呢？她开始思考这些问题。她把这当成了见习的收获。

△099　乌仁达格娜从美国回来后，去看望爷爷，她只字未提见

到公公的事，将一个电动剃须刀、挂里子的上衣等东西，还有公公捎给爷爷的、美国制造的一瓶威士忌不加说明地一并送给了爷爷。老头并没有当回事地说：

"我用惯剃刀了。我不会用那吱吱作响的东西，你想给别人就给吧。这个黄色的酒我倒想尝一尝。"乌仁达格娜欣喜地用旋转起子启开那瓶酒的木头塞子，递给了他。老头尝了一口咧着大嘴说：

"呸，又腻又苦真难喝……啪啦啦……连那个公马尿一样的东西都不如……这还叫酒……"他毫无顾忌地、由衷地干呕了起来说：

"给给……谁想喝就给谁喝……我是喝不了……就连我们30年前的薯干酒都不如，说了半天美国，啪啦啦，连酒都不会酿制啊。"他好像是彻底地嫌弃了，将酒瓶子推开了。

△100　乌仁达格娜为了启动公司，苦苦奔波了几个月。她为了将民族服装饰品模特公司办成适合当地特点的灵活多样的新式企业，尝试了各种方法。不能办成像国外的，或者是经济发达的内地的样子，那样赚不了钱。她采取了举行季节性中小型的服饰展示表演，或者伺机与内地合作，为推广某种产品，或者为炫耀某些人的形象、成色、风采、活动、表现语言等进行展示表演的灵活的方式方法。

从上海请来一位老师，举办了在全区范围内招生的培训班。从30多名学员中，选出13名学员成立了临时模特表演队。又从演员当中选拔、吸收了出类拔萃的三名外旗来的学员，还将丁迪玛的姑娘和门德格的儿子等五人定为永久性的队员。将大多数演员聘任成了演出期间获取高额工资的自由队员。

技能突出的那五名演员由公司派往内地参加演出，他们按照合同的约定开始了工作。其余的八名演员则在工作闲暇时，返回各自原来的单位。例如：摔跤队的跤手回去继续摔跤，舞蹈演员回到乌兰牧骑继续跳舞，篮球和排球运动员更是呼之即来、挥之则去似的在各自的球队里打球,与她签定了随叫随到、按劳取酬的工作合同。

△101 听了一位国家美术学会老师的讲课后,乌仁达格娜有了以人体为中心向社会公众推广审美情趣的想法。于是,她按照美国一位舞蹈家所说的那样,首先从自己的身体开始做起了实验。她谨小慎微,从细微处入手了。服务女生细致入微地修理了她每个脚的趾甲,将其瑕疵、棱角、形状进行了专业性的雕琢美化。可能是由于乌仁达格娜原先在乌兰牧骑当过舞蹈演员的缘故吧,她认为脚对人体有着非常重要的作用,所以,她格外强调脚的健美。今天这算是大的修整,这样的修整需要每周实施一次。当然,有了大型招待会,重大的宴会的时候,随时都要进行脚的美容和装饰。平时只是为了保持清洁卫生进行一些小的洗浴和小的美容。

乌仁达格娜每天晚上都要用30℃左右的温水泡脚,然后,为了维护皮肤进行美国式轻柔的揉搓沐浴,这个习惯她已经保持了半年。有时,服务生姑娘青格勒其其格给她洗脚。今天亦如此。

青格勒其其格伺候保养着她。这个姑娘以前几乎没有听说过这项服务工作,但由于她心灵手巧,动作敏捷,天资聪慧,比较熟练地掌握了这门技术。尤其是她那性格如同真丝绸缎,触碰到哪里都温柔绵软,招人喜爱。虽说她的月工资与服务生一样,但乌仁达格娜时不时地从鳄鱼皮手提小包里拿出钱包,塞给青格勒其其格一些小钱。有时竟然会强迫她收下。有时,如果有时间,来了兴趣,乌仁达格娜还会用柔软的羊肚毛巾为青格勒其其格擦背。她俩情同亲姐妹。所以,不去叫,青格勒其其格也会及时赶来,非常投入地为乌仁达格娜洗脚。

今天也与往常一样,在全神贯注地为她洗脚的同时,还恰到好处地实施了揉搓、按摩、轻轻敲击震动等理疗保健。有的时候,乌仁达格娜的身体得到放松后,非常舒服地躺在椅子上甜美地睡去。青格勒其其格将睡去的她称之为睡姿绿度母。今天,她却完全沉浸在了外国古典名著《十日谈》的阅读中。她将伸腿、缩腿、翻转等所有程序托付给了为她洗脚的姑娘，自己只顾聚精会神地读书。青格勒其其格如同工匠细作一样精心洗完了她那洁白如雪、形似玉雕般的脚。乌仁达格娜好像读完了一个故事，脸上显出了愉悦之色。

乌仁达格娜和颜悦色地用下颌示意青格勒其其格递给她剪刀。护工姑娘心领神会地将乌仁达格娜常用的圆形软椅子推过来，放在藤条安乐椅的对面，适合乌仁达格娜伸腿的距离内，拿起了剪刀。同时，还补充使用了特制的歪柄指甲刀和鹰喙镊子。聪明伶俐的青格勒其其格姑娘为了将老板女士装扮得美丽鲜亮，从头到脚实施了匠心独具的立体服务。

乌仁达格娜在美国亲眼观摩了涂指甲的技法，又从电视上看了印度和尼泊尔的涂染方法。她将这些融入本地方法，以金黄、银白和桂花红为主调，涂染自己的脚指甲，其中还要掺入一些鲜艳的点缀颜色，使其成为七色靓甲。其实，她的这项实验是获得某个国家元首前来内蒙古地区访问的消息后，为之准备的，所以，这已不仅是她日常生活的装束打扮，而且还是她马上就要展开的事业的初步实验。如果不率先垂范，认真对待，很有可能招致失败。乌仁达格娜将这项实验称之为"指甲斑斓工程"。她还说，打算写一篇有关这方面的学术论文。今天她选择了自己格外青睐的金黄颜色。护工青格勒其其格艺术思维的唯美创意结合了乌仁达格娜秀腿的天生丽质，做到了美玉无瑕，令人叹为观止，神魂颠倒，除非是用高性能的照相机再现，否则，想用语言文字表达是不可能的。黄色显得那样的柔情温和，吸引所有人的目光，尤其是那些姑娘们和那些嗜好涂抹打扮的妇女们的兴趣。

牛奶浴或惊心动魄

△102 看着倒入浴盆里的温乎的牛奶，乌仁达格娜若有所思地

站在旁边。青格勒其其格锁好门,来到了工作岗位上。

"想什么发呆呢?有点热么?"

"没有,没有,今天的牛奶怎么这么多啊?满满漾漾的像个牛奶海子,看着瘆人……"

"啊!是我今天多加了一桶。上次倒了两桶觉得有点少了。一个月就这么一回嘛,最多也就是20多斤吧……"

"一次实验用20斤,12次就是240多斤。这样加上你算出来的那480斤得多少?"

"不就是720斤嘛。你没听那天酒会上广东老板说,富豪家贵妇人的一瓶珍珠霜就值1 000多块吗?"

"是说过。但人家那是达到真正国家夫人级别的特殊职业者啊……"

"姐,你比她们差什么呀?美貌、智慧远远超过了她们……"

"人的习惯是具有超越其本身形象气质、智慧能力的潜在的东西的!那些大人物都不是这样吗?"

"哎……哈哈哈!还站在那儿看啥呢?快进去吧……过会儿就凉了……边洗边聊吧!"在青格勒其其格亲切体贴的督促下,乌仁达格娜下定决心脱掉最后防护的乳罩和内裤递给青格勒其其格放在一边,进入了大半盆激滟的温乎的牛奶浴盆。乌仁达格娜的身条体型真像青格勒其其格所说的那样,"比起挂历上的美人画像还要令人着迷"。细腻白嫩的皮肤,匀称修长的肢体,整体构成饱满而不觉冗赘,各个部位线条清晰,从头到脚协调至极,找不出任何的瑕疵,宛若一尊冰清玉洁的雕塑。人们对闻名于世的欧洲油画名作,尤其是对裸体女性的油画百看不厌,赞不绝口。但是,与活生生的洁白如玉的人体美相比较,自然就会显得逊色得多了。在这种情况下,人们也只能为多么出色的画家也有表现不出来的和无法表现的一面而惋惜了。

乳浴,与其说是洗浴还不如说是泡浴。先用清水搓洗掉身上所有的污垢，再由汗毛孔补充营养。传言，成长期的年轻人如果采用这种皮肤直接补充营养的方法进行保养，可以延缓皮肤衰老，防止皱纹产生，至少能够保持青春容颜十年。据说，高丽人最早发明了这项技术。

乌仁达格娜进入浴槽，头枕上部边缘，仰面半躺着享受泡浴。从她泛起红晕的微笑里可以感知到她此时此刻的惬意程度。

"多么绵柔舒服啊。牛奶的确是个好东西啊……自从开始乳浴，我的皮肤有了明显的变化。牛奶通过毛孔进入人体补充营养的说法果然是真的啊……"乌仁达格娜显出身心得到满足的格外舒服的样子，像一个真正的贵夫人似的说。青格勒其其格饶有兴趣地说：

"可不是嘛，先进发达国家的人们怎么会胡说呢？人家把吃喝使用的东西制作得丰富多彩。共产主义好像就在那里。"

乌仁达格娜微笑着说：

"你观察社会还很在行啊！"说着，她开始轻轻地搓洗自己的肩膀、脖颈、前胸，接着，从腋窝到肷窝，从胳膊到大腿依次按摩，额头上慢慢渗出豆大的汗珠。

青格勒其其格拿来一块柔软的雪白的毛巾为她擦着汗说：

"姐，你不要动弹脑袋，枕在这块毛巾上躺好，我用美国羊奶脂膏给你按摩额头和脸部。"乌仁达格娜听从青格勒其其格的吩咐，头枕在浴槽边缘上垫好毛巾的凹陷处，点穴似的仔细按摩自己的肩周、锁骨、乳房周围，自上而下，循序渐进。

"这美国人真够厉害的……咱们牧区有的是奶脂奶油，怎么就不能变得如此神奇呢？"

"人家那是化妆品专家研究开发出来的药物合成的脂膏。没有经过提炼的家庭的普通生奶油怎么能和这东西相比较呢。"

"不过，姐姐的脸上抹什么胭脂都适合。"

……

她俩闲聊着,青格勒其其格用蘸足了脂膏的、丝绸般柔软的手掌耐心细致地按摩乌仁达格娜的额头、脸颊、下颌。

△103　巴塔的儿子以"借用"为名从父母那里拿走五万块钱后,如同泥牛入海,一时间踪影皆无了。说好两年后连本带息还钱的这个人走了已经六年了,至今杳无音讯,父母每天提心吊胆,就连邻里乡亲们也担心起来:"是个聪明伶俐的好孩子,不会有事吧?"可是,就在这个当口,儿子寄来了一封信:

"对不起,我要回去给父母磕头,回去让你们高兴。不知你们愿意不愿意,我要留一份纪念。你们不要为我担心,我现在在写诗。我写的诗还没有飞起来,正在奔跑。高兴的时候写,气愤的时候也写。写父母的礼赞,写人民的颂歌。啊!我活得像个男子汉,这是我的证明……我品尝似的喝点酒,将所有的希望托付给了未来。哎!我现在没有钱,知道节约,但生命毕竟还要延续嘛,请原谅。但是,我会带着礼物回去,留着头发回去,因为这是在回家,怎么像个秃头喇嘛呢?我迟早会还你们那五万块钱的。这次不行,也不说什么下辈子,也不是在最后的时候,就在那么一个平常的日子,像汉子一样连本带息偿还,在积累资本的这个时期,能借给我无息款项实属不易啊!还望两位老人稳坐正位接受母子俩的叩拜吧。不孝的儿子!……"

巴塔看到这封酒后口出狂言的信,义愤填膺,差点撕掉,他将颤抖的手捂在胸口缓了缓气,自暴自弃似的抓握起了自己的头发。儿子的伙食费一直高于登布日勒儿子三倍的答案原来在此啊。花费五万块钱喝了几年酒,结果成了这样一个诗人吗?放荡不羁的这个家伙的这封信,连篇累牍写满空谈废话,取之无用,弃之多余,谁看了谁都会厌恶生憎。

巴塔老两口时不时地展开讨论话题,俨然成了解析诗歌的人,终于弄明白了信中的含意。老两口用自己朴素的想法似乎揣摩到了这是他试图用空谈废话慰藉他们的失望和气愤，挥霍了拿走的那五万块钱，这是要回来了，他想用文人含沙射影的言辞堵住他们的嘴。但又能咋样呢？多少年没有回来了，现在总算有了书信，彼此有了沟通，想到这些，老两口又心软了。母亲起初不怎么提儿子，只是念叨她那五万块钱。自从听说哈·哈达的女儿被老板骗走后，被大卸八块丢在了内地的一个地方的路边的沟里的消息后，两年前的怨恨似乎被削平，开始不住地念叨儿子，好像把五万块钱抛在了脑后。

……要是钱也没了，人也没了，那岂不更糟糕吗？钱是人挣的嘛。老婆子以与生俱来的母性之爱唤起慈悲情怀，动心地说："我儿子好像无灾无恙挺好的。"等待儿子带着用那五万块钱做买卖的收入，或者是五万块的本钱回来的期望虽说化为了泡影，但有了"他要回来了"的新的盼头。

这几天，老两口出出进进手搭凉棚眺望远方，突然有一天来了一辆让人想起收购山羊绒汉人贩子常用的面包车。从车里下来一个戴紫色墨镜，留马鬃式长发的人。由其后下来一个抱着孩子的女人，留着黑色花团似的滚动秀发，年轻漂亮。在老两口看着来客莫名其妙的时候，马鬃长发者摘掉墨镜寒暄道：

"爸爸、妈妈好吗？……我带着媳妇和孩子回来了……"听到这话，老两口才认出了这人是自己的儿子图门嘉日嘎拉，但仍旧木讷着没有立即做出反应。他们难以置信那封信的注释会这样到来，如梦如幻，不知所措，无言以对，陌生人似的面面相觑。

这究竟是怎么回事？看到拿走五万块钱，失踪了好几年的儿子后，仿佛瞬间被特殊魔法磁场控制了似的失去了自制能力，巴塔准备举起来的手如同灌了铅一样耷拉了下来，竟然把打算用来狠狠抽打他的柳条也忘在一旁了，准备严惩他的想法也被这几句极其普通的话语冲淡抹去了，隐藏良久的笑容也随之绽放开来。老婆子更是喜出望外，嘴都合不拢了，好像拿到了十万块钱似的乐开了花。"暴喜"说的大概就是这种情形吧。谁曾想到让他们愤怒，久等不归的儿子像加倍偿还父母的欠债一样带着媳妇和孩子发起"突然袭击"，冷不防地回来呢！由于没有任何迎接的准备，儿子就带着如此巨大的喜气回来了，老两口真的近乎爆炸了。就在那个瞬间不知如何是好，哑口无语了。

老两口真的觉得这是在做梦。尽管活生生的人已经站在了他们面前，但又觉得摸不着头脑。但是，此时此刻已经没有瞻前顾后的闲暇了，目光从儿子和儿媳身上移开，集中到了儿媳抱在怀里的孩子身上。这个孩子用黑白清晰的大花眼机灵地环顾周围的人们，毫不认生地爬到了祖母伸过来接他的手上。祖母生怕失手撂在地上，双手紧紧拢住，将宝贝孙子抱在怀里。从母亲怀抱转到祖母的怀抱，又被稀罕得转到了祖父粗糙的大手上……起初，被人们手换手地移来倒去，觉得好玩嬉笑着的孙子都日萨拉（意为纪念），这时突然觉察到自己离母亲越来越远了，不禁着急地哭了起来。但是，这个地方从未有过这样的哭声，听起来宛若成吉思汗早朝乐曲一样神奇而悠扬。

△104　听说图门嘉日嘎拉回来了，大家躁动了起来。在邻里几个青年的鼓励下，引逗下，图门嘉日嘎拉与他们一起围坐在篝火旁，讲述了自己这几年所行、所想、所为的经历——

巴塔的小儿子考入大学不久，就落入了爱情的强磁网里，被这个姑娘生擒活捉了。起初，他并不知道大学是个由学识和爱情两极构成的可怕的大磁场，自然也就没有什么感悟。当初他报考这个学校只是为了学习知识，选择了自己喜欢的那个专业。但不知是受周围环境的影响，还是无意识中的自然生成，在没有人教授的情况下，原先并不强烈的情爱的欲望逐渐膨胀，形成了一个巨大的磁性引力，好像在向前推，又好像往后拉扯。入学的当初，图门嘉日嘎拉停留在学习知识的磁场范围之内，但觉知自己开始逐渐被情爱的磁场吸引的时候，他怕受到不良影响的蛊惑,竭力控制自己。然而,他无法控制自己身心的成熟,时不时地、不由自主地失去了内心的平衡。心思飘飘,感觉渺渺,眼睛瞭瞭,身体佻佻,难以自我控制,几乎要撒手放流了。内心的冲动难以按捺,明知越陷越深,又无力挽回,只有柳条的鞭笞可能管用,其他东西已经无济于事了。后来,他向那个姑娘询问当时的情况时,姑娘说:"只是形式不同,实质是一样的。"

这个磁场是个看不见,摸不着,藏着潜在魔法的东西。宇宙空间原来是个多磁场的结合体。人类在其中创造了智慧的特别磁场,取得了巨大成就,但始终没能摆脱自然磁场的影响。所谓人类社会智慧的磁场引力,是产生于自然活性磁场射程之内的动力,从而成为牵引社会前进的火车头。

到了大学三年级的时候,图门嘉日嘎拉创作诗歌的冲动愈发强烈了。但总是不能得心应手地使其完美起来。他试图用诗歌武装起来,将自己变成形象高大的锦绣英雄,让登布日勒的儿子等青年们陆续败阵投降,开始了明争暗斗。在喜怒哀乐的大战中,他把接受神灵启迪写就的诗歌当作了炫耀自己,挥舞横行的利剑。但是,在刚开始写诗的时候,他就落下一个赖毛病,只要提笔写作,就得咀嚼一牙儿生蒜。由于满嘴的蒜臭味儿,他无法与其他人接触,人们见了他,就像惊乍的羊群一样远远地绕行,捂着鼻子躲开。这个姑娘虽说被他诗歌的磁场吸引着翩然而至,但始终保持着一米的距离,不忘用左手捂着鼻子嘟囔着说话。于是,他的"反对派"扔出了"图门嘉日嘎拉的诗是背过脸听还算可以的蒜泥"的中伤手榴弹。为此,图门加日嘎拉做出闪电般的决定,立即放弃生蒜,咀嚼起了口香糖。这样一来,适得其反,诗歌的灵感迟钝下来,愿来不来了。此时,几个对手似乎占据了强势,令他有些气馁了。好在登布日勒的儿子在爱情的战场上失利,无奈被北京师范大学数学专业博士课程录取走了。但仍有几个"相识的敌人"的硕士生在跃跃欲试。接着,他采取了极其果断的战略，饮着酒，鼓足气力写了几首生动的诗，请回来了离他而去的灵感。现在，他有了诗歌，有了妻子，有了儿子……

在图门嘉日嘎拉宛若诗兴大发似的简要地解释他给儿子起"都日萨拉"这个名字的由来的火候上，端进来了烤羊肝和手把肉。图门嘉日嘎拉触景生情，讲了他在深圳一个晚上吃了三条大腿的故事。

"哈！真是好胃口啊！……要是羊羔子的腿还能将就，就像这种大羯羊的腿不消说吃三条，就连一条也恐怕够呛！"一个小伙子惊讶地说。听了这话，图门加日嘎拉笑得前仰后合，微醺的酒劲都被笑醒了：

"不是的，深圳哪里会有烤羊腿呀……要是大酒店还差不多。尽是些鸡腿、蛤蟆腿和狐狸腿啊！"这时，他媳妇抱着孩子走过来说：

"你好像又过量了……"图门嘉日嘎拉如梦初醒，放下了酒杯。

就在他在深圳吃了三条腿的那个晚上，媳妇批评他嗜酒如命，耽误正事。为此，他俩争吵到天亮，太阳初升的时候，双方妥协进行了协商。协商的结果，媳妇给他定下了严厉的章程：往后如果像今天这样酩酊大醉，就去离婚，喝酒必须要严格限量。如果对身体有碍，立马戒酒。

这次回来是想看看两位老人，与他们商量委托照看儿子都日萨拉的事宜。他俩回来时拟订了两套方案。一是将儿子留给两个老人照看，再一个就是带上他俩去二连浩特，租一套房子，五口人一起生活。如果这两套方案都不行，那么，他媳妇就把母亲接到二连浩特去照看孩子。

老两口听后毅然决然地说：

"二连浩特又不是什么阴曹地府，就在跟前的一个内蒙古地方嘛。去，我们去。但是深圳可去不了，尽吃些水里的小虫子和陆地上的长虫（蛇），那怎么行？别说这些了，那个闷热就会熬死人，关节有病的人哪能像水牛一样整天露着鼻子泡在冷水里呢！要是二连浩特的话我们就去……凑巧了还可以往北去大库伦，到甘登寺磕头呢！今年卖山羊绒的六万块钱足够我俩消费了……"他俩极力排斥掉了第三套方案。可怜的老人们也有自己的小九九，他们背后的意图是提防都日萨拉被媳妇带走。

△105　旗里的旧时小镇被改造得焕然一新，比50年代盟所在地的城镇都漂亮了许多。这里是生成海市蜃楼的储藏大量石油煤炭资源的神奇富饶的土地。如今，光亮夺目的新型城镇日夜不停地拔地而起，形成了一幅壮观的景色。四方形的、三角形的、并排对称的、尖顶锥形的、穿顶弧形的建筑应有尽有，千姿百态，别具一格。楼房色彩鲜艳靓丽，街衢宽敞明亮，道路通畅坦荡，出落成了童话中耀眼的水晶宫殿。白昼，在阳光下，如同钻石镶嵌的宫阙，灵光四射，珠光宝气；夜晚，纵横交错，珠联璧合的亭台楼阁被七色霓虹灯装点，流光溢彩，诱人向往，流连忘返。

工厂的烟囱迁移到郊外，烟雾明显减少，显得天蓝、云白、气爽。

乌仁达格娜和孟克巴雅尔建设的皮革绒毛公司的大楼在建筑群里显得鹤立鸡群，居高临下。虽说公司的新厂房建在了离镇中心较远的地方，但旧厂房的院落和房屋不能像蒙古包一样说搬走就能搬走，所以，仍旧留在原地，离新建的宾馆只有咫尺之遥。因此，卓儒睦图居住的乌兰牧骑的旧大院和他下夜的旧院落依旧留在镇中心。

卓儒睦图可称得上是能够充分欣赏小镇夜景的人。他承认这个小镇夜景的美妙。然而，他仍旧没能完全转变自己的观念——他曾经酒后自言自语道：的确美妙，美妙里面有帐篷，帐篷里面有我在，还有獾子，有食肉者，有莽古斯。

△106　卓儒睦图昨夜在院子里转悠了一圈，周遭一片静谧。看到堆积在大院角落里，准备加高院墙的砖垛依然如故，他想起了特木

尔毛利。那天，管理工厂生产资料的主任说："那砖头现在没用了，要是有需要的人就让搬走吧。"于是，卓儒睦图等着特木尔毛利的到来，让他搬走。可是，越等他来，他却偏不来，等得不耐烦的卓儒睦图无奈地回到了值夜的门房。好像贼都不惦记这个大院，或许是没有什么可取的东西了，周围静悄悄的，只有远处建筑工地上工具相互碰撞的动静。他侧耳聆听着这些动静宽心安卧着进入梦乡。早晨交接班的时候，卓儒睦图把钥匙交给接替者，沿着他每天开始自己生活的小路来到食堂，买了两个包子和一些咸菜带回住处，熬茶准备早饭。这时，门被推开，进来一个人。背着面鼓捣电茶壶的卓儒睦图觉得蹊跷，是什么人大清早光顾我这个平时几乎没有人来访的小屋子呢？他转身一看，只见一个头发乌黑，脸庞圆满红润的年长者手提一小袋子东西站在门口。

"扎，你好啊？"那人像个老熟人一样寒暄道。这的确是个熟人，但一时叫不上名字来，他犹豫了片刻，好像突然开了窍似的说：

"你大概就是柴尔图的俄罗斯'喇嘛哥哥'萝卜巴雅尔吧？"

"你不认识我了吗？你爹那个头的萝卜大葱！劳布僧巴雅尔早就死了，你没听说啊？再叫你喝酒……"来者显得满脸愠色，但语气听起来却特别亲近。卓儒睦图恍然大悟，拍着额头嚷道：

"哇！这个货是巴塔吧？就是这个声音……模样变了，但声音依旧啊，你是不是在转世之前就用海水洗过了，还是咋了？变得这么年轻！"

他俩有几年没见面了，相互非常想念。重逢的喜悦湿润了鼻腔，变成了酸楚。

卓儒睦图昨天晚上在值班室里舒展全身睡了一个好觉，神清气爽，这会儿，又意外地见到了在峥嵘岁月里患难与共的朋友，他简直乐开了花。他从冰箱里拿出来前两天乌仁达格娜趁他不在的时候，拿来放进去的烧鸡等零食，又将刚刚打来的咸菜摆上来，匆匆倒了一碗茶后，麻利地斟满了酒杯。他俩交替喝着茶和酒，聊起了各自的情况。喝酒醉了一半，话语醉了一半，把能够想起来的这几年的经历如数家珍似的详细地唠了好一阵子。

卓儒睦图的情绪稳定下来，暗自为自己刚才自以为是地叫错了人名感到歉疚。他捂着嘴暗暗自责道，怎么就偏偏叫出了万万不该叫的那个名字呢？真是糊涂了……还是在公社化的那个时代，偷吃了喂牛的集体的萝卜，被辱骂成"就算你偷吃萝卜活下来了，还能杀了你卖肉，还是能骗了你的蛋驾辕呢？"的那个劳布僧巴雅尔。这也罢了，就是过去"左"的时候的那些陈谷子烂芝麻的事。要说的是，劳布僧巴雅尔竟然能把巴塔家那条凶猛的狗给哄熟，这堪称是绝招。那条狗不许任何人接近，有一天夜里，巴塔回家还被它误咬了一口，但一见到劳布僧巴雅尔就像见到了自己的主人似的摇着尾巴亲昵地去迎接。于是，人们佩服他驯狗的招数，说他是真正的"来得晚，走得早"的"喇嘛哥哥"。不料，有些闲得无聊的人开始怀疑巴塔的小儿子是不是他的。因为，那个孩子出生在巴塔倒场走后的第二年。现在，他们都已上了年纪，渐渐地疏远了生活，卓儒睦图刚才又是无意中失口提到萝卜巴雅尔，巴塔笑着没当一回事放过去了。

巴塔却兴高采烈地讲述了小儿子的事和他与老伴儿去二连浩特照看孙子的过程。另外还颇具风趣地讲了关于儿子劝说他染了头发，经常调剂着让他吃鲜肉、萝卜、白菜等食物，使他那干瘪如麻的脸庞变得红润圆满的过程，还有每顿饭额外地添加一颗红枣、两颗核桃和七粒葡萄干的事。当年，和了羊群，捅了娄子，相会在敖包上时，不住地骂"败家子"的那些话现在只字不提了，这会儿的语气判若两人，张口一个"我儿子"，闭口一个"我们家的图门嘉日嘎拉"，要不就是"我的孙子"。他这次回来的目的是将剩下的几头牲口全部卖掉，用那钱在二连浩特买一套门脸房，开办一个小卖铺。

儿子图门嘉日嘎拉原先那个公司起色挺好，有了收入。但由于儿入的股太少，他打算退出来，与达格达、仰脖子、佳木萨等人合伙，准备在旗里开办一家肉类联合厂……如果能和温州的资本家合资经营规模会越大。巴塔将这些道听途说的消息闲聊了一会儿后，问道：

"听说乌仁达格娜发大财了，是真的吗？"

卓儒睦图不屑一顾地说：

"我从来不打听什么公司不公司……我是个用人，管那些闲事干啥嘛？别人会笑话的，我嫌它麻烦，躲得远远的！是狼吃羊呢，还是羊吃狼呢，与我无关！"巴塔听着，突然想起了什么，他转换了话题。

"听点消息有什么不好……不比你守着空瓶子度日强吗？……喂，再说你孙女的婚事咋样了？"

"爱咋样咋样，我也无法挽回，他们没跟我说，我也没有打听……其实不用打听，一想就知道，俗话不是说，'响雷的天气不下雨，出名的姑娘无婚礼'嘛。"

"可是你死犟着怎么能行呢？跟咱们小时候不一样了！跟不上现在的时代就不行……你看我，也就这么凑合着行了不是嘛！该问的你就直接问吧，又不是外人，是你亲生的孙女啊……"

"问他们倒不是个事，怎么回复却是个难题啊！"

"你还回复什么啊？莫非他们还向你要36条腿吗？"

"她要和那个狼崽子结婚，反过来问你行不行……该怎么办？……没等你捡起柳条子她就撒腿跑了，再也见不着人影了，我一个瘸子能把她追回来吗？"

"啊！是的，假如同意了怎么样？"

"那么，我能违背在山上立下的誓言吗？宝汗戴哥哥肯定在天上看着呢！"

"呀！或者……说不同意呢？"

"我现在是用他们的饭碗接济生命……在摔碎饭碗之前能说那话吗？"他的话说到了痛处，有些激动，慢慢又沉静下来，显得有点悲怆了。沉寂了片刻后，巴塔仰天叹息道：

"真是经历不完的烦恼啊！如何是好啊？"

他俩没有办法回答留给自己的测试难题，无可奈何地只顾大口大口喝酒。最后，不知所措的卓儒睦图如同矛盾上交似的叹息着说：

"哎！我那柳条奶奶可真是个能人啊！"

长鬃帮或新主人

△107 "文化大革命"后，首次在旗里举行如此大型的那达慕大会，能够来的牧民们都来了。

夏日哈达大队原来的书记卓儒睦图，原来的队长巴塔，萨仁淖尔大队原来的书记麻子朝克图在摔跤场上见了面，那个高兴劲就别提了，比起解放战争后，在旗里先进人物表彰大会上，佩戴大红花时相见的那个高兴劲有过之而无不及。那时，只是握握手礼节性地相见，共同参加了会议，拍了集体照，在招待所的大食堂里，100多个人一起吃了馒头和猪肉炒菜，最后在选举旗长时，大家一起举了手。40年后的今天再次相见，一切皆已改变，当年钻天挺拔的青年们如今成了趴地木墩一样的老头，当年新官上任快乐威风，如今却成了无冕无位的平头百姓，成了头发被红尘染白的羊倌或者是用人了。但是，他们现在以心相见，感悟到了彼此都是拴縻在世间命运同一条缆绳上的战友，为此大家热泪盈眶。

在他们相互握手说不出话来，纠结哽噎的时候，突然下起了小雨。坐在围绕摔跤场人群中间的他们三人好像被冷雨淋醒了似的突然醒悟过来，好不容易见一面，商定找一个茶馆坐下来叙叙旧。这会儿，他们相互看着彼此，高兴得如同见到了亲兄弟，与曾经很不情愿地跟在羊群后面踽踽独行的样子判若两人，兴高采烈地快步走去，步入茶馆坐下来避雨。他们今天并非相约而见，而是上天偶然给他们安排的历史性的会见,于是,他们要了一瓶"草原白酒",点了三个便宜的炒菜。他们相敬如宾,随意地呷着酒拉开话题。关于家庭生活,关于老婆孩子,把觉得该说的都说出来,都发泄出来了。两瓶酒喝干了,沉重的心情也随之打开了。刚喝了一点酒,嘴就发了热的卓儒睦图似乎要倾诉千言万语,但不知道如何掌握重点,满腹牢骚地说:

"这变化也太可怕了,上下颠倒,头朝下了。"他极力用言辞表达自己的不满。因为对方也是些多少年来胸前别着钢笔走过来的人们,当即听懂了他的意思。麻子朝克图接过话茬说:

"唉,俗话说'时代会变,马兰会蔫'嘛……但这也有点太快了,当初说一万年不变,可是不到50年就褪色了。"他叹息着,接着说,"但是,好在吃饱肚子了,穿暖身子了……牛奶和面包真的来了……"他不情愿地露出苦笑。爱哭的巴塔名不虚传地哭起来了。他们陶醉在烈酒和话语的双重温度中,没有留意周围座位上黑压压地坐满了各种各样瘆人的"货色",他们乍一看吓了一跳。但是,仔细打量这些离奇古怪的人们,又觉得是些大概能认出来的本地青年,就是他们的衣着服装看上去不堪入目,形同异类。

另外几张桌子上都是这种货色——留着纷乱的长发,有的编着辫子,还留着胡须;有的把头发全部刮掉,成了明晃晃的葫芦瓢。要说穿着,那就更没法说了,好像是用砖头磨破了似的把崭新的牛仔裤的膝盖处弄开一个大洞。有的穿着裤腿宽大覆盖鞋面,膝盖却紧绷如箍的——叫什么喇叭裤的那种裤子。更可恶的是像魔鬼一样用五颜六色染了头发。过去我们嘲讽一些愣头青后生说"说他好看,他竟然把胡子给染了",可是,现在,我们这里的青年后生们真的像骑摩托车的那个魔鬼[①]一样把头发染成了赤橙黄绿青蓝紫……老头们看不惯,打

[①] 前几年,刚开始时兴这种离奇古怪的装扮的时候,在坟滩氤氲里出现了一个骑摩托车的,穿着花里胡哨的人像鬼怪一样奔驰而来。一个放羊的女人看到后喊着"骑摩托车的鬼来了",一口气跑回了家。

心眼儿里厌恶，咧着嘴鄙视。

那几桌的青年们看着对面桌子投来的冷眼和揶揄的表情很是反感：

"别作声，时间久了就能把他们带上路，或者开了他们。这可是珍奇的生长物，自由的旗帜啊。尽管蓬乱，长在自己脑袋上的东西，与他人何干？别理他们！要用无声的武器征服他们虚张声势的气焰！"他们交口耳语，相互鼓励。老头们把他们的话当成耳旁风，也不把他们当成活生生的人，就像看着各色雕塑谈论感想一样信口开河，尽情数落。

"弄成这个样子好看吗？让我看来，就像我儿子经常念的那首诗词里'百年魔怪舞翩跹'的魔鬼一样。"巴塔冷眼睇视着穿着新潮服饰的青年们说。麻子朝克图回味着巴塔的话说：

"人这东西也挺奇怪的。对一些新的事物先是持观望、猜疑、排外的态度，但看得时间长了也就习惯了。咱们巴嘎那个在野外放羊时虚张声势地大喊'骑摩托车的鬼来了'的女人不久与那个'骑摩托车的鬼'相识相爱，结了婚，自己也把头发染成了黄色，手指上戴了两个金戒指，脖子上戴了一条链条一样粗的金项链，开始走门串户炫耀了！"卓儒睦图听后，半信半疑地说：

"这么说，那个女人成了'鬼'的老婆了？你亲眼看见了，还是听说的呢？那可真是个乱了套的鬼东西啊。"他打开了一个有趣的话题。

"我可不看见了，是咱们巴嘎的奈曼胡都格的那木吉勒道的姑娘特木尔巴达玛……"

"那姑娘怎么突然和'鬼'结婚了呢？"

"那个'骑摩托车的鬼'其实不是什么鬼，是家住东旗的银匠萨姆腾的儿子德力格尔，做山羊绒买卖，几年间就赚了112万块钱，是个活络的青年后生。特木尔巴达玛与他相识，逐渐惯熟了，就钻进了他的被窝……"

"那'鬼'用魔法骗她了吧？人们都说坟滩有鬼啊，否则，怎么会那样呢？"

"你是白读毛主席语录了。你忘了，他教导我们说没有鬼神，牛鬼蛇神是比喻敌人的吗？"

听着卓儒睦图和朝克图俩有趣的议论，伺机插话的巴塔趁机赶上来说：

"朝克图是个出过远门，开了眼界的人，就是不一样啊，开通智慧之窗了……比起你，我们还是个生葫芦。唉，我嘛，等到脑子开了窍也该安息了吧。刚开始我看不惯儿子，让他受了不少委屈，现在似乎明白了一些东西。"三个老头静默下来，转入沉思。

旁边桌子上的青年们把嗔怪他们的老头们的话语当作谬论或者痴人说梦，置之不理了。他们放松情绪，神清气爽地端来大盆的散啤酒，不时地大声喧闹着，用蓝边粗碗舀满啤酒洋洋洒洒地碰着杯，尽情豪饮。看上去，他们好像是刚刚大学毕业，回到家乡待业的青年孩子们。

他们中间那个留着马鬃一样蓬松的由肩而下长发的后生，不知是他们的兄长，还是他们的头领，信心十足地讲着话，坐在他身边的戴厚镜片眼镜的小伙子和皱眉头的小伙子偶尔插句话。长鬃问皱眉头小伙子说：

"你怎么像在城里埋了元宝似的三天两头跑一趟呢？"

"要等老头们传给的那个铁饭碗还不定等到啥时候呢？常言道：'饭熟之前羊蹄子也能充饥嘛。'这不是为了生存讨口饭而忙活嘛。眼看着要改革开放了，被关在老糊涂们的井底下能行吗？先得出去开开眼界啊。趁着开了门的时机出去见见阳光吧。蜗居在井口一样小的乡下，怎么能走向世界呢？"

皱眉头小伙子接着说：

"改革开放是恩赐啊。要让贫穷的社会主义变成富庶的社会主义了。趁机赚点钱吧。是留下鞍鞴卖掉马呢,还是卖掉羯牛呢?无论怎么也得买辆摩托车,否则哪都去不了。"

他旁边的光头小伙子接过话茬说:

"对。我买了一辆带斗子的三轮车。在旗里开个小铺做买卖也比在乡下放牧生活强。要说把山羊绒卖给二道贩子吧,亏得实在是太厉害。自己搞那买卖赚头就大多了……"

……

他们如饥似渴地大碗大碗地喝着啤酒,话题扩展到了天南海北,有的人开始醉了。

"你们说我醉了?我才没醉呢。就算醉了又怎么样?大不了我说些真话,惹一些人,嫉恨就嫉恨去吧,我不怕,再当一回右派就当吧。"一个小伙子耍起了酒疯。

"你真的没有醉,也没说实话,只说了序言。你说完实话后,撒酒疯也不迟!难道我们是你所说的'臭狗屎'吗?"听了这话,他笑着说:

"那是刺激你们被保守思想所束缚,脚戴羁绊不能动弹的气话!"他踌躇了片刻后,好像有了新的想法。

这时,留着长鬃一样头发的青年做出一副气馁的样子,无可奈何地说:

"哎!人这玩意儿真的很奇怪!朝这边说是真理,掉过那边还说是真理。哪个是真,哪个是假,难以分辨,都是出自好心的倾诉吧。"接着,他好像不想牵扯在场的人们似的仰头望着天花板慢条斯理地说:

"说到头,吃饭、住房和性生活才是构成生活三角形的三个铆扣啊。"

"人也并不是什么特殊的东西。按我们老师的说法就是'獠牙虎,无尾狐'嘛。我想差不多！"旁边的小伙子如同背叛了人类似的推波助澜说。

周围形似"各路金刚"的青年们哄堂大笑了起来。

虽说卓儒睦图和巴塔他们听着这些话厌恶至极，但又一想是些乳臭未干的光屁股孩子在信口开河，权当"谬论"置之不理了。然而，那些青年小伙子也没有直接反驳这帮倔巴老头子，好像在说"让那几个老糊涂随便嚼舌头去吧"似的听而不闻、视而不见了。老头子们也不甘示弱，好像回复说"现在的孩子们哪还有章程"似的冷眼相觑。双方没有发生直面冲突，在各自的堡垒里发射着心理炮弹，僵持过去了。

一个炸头小伙子扫了一眼三个老头子，好像认识似的挤眉弄眼地做着鬼脸朝他们说：

"乌托邦爷爷，再见了。"三个老头子以为那个小伙子喝醉酒认错人了，嘲讽道：

"我们不是你乌力吉巴彦爷爷。"听了这话，有的青年嬉笑，有的青年思忖。一个小伙子问身边的长鬓说：

"乌托邦究竟是个什么？"

"乌托邦嘛，是英国空想社会主义者托马斯·莫尔的不朽巨著《关于最完美的国家制度和乌托邦新岛的既有益又有趣的金书》的简称。在此书中，作者虚构了一个社会构造——乌托邦。在这个社会组织里，取消个人资产变为集体资产，有计划地实行生产和消费。依作者看，这是个最为理想的，最为完美的社会。"他好像背诵课文一样非常认真地将从书本里学到的东西进行了讲解。这时，喝得发了潮的长鬓小伙子更加大胆地说：

"人类是依仗着劳动与火的恩赐破天荒地产生在宇宙天地间的自然奇迹。他们不曾有任何可以传承的遗产和经验，一切都是从零开始积累的实验。虽说他们自己踏出的脚印没有被湮灭，但今天的战斗全线崩溃了，日暮途穷了，撞到南墙上晕倒了，开始重闯'娄山关'了。"那个稳重的小伙子更加深入地询问道：

"为什么撞了南墙？是谁的过错？"

"并不是谁的过错！是因为没有读到上天的秘籍。"

"天上也有藏书吗？"

"有啊，而且，比现在发现的书籍多得多。"

"公开发表的上天的秘密，比如说有什么？"

"记录人的由来、根源、生长规律的秘籍DNA。"

"那与社会有什么关联呢？"

"用隐秘的潜在链锁在冥冥中进行操控！"

"揭开秘密，公开操控，该多好啊！"

"不能让人看破世间红尘啊！"

"为什么？晴朗明了了，不是更利于快速前进吗？"

"不是的！"

"为什么？"

"人类社会是生灵在宇宙黑暗中进行竞技的颇具趣味的一个小型操场！"

"扎，也许是那样吧。照你这么说，旧社会主义撞到墙上摔了个肚朝天，但并没有死。那么，怎么样才有生存的可能呢？"

"如果语言的巨匠不与实践的狂人结婚，怎么能有完美无缺的孩子呢？别看它沸腾燃烧，最终只是一团泡沫。"

……

仗着酒劲高谈阔论的长鬃帮的青年们已经不把坐在邻桌的老头们当作活人了。到了后来，老头们听不懂他们在鼓吹什么，当成了耳旁风。

"炒菜都凉了，快吃吧。你俩的牙齿还挺好。"

"什么呀，白齿都掉完了。"他们的话题最终还是回到了饭菜等实际东西上。

　　临了,两张桌子的私家宴会宛若相互之间放飞和平鸽似的相对而笑了。但这可不是彻底和解的笑容,而是肯定自己,否定对方的揶揄之笑。换句话说,就是由各自思想认识射出去的子弹,扔出去的手榴弹,或者是打出来的旗号。

　　他们为了解救对方耗尽了心思。他们认为对方已经无可救药了,这是他们发出的"你们如果碰了南墙不要怪罪我们"的人性化的暗号。

第六章

思 绪 万 千

△108　近来几天，卓儒睦图思绪有些纷乱。

为了防止旧工厂的大院遭贼，当值在门房子里，不仅能让他仗着酒劲睡个好觉，还能让他进入过去的那段理想境界，如同观看新闻纪录电影一样反复回忆曾经所见、所闻、所经、所为的事情，进入断断续续的迷蒙氛围之中。但是，不由自主地生成的内心的危急，使他时而愤怒，时而愉悦。再加上亲朋好友的背离疏远，连个聊天的人都没有，时时感到孤独难耐，憋在心里的话不知跟谁说，胸口堵得透不过气来。白天像冬眠的动物蛰居在洞穴里一样待在这个小房子里实在是太寂寞了。昨天，见了几个老熟人聊了心里话后，萌生了总想上街走走的念头。如今的旗镇可不是以前那种满街坑坑洼洼，高低不平，尘土飞扬，又脏又乱的泥泞小巷子了，亭台楼阁拔地而起，漆黑的油路宽敞明亮，四通八达，完全可以散步观景了。原来他就怕遇到以前的熟人，但是，他现在已经习惯了现状，心情安定了下来，有了外出走走的冲动。

在那达慕的第二天，卓儒睦图盼望再次见到那些老哥们儿，走出这间蛰居在角落里的小房子，还企盼在大街上能够邂逅特木尔毛利，他仔细观察着擦肩而过的每个人的脸面和耳朵。结果，没邂逅特木尔毛利，却意外地遇上了昨天相见的老相识却帮老头。

摔跤场上回响着长调歌曲，左右两翼的摔跤手们如同龙腾虎跃、雏凤展翅般威风凛凛地跳跃着来到主席台前，行了礼后，开始了角逐。摔跤手以抽签的顺序找到对手，占据了有利位置，展开了争夺。与对手撕扯着争夺着把位，移动到卓儒睦图面前的一个脖子上戴缰嘎①的小伙子看上去很是面熟。近十年来，卓儒睦图几乎没有看过摔跤比赛了，他想了半天没有弄明白到底是谁。于是，他问却帮：

"这个小伙子是谁啊？"

"你不认识这个小伙子，他父亲叫甘地格，年轻时是个不错的摔跤手……"

"噢！是甘地格的儿子啊？我认识他父亲，是在苏木学校任教的那个甘地格吧？他年轻时很调皮，为了'看电影'扒人家的窗户……"

"啊……原来你认识啊……"

"认识啊……喂，快看！那天肆无忌惮，信口开河的长鬃、眼镜、皱眉头他们也来了，他们究竟是哪个大队的没头的孩子们啊？"

"有的我能约莫，有的不认识……长鬃是呼和楚鲁的孙子，眼镜是旗纪律检查委员会原书记巴图孟克的外孙，皱眉头是原中学校长高图布的孙子……"

"是吗？那他们怎么能大言不惭地鼓吹一些给长辈丢人现眼的不三不四的东西呢？一到了孙子辈儿就上头了，好歹不听话了……"

"或许是咱们听不懂新时期的这些人们所说的新的东西吧……听说，他们都是大学毕业的硕士啊……"

"那么就该说些前进的东西啊，为什么总是说一些倒退的东西呢？"

"谁知道有知识、有智慧的人们想些什么呢！"

"不知道咱们的口沫达日嘎呼和楚鲁看到这个样子会怎么说啊？听没听到自己孙子的谬论啊？"

"大概听到了吧……他现在在盟里的老干部疗养院……他在退休

---

① 摔跤手上场时，套在脖子上的彩色布条结扎的吉祥结。表示选手的排位。

之前曾去北京参加过新理论学习班。那年，我在温泉遇见了他，与他一起喝马酸乳的时候，他说，吃大锅饭的路被堵死了。那时人人都说些好听的话，办些圆滑的事，学会了吃喝着集体，哼着小曲，安稳生活的伎俩。于是，国家越来越穷，担子越来越重，都喘不过气来了。"

"那该怎么办？莫非要把水斗脑袋从坟墓里请出来啊？"

"倒不至于那样，要开拓新的途径，减轻国家负担，让所有人放弃铁饭碗，引导他们走上以自己的本事寻找饭碗的道路，只有那样才能彻底地发挥人的潜在的能力。'水淹到鼻子上狗也会游泳，逼到头上老牦牛也会走花步'嘛。人类社会的规律就是这个样子……"

"哈哈哈……我们这里也曾经说过老牦牛会学走花步。但彻底发挥人的潜在能力是怎么回事呢？用'愚公移山''为人民服务''学习雷锋'的方法都没有发挥出来，莫非还有其他秘籍吗？"

"我断断续续地听了他将近一周的言说——他变得几乎让人认不出来了，满头白发，说话时也不冒口沫儿了。大概是由于年迈的缘故吧，呼和楚鲁达日嘎不像从前那样口若悬河、妙语连珠般地讲话了，好像前思后想似的一句一句往外挤，目光也集中在鼻子尖上，不那么激动亢奋了。人们说他'声音虽小，但沉着冷静，更具有思想性了'。"

"你问没问我们那时的旧社会和现在新社会的区别？"

"问了。他说那是预备，这是实践。这就像一个女人怀胎300天后生产一样。"

"那么就是说咱们的奋斗是对的了？"

"他说，追求向往的都对了。但是，不仅会做梦，而且还要实现，那才是完整的过程。"

"30年了还没生出来，真够慢的啊！"

"听说，已经发育成熟，现在准备诞生，露出脑门儿了。其实也不慢。这不是一个普通的人，是一个迷走了几百年的游魂找到了一个落脚点，将要变成一个社会诞生了，所以，不能太快……"

"扎，佛祖保佑！再可不要变成泡沫哟，首先守住薪火再说吧，受够了见风使舵、顺水推舟的苦了……看样子，青格勒巴雅尔当官的时代过去，发财的时代到来了。他的孩子们大概把上交国家的牲口又要回来了吧？"

△109　他俩沉醉在聊天中，没有认真观赏摔跤比赛。烈日炙烤得口干舌燥，却帮走出人群去解手，回来时顺路提来了四瓶啤酒。视啤酒为马尿，从不沾边的卓儒睦图接过启开瓶盖递到手上的啤酒说：

"年轻人们竟喝这东西啊……"他像初学饮水的小马驹子一样尝了尝，吧唧吧唧嘴，然后，喝了几大口说：

"就是颜色、味道、口感和酒不一样罢了，热天喝着还可以嘛。"他痛快地打了个饱嗝后，愉悦地说，"没等吃饱就让人打饱嗝的东西啊。"

却帮的脸上泛起晚霞般的红晕说：

"好东西啊。所以，人们才不叫酒叫'黄酸奶'嘛！"卓儒睦图的倔强劲儿似乎缓和了，亲切地微笑着，原本浑圆的脸庞如同旭日初照般泛起红光，显得和颜悦色多了。

看到卓儒睦图挺开心，却帮踏实了许多，试图劝诱他趁着夏天的好时光去草原上散散心，说：

"你又不是被钉在那里了，在这美好的盛夏季节去原野上走走，呼吸新鲜空气，享受享受纯净奶食吧。我给你喝新鲜羊汤！"

"的确是啊。我早就想在死之前去一趟红格尔山奥伦毛杜图后边的山上看看……"他愉快地接受了却帮的提议和邀请。

△110　那达慕结束后，卓儒睦图陷入往事的回忆中，连续几天没有睡好觉。他决定按照却帮的提议，去草原上走走，呼吸新鲜空

气,再去看看葬在红格尔山上的乌力吉巴雅尔哥哥的坟墓。在以命相抵的残酷游戏中结下的兄弟友情,比起坐在麻将桌子上争抢钱财的游戏要刻骨铭心得多。

卓儒睦图在心里给自己开解着想:"在毛主席召见之前,我无论如何也得去看看宝汗戴哥哥的坟墓,得向他念叨念叨。不管咋样,我是管不了了,没有兑现我曾经立下的誓言。去承认自己的罪过,咋说也比悄悄躲着强吧!倾吐出来了,活着会轻快些,死得会安心些吧。"但是,困于自己残缺,又没有骑乘。再说,坟茔之地,只有春天清明时节才能祭扫。想跟孙女说使用车辆之事吧,又觉得不甚好开口。

在值班室里,在夕阳晚照中,他思绪万千,凄楚孤单,时躺时起,出出进进,没有丝毫睡意了。他像长大的羊羔用力碴着母亲的乳房吃奶一样贪婪地吸吮了几口酒壶。这样一来,心中的波澜平静了下来,但突然觉得有个声音从背地里说:

"向自己的孙女要车使用还有什么好客气的!"他恍然大悟,有了信心,自言自语道,"的确是啊。"他决定不是清明节也要去红格尔山。说明了缘由,向孙女申请了车辆。孙女听后甚是高兴,通过朋友给他租了一辆由蒙古小伙子丹巴拉驾驶的旧吉普车。看到司机掩盖耳朵的长发,卓儒睦图觉得扎眼,他想"这人肯定是长鬃帮的",但小伙子亲切而礼貌的话语少顷感化了他。可怜的孙女用心良苦,她认为祖父在回心转意,心中充满欣喜,她想趁此良机将顺过去的梗阻,恢复祖孙之间不可取代的血缘亲情关系。作为路上吃的干粮,她给爷爷买了牛奶、面包、熏肉等食物。

卓儒睦图这是第一次坐在专人为他开车的北京吉普上,扬起一路红尘,八面威风地奔驰,觉得自己的地位提高了不少。50 年代的时候,旗长都得骑马赶路,只有盟里的领导才能乘坐"嘎斯 69"出行。但是,现在的他并不是为了给公家,或者是为某个私人办事而去执行任务,而是,自己做主去办私事,这让他觉得如梦如幻,有一种异样的滋味。为此老汉有点纠结。丢了官,易了位,几乎到了无家可归、寄人篱下的地步,觉得好像没有"上升"反而"降低"了。现在,乘坐专人专车,随心所欲地指手画脚说往哪边走,朝哪座山开,倒觉得没有"降低"反而却像"上升"了似的。那个时候,做梦都没想到将来会是这个样子……事情怎么总是颠倒呢?怎么摸不着头脑地变化呢?时局难道是变魔术的机器吗?觉得好像挺可恶,又觉得好像挺有趣……

　　卓儒睦图的主要目的是作为最后的旅行,去看看宝汗戴哥哥的坟墓,俗话说,"有了毛驴骑,遛遛二里沟",顺便走走周遭的几户人家,见见几个熟人,纵横原野奔突了起来。仅用一天的时间走完了骑马、骑骆驼走几天的路程,访问了 11 户人家。但遗憾的是,在他想见的人中七个已经去世,两个卧病在床,两个搬到别处去了。现在已经到了他们孙子、曾孙子辈,打听他们爷爷奶奶的名字,他们似乎都记不起来了,而且还看着这个醉老头嗤之以鼻。虽说曾经身在异处,各谋其职,但今天千里赶来,渴望再度聚首,回顾年轻时嬉戏顽皮的往昔,不料却扑了个空。卧病在床的奥顿巴拉好像断断续续记得一些事情,又好像难以言表,有些事情则模糊不清了。真让人扫兴懊恼啊,就连那刻骨铭心的美好瞬间的记忆都忘在了脑后,着实让人难以置信。现在想来,宁愿丢弃金钱也不愿丢弃记忆啊!

　　△111　卓儒睦图在却帮家住了一宿,喝了新鲜羊汤,两人推心置腹地聊在一起,有些恋恋不舍,还想多住几天。司机小伙子提醒道:

　　"乌经理向我交代说,随着您的意愿好好带您旅游三天回来。老人的安全无恙和开心旅游就委托给我了。她明确地说定只租用三天我的车,如果明天晚上还不回去,就超过我们的租用期限了。如果延长期限,从后天开始就得您自己结算费用了。"所以,在第三天头上,老汉无可奈何地流着泪告别了却帮，朝红格尔山奥伦毛肚沟出发了。

这位身材魁梧，驾驶技术娴熟的本地小伙子丹巴拉，沿着蜘蛛网般纵横交错的被铁丝网切割开来的逶迤蜿蜒的九九八十一道弯的山路准确无误地奔驰着来到一个山口处，说：

"扎，已经来到了红格尔山东侧的图门毛肚沟壑边缘……现在只能在这里下车了，道路被大雨毁坏，车辆进不去了，进去就出不来了。我搀扶着您上山，您准确地指点方向就行，遇上沟沟坎坎我背您过去，您不要客气为难……"

卓儒睦图下车四下眺望，东山已经褴褛憔悴，但过去的形状依旧，只有一块块互不相干的陌生的岩石如同演出谢幕后，演员们走到台前向观众行礼一样夺人视线。山上人力可及的地方的树木全被砍伐一空。也难怪啊！据说，在学习大寨的时候，这里诞生了真正的"智叟"，他顺着这座山的东面斜坡将橡檩木材成功地一直滚到十里开外的路边。卓儒睦图记得很清楚，夏日哈达大队进行两次救济房屋建造时的大梁、橡檩都是从这里运去的，搬运是他请求江嘎玛去完成的。图门毛肚过去那黑压压的树林不知滚向了何处，如同大地上的乌云散去一样曾经郁郁葱葱的幽谷如今变成了黄沙覆盖的空谷，过去的地势已经无法辨认了。

卓儒睦图坐在一块硕大的圆溜的石块上眺望了许久后说：

"东边山上的那个巨大的岩壁当时就耸立在我俩的左侧啊！"他仿佛估莫到了当时的地势。应该在现在的这块圆溜石头以北 150 米处才对。洪道被冲刷出众多河槽，纵横交错，弯曲纠缠。莫说腿脚有毛病的人了，就是健壮的年轻人看到这沟壑险滩也会望而却步。卓儒睦图观察着难以辨认地势的麻团一样的河道泄气了。司机见状说：

"您大概地确认一下地势，我背着您过去。"卓儒睦图皱着眉头显出窘困的表情示意放弃了。

"在这么大的险滩里让人背着走……我从来没有把人当成牛马使

唤过。要是亲生的孩子还可以。"

"没关系的,您就把我当成您的亲孙子吧。我可是运动员啊,就像您这样瘦弱的人我能抱走两个,不在话下……"

"在这么艰险的路上让人背着走,成何体统嘛?我又不是腰缠万贯的恶霸老财主。"

"没事的!我不要钱。您口头赏我一句好孙子就行了……"

"为啥?"

"我是备战大力士比赛的运动员,不是普通的运动员。我第一次参加去年在沈阳举行的全国大力士比赛,但由于准备不够充分,抱着300斤的铁球跑了70米就撒手了。今年希望很大,承受力也提高了。您坐的这块石头大概有2 000斤吧,我八成抬不起来,光秃秃的没有个抓握的地方……但我想试着推一推看……"小伙子说着推了推,那块石头向前滚动了近两米。小伙子如同玩雪球一样推动了那块巨石,只显得脸上有点红涨,竟然没有喘粗气。

"果然是啊,好大的力量……"卓儒睦图夸奖丹巴拉说。

"老人家您牢牢抱住我的脖子,等我一会儿跳跃那个干渠时要小心,把拐杖给我,给您做坐垫……就像骑生马一样坐稳了。"小伙子嘱咐道。卓儒睦图没有经得住丹巴拉的劝诱被背了起来。小伙子将拐杖横别在背后,让老汉坐稳,如同背负了一只空褡裢似的步履稳健地走着,轻巧地越过几道洪水干渠,一溜风来到了老汉约莫的那个方位。卓儒睦图在小伙子奔跑和跳跃的颠簸中几乎散了架,想快点从他背上下来,小伙子却不以为然地说:

"您好好看,是不是那个地方?要不是就接着走……"卓儒睦图观望周围的地形,原先的几棵大榆树不见了,救命的岩石也没有了,只剩下一人多高的一块巨石。由此向东眺望,看得见那座高耸的陡峭岩壁。那座岩壁好像有点远了,有点长高了,但形状还是原样。卓儒睦图非常惋惜曾经救命的那块一米多高的岩石被洪水冲走了。看到另外一块高大的岩石移过来占据了它的位置,心里感到沮丧。卓儒睦图格外好奇那块岩石。要是洪水冲过来的,它还能这样立起来吗?卓儒睦图愈感蹊跷。他让大力士小伙子搬来一块大石头靠在岩石上,在小伙子的托举下爬上岩石的顶上,如同盲人抚摸大象一样抚摸着叫出了声。

他认出了这是他曾经保命的那块岩石。因为,岩石上那处驼掌大小的凹槽依然存在。他清楚地记得当时装满火铳火药和铁砂的黄羊皮袋子在他怀里鼓鼓囊囊的碍事,就把它掏出来放在了这个凹槽里。这块岩石原来在地下埋得很深,但在多年洪水的冲刷下,水土流失严重,这块岩石就显得高出许多。卓儒睦图老汉坐在刚才当作梯子的石头上,抚摸着旁边的这块岩石,情不自禁地热泪潸然而下。老汉心事重重地在岩石上坐了许久。大力士丹巴拉像扶小孩子下马一样从两个腋窝托起他轻轻地放在了地上。老汉满脸悲痛的表情,走到左侧几步开外的石砾上跪下,掬起一捧石砾贴在额头上说:

"可怜的哥哥哟,您是在这里牺牲的!"他窸窸窣窣地抽泣了起来。接着,呼吸变得急促,如同祷告一样费力地说:

"14年来,我没敢对您的老人说您牺牲的事啊……"说着,他没有了声音。大力士丹巴拉赶忙掐住他鼻子下面的人中,他才长长地吁了一口气,缓过来。不一会儿,他恢复了原样,腿脚也似乎轻快了不少,在河槽的石砾上来回踱了几步说:

"就在那个岩壁南面阳湾处埋葬了哥哥的遗体,旁边还埋了三块石头做了记号!"说着,张罗往那里走,大力士青年又一次像背小孩子一样背起他走去。他没有了自己走路的权利了,小伙子将他背到了山上一处被洪水漩出大崖头的沟壑边上放下。周围二三十米范围内都成了洪水河道,没有留下任何的坟茔。不知什么时候被冲到哪里去了,此地空空如也。卓儒睦图摇着额头自责道:

"要是早点来看,哪会有这种悲哀的事情啊?原以为公家在管理就放了心，又因为路远，自己腿不好，这个那个推三阻四……"他刚坐在土坎上，大力士小伙子就为了防止他昏厥过去，给他含上了救心丸。他念叨着乌力吉巴雅尔英雄的名字，将带来的白酒、奶食、面包等贡品摆上，进行了祭奠。

卓儒睦图老汉在沟壑南面的土坎上孤独地兀立着发呆了许久。眼泪干涸了，声音嘶哑了，心情绝望了。当年连长选中的这块适合烈士永久安眠的阳湾地势，如今这一带已经普遍成了洪水的沟渠。近遭的树木、石头仿佛都被冲到海里去了，举目望去不见一物，噩梦般一片空寂。显现了世间的变幻或是真正的空洞，思念已久的卓儒睦图老汉的心彻底地空寂了。

△112　卓儒睦图经久地坐在那里，观望着周围两眼都发黑了，他绝望地捶了几拳地面。他好像要夺回走路的权利似的怒不可遏地猛然起身，拄着拐杖顺着山坡的斜面向上移动了。丹巴拉尾随其后，保护他不要发生意外。他用自己的脚踏在山上，为了最初，也是最后一次将这坟茔祭奠之地留在心间，他精神矍铄、脚步稳健地向上攀登而去。虽说行动缓慢，但凭借着意志向上迈着步，走出阳湾壕沟相当一段距离。行进中，卓儒睦图不断地观察周围，眺望着远方。大力士小伙子想去搀扶，他没有接受，他自食其力地攀爬着。

老汉蜗牛般缓慢移动着来到斜坡背阴地，看见面向东南方向的一个巨大的岩石斜坡上有一座新建的，与靛褐色土地颜色一样的长方形坟墓。卓儒睦图和大力士小伙子走过去一看，原来是一块用靛褐色水泥灌制而成的没有立起来平放在地上的扁平墓碑。上面写着"家乡英烈巴图巴雅尔之墓（1900—1947）"。

卓儒睦图看到那块平放着的墓碑上的文字，好像被电击中，浑身麻木，两眼发黑了……

霓虹灯下的奇观

　　△113　卓儒睦图向工厂办公室请了三天假，去祭拜牺牲的英雄们，看到坟冢被洪水冲走陷入了巨大的悲痛之中。然而，他悲哀和惋惜的还不止这些。他看到曾经刀兵相见的敌人的坟墓被翻新重建，又憎恨又气愤，他差点用拐杖敲击那块墓碑，但他没敢那么做，不可自制地昏死了过去。多亏同行的小伙子机智敏锐，立即给他含上救心丸，抱着他下山打了恢复体能的点滴才幸免不测。如果不是这样，不备还会弄出人命，或者会惹出一连串的麻烦。

　　卓儒睦图回来后，精神面貌明显低沉下来，背地里流泪，独自咬牙切齿的次数明显多了起来。一些有经验的人劝他说：

　　"你肚子里有虫子了，去医院检查检查吧。"他却执拗地说：

　　"有就有吧……与其拿钱看医生还不如喝酒呢。"近来，他的失眠更加严重，觉得身体时而瘙痒，时而隐痛。

　　于是，他走出夜班室在外面散步，聆听着远近的动静，在大门口跟前转悠着尽他下夜者的义务。镇子上的夜景五颜六色连成一片。据他的观察，每天夜里都有彩虹，无论下没下雨总有彩虹绚烂。装点世界的霓虹灯的彩虹，真的让人匪夷所思。心中充满好奇的他独自思忖，过去人们把不可能实现的美好幻想和看不见摸不着的稀奇的东西说成是"昼星夜虹"。

　　尤其是在那个旋转的花斑球形彩灯扫射下，人们完全放开了自己，如醉如痴地跳舞。脑袋甩动得似乎要脱离脖颈，腰背一扭一扭，屁股一撅一撅，双手向外扽掌，双腿朝人踢踏，脸面不停地抽搐，头发不住地起伏。从理性知觉到全身的关节、肌腱、血脉都被动员起来，投入这项运动。这原来是他们内心真正的爆炸、开花、呐喊和倾诉。按智者的话说，这是社会内在变化的表象化。是社会生产力和科学文化发展到了高的层次，竞争在挑战人体的极限。数千年来，像挣扎呻吟在锁链束缚中的狗一样的人类，在挣脱囚禁后的第一时间，就迫不及待地渴望从被束缚压制的憋屈愤懑的心情开始到全身手脚、皮肤、毛发都得到彻底的释放，就连尾巴根都抖搂轻松。以此控诉过去的苦难，陶醉于现在的幸福，向人世间献上自由的疯狂歌舞，走向由衷期待的极端。

广场上，各种彩灯争奇斗艳，男女老少成群结队来到这里，趁着夜晚无风无尘的宁静，尽情地玩耍，悠闲地信步。有的人在吃，有的人在喝，有的人在唱，有的人在跳。就在人们趁着宽松宁静享受自由的时候，卓儒睦图却不能离开工作岗位寸步，只能无奈地由远处观望。因为这个时间段是各种工种的人们下班，或者是上班的时候，掺杂着各种不可预测的因素，也是觊觎者由院墙向里窥探的时候。所以说，卓儒睦图并不想红红火火地参加热闹，玩他个开心爽快，而只是瞭一瞭他们如何折腾显摆，解解眼馋而已。

巡视大院一周，在他管辖下的钢铁木料、砖头石块，仓库里的皮毛物资、原材料、机械设备都安然入睡，或者可以说，没有阶级斗争，一切死一般的寂静。本应该这样，如果那些东西有了"生命"就意味着有了"鬼怪"。有了"鬼怪"就有问题，"鬼怪"的背后必有阶级斗争伴随。他想起了在党校学习的《不怕鬼的人们》的课文。所以，他想吃一回"鬼"，但那东西好像不存在，总是逮不住。

就在卓儒睦图由镶嵌玻璃碴子的院墙上边观望着远处的霓虹彩光的时候，突然传来像当年隐蔽在图门毛肚堃壕里时的大炮轰鸣声一样沉重的爆炸声。他惊恐地抬头仰望，只见西边天空绽开巨大的火焰喷射的各色火花直冲云霄，不一会儿，火花如同开始凋谢似的向下降落，划出彩虹般的美丽弧线。卓儒睦图不能理解在生铁炮筒里爆炸的火药，还能变成这种鲜花彩虹喷射出去的神奇现象。他只顾好奇不曾试想，如果能像现在这样把这些随时带来危害的火药变成绚丽的花朵在空中展示一样，将所有的愤怒和仇恨也转变成花颜笑容让人们相互赠送该有多好！

卓儒睦图对这些神奇的现代文化艺术作品的彩色火焰、绚丽光环产生了浓厚的兴趣，心想：

"这院子里也没有什么可以搬走的东西了。"他想就近距离看看焰火花炮如何爆炸绽放，锁好院子的大门，顺着小巷子向外走去。他在小巷凹凸不平的土路上，小心翼翼地拄着拐杖，慢慢移动双腿。走近现场，全神贯注地瞭望，空中千万枚花瓣发出声响后，再度爆炸绽放，铺天盖地地飞落，有的还像风中垂柳一样摇摆着划出条状弧线。由朝天摆放的巨大的四方形、三角形盒子和圆形立体筒子里，犹如炮弹一样发射出去，冲向三四十米高空的火球在头顶上爆炸，扩散成无数火星，发出震耳欲聋的声音，变成火药味弥漫。

正当老汉如醉如痴地仰望天空的时候，有节奏、有步骤地向天空发射绽放的霓虹彩光戛然停止了。大概是朝天空发射火花的工作人员吧，他们开始打扫垃圾，将纸屑、纸筒堆积在一处，之后，陆陆续续散去了。顷刻间，发射花炮火焰的场地变得寂静空旷。

△114　卓儒睦图观望黢黑的天空，看见远处天边有寥落的星辰在闪烁。好像已是深夜，周围一切进入梦乡。只有小镇西北角上新建的酒店，镶嵌在外围轮廓上的霓虹灯依然闪烁，像追逐嬉戏的耗子一样不住地奔跑。老汉看见酒店后面向外延伸的游泳场旁边的两间房子的窗户亮着灯光。卓儒睦图曾经隐约听说过这个酒店非常豪华，里面有可以游泳的人工湖，但他从未来过。现在他无意识中来到了酒店的跟前，想趁这个机会看看里面究竟有些什么东西，他拄着拐杖转悠。他走到透亮的窗户跟前，欣赏着玻璃里面的双层窗帘的华丽，心想："这个不像客人住的房间，是干啥的房子呢？"他下意识地向里面窥伺，但被双层窗帘外面的玻璃挡住，把鼻子顶在玻璃上也看不到里面

的东西。在他慢慢从窗台下面走过时，发现窗帘挨墙壁处有细微的缝隙透着光亮，难以估摸他们在这里面搞什么名堂。

透亮的那个缝隙太小，眼睛又无法接近，只能看到一条垂直的光线。再说，在屋里紧傍着窗户，有一个东西晃来晃去，好像有意扰乱他的视线。但是，卓儒睦图的眼睛好，他集中注意力，调动起来所有的好奇神经向里窥视。人的确是个脾性怪异的动物，尽管是个没有任何利益的一般的东西——你越不让他看，他越摞着劲儿争着去看。这时，隔着玻璃在他眼前晃来晃去的那个影子似乎离开了。最后，他清楚地看见一个人的手迅速地离开那条垂直光线。卓儒睦图越感好奇，他把鼻子顶在玻璃上朝里面望去，不料，出现了令人难以置信的丑恶的画面。

老汉吓了一跳，伸长的脖子缩了回来。他再也没有勇气偷看了，如同浑身触电似的，一股无形的力量瞬间袭击了他的整个神经系统。老汉猜疑道：我们这个不要脸的小母狗啊，虽说我没有细看过她的身条，不知道她穿什么内衣，但是，那个一闪而过的形态和她一模一样。其实，老汉的猜疑是有一定根据的。

这是怎样的巧合啊！这是乌仁达格娜在准备首场演出的排练现场。

他们这是为了给昨天到来的加拿大民间艺术家贸易代表团的客人们演出，在舞台导演的指示下，紧锣密鼓地进行准备排练。而且，把今天晚上演出的入场券也都已预售给了他们。这里迄今为止还没有演出过像内地那样彻底解放了思想的各种别出心裁的舞蹈，或者观众不会讨价还价的其他类型的节目。如果上演那样的节目，这里会天崩地陷。然而，尽管没有过了午夜允许上演一些半裸体式的舞台节目的明文规定，但在内部就"睁一只眼闭一只眼"，视而不见地放过去了。所以，很难用过去那些旧的规章制度去约束了。为了生存，如果不采取多种方法——就会成为只顾上演《董存瑞》等而关了门的电影院，或者就会成为无法转向新的模式，无法吸收新的养分的书店、照相馆和服装工厂。所以，其他地方也用类似的"游击战"的方法逐步深入市场经济，转向盈利。

在屋里影影绰绰晃动了一阵的那个人穿着一条二指宽的内裤，挺着凸起的戴蓝色胸罩的乳房，仰面躺在床头装饰豪华图案的铜制床上，将右脚架在了一个粉色枕头上。一个姑娘右手拿着剪刀为她修理脚趾甲，给她涂抹趾甲膏。在那枕头的右侧放着一个扁平的专用箱子，箱子里装着各种胭脂粉黛、指甲膏，精致的梳子和镜子、毛笔、眉笔，还有四方形、三角形、圆锥形的和粗细不同的卡子等各式各样的道具，另外还有老汉叫不上来名字的离奇古怪的用具。

过度的惊讶几乎让老汉失去了自制能力，他大概是想躲藏自己的脑袋，伸出去的脖子冷不防缩回来，复原到了原来的位置。老汉的猎奇欲望瞬间消散，虽说没有确切的把握，但在心里仍旧念叨着"果然是她"，头脑一片空白，木木地静止在了原地。

△115 黑夜是否所有动物进行隐秘活动的广阔舞台呢？过去说，魑魅魍魉都在夜里活动，趁着黑暗进行祸害生活安宁的罪恶勾当。其实在"阶级斗争的游戏"中，敌对的双方都给对方扮演着"妖魔鬼怪"。所以，人们都惧怕黑夜。为了防备鬼怪的袭击才选派夜班当值的人。在庙里张灯上香的主要目的也是为了用光亮驱赶黑暗……

卓儒睦图从细微的透亮的缝隙窥伺，看到了酷似自己孙女的人，浑身毛发都竖起来了，震怒之下，差点用拐杖砸碎窗户玻璃。幸亏酒劲过去，才控制住了自己。他又想，如果不是她呢？但"果然是她"的想法依然挥之不去。据说，某些人在某些地方就是用这种龌龊下流的演出在赚钱。过去，只是道听途说资本家们是如何如何地腐败堕落，但今天的这个现象着实让卓儒睦图厌恶到了极点。就拿他自己来说吧，他曾经为所欲为，淫乱放纵，但在政治运动中认识到了那是丑恶行为，尽管如此，他也并没有感到像今天场景这样的下流无耻。

　　真可谓有其因必有其果，他曾经的胡搞滥行竟然遗传到了下一代，这让他不知所措了。他如果现在就去亲自解决这个问题，必将引起轩然大波，更加颜面扫地。再说，这里的日常事务和安全保卫都交给警察管理了……卓儒睦图负责管理的也只是那座大院而已。就算是这个屋子里的那个人是他的孙女，但房子是人家的，无论干啥，也应该是公家的事，或者是别人的事，管理这些的权限在别人的手里，如果仅凭猜疑砸碎人家的门窗就犯错误了，慢慢调查清楚了再说。消了气后，老汉暗自思忖。

　　△116　卓儒睦图环顾四周，夜已经很深了，万物早已进入梦乡。他突然想起了自己的大院，频频回首望着那扇窗户慢慢离去。踏上归途，他也撇不下刚才看到的那一幕，那情景反复再现在他的眼前。随着酒劲过去，气愤消散，他开始对自己的想法有些迟疑了。对自己的糊涂健忘失去了信心。是不是看走眼了？是不是相像的别人呢？他感到有些后怕了。我在这里干啥呢？如果被人发现了，问我在这里干啥，我该怎么回答呢？越想越感到别扭。他想尽快离开这里，顺着沿墙根的小巷子竭尽全力踉跄而去。在他缓过神的时候，像回到山洞里的狐狸一样回到了自己的小屋里宽松地舒展腰身了。大概是为了躲避他人的眼线吧，走得太快了，感到浑身困乏，心烦意乱，他习惯性地摸黑拿起酒瓶子，为了镇定情绪大大地喝了几口烈酒。肚子里一阵温乎，不一会儿睡意袭来。

　　卓儒睦图摸了摸自杭拉以后每天夜里陪伴在他身旁的这个宝贝的腿，安详地睡去，进入梦境。

　　……

　　在看过花炮焰火几天后的一个早上，在卓儒睦图渗着微汗，舒坦地喝着早茶的时候，特木尔毛利像天使一样突然降临，手捧哈达，行着叩首礼，用爽朗清脆的声音请安道：

"您过得好吗？……我听却帮老汉说您在找我……"比起初次见面被怀疑成阶级敌人的那个晚上，小伙子出落得倜傥潇洒了。卓儒睦图犹如在梦中见到了自己的孙子似的兴奋地说：

"扎，我的孩子……好好，真是好人遂人意啊。也没什么大事，只是想把原来打算加高院墙的砖头给你，我们主任同意了。"由此展开话题，特木尔毛利说自己积攒了一点钱，又和父母要了一点钱，在镇子买了一套不错的旧房子，还说了乡下家里的情况。祖母现在还健在，经常念叨拐杖爷爷。到后来，祖父巴雅利格去世后，祖母居然脸上抹了锅底黑墨①专门讲述了很多往事和故事。于是，这个小伙子才知道了自己的身世由来，说他父亲巴图查干现在仍旧放牧着一群牲口，生活在亚麻图的冬营盘上……

"那你现在究竟在干啥呢？"

"我在旗皮革绒毛联合公司进货呢。"

"你认识乌仁达格娜吗？"

"当然认识啊，她是我的叔伯姐姐嘛。"

"啊，是吗？"卓儒睦图突然感到一种意外的惊喜。他想，现在的这些孩子们可不能小瞧，就连我们老头老婆们陈谷子烂芝麻的事都知道了，趁此机会打听打听乌仁达格娜的事吧。他拐弯抹角地试问了半天。特木尔毛利说，别看乌仁达格娜现在在皮革绒毛公司只挂个虚名，但毕竟在董事长的位子上，所以，她参与指导所有的事务。公司开办的这个新式工厂的机器设备和经营管理都是现代化的，生产的产品种类多，速度快，质量好，还能节省原材料。所以，周边的几个旗的畜产皮毛资源被就地消化，一部分加工成工业产品，一部分加工成半成品销往国内外，这种经营方式非常适合内蒙古地区的市场需求。

---

① 过去，老年人迫切需要告诉晚辈自己年轻时不检点的行为时，必须在脸上抹上锅底黑墨才能说。

特木尔毛利承担着收购皮毛的任务，需要经常跟着领导去邻近的几个旗，连回家吃饭的工夫都没有。

卓儒睦图现在总算真正地认识了自己的孙子，他滔滔不绝地讲了想起来的事情和相关的事情，打开了上锁已久的匣子，一次性地清空，彻底豁朗了。但是，由于过度的兴奋控制不住澎湃的心潮，说话跨越太大，有些颠三倒四了。现在他收敛了一下情绪，将铆在心里几十年的往事和特别刺激的事情——特木尔毛利出生前，他不知道的事情进行了比较完整的补充说明。这个可怜的孩子在小的时候曾经被他祖父巴雅利格骂成是"游魂"，祖母听了不让，就护着他与他祖父争吵。有一次，祖父居然要把他们全部赶出家门（"什么？把谁？""把父母我们三个人！"——话语中，卓儒睦图和特木尔毛利的问答）。当时，祖母气愤地说："那我也跟他们走。"她把梳妆用品和金银首饰收拾起来放入木头匣子，将包裹绸缎袍子的包袱夹在腋下出门，顺势摘下手上的银戒指扔向了祖父。这一闹，祖父没有了脾气，凶狠劲儿也缓和了，他拽过梭梭木枕头背过脸躺下了……

……这时，一个人的名字忽闪了一下掠过卓儒睦图的脑际，但怎么也无法确定是谁，他吞吞吐吐地说："就是那个……那个……"他思绪混乱，横竖想不起来。特木尔毛利提示性地问他：

"男的？女的？老年人？年轻人？旗里的？夏日哈达的？是健在的人？还是去世的人？好人？还是坏人？……"他提供了如是广泛的提示，试图让卓儒睦图进行过滤式的辨别。卓儒睦图也力图回答所有的问题，有问必答，结果没有抓住要找的侧重点，主次不清，话题跳跃太大了。由于老汉说不出来"就是那个"心里憋屈，又一次迷失在了往事的烟雾中。老汉沮丧地耷拉着脑袋自责道：

"我可真的成了老年痴呆了。"

特木尔毛利为了开导老汉说：

"咱们说点别的吧，在谈话中会意外地想起来的……"

老汉好像想开了,从刚才的思绪中解脱出来:

"……唉,说实话,就算想起来了又有什么用啊?只不过就是哄哄自己罢了。可是,你找到了生活的饭碗是个大好事啊……"特木尔毛利笑了。从这个极其普通的现象里,卓儒睦图似乎看到了别人不留意,或者是看不到的特别美好的东西。

从这个小伙子的目光里透露着图门珠拉眉毛的抽动,他那由嘴角向后延伸的隐约可见的细微的皱纹与乌仁达格娜的一模一样。从那个瞬间一闪而过的表情里,老汉接受了许多信息。他不由自主地心中感到了无限的惬意……特木尔毛利也似乎显得心满意足:

"乌仁达格娜姐姐给我找了这份工作,为我提供了生活的饭碗。"他说话时不卑不亢,语调平缓,但可以感觉到是发自肺腑深处的。卓儒睦图顽固的想法开始像阳春三月的冰块一样融化,为自己曾经对乌仁达格娜过于刻薄而感到懊悔。他责备自己,认可孙女。在观赏焰火的那天晚上,他竟然把稀里糊涂窥伺到的那个人误认为是自己的孙女,为此,他感到非常羞愧。他想起了有一次达格达喝醉酒后骂他"狗走千里也改不掉吃屎",说来也是,竟然无所事事,无聊得去偷偷窥伺人家的窗户,也该想想自己一辈子被人鄙视,栽了跟头的经历了,要是达格达知道了……他觉得有些无地自容。他自言自语道:"除非脱胎换骨再生一回吧。"他的思维时而模糊,时而清楚,随着话题的变化,发生着微妙的波动……

"说来也好笑……我们那可怜的牙签达日嘎朝克图走了多年了,但现在看起来,他的接班人却成千上万地成长起来了。"

"爷爷您在说什么呢?"

"也没什么大不了的。过去我有过一个整天在嘴里衔一根牙签的领导,听说他在运动中被打死了,可怜啊……"

"哇,是吗?我不知道,没听说过。"

"可不是嘛,他活跃在你们还没有出生的 20 多年前啊……那已经过去了……现在，孩子们手不离刀地吃肉，手不释杯地喝酒是好事嘛……"

"嗨，现在的孩子们肉食吃得少，蔬菜吃得多了。而且还尽吃羊羔肉，没有塞牙的东西了。除非是炫耀，否则，不需要牙签了。"

"就是说啊，不知为啥，孩子们打小就摆着阔气，嘴里衔着各种颜色的牙签玩耍啊？"

"噢……您是说那东西啊，那不是牙签……是糖果的把儿。"

"哎，是吗？好新鲜啊。想起那天那些嘴里衔着各色牙签的孩子们，我就想笑……可能是没戴眼镜之故吧……给糖球还上什么把儿吗？"

"是啊，可能是为了好拿吧？"

"哇，佛祖啊！没等怎么就摆架子了……我可真是看见了没见过的，听到了没听说过的，干了我没想过的事了……不过那也无妨，又不是朝人家的鼻子尖射击嘛……等待了很久很久的那些美好的东西竟然是以这种稀奇样子到来啊，物资丰富了，百姓富有了，饭碗变成了金，生命变成了天。吃着软和的肉，穿着磨不破的尼龙衣服，衔着塑料把儿的糖球，久等不至，姗姗来迟的社会主义像魔术一样悄然到来了……这是要把除了阶级和贫穷以外的，像瓜果一样所有甜美的东西分发给每家每户啊……我也快成了不亚于达格达的诗人了，哈哈哈！"

"的确是那样！社会主义并不是贫穷的代名词。社会主义本应该是富有的……"

"虱子都变成了钱，人们都变成了神啊……哈哈哈！"

……

他俩口若悬河，争先恐后，畅谈着改革开放带来的实际好处，越说越兴奋，相互补充，相互助力，恰在这时听到敲门声。卓儒睦图从梦中惊醒一看，昨夜已经过去，一个新的早晨到来，太阳升起一竿子高，已是上班时间了。老汉留恋着刚才的梦境，睡眼惺忪地寻找梦中情景，但是，特木尔毛利不见了，相互畅谈的那些东西也不见了。只见拐杖靠着炕沿，那个宝贝睡在墙根原来的位置上。

异乎寻常地争吵

△117　卓儒睦图昨天夜里做了一个与前天夜里的梦正相反的噩梦——饥饿了多日的一条恶狼袭击了他的羊群，咬死了很多羊。老汉惊醒，夜已很深，漆黑一片，伸手不见五指，外面阴天。他彷徨在似醒似梦中。其实他在延续着自己的梦。

卓儒睦图像疯癫了似的半醒半梦中从值班室拿出来火铳，不知朝哪个方向开枪，犹豫着像燃放炮仗吓唬狼似的朝天空扣响了扳机。"砰"的一声空旷的回声吓了他自己一跳。多年来没有使用这个东西，他几乎忘了这也是武器了。老汉的智力下降得厉害，竟然把刚才自己开枪的事忘在了脑后：

"气候变化很大啊！看看这黑夜里还下冰雹，昏了头了！"他从地上捡起由值班室房顶上噼里啪啦滚落下来的铁砂，放在手掌上捻了捻后，才想起来这是自己刚才无目的地开枪，射向天空五六十米后，回落的枪砂。他不再埋怨天气了，却自责道："我竟然糊涂成这个样子，报应啊，报应！"

"打狼不成差点伤了自己。没用了，没用了！"他气馁地，不住地摇头。看起来很可笑，想起来却心痛。

他觉得自己做了一个真正的梦。

近两年来，卓儒睦图的酒瘾越来越大了。他悔恨自己在战斗中负伤，成了瘸子，这成了他一生难以弥补的憾事。

近来，他时不时地思维混乱，憋闷置气，样态也显得古怪了。耳朵鸣响，听见各种各样的说话的声音，眼前晃动着死去的人们，还能觉知到他们在说话。人们说，这是一种怪病。仔细观察这个曾经风流过的人的现在的举止，的确让人莫名其妙。刹那间，他的眼神就会变得寒光四射，开始说那几句约定俗成的话。然后，打上几个哈欠，马上又能恢复原样。为此专门咨询了几个人，喇嘛持一种说法，医生持一种说法。最后，乌仁达格娜请来一个闻名遐迩的，据说还有秘方的新式蒙医进行诊断。医生一把脉就知道了病因说：内热淤积就会产生幻觉，这是内火攻心，清清热就好了。他给了三包用冷水送服的药面。卓儒睦图服用后，跑了一整天肚，结果，真的好了。

  人们询问，这病是由什么原因引起的呢？医生说：这种病的起因和形成是由潜在的，而且是多种原因促成的。这个老人的头发如果不是"鬼剃头"，而是从年轻时渐渐脱落秃了顶，那就说明是遗传的内脏积火，不碍事的。如果年轻时没有管控欲望，没有把握住自己，放任自流了，或是个一味贪图美色的好汉，但这不会成为病因，书本上也是不否定的。这必须是由一个或者是两个以上外因相互作用才能形成的一种欲望。这与曾经是否惧怕过，痴迷过，忧愁过，是否丢过魂，是否过度饮酒？是否食用过健身壮阳药？是否受到过严重的精神打击？是否承受过以生命做抵押，执着追求的信仰的突然落空？与这些有着密切的关联……

  △118 在发生那件事的几天后，又发生了一件怪事——在夜深人静，万籁寂静的时候，一辆大型载重卡车较远地绕过旗皮革绒毛厂的大院，开着金扇子一样的大灯，将明晃晃的光亮扫过值班室的窗户后，飞奔而去。

  天啊！莫非是那辆车闹事了？接着，没过多久，在死一般寂静的屋子里，突然传出来死去的、活着的两三个人的令人毛骨悚然的说话声：

  "你出来，你有种就出来！像耗子一样怕你，像贼一样躲你，像神一样敬你的时代已经过去了……"如果有觉浅的人听到后肯定会想,卓儒睦图的确是老糊涂了,那天夜里听见他出来放炮仗玩,这会儿又不知道和谁争吵闹别扭呢。这声音确实挺古怪。

从门房子里连续不断地传出忽高忽低,清楚一阵儿、模糊一阵儿的激烈的争吵声。好像是在被占领的堡垒里,发生着占领者和被占领者双方的激烈的战斗,再一听,又不像,传出离奇古怪的说话声。

相邻大院的看门老汉巴雅尔被惊醒。巴雅尔原本就是个疑神疑鬼的人,这会儿愈加绷紧了神经。过了一会儿,他躺下,但睡意被彻底惊跑了。

"出去,出去!你这野鬼。"好像是卓儒睦图的门房子遭贼了。

"在我当官的时候,你像壁虎一样紧贴着我……你低头哈腰丢弃了信仰,知道在谁的勺子下伸手吗……"啊!天啊!这,这,这怎么像那个高远的声音呢!不会是播放录音吧。巴雅尔摸不着头脑。

"你那些甜言蜜语已被风吹走了,在温饱不济的时候,我的信仰动摇过,但到现在为止,我仍旧说着学到的话,念着背诵的经。你这愚蠢的孤魂野鬼,流浪了几百年,在无家可归、日暮途穷的时候回来了!……你还记得你像被抛弃的丧家犬一样弃我们而去吗?逃亡了就继续逃你的吧,只想你快点滚蛋,再不想看见你回来!等着你的牛奶和面包,饿死了一群一群的人,到了后来没了办法,只好'长了尾巴',现在勉强吃饱了肚子,你却……你要是想要白面,我们就做面人替死鬼打发你!"

"你能吃饱肚子,还不是我的功劳吗?忘了谁给你那生葫芦脑袋瓜子输入光明的吗?"这就是那可怕的声音。

"你爹那个头!"像被俘的英雄一样反抗,喊叫的是咱们那位。

"……形势大好,越来越好起来了……"这又是那个高远的声音。

"……"卓儒睦图好像在嘟哝着什么。

"社会主义究竟怎么了？让你们白吃、白穿、白坐着有什么不好了？吃肉的可以睡着，放羊的怎么就不能坐着呢？你这可怜的掺水的脑袋哟……"像卓儒睦图的声音，又不大像。像是那个声音，声嘶力竭，含混不清。

"……"隐蔽的声音过于模糊。

"肉，牛奶，裤子……"听得清楚，但是杂乱的混合声。

"啊？莫非我的腿是多余的吗？拿走你的乌纱帽，还给我健全的腿！向宝汗戴哥哥道歉，把生命还给他！"这是卓儒睦图说的话，但声音像别人的……

"你要索赔你的腿，那就把分到的牲口连同20年的子畜全部还回来！"这显然是口沫呼和楚鲁的声音，或者是"形势大好"巴雅尔图的声音。

"要求把所有像草木一样牺牲的人们的生命全部给树立起来……"

"永远矗立在了人们的心中。"好像是口沫达日嘎呼和楚鲁说话了。

"听说你们变卖了庙堂，饲养了成群的鸡子，发大财了？"

"庙堂倒无所谓，可以翻新，可以移动，只要把佛祖揣在怀里，鬼怪就不会附体。"

"你推碾子拉磨不用牛和驴了吧？"

"那算啥，商品社会嘛，有了钱还怕没有劳力吗？"

"……改名字吧……"

"怎么改？"

"发财——当官……"

"……"

"你得读书！好好学习！"

"放屁！我再也不相信你的话了……就算错了，我也要祭拜神佛。"

"……"

"你竟敢说我是毁坏名节的东西？我照样高举着社会主义。我还是原来社会主义的那个卓儒睦图，宁可粉身碎骨也不会毁坏名节！"这是卓儒睦图本人亢奋的声音。

"狐假虎威的木偶。你在指责别人长短之前，照照镜子好好看看自己的形象，回顾一下自己走过的路。你还有脸说别人肮脏吗？是个舔着资本家泔水，给人家护院看门的狗！"这声音，啊！是的，是的，老天保佑！好像是那个逝者的声音。

这次的吵架非同一般，是一个极其离奇的现象。住在有一段距离的另外一个院子里的生性多疑的巴雅尔老汉起初并非为听不懂他们说话的内容而感到奇怪，而是约莫到了说话的人声音大概是谁后，吓了一大跳。竟然还掺杂着多年前饿死的人的声音，他们是否回来复活了呢？他们是死了，并不是调动工作走的啊！

隔壁院子的巴雅尔老汉提心吊胆地倾听了半个小时，没有弄明白究竟发生了什么，独自纳闷的时候，突然传来门窗玻璃被破碎的噼里啪啦的响声。接着，好像是占了上风的卓儒睦图的呵斥声：

"你出来，你要是人就出来。"

胆小多疑的巴雅尔老汉想：邻居院子里发生着重大骚乱，我不能袖手旁观，在过去的社会主义时期，我们是穿一条裤子的亲密战友。这是跟上鬼了，还是神灵降临了，或者是强盗侵入威胁老汉了？甭管咋样，我得去看看，如果不妙就叫警察，他拿着当骑兵时用过的马刀蹑手蹑脚、小心翼翼地走了过去。说实话，虽说巴雅尔老汉多疑，但毕竟是个过来人，不会害怕这点"游戏"。问题是，在刚才吵架的争论中出现了前几年去世的老战士巴特尔毕力格经常挂在嘴边的"商品社会"这个词，而且那声音酷似他自己的声音，这让他没有了着落。在他生前，巴雅尔曾经向他借过 20 块钱，但没有还，事后也没像汉人弟兄那样买来草纸剪成中间有眼的纸钱给他烧过，也没有上过祭品。"尽管他不是专程来讨债的,但一旦遇上该怎么办?"这一念头让他吸了一口凉气。但是,他现在手持战刀站在真正的活人的位置上,而且还是个具有41年党龄的老党员,想到了这些,他壮起了胆子。

巴雅尔走到卓儒睦图的门前一看,门窗上的玻璃完好无损,只听见卓儒睦图一个人在叽里咕噜地说着什么,他感到非常诧异。巴雅尔老汉心想,肯定是强盗侵入了卓儒睦图的屋子,他站在屋外朝里面恐吓着强盗喊道:

"该死的强盗放下武器出来,我是警察,如果不马上放下武器,我就砍掉你的脑袋!"

过了片刻,屋里有了动静:

"哟,哟……什么时候跑出去了?那天夜里吓唬狼打了一枪,忘了再装弹了,这是乘人之危啊……明天我把它装得满满的,看你再挑衅……现在我一棍子打倒你。"他叫嚷着开了房门。他晕晕乎乎、跌跌撞撞地来到院子大门上,看到巴雅尔大吃一惊:

"啊,原来你是鬼啊?"卓儒睦图边说边举起了拐杖。巴雅尔从铁大门缝子里伸进手拽住他的袖口说:

"你喝醉了。"接着,他连哄带劝地说了好一阵子。过了一会儿,卓儒睦图的酒好像醒了一点:

"你是巴雅尔吗?哟哟……刚才进来一个人站在那里,不会是你吧?……我正在忙乎着轰他出去呢……他把我咋样了?"他语无伦次、含糊不清地说着,敞开大门,反问着巴雅尔回到了屋里。

"我能知道你怎么了?我还想问你呢。"巴雅尔笑着跟着他走进屋里。浓烈的酒味迎面扑来,脚下玻璃碎片沙沙作响。

灯光下,卓儒睦图好像参加了一次阻击战,或者是军训,身上有几处负了伤,滴着血拄着拐杖独自一人站在那里。脚下有一个酒瓶子如同射出弹头的弹壳一样横躺在地上,玻璃镜片满地熠熠生辉。很明显，是卓儒睦图用拐杖击碎了挂在墙上的镜片。

卓儒睦图好像知道这事的起因，又好像不知道，吵架的事既模糊又清晰，记得打过鬼，记得玻璃的破碎。现在他知道自己受伤了，是鬼打的，还是自己失手自残的？他说不清楚。

他说，在他喝酒尽兴的时候，忽然看到一个人贴着墙壁站在那里。门是从里面反锁的，不会有人进来，大概是鬼……咱们向来是不相信神鬼的，那这究竟是什么呢？

这件事不能一味推到卓儒睦图的醉酒上了结，邻居的巴雅尔老汉也听到了别人的声音，换句话说，就是巴特尔毕力格等人的熟悉的声音，他可以做证。这一现象不光是醉鬼卓儒睦图，就连多疑敏感的巴雅尔老汉也难以解释了。

在醒了酒的第二天，卓儒睦图也仍然说不清楚昨天夜里和谁吵了架，但他比较清楚地记得与几个人吵架的事。

工厂领导没有当真地去抓这件事，权作醉鬼儿戏一样的胡言乱语，不值得去追究证实。表面上好像不屑一顾地放过去了，但在背后却警觉起来。因为，这个现象，第一，太过蹊跷；第二，这个现象偏偏发生在总经理乌仁达格娜的祖父的身上，而不是别人；第三，如果不解释清楚，认真解决这件事，它将会给工厂的安定发展带来障碍。管理层的主要人物高度重视，私下里商定了计策。

在事发后的第二天，来了公安局的两个小伙子详细询问了那天夜里发生的事情，并做了笔录。他们没多说什么就走了。接着，来了一辆小轿车，拉着卓儒睦图去了医院，用各种新奇的仪器，对他的头脑进行了坐式、卧式的多种花样的检查。又对事件进行了细致的询问，还问了几个智力游戏谜语一样的可笑的问题，之后将老汉送回了家。卓儒睦图吃着安神定心的小白片，与往常一样值着他的夜班。没让老汉赔偿门房子墙上的镜子，而由工厂办公室买来了新的镜子，安装在了原来的位置上。只是劝他说，以后要有节制地喝酒。老汉脸上和手上的几处小伤渐渐痊愈了。

都说多疑的巴雅尔是个具有新的信仰的革命者，但是，由于没有完全放弃信佛，所以，他仍旧相信"灵魂"会转附活人的说法。要是一口咬定他现在所说的是迷信，那很容易，但他是在如实地阐述着真实的现象，这就不能妄加指责了。报纸杂志上偶尔也刊登一些这种怪现象的报道。更有甚者，说得有板有眼：在苏敏高勒附近，某某人突然发高烧胡说，说话的口吻语调与某某逝者一模一样，令人难以置信。人们请来一个叫游根子的阴阳先生，他默念着咒语，将一种红色药粉溶入冷水里，让那人喝下去，没过半小时，那人打着哈欠清醒了过来。常言道，"神鬼在人心，咋想就咋样"，难道这话是真的？无论咋说，这话在民间颇有势力。

巴雅尔有点胆小怕事，但从不撒谎撂屁，这是大家公认的。对于这件事，巴雅尔只是如实地说了自己的所见所闻。至于他当时的听闻有没有出入，这恐怕谁都无法保证了。

这件事好像就这样消停了。但在私下里人们仍旧传说着。人们的传言传来传去好像长了腿，到了后来都长了翅膀快飞起来了。有些远在天边的、毫无瓜葛的好事的人们给熟人打电话猎奇道：

"听说，一个名叫卓儒睦图的老八路，在值夜班的时候喝酒发了疯，和自己吵架了，是真的吗？"有人问：

"听说，卓儒睦图身上附着了活着的口沫达日嘎呼和楚鲁的灵魂，死去的巴特尔毕力格灵魂，在做着社会主义理想和信仰的报告，是真的吗？"有人还问：

"听说，卓儒睦图患了听觉虚幻症，现在疯了，是真的吗？"经过众人添油加醋的胡编滥造，这件事成了无从考证的流言蜚语。

把映照在镜子里的自己的身影误看成是鬼，在纷乱的思绪中，回忆起亦真亦幻的、飘忽不定的诸多往事的，在光影作用下发生的人间闹剧到此落幕了。

奇　遇

　　△119　人人都有不同的愁，世间何处没有愁？卓儒睦图为金钱奔波，又为没有实现向朋友许下的诺言而愧疚、犯愁。同样，在美国过着恬静舒适生活的孟克巴雅尔的父亲恩克巴雅尔既想念孩子，又思念故乡，渴望与他们团聚，心中充满了孤独。

　　到了后来，恩克巴雅尔在异国他乡沦为了孤身一人，只有护理他的孩子给他做伴，陪他说话。但是，突然有一天，那孩子的家里有了事，无可奈何地离他而去了。于是，他进入了老年疗养院。进入老年疗养院以后，他心中的忧愁越发加重，每天哭哭啼啼，不久哭干了泪水，眼睛像耗尽了燃油的灯一样熄灭，成为瞎子。孟克巴雅尔听说父亲住进了疗养院的消息后，打算马上回去看看，尽快接他来这里一起生活。为办理这些手续，他跑了将近三个礼拜。除此之外，还为准备接来老人后居住的舒适的房屋忙乎了半个月。他将一切准备就绪，正准备第二天启程，不料，就在那天夜里，从大洋彼岸的老年疗养院传来了恩克巴雅尔老人去世的噩耗。

　　孟克巴雅尔一心扑在为家乡和族人乡亲建立一个工厂而日理万机，他被工作所羁绊，耽误了打算接来父亲一起生活，照顾他日常起居的计划。将近一个月的时间，通了几次电话，基本上说妥了，但病魔缠身的老人的身体没有坚持到实现电话上满口答应的愿望，提前走了。他的突然去世，让孟克巴雅尔乱了阵脚。由于过于相信了美国优越的生活条件、先进的医疗技术和父亲说一不二的刚强性格，后悔得孟克巴雅尔差点摔断了手里的扇子。

　　孟克巴雅尔匆匆忙忙回美国去料理父亲的后事，乌仁达格娜就留守在办公室挑起公司的大梁，有条不紊地完成着各项任务，但心理负担却有增无减。她并没有为老公公的突然离世感到多大的悲伤，而是为如何妥善处理他的后事绞尽脑汁。要说把老人的遗骨埋葬在美国他老伴儿的身边吧，那已经没有可能了。早年时局险恶一触即发，没有可能送回祖先故土，最后只好根据本人遗愿，将她的骨灰撒入了太平洋。看到就近的一二十年时局宽松了许多，恩克巴雅尔老人生前曾似玩笑非玩笑地说，他梦见自己"回到故乡，睡在父亲身边"了。但从未真正提出过自己去世后的归宿。

孟克巴雅尔想知道父亲的真正意图，曾几次拐弯抹角地询问，但父亲却笼统地说："男子汉生在毡房，睡在岩床嘛。"从这句可以理解为"哪里都行"的模棱两可的话里，"睡在岩床"这句话似乎明确地显示着他的意图志向。大概是由于北方蒙古人离水源太远的缘故吧，没有将水源，或者是大海选作长眠之所的习惯。以老人那句话为依据，再与他曾经讲过的话联系起来推敲，似乎他不希望海葬，暗示着回归大陆安歇。但是，很难说清楚的是美洲的岩床，还是亚洲的岩床呢？这样一个难题横亘在了孟克巴雅尔的面前。

乌仁达格娜也为老公公的遗体埋葬在哪里费尽心思。与她没什么直接关系的这件事，现在看起来好像对她有重大影响。但她没有能力解决，所以，她害怕考虑这件事。现在要是只从逝者的角度想，问题是让他到老伴儿的身边，还是到家乡故土？按照人情世故，怎么都有遗憾。按理说，这个选择应该由老人自己做出，这样不但好办，而且，还能减轻孩子们的负担。

△120　卓儒睦图的精神状态时好时坏。上次喝多了酒口出狂言，在夜班门房里发了酒疯后，乌仁达格娜劝他住院治疗，或者去温泉进行一段时间的疗养，他没当一回事。从住进医院后的第二天开始，他就违反规章制度，悄悄溜出去买来酒，藏在被窝里偷偷地吸吮，让护士抓了个正着。最后，在没办法的情况下，与孙女协商，以减少酒量为条件，出院回到了夜班门房子。他比较愉快地接受了乌仁达格娜每

天供给他三两白酒的协定，真心实意地执行了十来天。老汉从第 11 天头上开始诉苦喊冤，到了第 12 天，将每天定量的酒增加到了四两，这才心安理得地消停了下来。他横下心把握住了这个量。在祖孙两人签订的控酒协议上，巴雅尔老汉做了中间证人。

"爷爷，这是为了您的健康长寿啊。"

"是啊，孩子……我只是没说罢了，你的意图我都知道了。是让我金碗喝甘露啊……"

"酒不能再增加了！"

"不增加了！"

"说话算话吗？"

"算话！我是这么大个人嘛！"

"那好，袜子铺子西边的胖女人的阿日善图商店离这里最近，您每天从她那里打酒记账，我跟那女人说，费用每月一结。还要吃好每一顿饭啊！好吧？"

"好的，行了……这是为了我好嘛，我又不是牲口！"

矜持稳重的巴雅尔老汉以第三者的身份参加了祖孙俩关于控制饮酒的协商全过程，签订了这 109 个字的正式的新协议。

在巴雅尔老汉的积极支持和倡导下，最后，一致同意了协议的全部内容，双方签字画了押。巴雅尔老汉褒奖鼓励了卓儒睦图，并预祝了协议能够如约地被顺利执行。卓儒睦图也再次表示了决心，乌仁达格娜则应允道，今后会更好地抚养照顾爷爷，来年让他去莫斯科旅游，参观祭拜列宁墓。他们相互寄托了信任。

产生在这第一代人和第三代人之间的，一时的梦魇般的心灵创伤似乎趋于愈合，同宗血脉无可衡量的深厚的恩爱热流重新回归，开始还原了。爷爷几乎冻结了的冰冷目光开始融化转暖，变得像看八岁时的孙女的目光一样慈爱，昏花的眼里充满了泪水。孙女的脸上也笑开了花，重现了五岁时在他怀里撒娇的情形，不妨要搂住爷爷的脖子卖乖了。

这是一件具有深刻意义的值得纪念的事情。他们商定的协议的条款细致而具体。比如：早晨喝了酒就要迷糊一天，所以早晨决不喝酒；中午要喝也只限在解馋的程度；晚上不妨加一点。白天睡好了有利于晚上下夜的协议内容，符合卓儒睦图的心意，所以，他按照要求严格管理着自己。在饮酒定量后的这几天里，他的身上出现了前所未有的健康轻快，思维清楚，内心敞亮的新气象。

△121 有一天，在卓儒睦图不自愿地生硬吃完午饭，控制着自己少少抿了两口酒，歇息的时候，推门进来一个人。卓儒睦图打量，是个年轻人。那人上前寒暄，他感到很意外："找我寒暄问安的人寥若晨星啊，会是谁呢？"他再次确认也没有认出来。年轻人理着平顶短发，身穿普通的休闲服，像个很有教养的老实的学生一样站在那里。

"您是哪位啊？"

"您忘了吧……是给您开车去红格尔山扫墓的丹巴拉啊！"

"啊？是丹巴拉吗？我认识丹巴拉啊……鼻子、眼睛、嘴有点像，你是丹巴拉的弟弟吧？"

"不是，就是丹巴拉本人啊，我弟弟长得跟我一点也不一样。"

"啊，声音真的有点像……你的变化怎么这么大呀？爷爷老糊涂了，不认人了。上午还好点，下午就更不行了。"

"是啊，您上年纪了嘛……我确实有点瘦了，换了衣服，头发剪成了短平头……所以，看着有点不一样吧？您把我当时的样子记得很清楚啊……"

"那你现在在干啥呢？今天来找我有什么事？"

"听说您大病了几场想来看您，顺便聊一聊，认识认识。"

"咱俩不是早就认识了吗……就是我糊涂了总是忘……给我带路，

背着扶着我上红格尔山的事,我记着呢,是个好孩子……你是举重运动员吧……现在还在开出租汽车吗? 挣大钱了吧……"

"参加了大力士比赛,觉得没什么出息,就听从长辈的建议当了摔跤教练。不开出租汽车了,所以,虚膘才降下来……夜晚回来,吃了就睡不好,长胖了行动也不方便,衣服也不合身了。"

"啊,是啊……就是觉得不一样了。今天是为啥事来的?"

"没什么……就是来看看您……以后要是去医院,或者是用车就叫我吧。"

"我有什么好看的啊! 糊涂了的老骨架,倒在哪里,就在哪里烧掉就行了……你还要照顾父母和爷爷奶奶吧?"

"没事的,就是想跟您闲聊聊。"

"聊什么呢,聊我喝酒的事吗?"

"不是的,就是闲聊聊,好好认识认识……想知道自己的祖先。现在人们都在忙乎着写家谱,寻根溯祖,知道历史的老人们都成了活宝了。"

"你的爷爷奶奶是谁呀?"

"爷爷,爷爷……爷爷吗? 叫道尔吉德日玛……"

"是萨仁淖尔大队的马倌儿德日玛吗? 耳朵有点背,是个套马高手啊。"

"是的。人们都知道……您去过我爷爷的家吗?"

"啊! 去过……在大狩猎的那年春天,我为换骑马,在他们家住了一宿……听说他们在闹蝗灾的第二年倒场去了东旗,就那样居住下来了。噢,孩子啊,你原来是他们的后代啊……你爷爷身体还硬朗吧?"

"奶奶在五年前升天了。去年夏天,爷爷没听见撞人的牤牛的吼叫声,被撞后去世了。"

"哎呀,多么可恨啊……多长时间了?"

"一年了……所以，孝期过去，我换了衣服，剪了头发，来看您了。"丹巴拉从携带的包里拿出酒和茶，用哈达裹住双手举起，躬身行礼，献给了卓儒睦图。卓儒睦图受宠若惊：

"我是个赋闲在家没有用场的人了。也没有记住多少历史事实、故事传说……几个土匪的故事也讲完了，我能帮你什么忙呢？倒是我应该感谢招待你呀，在那大山里劳烦你背着我走！"他说着，从身边的酒瓶里倒了一杯酒递给丹巴拉，丹巴拉站起来说：

"我今天不开车。"他一饮而尽，好像壮起了胆子似的接着说：

"那是我有意识地照顾您的……想展开了说吧，又不知道怎么开口……其实，如果解放了思想说也没什么大不了的！就是想认识一下自己的血缘族亲罢了。"他直言不讳地说。卓儒睦图莫名其妙：

"你说什么？爷爷的耳朵有点背啊……"丹巴拉掉过去低下头，从卓儒睦图的锅底上取了一点黑墨涂在自己的脑门上说：

"青年伙伴们早就开始嘲笑我与您有血缘关系……那时候我还小，差点犯傻去做了手术。"他冷不防地走到卓儒睦图的面前坐下，歪着脑袋亮出了右边的耳朵。卓儒睦图愣怔了一下，看着他的耳朵说：

"不知道，不知道，有同样记号的人多了去了。人嘴不如狗屁股，爱说啥说啥吧，孩子你不要管它。"他好像又一次沉浸在了遥远的记忆中。

丹巴拉好像下定了决心似的说：

"是啊……我现在已经是个有学识的男子汉了。所以，我私下里悄悄叩拜您，想弄明白咱们究竟有没有真正的血缘关系……"听了这话，卓儒睦图突然想起了那天夜里梦见特木尔毛利的事，吞吞吐吐地说：

"这不会是在做梦吧……我怎么能保证呢？说像吧，倒是有点像，但是，长相一样的人多了……在'文化大革命'的逼供中，我没想起来这事给遗漏了吧？"丹巴拉听后哈哈大笑起来说：

"我又不是搞'文化大革命'啊,我怎么能非礼非法地逼问您呢,是说您能够想起来的话……"他难为情地解释说。接着,他为了打消老人的疑惑,说明了自己的过去和今天来访的目的:

我爷爷和我奶奶偶尔拌嘴的时候总要扯出这件事来争吵,如果有外人进来,他们就立马把话题咽在肚子里。有一段时期,我感到非常害羞,于是,就留下长发掩盖自己的耳朵。最后,想来想去决定改变这个模样,就去找了一个眼睛不怎么好的老医生做手术,办完了所有的手续,之后,就去另外一个房间的专有床上躺下了。幸亏做手术的是一个眼睛好的年轻医生。来到我床边准备手术的那个医生看到我的耳朵后,惊愕地说:

"啊!这不是遗传基因的特殊记号吗?绝不是软骨的结瘤啊……你为什么要破坏去除这个呢?这可是一般人不会有的稀奇的现象啊。现代医学关注到,长有这种特殊记号的人是与众不同的。他们猜测,长有鹰钩鼻子,猞猁尖耳,狼的粗脖子的人的才智、能力与大自然深奥的秘密基因有着一种潜在的联系。"他接着继续说,"你非要做那很容易。但会留下山羊耳记一样的小豁口。说实话,结果恐怕是为了好看反而弄得难看了……做不做手术,你自己定夺吧!"就这样,我听信了年轻医生的话,放弃了手术。为了防止闲言碎语,我把事先准备好的100块钱的红包塞进了医生的衣兜,连医院的手术费都没有退还,摸着耳朵匆匆忙忙地离开了医院。自那以后,我被医生说得有了自信,剪短了头发露出了耳朵。也许是心理作用吧,我觉得那些有学识的青年们好像开始用钦佩的目光看我了,真是无巧不成书啊。但是,我心里还是觉得不踏实,半信半疑犹豫不定。于是,我就利用带您上红格尔山的难得的机会,为了给您留下一个好的印象,我竭尽全力为您服务。为此,我获得了找到最为可靠的证据的机会……丹巴拉犹如倾诉完了满腹的心里话似的情绪趋于平静。但他却又突然猝不及防地跪在了卓儒睦图的面前祈求说:

"请爷爷宽恕我！请原谅我没有及早说实话的过错！"说着，他从衣兜里拿出一张写有文字和数字的纸条递给了卓儒睦图。卓儒睦图看着简直摸不着头脑了，懵懵懂懂地说：

"这是什么？我都糊涂了，是不是我的老毛病又犯了？"丹巴拉见状慌忙安慰老人说：

"偷偷办理这些手续的做法可能欠妥，但是件好事。这是科学鉴定的证明书！"接着，他阐述了为了办理这份鉴定书，咨询了医生，及早进行了策划，一步一步完成的过程。

那次他背着老人爬山，按照医生的嘱咐，捡了两根老人脱落的头发，当作宝贝包在干净的纸里，将自己的头发和父亲的头发包在一起，连同费用托付给了医生送到北京的一个医学研究所进行鉴定，头两天才拿到了鉴定结果。鉴定出来的数据完全符合，鉴定书证明了他们三代人拥有同一血缘遗传基因关系。

大概是由于意外感动的原因，无意中多喝了几口酒，卓儒睦图听着孙子的话，觉知到醉意突然袭来，竟然说不出话来，千言万语堵在了胸口上。

丹巴拉认识了自己的亲爷爷，卸下了心理重负，无比兴奋地说："我要为父亲的'被解放'贺喜，不久我领着父亲来见爷爷，三代人举行一次秘密的私家庆祝宴会吧。"卓儒睦图由衷地感到自己的心像雪糕一样开始融化，两眼充满热泪，将丹巴拉搂在怀里一句话都说不出来，微微颤抖着抽泣了起来。

人究竟去哪儿了

△122　卓儒睦图如同做梦一样陶醉在激动中，饮酒远远超过了"新约"限定的量。

来回去了几趟卖袜子商店西边的阿日善图商店买酒，认识了那个商店吝啬的胖女人，从第四回以后，鼓捣着让她增加了一两酒。增加的那一两酒的钱由卓儒睦图随买随付。老汉与她走熟了以后，以"有客人来了"为由，整瓶购买烈性的"甘露白酒"，她都不会阻止了，悄悄地递给他。其实，卓儒睦图所说的那些老相识们都老的老，走的走，没有了联系，没人造访他的家了。他所说的也只是些虚名，只是买酒的理由而已。

卓儒睦图不喝酒清醒的时候，自暴自弃地贬低自己说是"烂肉"，也不会厌恶他人。但是，一旦喝了酒，过去那种飞扬跋扈的性格就会死灰复燃，开始藐视敌视他人。心思游离在礼仪规矩的里外上下，总是回不到中庸平和的状态。过去，他视金钱为粪土，但是，被人们鄙视为"穷叫花子"的这几年的穷困潦倒的生活好像让他长了记性，现在他对金钱有了很大的欲望。可是，哪有那么容易到手的钱呢？他记得上回吵架时，乌仁达格娜毫不留情地说过：

"没有钱就是叫花子，是奴隶。"

"要脸，还是要钱？"现在想起来好像是对的。乌仁达格娜偶尔来一回，他真想说"给我点钱"，但又开不了口，只是装作严格遵守协议的样子。为了避免露出蛛丝马迹，他拿一张旧报纸挡在前面，尽量少说话。在醉得比较厉害的时候，他就向孙女编故事说："一个滥酒鬼提着酒来，差点折腾死我。那家伙揣着空瓶子回了家，我才安生下来。"他巧妙地裹哄着孙女。这个时候，很难说这话竟是他说的，现在看来，大概是他那麻团一样纠缠的思绪还会一阵一阵地清醒，时而还有超级灵光照射进来吧。自从几次的表演获得成功后，他好像真正地进入了不顾脸面，哄骗他人的角色，为此他还沾沾自喜。

卓儒睦图对胖女人说："家里有客人。"对乌仁达格娜说，"节假日、新年正月不给增加点吗？家门敞着，哪能不来人呢，我也是有朋友、有脸面的人啊。"他软磨硬泡，对"新约"进行了没有文字记载的修改，每次打酒又增加了一两。这次行动的主要图谋还在于买酒钱不用自己偷偷去付，而是由乌仁达格娜以"义务"去支付。他对自己这种做法越来越有信心，对哄人的招数日渐熟谙，在黑暗中面壁躺着，竟然还会心满意足地偷笑："哎！红尘世道啊……"他能有这种想法实属稀奇，好像智慧向着错误的方向开窍，而且，那也是断断续续的，忽闪那么一下就消失了。酒这东西是个想怎么玩弄人就怎么玩弄的，有鬼的东西。他的酒欲现在已经无法控制了。他过去那些不断地整理衣领，时不时地抚摸脸庞，习惯性地用手指梳理头发的习惯已经不复存在，脸也不怎么洗了，只是把小指的指甲留得长长的，用于抠出眼屎弹出去。放松了自身的管理和保养，对所有东西都显得消极冷漠了。有时他自暴自弃地自言自语道："我就是这样的人，大不了是个酒鬼！"

那天，他在上夜班前，经过卖袜子商店的门口，被横七竖八地扔了满地的砖头绊倒，衣服被积水弄得又湿又脏。从店里看到他的小伙子跑出来说：

"哎，老人家，您的衣服脏了，我用扫帚给您扫扫上面的泥土吧。"

卓儒睦图冷酷地说：

"你要是知道错了就赔钱吧，这正好在你的门前，你应该负责。"

小伙子越发惊慌：

"在我们门口也不是我的错啊，那天供电的人们来挖下电线的沟，弄完填埋时没有认真地照原样铺砖，弄成了这个高低不平的样子……"

卓儒睦图不依不饶：

"咋说也是在你们门上。"

小伙子无奈地说：

"那您把衣服脱下来吧，我给您洗。"

"让我穿着湿衣服回家吗？还是让我光膀子等着呢？赔钱！"小伙

子被逼无奈,哭笑不得,说了一大堆理由,最后给了十块钱打发走了。卓儒睦图离开那里,在去往阿日善图商店的几步地里想:"算是整了一回这毛头羔子,就应该这样收拾做买卖坑人的家伙。"他以居高临下的胜利者的喜悦走进了阿日善图商店。

擦拭酒箱子灰尘的胖女人看到他喜形于色,但发现他浑身泥浆的样子好奇地问道:

"老哥哥您遇上什么喜事了?衣服怎么了,满是泥浆?"

卓儒睦图的酒好像完全醒了:

"穷人为了钱,野狗为了食,能不高兴吗?"他把自己在卖袜子商店门口绊倒,并与店主讲理得到赔偿的全过程炫耀了一番。

胖女人点头称赞道:

"您可是学好了用法律保护自己的方法了啊!当过领导的人就是比干粗活的人有办法,真是技高一筹啊。"她又意犹未尽地接着说,"那天,一个牧民掉进前边路上的坑里摔断了腿,他躺在那里后悔地说,如果小心咋能出这事啊?后来,我看着他实在太可怜了,经过几番周折找到了他孩子们的手机号,通知了他们。听说那人交了3 000块钱住进了医院。"

卓儒睦图听了胖女人的话振振有词地说:

"谁要是敢再弄断我的腿,就去北京治疗。让他赔偿几万块钱。我的祖先是很富有的大家族,书生官人辈出的科班门第啊!"听了他这番特别说明,胖女人的眼睛放射出了羡慕的光亮。"朝着现在人们追求的方向放了一炮,果真击中了靶心啊!"他沾沾自喜,满足的笑容溢于眉梢。

卓儒睦图从那里有多没少地买了自己的份儿酒走了。俗话说,吃惯的乌鸦来十回。第二天,他好像又喝热乎了,穿着那身带泥浆的衣服摇摇晃晃地来到卖袜子的商店,讹那小伙子说:

"年轻的老板,你赔我的钱不够洗衣服……要是熨烫得30块钱。"

卖袜子的老实的小伙子非常气愤：

"……其实您跌倒在外面跟我没有任何关系！我是可怜您是个残疾人，又是个老人，给了您十块钱，那是我那天全部的收入啊……"

"你们富人撒谎撂屁是一绝！谁不知道每天赚几百块钱啊！你要是再不给我20块钱，我不走了，躺在你们家里让你养活！我可是革命伤残军人啊！"他越发强硬了起来。

最终，两人吵了起来。

"你把我当成你的摇钱树了？"

"这是有理的人向失礼的人索要赔偿！"

"我要向警察告你是流氓。"

"找死的耗子你就摸猫屁股吧。好汉的骂名就是流氓吧……不知道我表弟就是警察的领导吧，你这蠢货……其实我也是警察，只是腿脚不便没穿制服罢了！"

"你不要胡扯，你这样子，在家里给老婆当警察吧！"

"我是好汉啊，把你妈找来！"

……

吵架升级几乎动手了，邻居的胖女人见状跑来当评判拉架。她劝卓儒睦图说：

"您有点醉了，这个小伙子的买卖都快关门了……下个月打算去皮革绒毛厂呢。跟他要钱真是分文没有啊。要不您……把那袜子拿上两包？早点了却这门官司吧。"她又转向小伙子说，"二弟啊，就算飞来的横祸吧，不可让土地的神灵发怒啊……跟喝醉酒的人讲，或者用方法，或者用酒，是不能用大道理讲的……你快去，我货架子下的柜橱里有一瓶散放的'衡水老白干'，拿来敬给这位老哥哥。兄弟间的误会嘛，不是用酒，就得用利益解决呗……"

卓儒睦图接过话茬问：

"什么二弟？是你的弟弟吗？"

胖女人说：

"是啊，是我的表弟……"

卓儒睦图显得有些不好意思了，他向小伙子说：

"早点说嘛！那么我就不会跟你开这过分的玩笑了嘛！"他把以前发生的事情全部推给玩笑，试图用误会掩盖过去。

他像魔鬼附体似的思谋着歪招，进行敛财的行为似乎已经超出了醉酒乱神的人的思维限度。他的"智慧"果真开窍了。人为什么学好这么费劲，学坏就这么快呢？他是个多少年来天天阅读"老三篇"①的人，怎么就经不起些许的利益的诱惑，朝夕之间竟然变成了贪图私欲的恶鬼了呢？令人百思不得其解。

卓儒睦图对卖袜子的小伙子说：

"没什么，男人以这种方式认识就会成为永久的朋友。我决定不要那20块钱了。皮毛厂我有认识的人，你要想在那里找工作就跟我说吧……"

"您要是能在这事上帮助我，可算是做了一件为我找到一生饭碗的积德的大善事啊……"

"我曾经帮助过不少的人。饭碗是个简单的东西，就是个养家糊口的事儿。可不要忘了别人的好。一定要知道那好是怎么来的……"

"是啊，是。您的大恩大德我永世不忘！"

"对啊。咱们还是实打实地说吧。现在的事情大家都心知肚明，直接用钱说话就好办了。嘎查长5万，苏木长10万，旗长30万，教师10万，银行职员15万，交管职员20万，邮政职员18万，警察22万，法官25万……都有定死的秘密行情啊。"

---

① "文化大革命"前夕，中央为了改造人们的世界观，摒弃私欲，造就具有集体主义观念的新人，首先在解放军中开展了学习毛泽东主席的著作《为人民服务》《愚公移山》《纪念白求恩》的运动，之后，将这一经验推向了全国。所以，习惯性地将这三篇著作称为《老三篇》。

"当皮毛厂工人得多少钱？"

"10万。"

"就是个清洗、发酵皮张的工作啊！"

"那也是填饱肚子的饭碗啊。并且你一跃成为工人阶级领导一切了。那其实就是官上之官啊。"

"当官自然好，算是金盆洗手了。但我也并不是那种花大价钱买乌纱帽的人……这当官梦就看下一辈子吧……"

"年轻人要努力啊。找工作是起步阶段，你怎么也得大胆地走着看啊！最重要的还是钞票啊。"

"找到工作就等于找到了活路……但去哪里找这10万块钱呢……"

"一点一点地抠嘛，两万三万地跟朋友借呗，或者从银行贷款嘛……"

"钱是要借的……您说的这个有保证吗……"

"唉，臭狗屎啊！说了半天还没弄明白啊！呼和楚鲁、巴雅尔图、朝克图都是我的老战友，他们的孙子现在都是当官的，我孙女也是总经理，你们不知道啊？"

"知道啊，知道……"

"那你还不快去找钱啊！"

……

他们的交涉有望达成。因为他们各有各的目的，最起码呈现出了一时的融洽的友好局面。几天后，卖袜子的小伙子答应，准备给卓儒睦图找领导、跑关系的两万块钱。卓儒睦图却在心里盘算，谁会跟他争抢每天和臭皮子打交道的这种苦活呢，基本能成。除去前后送礼的所有花销，剩下的收入足够他喝一年的酒了。他越想越美，心里乐开了花。

△123 阿日善图商店的胖女人颇有心计，哥长哥短地叫得卓儒

睦图热情有加。称呼中还从不"串辈分"。胖女人说给卓儒睦图洗衣服，让他脱下衣服，换上了死去的老头遗留下来的松软的纯棉睡衣，裹哄着让他回了家。卓儒睦图回到家里的时候，酒已经醒了。他回想着刚才的事情，不禁有些心虚了。

　　"天啊，一心贪图钱财夸下了海口，就像我这种自身难保的人的话能起什么作用呢？恐怕连狗叫都不如啊……"

　　他也只能死马当着活马医了，闭着眼睛静心，以在上夜班之前喝两口提精神的习惯，拿起扁瓶子吸了两口，立马不一样了。觉得心里亮堂了许多，精神也爽快了许多，又把自己向卖袜子小伙子夸下的海口认为是正确的了，好像亲自证明了"忠良吃亏，佞人得势"的这条真理似的。正在他拿起拐杖准备出去的时候，阿日善图商店的胖女人给他送来了洗好的衣服，还给他熨烫得又平又整。卓儒睦图受到高级领导一样的尊敬，高兴得神魂颠倒，用激动的目光打量胖女人。起初看见她时像头猪，但现在看起来却挺可人，脸上还有一个酒窝。那女人的风韵和外表仿佛就是一杯溢满的酒，喝酒发了热的卓儒睦图当即感知到了那股子气息。那女人也似乎从卓儒睦图的眼里觉察了某种信息似的说：

　　"大哥您的熟人多，我弟弟找工作的事就求您了，您的好我们随时报答。我和乌总是老相识。我现在不走不行了，乌总一会儿要亲自来我店里结账。那个外套，我下次再来拿吧。我走了。"那女人走了。卓儒睦图什么也没来得及说就放走了那女人。那女人的这些举动留下了一个谜团。为什么没带走外套呢？留下外套是不是暗示着还会再来呢？如果这女人见了乌仁达格娜，说了我答应的话就不好了……他在心里反复推敲着。但是，赚钱的欲望丝毫没有改变，照样去值他的夜班了。

　　第二天，乌仁达格娜来看望他。他趁此机会向她说自己早已预谋好的事：

"我答应给卖袜子商店的那个可怜的小伙子介绍清洗皮张的工作了,你无论如何也得给他办成啊。"

乌仁达格娜听后说:

"爷爷,公司的事情您不要插手。给您自己找不必要的麻烦……"

"你作为总经理,这点事都不帮我的忙啊?"

"爷爷!事虽小,但潜在的麻烦太多了……旗里领导们都从各个方面介绍着人,我都不知道该咋办了……"

"就那倒腾臭皮子的工作吗?……"

"工作有点臭,有点脏,就那还分配不过来呢。现在只有一个名额……等待的就有 11 个人!"

"那就是说卖袜子的小伙子有名额呗!"

"很难啊,爷爷!这里面有一个说是咱们亲戚的小伙子通过别人找得很紧。"

"咱们怎么又出来亲戚了呢?"

"阿拉腾花大队的名叫特木尔毛利的小伙子。"

"啊!特木尔毛利?"

"是的,特木尔毛利。那小伙子像阴魂一样死缠着不放!像是有意毁坏咱们的名声似的总是提起您……我是想方设法想摆脱他,但没想到,那天他拿着 23 万块钱又来了!"

听到了这话的卓儒睦图如同咽下了一块冰,瞠目结舌说不出话。乌仁达格娜这时已经走了。

可怕的响声

△124 前一段时间,卓儒睦图为自己意外地认识了孙子的隐秘喜事飘飘然,心想"坏事也能有好结果",自我陶醉了好几天,但最近却像被霜打的茄子耷拉了下来。碰了痛彻心扉的软钉子,他那贪图

金钱的欲望也破灭了。

自从扩建装修了工厂大院对面的卡拉 OK 歌舞厅后，喧闹噪声越发强烈，每天晚上，像加强他下夜的戒备强度似的让他失眠。虽说歌舞厅离这个大院有半里地的距离，但大振幅的音乐不绝于耳。像灯蛾一样扑向那里的人们络绎不绝，由他值班室的窗前一晃一晃地走过。

卓儒睦图偶尔也哼哼小曲，但从那里传来的曲子没有一个能够打动他的心。要是听到了《参差的岩石》《烟卷香烟》《红枣骠》等曲子，老汉也会精神振奋起来。再说，老汉的情人们，换个说法就是能够打开老汉嗜好的锁头的钥匙们消失殆尽了。

情绪的火焰也会因为事情的变化而熄灭。有一天，卓儒睦图从别人那里详细地打听到了乌仁达格娜的婚事和去美国的事情。一气之下，他越发严重地违反了喝酒的协约。

卓儒睦图一想起乌仁达格娜的变化，心里就像猫抓一样，还有那不绝于耳的，如同从九窍里催命挤压出来似的，鬼哭狼嚎的声音和杂乱无章的音乐节奏，让他心烦意乱，如坐针毡，近似发疯。这音乐发出的声响就像饥饿的野狼的嚎叫，凄惨、悲伤、催命的最后呻吟和挣扎，像产妇阵痛中绝望的呐喊，像被插入屠刀的猪的拼命惨叫，像抓了火的猫的惊叫，像发了狂的公狼的撕咬，让他觉得七窍生烟，皮肉开绽，骨骼散架。

"今夜又得到天亮啊……"他从牙缝里挤出来的这句话满含仇恨，听起来吓人。老汉的心事日渐增多，但话语却减少了。他的思绪像发酵过度的奶酒一样，似乎要喷出容器似的强烈地涌动。他有几天没有睡好觉了。

卓儒睦图为了补回来这几天失去的睡眠，今天晚上多买了一些酒，如同补充能量似的畅快地呷着，不知不觉中越过了微醺的界限，闯入了酩酊大醉的世界。

△125　这个皮革绒毛联合厂的设备齐全，清一色的新机器，操作简单而精确，生产流程迅速而精细，出厂的产品质量上乘而精美。虽说价钱贵了一点，但很时尚，所以，人们经常抢购他们的夹克、大衣、手套和皮包等产品。这个工厂在起步的半年里，就实现了收支平衡，逐渐增加利润，现在已经有了很大盈利。所以，卓儒睦图的工资也水涨船高地增加到了1 500元。但是，他工资的涨速慢于他的期望值。他敌视锥头脑袋孟克巴雅尔的态度也缓和了一些。曾经难得一饮的薯干酒，现在他都不屑一顾了。整箱子买来"草原白酒"，随便享用。这个酒不上头，但是下脚，直至脚指头都会被关照得暖烘烘的。这酒另外还有神效，让人神情愉悦的时候，怂恿卓儒睦图回想起江嘎玛，轻声哼起《烟卷香烟》；让人怒从心生的时候，撺掇他伸手去打请来的客人的嘴巴子，真是个魔法无穷的嗜酒者的天赐圣露。

近两年来，卓儒睦图越发嗜酒如命了。战争结束后，他曾一度摆功劳，试图高枕无忧地喝牛奶、吃面包，享清福。于是，他偶尔喝了酒耍酒疯，后来在党支部会议上狠狠挨了批，做了自我批评，表决心说，再也不会骄傲自满，将不计报酬地继续为广大人民群众服务。自那以后，的确是收紧了喝酒的缰绳。但是，最近几个月，又开始放松了管控嗜酒野马的缰绳了。像他自己熟悉的食草动物一样的实诚的社会主义，如同惊乍了的羊群似的消失，未曾经验过的，像身着锦绣衣裳的美人鱼一样的社会主义浮游过来，冷不防地横亘在他的面前的时候，着实让他猝不及防、六神无主、无着无落。喊天吧，遥邈无边；叫地吧，沉默无言。眼前世事茫茫，心中空空荡荡。

习惯了在乡野里自由信步的人，憋屈在城镇的小屋子里，寄人篱下，心中自然窝火。曾经是个将一个巴嘎的牲畜和牧民私有物似的掌控在自己权限内，为所欲为的人现在是个什么状态呢？他看见什么都像踩上了猪屎一样倒霉，见到谁都像遇上了鬼一样闹心，心火一阵一阵地燃起，真想拳打脚踢地发泄一通。他无法觉知自己变得古怪离奇，却一味嗔怪这个世界变得扑朔迷离，担心是不是到了红旗落地、人头搬家的时候了。时而又产生恐惧。

虽说在酒劲的驱动下内心澎湃，但仍旧不断地透过玻璃窗观察着来往的人们。

不知是在第几次的观望中，一个特殊的东西——如同阶级斗争年月的东西进入卓儒睦图的视线，也不知道是从那声响里觉察到了什么，或者是由于醉酒后的幻觉，他义愤填膺地站了起来。他去拿拐杖，而是拿起来默默无闻地躺在他身边共度了50年光阴的伴侣，挂着走出了屋子。天空乌云密布，偶尔稀稀拉拉地掉着几滴雨水。起初，两脚跌跌撞撞踩不稳当，不一会儿，有了信心，迈着稳健的步伐，绕过墙角，像跟踪那几个人似的尾随其后而去。前面的那几个人毫无觉察。他估计这些人是长髯帮的，但他无法确定谁是谁。其实，他们就是凭着卓儒睦图的厌恶塑造起来的，有瑕疵的半瓶子醋，所以，肯定是叽里咕噜地说了些什么。否则，在这间距里，在这黑暗里，怎么能辨别谁是谁呢？

对面歌舞厅屋檐下，五颜六色的光影霓虹灯斜照着，离这里尚有段距离。跟在前面人们隐隐约约的身影后面的卓儒睦图不知是用他那远视眼看清楚了，还是怎么了，迅速地折回来，嘴里念叨着"饿狼趁雨天，坏人瞅机会"。他锁住了院子的大门，站在原地稳定了一下情绪，作为支撑，挂着他那伴侣，竭尽全力快步赶来，走进了大厅的门。

已是夜间两点多钟了，看演出的人们早已坐满了席位。除了两个看门收钱的毛毛躁躁的小伙子外，其余人都进了大厅。守门的傲气的小伙子毫不留情地截住了卓儒睦图问：

"你的票呢？"

"你爹那个头的票！"

"这个醉鬼真是老不正经了！没有票就交200块钱！"小伙子呵斥

道。另外一个机灵的小伙子走过来说:

"行了,行了,让他进去吧。"他转过头来责备傲气小伙子说,"你有眼无珠不识家乡的大山。是总经理的爷爷……老人家您请,工厂的爷爷不看歌舞谁看啊。进去吧,进去吧,应该把最上乘、最精彩的内容献给您啊!"卓儒睦图已经没有理智去琢磨机灵小伙子所说的话的含意了。他火冒三丈,差点仗着酒劲狠狠地收拾那个傲气小伙子,但被机灵小伙子毕恭毕敬的话语所感化,把想说的话咽在了肚里,把想干的事藏在了心里。因为他很久没有接受这般尊敬了,所以,意外地听到这些亲切的话语,心里立即热乎起来,积存的冰块仿佛开始融化了。否则,正处在见了人就想吵一架,见了物件就想打一拳,心里就像猫抓似的烦躁憋闷状态下的他听到这话肯定会立即爆发。幸亏有了头脑灵活的机灵小伙子使出了"滑杆马用套绳,易怒的人用耐性"的老办法才有效地制止了一场雷电暴风。

卓儒睦图喜怒无常,瞬息万变。有时像炸药遇火一样一触即怒,有时像破云日出一样放晴爽朗。也就在那一瞬间,高兴得像个孩子,朝着七色彩灯旋转的歌舞厅,麻利轻巧地拖着残疾的腿走去,消失在了昏暗的过道里。

卓儒睦图在昏暗的过道里摸索着来到四根大柱子支撑起来的大厅中央修建起来的一米多高的圆形舞台旁边。这是他第一次来这个装修后的大厅,感到很新鲜。观众围坐在大厅中央圆形舞台周围,伸长脖子观望着。当他进入大厅时,正好遇上戴着拳头大小的乳罩,穿着两指宽内裤,与其说是半裸,还不如说是全裸的四个姑娘抖动着丰腴的乳房,像蛇一样缠绕着锃亮滑溜的大柱子,展示着柔术表演动作。她们不断地将腿叉开,伸向四面八方,然后,慢慢滑下来,为了不让观众失望,看得更加清楚,转着360度的圈,娇柔妩媚地舞着。她们倒立着,头朝下,向上晃动美腿,不禁让人想起早先宝汗戴哥哥在那达慕大会上形容的那些仙鹤腿、黄羊腿、修长腿、竹黄腿、银光腿,但他已经没有浮想联翩的工夫了。

卓儒睦图意外地撞上这种情景，差点像被俘一样交了枪，掉头逃跑。老汉虽说是个见过大世面的人，但在此时此刻目不忍睹，双眼晕眩，两耳鸣响，像做了可怕的噩梦一样上气不接下气了。可是，围坐在歌舞厅中央舞台几圈的人们和没买到票站在后面的人们的鼓掌声、口哨声震耳欲聋，喝彩喊叫声震天撼地。他们中间没有任何一个人注意到老汉的无地自容、心惊肉跳、不知所措。如坐针毡般地看了这持续十多分钟的裸体舞的老汉已经汗流浃背，心想，世界上竟然还有这么龌龊的东西，而且，还是在咱们这里，他既好奇又害怕。他执拗地想，这些姑娘们以后怎么去见人？她们的父母竟是些什么东西？与其这样挣钱，还真不如去饿死算了，那也比这光荣。

就在这种时刻，他也没忘记确认自己刚才从值班室出来时的隐秘猜想——我们那个没有了人样的白眼狼崽子，不知现在厚颜无耻地坐在哪个座位上？"去她爹的那个什么总经理！"让她撂下工作，撵她回去，如果不听话，趁早与她划清界限，各奔前程。他疾恶如仇，虎视眈眈地从人群空隙中寻找着孙女。老汉的眼睛远视，就连对面张牙舞爪的人们都看得很清楚，但没有看见乌仁达格娜，也没有看见丹巴拉和特木尔毛利，他心里平静了些许。"是我没怀好意啊……比起我们那个时候，现在的人心普遍都坏了嘛……冤枉自己的孙女了……哎，罪过啊，再也不能狠心了，咋说也是我的子嗣后代啊。"

他自责着在心里原谅了孙女："八成是那些没有脑袋的稀里糊涂的下人们私下里在深夜搞这些歪门邪道的东西吧……"他理顺了自己的情绪，消除了误解。血肉亲缘，筋骨相连，割不断，抛不开啊。卓儒睦图不怎么提起孟克巴雅尔，是为了孙女着想的。由于过度的伤心，凉透了肺腑，在行将变为仇恨的时候，只要对方给予那么一丁点的机会，换句话说，只要稍微能顺着他的心思，老汉就有回心转意的可能。卓儒睦图虽说为乌仁达格娜的婚姻伤心和气愤到了极点，但还是留有余地的。无论咋说，亲情恩爱是无法从心肝里剔出去，扔掉的。老汉内心世界里的唯一一条縻绳细到了只有一根丝线的程度了，但依然维系着他的心。

老汉浑身的虚热缓和了些许，也没有看清楚周围究竟有些什么人，只是为这些不要脸的人们害羞到了极点，打算悄悄退出去，明天报告公安局。就在这时，响起了电闪雷鸣般的激烈的鼓掌声。

瞧啊！四个身披彩色薄纱的姑娘从幕后出来，走进歌舞厅！……在没有来得及定睛细看的卓儒睦图眼里，如同从云朵里翩翩下凡的色彩斑斓的天女一样妖艳。然而，在被光彩晃得晕眩了的视线慢慢恢复后一看，老汉的所有细胞仿佛在破裂，心脑在爆炸！

"就是她！丢尽九族颜面的母狗！"他自言自语着，声音在颤抖、哽噎。旁边的人们没有在意他在说什么。在这气血完全沸腾的氛围中，以为他也在和大家一样疯狂地喝彩叫好。在酷似令人起鸡皮疙瘩的电锯尖利的旋转声，又像母狼揪心的惨叫一样的音乐声中，那四个姑娘穿插在柱子中间，蹁跹欲飞，舞姿婀娜。老汉像最后一次供奉佛祖，合掌祷告一样说："比起前面的几个幸亏还披着薄纱，佛祖保佑啊！"

另外一个曲子开始，就在这时，四个舞者好像有意识地给观众一个惊喜，"哗"地一下齐刷刷地脱掉了身上的薄纱。演出达到了高潮。观众又一次发出了迫击炮齐射一样的猛烈喝彩声。

这个创造生灵极限，超越社会生态的魔幻磁场，包含着何等凶猛可怕、强大无比的潜在能量啊！人一旦进入如痴如醉的疯狂燃烧的状态，阶级觉悟、公序良俗的重重堤坝变得形同虚设，就连那能使鬼推磨的金钱也无法阻挡，就会形成一股不惜献出生命的湍急的洪流。

卓儒睦图没有弄明白是怎么回事，怒不可遏地喷怪道："看看这帮混球！真像一群朝新鲜的生肉乱飞的嗡嗡作响的绿头苍蝇！"以乌仁达格娜为首的四个姑娘浑身一丝不挂地依托着四根银光闪闪的柱子，像蛇一样缠绕，像猫一样撒娇。舞蹈动作与前一场完全一样。只是演员的形体、形象有了与众不同的变化，观众的热情空前高涨，喝彩叫好声海啸一样袭来，震撼全场。老汉的浑身好像冻僵了，又好像脸上燃起了灼烫的火焰，好像脑浆在发酵，心扉在撕裂！

其实，这并不是因为老汉醉酒失智，而是，整个神经系统被全方位地调动起来，是他目前的道德观和觉悟程度达到了极点的反应。卓儒睦图唤醒了曾经为战争准备，后来在他身边躺了50年的武器，号召它参加自己发起的最后的战斗。卓儒睦图举起火铳，看着人们的空隙，枪口对准了演出的舞台，像战争年代，在生死争夺的阵地上的英雄，号召战士向前冲锋一样，将愤怒和仇恨送了出去。不知道接受了什么任务，沉睡了50年的火铳，在这充满幸福的空间里，最后一次清楚地展示了与生俱来的真正的杀伤性。在沉醉在浓烈的视觉盛宴里的没有任何防备的观众们的狂吼乱叫声和乐曲声中，火铳沉闷而吓人的枪声，压住了所有的噪声，差点掀翻大厅的屋顶。旋转在天花板上的彩色花球被震灭，周围的吸顶小灯勉强地生存了下来。在舞台上，正在依托柱子做模仿花样游泳运动员倒立，双腿展现Y字型动作的舞者们应声像倒栽葱似的倒了下去。尽享视觉盛宴的观众们顿时吓得缩成一团，少顷后，抱着头，争先恐后地夺门逃去。顷刻间，观众们四散而去，大厅里只有卓儒睦图无意识地将火铳撂在地上，额头杵地倒在地上。

过了半小时后，公安局的警察赶来，进行了现场勘查。四个姑娘轻重不同地受了伤，全部送上了救护车。在他跟前的五个人受了眼睑和鼻子被流弹（枪砂）打穿，皮肤被擦破的轻伤。开枪的时候，老汉的手抖了，或者是抬高枪口由观众头顶射击的缘故吧，没有击中舞者的要害。当时枪响时，她们正好缠绕着柱子表演倒立动作，所以，她们四个人的腿被打成了蜂窝。

震惊世界的重大事件如是发生了。

卓儒睦图老汉被逮捕，戴上了手铐，火铳被没收了。

大厅里归于宁静，外面下起了倾盆大雨。卓儒睦图被人搀扶着上了警车，警车后面的两个红色尾灯，像渐渐闭上的眼睛似的时暗时明地闪现着，消失在了伸手不见五指的漫漫长夜里。

1989 年夏启笔于呼和浩特

2009 年续写于日本北海道

2015 年夏完成于呼和浩特

2015 年 9 月 14 日始译于呼和浩特

2016 年 8 月 5 日译毕于呼和浩特